广视角·全方位·多品种

权威·前沿·原创

河南蓝皮书

BLUE BOOK
OF HENAN PROVINCE

河南文化发展报告
（2011）

主 编／张 锐 谷建全
副主编／卫绍生 毛 兵 李立新

ANNUAL REPORT ON CULTURAL DEVELOPMENT
OF HENAN(2011)

社会科学文献出版社
SOCIAL SCIENCES ACADEMIC PRESS (CHINA)

法 律 声 明

　　"皮书系列"（含蓝皮书、绿皮书、黄皮书）为社会科学文献出版社按年份出版的品牌图书。社会科学文献出版社拥有该系列图书的专有出版权和网络传播权，其 LOGO（▐）与"经济蓝皮书"、"社会蓝皮书"等皮书名称已在中华人民共和国工商行政管理总局商标局登记注册，社会科学文献出版社合法拥有其商标专用权，任何复制、模仿或以其他方式侵害（▐）和"经济蓝皮书"、"社会蓝皮书"等皮书名称商标专有权及其外观设计的行为均属于侵权行为，社会科学文献出版社将采取法律手段追究其法律责任，维护合法权益。

　　欢迎社会各界人士对侵犯社会科学文献出版社上述权利的违法行为进行举报。电话：010－59367121。

社会科学文献出版社

法律顾问：北京市大成律师事务所

主要编撰者简介

张 锐 女，河南方城人，历任中共河南省委外宣办、河南省政府新闻办主任，中共河南省委宣传部副部长，河南省社会科学界联合会主席，现任河南省社会科学院院长、研究员。长期从事新闻出版和社科理论研究工作，著有《河南走向现代化》、《河南改革开放 30 年》、《河南文化发展与繁荣》等多部学术著作，主编《河南蓝皮书·经济》、《河南蓝皮书·文化》、《崛起的中原丛书》等，在《光明日报》、《中国社会科学报》等国内报刊发表论文和调研报告多篇。主持或参与完成省部级项目 10 多项，主持完成的多项应用对策研究成果被省委、省政府采纳。《河南走向现代化》、《河南改革开放 30 年》等 3 项成果获得省部级优秀社科成果一等奖。

谷建全 男，河南唐河人，河南省社会科学院副院长、研究员，经济学博士。河南省优秀专家、河南省学术技术带头人、河南省科技创新"十大杰出人物"、郑州市科技创新领军人才。2000 年以来，主持承担国家级、省级重大研究课题 30 余项，公开发表理论文章 100 余篇，获得省部级以上科研成果奖 15 项。主持编制区域发展规划 80 余项。

毛 兵 男，1967 年生，河南滑县人。1989 年毕业于河南大学历史系。现任河南省社会科学院科研处副处长、副研究员。2007 年被评为河南省学术技术带头人。主要社会兼职有河南省老子学会秘书长。长期从事社会科学研究组织管理工作与学术研究。研究领域主要涉及河南现实问题与中原文化，主持完成省级课题两项，在《光明日报》、《中国社会科学报》等报刊发表论文 10 多篇，出版论著 5 部，研究成果有 2 项获省级一等奖。

卫绍生 男，1957 年生，河南项城人。1982 年毕业于北京师范大学中文系。

现任河南省社会科学院首席研究员，文学研究所副所长。兼任中国《三国演义》学会理事，郑州大学兼职教授、硕士生导师。长期专注于中国古代文学和文化学研究。在《光明日报》、《中华读书报》、《吉林大学学报》、《中州学刊》等刊物上发表论文 100 余篇，其中《竹林七贤若干问题考辨》、《论建安七子的处世态度》、《陶渊明与六朝文人隐逸之风》、《六言诗起源诸说辨》、《从泛戏剧到戏剧的自觉》、《略论〈三国演义〉的整体结构特色》、《〈三国演义〉的妇女观评析》、《评〈三国演义〉的天人观》等，在学术界引起了较大反响；出版《魏晋文学与中原文化》、《魏晋文学与政治的文化观照》、《六言诗体研究》、《文化视野中的陶渊明》、《酒文化与艺术精神》（合著）、《神秘文化与中国人》、《神秘与迷惘》等研究专著 10 多部。主持国家社科基金项目"《竹林七贤集》辑考及研究"及省社科基金项目多项，参与国家重点出版工程《中原文化大典》编纂工作，任《文艺典·文学卷》副主编。主持或参与撰写的文化研究报告多次获得省委主要领导和有关方面的肯定性批示。

李立新　男，1967 年生，河南邓州市人。史学博士，研究方向为甲骨学与殷商史。现任河南省社会科学院历史与考古研究所副所长、副研究员。兼任河南省河洛文化研究中心、河南省姓氏祖地与名人里籍研究认定中心副主任，中国殷商文化学会副秘书长，《黄河文化》副主编。主要从事殷商史和中原文化研究，近年在《考古与文物》、《中国历史文物》等杂志发表论文 30 余篇，主编或编著《中原文化解读》、《许氏源流》等论著多部，主持国家社科基金课题 1 项，为河南省学术技术带头人。

中文摘要

本书由河南省社会科学院主持编写，系统分析了 2010 年河南文化体制改革、文化事业和文化产业的发展态势，对 2011 年河南文化建设发展趋势进行了预测并提出了相应的对策建议。

本书认为，即将过去的 2010 年，在党中央、国务院的正确领导下，河南省委、省政府团结带领全省人民，深入贯彻落实科学发展观，贯彻落实中央的一系列重大决策部署，妥善应对各种复杂局面，克服国际金融危机的不利影响，在建设中原经济区和加快中原崛起、河南振兴的总体战略下，积极发挥文化引导社会、教育人民、推动发展的功能，加快转变文化发展方式，深化文化体制改革，繁荣发展文化事业和文化产业，文化强省建设取得了新的成就。

在展望 2011 年河南文化发展趋势时，本书强调，2011 年是"十二五"的开局之年。最近，党的十七届五中全会审议并通过的《中共中央关于制定国民经济和社会发展第十二个五年规划的建议》进一步强调了文化大发展大繁荣的重要意义，未来五年，无疑将成为我国文化建设特别是文化产业蓬勃发展、走向繁荣的黄金五年。具体到河南来讲，未来五年的奋斗目标是建设中原经济区。中原经济区不仅具有区位价值、经济价值、社会价值、生态价值，还有突出的文化意蕴。建设中原经济区，大力发展和彰显中原文化是其题中应有之意。同时，中原文化也是建设中原经济区的突出优势和强大支撑。

本书提出，要努力将河南文化发展与建设中原经济区结合起来。一是要充分发挥文化对中原经济区建设的引领推动作用。中原崛起，文化先行。在文化物质的、制度的、精神的三个层次中，价值取向、道德规范、思维方式、宗教信仰、审美趣味等精神层面的内容，居核心地位，发挥着引领实践的功效。中原文化在中原经济区建设中的任务，首先也应体现在这个方面，即凝心聚力、引领发展。二是要充分发挥文化对中原经济区建设的聚合辐射作用。河南既有辉煌灿烂的历史文化，又有一定实力的现代文化；既有丰厚的革命文化，又有特色鲜明的民俗文化，亮点纷呈。这些文化亮点对于提升形象、营造发展新机遇至关重要，是区域竞争的制胜法宝。要围绕中原文化的突出亮点做文章，整合区内文化资源，建设华夏历史文明传承核心区，形成文化高地，重塑中原文化的辉煌，重振中原大地的雄风。三是要充分发挥文化对中原经济区建设的支撑、提升作用。中原地区历史文化资源丰富，区位优势突出，市场潜力巨大，发展文化产业的条件得天独厚。要充分发挥历史文化资源厚重这一优势，进一步树立"生产性保护"的理念，积极探索历史文化资源开发利用的新思路、新途径、新方法，推动资源优势向产业优势转换，打造全球华人寻根拜祖圣地、世界级文化旅游目的地、中西部文化高地、中华文化走出去重要基地，支撑带动中原经济区产业结构、经济结构的优化升级。

目 录

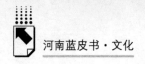

B Ⅴ　附录

皮书数据库阅读**使用指南**

序

孔玉芳*

即将过去的 2010 年，是极不平凡的一年。经历了国际金融危机的洗礼，战胜了严重自然灾害，中国经济在国际国内形势极为复杂多变的背景下，实现了平稳较快增长。在党中央、国务院的正确领导下，河南省委、省政府团结带领全省人民，深入贯彻落实科学发展观，贯彻落实中央的一系列重大决策部署，妥善应对各种复杂局面，克服国际金融危机的不利影响，在建设中原经济区和加快中原崛起、河南振兴的总体战略下，积极发挥文化引导社会、教育人民、推动发展的功能，加快转变文化发展方式，深化文化体制改革，繁荣发展文化事业和文化产业，文化强省建设取得了新的成就。

2010 年新春伊始，省委书记、省人大常委会主任卢展工同志深入河南省社会科学院进行调研，在与社会科学院专家学者的座谈中，提出了发挥文化在经济社会发展中的支撑力、带动力作用的重大课题。7 月 22 日，卢展工书记到省文化厅、省文联进行调研，就河南的文化建设发表了重要讲话，强调"文化是根，文化是魂，文化是力，文化是效"，极大地鼓舞了河南人民投身文化建设的积极性。一年来，全省各级党委、政府和宣传思想文化战线坚持不懈地实施文化强省战略，积极稳妥地推进文化体制改革，一手抓公益性文化事业，一手抓经营性文化产业，文化建设取得明显成效，文化发展呈现新的气象。

文化体制改革扎实推进。按照中央和省委的要求，各地各部门大力推进经营性文化单位转企改制，催生了一批新的文化市场主体。全省 205 家文化单位完成转企改制，占总数的 77%，总体进度位居全国前列。文化市场综合执法改革稳步推进，文化宏观管理得到进一步加强，9 个省辖市本级和 76 个县（市）区完成文化、广电、新闻出版"三局合一"，14 个省辖市本级和 94 个县（市）区完成文化市场综合执法改革。国有文艺院团内部改革进入新阶段。

文化事业进一步繁荣。公共文化服务运行机制不断创新，文化服务质量和水

---

* 孔玉芳，中共河南省委常委、宣传部长、副省长。

平有了新的提高。基层文化设施建设不断加强，省、市、县（市、区）、乡、村五级公共文化服务设施网络初步形成。一批重大文化建设项目相继完成，惠民文化工程在提升人民群众精神文化生活质量中发挥了巨大作用。群众文化活动形式不断创新，"邓州文化茶馆"、"周口一元剧场"、"舞动漯河大家跳广场文化活动"、"洛阳市民狂欢月"等受到了文化部的关注和表扬。

文化产业有了新的发展。顺应转变经济发展方式的要求，加快文化产业结构调整步伐，继 2009 年推出 10 个文化改革发展试验区之后，建设了一批集研发、生产、销售（服务）为一体，布局集中、业态多样、功能完备、特色突出、集聚效应明显的文化产业示范园区。郑州嵩山文化产业园区、开封宋都古城文化产业园区、镇平县石佛寺镇玉文化产业园区、龙门文化旅游园区、社旗县赊店商埠文化产业园区、禹州市（神垕）钧瓷文化产业园区被确定为"河南省文化产业示范园区"。文化改革发展试验区和文化产业示范园区相互促进、共同发展，河南的文化产业发展呈现出勃勃生机。

《中共中央关于制定国民经济和社会发展第十二个五年规划的建议》把文化建设提到一个新的高度；省委八届十一次全会通过的"十二五"规划《建议》，明确提出"建设文化强省，增强发展的软实力和竞争力"的要求；《中原经济区建设纲要（试行）》把文化发展作为十大支撑体系之一。认真贯彻落实党的十七届五中全会和省委八届十一次全会精神，努力推动文化大发展大繁荣，就要立足本地区、本部门的实际，以更加积极主动的态度、更加昂扬奋发的精神、更加扎实有效的措施，努力推动文化事业繁荣发展，努力推动文化产业成为国民经济支柱性产业。

当前，全省正在认真谋划"十二五"发展，推进中原经济区建设。文化发展既是建设中原经济区的重要内容，也是中原经济区建设的突出优势和强大支撑。作为文化大省的河南，具有无可比拟的后发优势，宣传思想文化战线理应在中原经济区的建设中发挥更大作用。出版《河南蓝皮书·文化》，加强对河南文化建设的追踪与研究，是河南省社会科学院服务河南文化建设的具体措施。希望河南省社会科学院继续密切关注这一领域的发展，加强前瞻性研究，提升工作水平，不断推出有理论深度、有创新价值、有实践意义的优秀成果，为推动河南文化大发展大繁荣，实现中原崛起、河南振兴作出新的更大贡献。

2010 年 11 月 25 日

总 报 告

B.1
河南文化发展报告

河南省社会科学院课题组*

摘 要： 2010年，河南省委、省政府坚持以科学发展观为统领，深入贯彻落实党的十七大和十七届五中全会精神，按照"四个重在"的总体要求，提出建设中原经济区、加快中原崛起和河南振兴的战略构想，并努力争取中原经济区建设上升为国家战略，使之成为引领区内亿万人民群众共同奋斗的目标。在谋划中原经济区建设时，河南省委、省政府以高度的文化自觉，强调要着力构建独具特色的文化支撑体系，推动文化大发展大繁荣，全省文化建设因而呈现出新的特点，取得了新的成就。

关键词： 文化建设 中原经济区 发展态势

一 2010年河南文化发展态势

2010年是"十一五"规划的收官之年，也是"十二五"规划的谋划之年。

---

* 课题组组长：张锐、谷建全；课题组成员：毛兵、卫绍生、李立新、薛冬、郭艳；执笔：毛兵。

一年来，全省各地、各部门按照中央和省委的总体部署，坚持"三具两基一抓手"（"三具"，就是做任何事情一具体就突破、一具体就深入、一具体就落实；"两基"，就是切实抓好基层、打好基础；"一抓手"，就是把实施项目带动作为各项工作的总抓手。）的工作要求，切实把文化建设摆上经济社会发展的重要位置，大力推进文化体制改革、公共文化服务体系建设和文化产业发展，积极保护、挖掘和弘扬中原优秀文化遗产，全省文化实力和影响力进一步提升，为促进河南转变经济发展方式、维护社会大局和谐稳定作出了积极的贡献。

1. 文化体制改革加速推进

一年来，全省文化体制改革进一步向纵深发展，完成了省歌舞剧院和郑州等5个改革试点市的市属院团转企改制试点工作，完成了省直经营性文化事业单位的转企改制。全省265家经营性文化事业单位，已有205家完成转企改制，占总数的77%，总体进度位于全国前列。完成了全省电影行政管理职能划转工作和广电系统所属的电视剧制作机构的转企改制。除河南人民出版社外，全省出版发行单位转企改制任务全部完成。电影发行放映单位转企改制步伐加快，5个试点市及所属县（市、区）电影公司、电影院全部完成转制，13个非试点省辖市本级27家电影公司、电影院已完成转企改制18家。国有文艺院团改革积极稳妥推进，河南省歌舞剧院、郑州市杂技团等18家国有文艺院团完成转企改制。党刊发行体制改革实现突破，《党的生活》杂志社成立河南楷模文化发展有限公司。完成18个省辖市有线电视网络资源整合，受到中央领导同志的充分肯定。文化体制改革的深入推进，使国有文化单位的市场主体地位进一步确立，国有文化资本的影响力、控制力进一步增强。

在运行机制改革方面，省直艺术表演团体普遍推进用人机制、分配机制、投入机制改革。变偏重于对重点剧团投入为对重点剧目投入，并根据全年演出场次、效益对剧目给予演出补贴；实行演职人员全员聘用制，鼓励知名演员创立个人戏剧工作室；采取冠名、联姻、共建等方式，广泛吸纳社会资本。特别需要指出的是，河南省委书记卢展工主政河南伊始，就非常关心文化文艺工作，积极促成著名侨领、企业家黄如论捐款3亿元，在郑州兴建四年制的本科大学——中原文化艺术学院。2010年7月，卢展工书记在省文化厅、省文联调研后，不仅要求省有关部门尽快解决文化单位经费紧张问题，还推动宇通集团和天瑞集团分别拿出3000万元资助文艺院团的发展，宇通集团还捐赠了8辆大客车用于院团下乡演出，这不仅是河南企业捐赠较多的一次，也是企业直接向省文艺演出团体捐赠的第一次，使省直院团艺术工作者深受鼓舞。

公益性文化事业单位继续深化内部三项制度改革。推行了岗位设置工作改革，19个单位均已完成岗位设置工作方案制订，其中有6个单位获得省人社厅批复。省图书馆作为全省事业单位岗位设置改革试点单位，开展了馆内机构、岗位设置调整和人员聘用工作，进一步激活了内部运行机制。

深入推进文化市场综合执法改革，85个省辖市、县（市、区）完成文化、广电、新闻出版"三局合一"，57个省辖市、县（市、区）组建完成文化市场综合执法机构，执法效率和依法行政能力明显提高。加强文化市场日常监管，集中开展"扫黄打非"专项整治行动，强化知识产权保护，有力地促进了文化市场的规范发展。

2. 公共文化服务能力显著增强

公共文化基础设施建设步伐加快。继河南艺术中心、中国文字博物馆投入使用和河南博物院完成提升改造工程重新开放之后，2010年，省文化部门共争取中央财政和省财政文化建设资金28205.25万元，安阳市图书馆博物馆综合大楼、洛阳大剧院、洛阳博物馆新馆、平顶山博物馆、周口市文化中心等一批市级重点文化设施相继建成；周口、鹤壁市图书馆、群艺馆，三门峡、驻马店市群艺馆，焦作市图书馆等市级文化设施开工建设；维修改造了20个县级图书馆（文化馆），20个县级图书馆（文化馆）完成设备购置；乡镇综合文化站建设工程步伐加快，建成标准乡镇综合文化站361个，正在建设的1536个。全省公共文化基础设施落后的状况得到了较大改善，省、市、县（市、区）、乡（镇、街道）、村（社区）五级公共文化设施体系初步建立。2010年5月24日，中原文化艺术学院正式奠基，各项工作进展顺利。

继续实施一系列重大文化惠民工程，进一步丰富了城乡文化生活。文化信息资源共享工程建成1个省级分中心、15个市级支中心、101个县级支中心和27885个村级服务点；流动舞台车配送工程共向全省各级艺术表演团体配送流动舞台车122辆；图书配送工程向县级图书馆配送图书金额总计242万元；实施公共博物馆、纪念馆免费开放工程，全省已有80家博物馆（纪念馆）实现了免费开放，年接待观众1000多万人次；"舞台艺术送农民"活动实施三年来，省、市、县三级财政共同采购优秀舞台艺术演出4033场，实现了每乡每年一场的公益性演出目标,2010 年完成演出 2107 场;"高雅艺术进校园"活动完成演出 28 场;为 52 个街道文化中心和 245 个社区文化活动室提供设施设备采购资金。

不断创新群众文化活动形式,影响力进一步扩大。举办了"春满中原"、网络文化新生活、小戏小品展演、第五届少儿艺术节等系列文化活动。具有鲜明特色的"邓州文化茶馆"、"周口一元剧场"、"舞动漯河大家跳广场文化活动"、"洛阳市民狂欢月"等群众文化活动,受到了文化部的关注和表扬。黄帝故里拜祖大典、洛阳牡丹花会、开封菊花会以及宝丰马街书会、浚县庙会、淮阳庙会等传统文化活动得到了改进和提高;"春满中原"、"多彩五月"等节庆文化活动以及农民艺术节、少儿艺术节、广场文化、网络新生活等新兴的群众文化活动越来越受到广大群众的欢迎。

公益性文化单位管理进一步规范,服务水平进一步提高。通过制定和实施图书馆、文化馆、博物馆、乡镇综合文化站等工作规范和考评办法以及强化从业人员业务技能培训等举措,公益性文化单位的服务内容进一步明确,服务标准进一步规范,服务能力和服务水平明显提高。

3. 文化产业持续健康发展

2009 年,全省文化产业总量、速度和效益平稳发展,成为国民经济发展的新动力。全省文化产业实现增加值 623.31 亿元,增速 15.1%,年增速高出同期 GDP 增速 4.4 个百分点,高出第三产业增速 4.2 个百分点。文化产业增加值占 GDP 的比重为 3.2%,比 2008 年提高 0.1 个百分点。文化产业从业人员全年人均增加值 6 万元,是全社会从业人员全年人均生产总值 3.2 万元的近两倍。截至 2009 年年底,全省文化产业从业人员 104.31 万人,比 2008 年增加 11 万人,占全部从业人员的比重为 1.7%。

坚持实施重大项目带动战略,以文化产业"910111"工程为龙头,开展文化产业"项目年"活动,进一步增强了文化产业的整体实力和竞争力。上半年,河南日报报业集团完成经营收入 6.32 亿元,同比增长 15%;中原出版传媒集团实现销售收入 30.23 亿元,同比增长 15.84%。河南影视制作集团、河南文化影视集团、河南有线电视网络集团等文化企业的经营业绩均实现稳定增长。民营文化产业发展迅速,河南有各类民营文化产业单位 2.5 万家,年经营额达 60 多亿元。新兴文化产业、特色文化产业蓬勃发展,移动多媒体、手机报等新媒体发展步伐加快。文化产业招商引资成效显现,在第六届中国(深圳)国际文化产业博览交易会上签约的 38 个项目，资金到位的 21 个，投资 14 亿元。郑州华强文化科技产业基地、鸡公山·志高文化科技动漫产业园相继开工。剧情动画片《少林海宝》荣获"全球华语科幻星云奖金奖"，《家有酒神》成为国内唯一入选第 49 届法国安纳西国际动画节终评名单的电视动画片。

在文化产业集聚和园区建设方面，出台了《河南省文化产业示范园区评选办法》，命名开封宋都古城文化产业园区、郑州嵩山文化产业园区、镇平玉文化产业园区、龙门文化旅游园区、社旗县赊店商埠文化产业园区、神垕镇钧瓷文化产业园区等 6 个园区为"河南省文化产业示范园区"。积极推进开封宋都古城文化产业示范园区申报"国家级文化产业示范园区"工作。开封清明上河园股份有限公司、项城市汝阳刘笔业有限公司、镇平石佛寺珠宝玉雕有限公司被评为第四批"国家级文化产业示范基地"，使全省"国家级文化产业示范基地"达到 7家。

在动漫产业发展方面，进一步修改完善《关于促进动漫产业发展的意见》。开展了动漫企业认定工作。举办了首届"中原杯"河南省原创动漫画大赛。郑州动漫产业基地主体工程已结束，国家动漫产业发展基地（河南基地）开工建设。一批原创动漫完成拍摄，其中《少林海宝》、《小樱桃第二部》、《少年司马光》、《公路 Q 车吧》在央视播放；《少年司马光》、《公路 Q 车吧》、《雪孩子》在美国、意大利、伊朗、罗马尼亚、新加坡等国家播放，拓展了海外市场。河南天乐动画影视发展有限公司与韩国蚂蚁娱乐公司联合拍摄的 26 集电视动画片《魔力骰子》已开始制作。

4. 文化园地精品纷呈

一年来，河南作家、艺术家创作出版各种作品集、影视剧 100 余部，不同体裁的文学作品多次获得全国大奖。大型乐舞《风情河之南》在世博会河南周上成功演出。在第九届中国艺术节中，新编历史剧《老子》获"文华大奖"，实现中国艺术节上政府最高奖"四连冠"；现代豫剧《村官李天成》获"文华优秀剧目奖"；豫剧二团李树建获"文华表演奖"；有 6 个舞蹈节目、5 项群众文化活动获"群星奖"，3 位优秀群众文化骨干被授予全国"群文之星"称号；在中国作协主办的第五届鲁迅文学奖的评选中，乔叶的中篇小说《最慢的是活着》、郑彦英的散文集《风行水上》获奖；在第六届中国曲艺牡丹奖评选中，王国军演唱的河南坠子《岳母刺字》荣获表演奖，陈红旭创作的小品《笑比哭难》荣获文学奖；在第 25 届中国电视金鹰奖评选中，电视剧《大国医》、《小鼓大戏》、《快乐星球》（第四部）获长篇电视剧三等奖，河南电视台《五福临门——2009 河南电视台春节联欢晚会》荣获电视文艺节目三等奖，郑州小樱桃卡通艺术有限公司《小樱桃》（第一部）荣获青少节目动画片三等奖；在第四届"中国农村小康电视节目工程"评选中，河南电视台新农村频道的《住上楼房的"喜洋洋"》获得最佳作品奖，周口市委组织部的《朱集村的葡萄熟了》、驻马店电视台的《洼洼地里好庄稼》、河南电视台国际部的《引路人》分获优秀作品奖，三门峡市委组织部电教中心的《老伍的心事》获得好作品奖；在第三届中国戏剧奖·理论评论奖中，张大新撰写的《传统理念与人格范式的颠覆、消解与重构——新编豫剧〈程婴救孤〉享誉海内外的文化启示》获奖；创作了大型百戏剧《洛神》，剧目运用"百戏"手法，通过杂技、舞蹈、魔术、武术、音乐、民间艺术、现代特技等艺术手段的整合运用，塑造了一个大善大美的"百戏"洛神形象，进一步改善了河南杂技小、散、弱的局面。此外，书法、美术、音乐、摄影、文艺评论等文艺门类也都创作了一批文艺精品。

5. 文化影响力继续扩大

一年来，全省充分利用文物、武术、豫剧、民俗艺术等优势资源，不断拓展交流领域，拓宽交流渠道，提升交流水平。深化对台湾的文化交流，组织参加了"2010 台中县妈祖国际观光文化节"，举办了"第七届海峡两岸河洛文化暨豫剧发展理论研讨会"和"2010 两岸戏曲展演周"活动，继续实施了"两岸戏剧人才交流培训计划"。按照文化部的安排，配合胡锦涛主席特使、文化部部长蔡武访问非洲，组织"中国少林武僧团"赴喀麦隆、刚果（布）、赤道几内亚 3 个国家的 4 个城市演出 7 场，圆满完成了文化交流任务。戏曲电影《程婴救孤》赴美国参加第 15 届美国洛杉矶国际家庭电影节获最佳外语戏剧影片奖。先后组织赴英国参加"迎中国新年庆典"活动、赴俄罗斯参加中国文化节、赴韩国参加"第六届河南省·庆尚北道文化艺术交流活动"、赴新加坡参加"亚洲豫剧展演——当代豫剧风采"活动、赴南非参加"第三届南非首都艺术节"、赴日本举办"华夏文明之源——河南文物珍宝展"、赴瑞典举办"首届仰韶彩陶文化展"等文化交流活动，均取得了良好效果。此外，少林功夫剧《空间》赴澳大利亚、英国、美国等 10 余个国家演出 40 余场，郑州星光演出公司赴德国、加拿大演出 500 余场，濮阳华晨杂技团赴美国演出 200 余场，漯河市杂技团赴美国演出 100 余场，演出收入均超过 100 万元人民币，在获得较大经济利益的同时，积极开拓了国际演出市场，扩大了中华文化影响。

在充分肯定成绩的同时，也要清醒地看到，全省文化建设还存在薄弱环节。主要是，长期制约文化建设的体制机制障碍没有从根本上消除，文化改革和发展的内生动力尚未形成；文化产业总量规模仍然较小，产业结构仍不合理、集约化程度不高，城乡居民文化消费滞后、有效需求不足；文化发展的保障条件还不充分，没有形成稳定的投入保障机制，社会力量参与文化建设的渠道还不畅通；对文化阵地建设的宣传比较薄弱，基层文化宣传工作人才匮乏，文化宣传阵地缺失的问题还比较突出，这些问题有待在"十二五"时期认真加以解决。

二 "十一五"时期河南文化发展的经验与启示

"十一五"时期，河南坚持实施文化强省战略，大力推进文化体制改革、文化事业和文化产业发展，文化实力和影响力稳步增强，文化产业增加值由 2005年的 339.64 亿元，增加到 2009 年的 623.31 亿元，连续保持 17% 以上的增长速度，文化建设已成为全省经济社会发展的新亮点，引起了中央高层的关注，胡锦涛等中央领导多次对河南的文化建设予以肯定、提出要求和希望。2010 年 3 月10 日，胡锦涛总书记在十一届全国人大三次会议期间对河南代表团的重要讲话中，明确指出，河南是中华民族和华夏文明的重要发祥地，是全国重要的历史文化资源大省，历史底蕴深厚，文化资源丰富，要充分发挥这一优势，推动文化发展繁荣。回顾近年来河南文化建设走过的历程，取得的成绩，最根本的经验就是能够把文化建设作为落实科学发展观的自觉行动，解放思想、大胆探索、创新举措、扎实推进。

1. 以高度的文化自觉，把文化强省建设摆上经济社会发展的战略位置

党的十七大以来，河南省委、省政府认真贯彻中央关于文化建设的战略部署，深刻理解文化的属性和功能，充分认识文化在经济社会发展中的重大作用，积极适应经济文化一体化的发展潮流和趋势，进一步解放思想，理清文化发展思路。2004年正式提出文化强省建设思路；2006 年河南省八次党代会确立了"加快经济大省向经济强省跨越、加快文化资源大省向文化强省跨越"的奋斗目标，把文化强省建设提升到全省经济社会发展的战略高度，摆到与经济建设同等重要的位置。

在实施文化强省战略的实践中，省委、省政府多次召开高规格全省文化工作会议，相继出台《关于大力发展文化产业的意见》、《河南省文化强省规划纲要》、《关于加快文化资源大省向文化强省跨越的若干意见》、《关于进一步深化文化体制改革加快文化产业发展的若干意见》等一系列重要政策措施。省直职能部门研究制定了20多个配套文件，为文化强省建设提供了有力的政策支持。

同时，积极引导全省党员、干部树立新的文化发展理念，不断增强建设文化强省意识，确立发展文化是硬道理硬功夫也是硬任务硬指标的思想观念，提高发展文化的自觉性、主动性和创造性，在全省上下形成经济文化双轮驱动的发展格局；在领导干部中形成经济文化两手抓、两手都要硬的认识和氛围，把文化强省战略转化为全省干部、群众的实际行动，推动文化强省战略由理论到实践、由规划到实施、由局部探索到整体推进。

2. 以文化产业作为新的经济增长点，为文化强省建设提供有力支撑

"十一五"时期，全省立足长远可持续发展，把文化产业作为新的经济增长点。实施项目带动战略，培育文化企业集团，推动文化与旅游结合，发挥文化产业在应对国际金融危机中的作用。

坚持每年确定一批重点文化产业发展项目，靠项目融合资源、市场、资本和技术，发挥带动力。重点支持南阳光学引擎、安阳凯瑞数码、鸡公山·志高文化科技动漫产业园、华强科技文化产业基地等重大文化产业项目，形成了一批具有较强带动力的文化企业。南阳中光学集团研制并掌握背投彩电的核心技术，光学引擎实现批量生产，结束了我国作为彩电生产大国而不掌握核心技术的历史。

坚持把经营性文化单位转企改制同兼并重组结合起来，支持国有大型文化企业跨地区、跨行业、跨媒体经营，培育发展一批实力雄厚、具有较强竞争力和影响力的"航母型"文化企业集团。河南日报报业集团、中原出版传媒集团、河南文化影视集团、河南电影电视制作集团、河南有线电视网络集团等文化企业成为全省文化产业发展的生力军。

坚持把文化旅游当做一篇大文章来做，扩大文化与旅游的共生点，形成文化旅游产业联合体，带动交通、餐饮、旅店、商业、娱乐等相关行业发展。以嵩山少林为背景的大型实景剧《禅宗少林·音乐大典》和以宋城开封为背景的实景剧《大宋·东京梦华》，都大大提升了旅游景区景点的文化内涵，带动了旅游消费，形成了品牌效应。

3. 以体制机制创新为动力，激发文化发展的内在活力

"十一五"时期，全省把深化文化体制改革作为文化强省建设的根本动力，靠改革破难题，靠改革促发展，靠改革增效益。作为全国文化体制改革非试点省份，河南于 2005 年启动了文化体制改革工作，确立了郑州等 5 个文化体制改革试点城市和河南日报报业集团等 13 个试点单位。按照点上突破、面上推开、纵深发展、加快形成长效机制的思路，以政事分开、政企分开、管办分离为方向，逐步实现政府部门行政管理的重点从办文化向管文化转变，从微观管理向宏观管理转变，从主要管理直属单位向进行社会管理转变。

以"创新体制、转换机制、面向市场、壮大实力"为重点，积极推动经营性文化单位成为自主经营、自负盈亏、自我发展、自我约束的市场主体。如《销售与市场》杂志社推行企业化改革，从单纯办刊物走上了资本运作和多元发展的道路，并在美国成功上市。河南省电影公司加快建立现代企业制度，组建"河南奥斯卡电影院线有限责任公司"，打破影片逐级发行模式，在上海、西安、乌鲁木齐等城市筹建 10 多座星级影城。

全省公益性事业单位全面推行劳动、人事、分配三项制度改革，转换运营机制，创新服务方式，拓宽服务渠道，强化服务功能。党报、党刊、电台、电视台积极探索采编与经营业务分开、制播分离改革，进一步强化了宣传服务功能，增强了发展活力；河南艺术中心全权委托北京保利公司经营管理，引进了先进的运营模式；以商丘市豫剧院和宋城影剧院为主体、整合 19 家文化企事业单位组建的商丘演艺集团，采取"集团 + 经纪人 + 市场"的经营模式，极大地调动了演艺人员的积极性。

4. 以文化创新为手段，促进文化资源向现实文化生产力转化

"十一五"时期，全省依托厚重的文化底蕴和丰富的文化资源优势，坚持创新理念、创新思路、创新方法，把文化资源优势转化为产业优势和文化生产力。

坚持把内容创新作为着力点，注重对传统文化进行开发包装，赋予文化资源新的时代内涵，把文化的"原生矿"变为有用的资源和材料，把文化资源的"富矿"转化为强大的现实文化生产力。《木兰诗篇》以交响乐为主体，吸纳了歌剧、音乐剧、戏曲、舞蹈等艺术形式中适合情景表演展示的元素，通过具有民族特色且国际化的音乐演奏、演唱，使作品情景交融、浑然一体，唱响了中国，唱响了世界。

坚持把形式创新作为关键点，立足自我、博采众长，既注重继承传统文化的表现形式，又注重汲取世界各国文化的有益成果，探索新的艺术表现形式。如河南电视台的名牌节目《梨园春》，打破了传统的艺术表演形式，采取演唱比赛、擂台赛、台上台下相交流、时间空间相转换等新的表现形式，调动了演员和观众广泛参与的积极性。

坚持把业态创新作为切入点，积极采用新技术、新手段改造传统的创作、生产和传播模式，催生新的艺术业态。大型实景演出《禅宗少林·音乐大典》和《大宋·东京梦华》，大量运用声、光、电等现代技术手段，实现了视觉艺术和听觉艺术、静态艺术和动态艺术的完美统一。

5. 以重大文化活动为载体，努力扩大中原文化的知名度和影响力

"十一五"时期，全省以组织重大文化活动为载体，积极实施"走出去、请进来"战略，扩大了中原文化的知名度和影响力，实现了与外界的文化大交流、经贸大合作、人员大往来、发展大推进。

利用河洛文化、姓氏文化、功夫文化、古都文化、民俗文化等资源优势，充分发挥中原文化寄托情感、凝聚力量的作用，以文化的开放性、认同感和亲和力，积极开展以文化为纽带和桥梁的节会活动，如新郑黄帝故里拜祖大典、商丘国际华商文化节、周口中华姓氏文化节等，构筑具有中华民族共同信念、理想和追求的精神家园，吸引大批海外华人来河南寻根谒祖，让国内外华人亲临领略河南历史的源远流长，感受中原文化的博大精深，以文交友、以文引客、以文招商。

与此同时，充分挖掘中原文化的内涵，发挥多种艺术门类的作用，采取措施，精心策划，积极组织开展以中原文化为主题的"沿海行"、"港澳行"、"宝岛行"、"海外行"等系列重大文化活动；河南豫剧走出国门，远赴澳洲、欧洲、南美洲等世界各地演出；河南的武术、杂技也纷纷走出国门，把一个充满活力、正在崛起的河南展现在世人面前。

综上所述，可以说，"十一五"时期，河南走出了一条既具地方特色又符合科学发展观要求的文化强省之路，对在新的历史条件下，进一步推动文化大发展大繁荣具有重要启示意义。

一是高度的文化自觉是推进文化建设的思想基础和重要前提。从河南的"十一五"的实践来看，高度的文化自觉是推进文化建设的思想基础和重要前提。只有具备高度的文化自觉，才能深刻认识文化建设对经济、社会、政治、生态建设的重要性；才能主动自觉地抓文化建设、促文化发展、上文化项目、建文化市场，充分调动广大群众参与文化建设的主动性和创造性，把党的十七大提出的掀起社会主义文化建设新高潮、推动文化大发展大繁荣的战略任务落到实处，使文化建设呈现出良好发展势头，促进经济发展与社会进步。

二是大力发展文化产业是推进经济社会又好又快发展的正确选择。文化产业是知识密集、创意驱动和高附加值的"朝阳产业"，发展文化产业是经济社会的历史潮流和必然趋势。"十一五"时期，河南省委、省政府充分认识发展文化产业的重要性，把文化产业作为科学发展的着力点，未来发展的制高点，改善民生的新亮点，提高软实力的切入点，应对金融危机的新支点，大力发展，文化产业规模迅速扩大，增加值迅速提升，对经济发展的支撑作用和应对危机的积极效应日益凸显，成为促进经济社会又好又快发展的加速器。

三是大力推进改革创新是促进文化建设的不竭动力。"十一五"时期，河南在文化强省建设的实践中，始终把改革创新作为解放和发展文化生产力的关键，大胆改革一切不适应、不利于文化发展的体制机制，把深化文化体制改革作为推进文化强省战略的根本动力，通过创新为文化企业注入活力，培育具有竞争优势和品牌优势的文化市场主体，使之成为具有创新能力和造血功能的新型文化企业。实践证明：以内容创新为核心，以形式创新为手段，以机制创新为着力点，以业态创新为切入点，大力推进改革创新，是解放和发展文化生产力的重要途径。只有把改革创新深化在理念上，落实在行动上，体现在发展上，才能激发文化建设的无限活力，为文化大发展大繁荣提供不竭动力。

四是发挥区域文化优势是推动地方经济社会发展的重要途径。"十一五"时期，河南充分发挥文化资源优势，制定具有河南特色的文化发展战略，多策并举，把文化资源优势转化为产业优势。采取请进来、走出去和举办重大节会等形式，强力推进文化强省建设，打造了一批具有中原特色、中原风格、中原气派的知名文化品牌，有效提升了河南形象，扩大和增强了中原文化的影响力、凝聚力和感染力，有力推动了经济社会协调发展。实践证明，发挥区域文化优势在推动经济社会发展方面具有巨大的拓展空间，必须坚持常抓不懈。

五是文化事业与文化产业协同发展是推进文化建设的重要支撑。公益性文化事业与经营性文化产业是社会主义文化建设的两大支柱，也是文化发展战略的基本内容和主攻方向。"十一五"时期，河南坚持"两手抓"，一手抓公益性文化事业，加大对文化事业的投入，建设和完善文化基础设施，构建公共文化服务体系，提高公共文化服务能力，满足广大人民群众不断增长的精神文化需求；一手抓经营性文化产业，培育和扶持文化企业，打造具有市场竞争力的文化品牌，发展具有特色的文化产业集群，使文化产业成为经济发展的重要产业和新的经济增长点。实践表明：促进文化事业与文化产业的协同发展，是促进文化大发展大繁荣的正确选择和必由之路。

三 2011 年河南文化发展趋势与"十二五"展望

2011 年是"十二五"的开局之年。最近，党的十七届五中全会通过的《中共中央关于制定国民经济和社会发展第十二个五年规划的建议》专门用一段篇幅强调了文化大发展大繁荣的重要意义，特别是首次把"推动文化产业成为国民经济支柱性产业"作为制定国家"十二五"规划的指导意见，昭示着国家将为文化事业和文化产业的大发展提供比当前更加广阔的舞台和空间。未来五年，无疑将成为我国文化建设特别是文化产业蓬勃发展、走向繁荣的黄金五年。

就河南来讲，未来五年的奋斗目标是建设中原经济区。中原经济区，就是以河南为主体，延及周边若干区域，建设具有鲜明特点和独特优势、经济相联、使命相近，相对独立的区域经济综合体，河南处于主体地位、发挥主体作用。中原经济区是一个总体战略的概念，是对中原崛起战略的持续、延伸、拓展、深化，与加快中原崛起、河南振兴一道构成了河南发展的总体战略。中原经济区不仅具有区位价值、经济价值、社会价值、生态价值，还有突出的文化意蕴。可以说，建设中原经济区，大力发展和彰显中原文化是其题中应有之意。反过来看，中原文化也是建设中原经济区的突出优势和强大支撑。

2010 年 7 月 22 日，省委书记、省人大常委会主任卢展工在省文化厅、省文联调研时指出，中原文化自古形成，不仅有丰富的历史文化资源，也有实实在在的现实成果，文化强省不仅是指把文化本身做大做强，更重要的是要使文化在强省建设中要发挥重要作用、作出更大贡献。卢展工进而强调，文化是根，是民族之根、文明之根、发展之根；文化是魂，是民族之魂、人类之魂、发展之魂；文化是力，是时代发展、人类进步的推动力、凝聚力、提升力；文化是效，不但产生经济效益，更重要的是产生社会效益、社会效应、社会效果。这些论断精辟地阐述了文化发展与整个经济社会发展有机结合的理念，体现了科学发展观指导下的高度文化自觉，对充分认识中原文化在中原经济区建设中的战略任务，更好地发挥中原文化对中原经济区建设的引领支撑作用具有重要的现实指导意义。

在中原经济区建设进程中，文化将充分发挥经济社会转型升级的战略支点作用。

一是充分发挥对中原经济区建设的引领推动作用。中原崛起，文化先行。在文化物质的、制度的、精神的三个层次中，价值取向、道德规范、思维方式、宗教信仰、审美趣味等精神层面的内容，居核心地位，发挥着引领实践的功效。中原文化在中原经济区建设中的任务，首先也应体现在这个方面，即凝心聚力、引领发展。具体讲，就是坚持以科学发展观和社会主义核心价值体系为统领，积极树立和倡导当代中原人新的共同理想，把人民群众对美好生活的新追求、新期待，凝聚到中原经济区建设上来，筑牢中原经济区建设的共同思想基础；就是大力培育和张扬新时期河南精神，激励全省人民始终保持昂扬向上的精神状态，营造开拓进取、干事创业的文化氛围；就是广泛吸收人类一切有价值的文化成果，挖掘、承继、弘扬中原文化中的积极成分，摈弃小农经济封闭保守的消极因素，推动中原文化实现创造性转换，为建设中华民族共有精神家园、实现中华民族伟大复兴作出积极的贡献。

二是充分发挥对中原经济区建设的聚合辐射作用。河南既有辉煌灿烂的历史文化，又有一定实力的现代文化，既有丰厚的革命文化，又有特色鲜明的民俗文化，亮点纷呈。这些文化亮点对于提升形象、营造发展新机遇至关重要，是区域竞争的制胜法宝。要围绕中原文化的突出亮点做文章，整合区内文化资源，建设华夏历史文明传承核心区，形成文化高地，重塑中原文化的辉煌，重振中原这片中华民族腹地的雄风。

三是充分发挥对中原经济区建设的支撑提升作用。中原地区历史文化资源丰富，区位优势突出，市场潜力巨大，发展文化产业的条件得天独厚。要充分发挥历史文化资源厚重这一优势，进一步树立"生产性保护"的理念，积极探索历史文化资源开发利用的新思路、新途径、新方法，推动资源优势向产业优势转换，打造全球华人寻根拜祖圣地、世界级文化旅游目的地、中西部文化高地、中华文化走出去重要基地，支撑带动中原经济区产业结构、经济结构的优化升级。

为此，今后五年乃至更长一个时期，河南文化建设应该而且必须做到，以邓小平理论和"三个代表"重要思想为指导，深入贯彻落实科学发展观，认真学习贯彻党的十七届五中全会精神，自觉践行社会主义核心价值体系，坚持重在持续、重在提升、重在统筹、重在为民，以支撑推动中原经济区建设为目标，以提高人民群众精神文化素质和满足人民群众精神文化需求为出发点和落脚点，以建设华夏历史文明传承核心区为载体，以改革创新为动力源泉，深入挖掘、科学保护、合理利用中原文化资源，坚持实施重大项目带动战略，积极运用现代高科技，大力推动文化与创意、文化与科技、文化与资本、文化与旅游、文化与贸易相融合结合，变资源优势为产业优势，变文化优势为发展优势，全面提升中原文化的整体实力和竞争力、影响力，为加快建设中原经济区提供强大的文化支撑。

四 "十二五"时期河南文化发展的对策建议

"十二五"时期，加快河南文化建设，需要全省上下按照"四个重在"的要求，牢固树立又好又快理念、人本理念，进一步解放思想，强化体制机制创新，营造宽松和谐的发展环境和提振信心的浓厚氛围，在应对挑战中把握机遇，在攻坚克难中加快发展，在先行先试中乘势而上。

1. 以提升发展理念为先导，构建文化强省建设的新格局

建设文化强省，找准定位是关键。要准确把握河南最为突出的比较优势，深刻领会胡锦涛总书记关于"河南是中华民族和华夏文明的重要发祥地，是全国重要的历史文化资源大省，历史底蕴深厚，文化资源丰富，要充分发挥这一优势，推动文化发展繁荣"的重要论断，把发挥历史文化资源优势作为文化强省建设的战略支点，把潜力巨大的资源优势转化为现实的发展优势，积极建设以"华夏文明之源，炎黄子孙之根"为主题的华夏历史文明传承核心区。同时，坚持把核心区建设作为加快中原崛起、河南振兴的重要引擎，实施历史文化保护、弘扬、利用与工业化、城镇化、农业现代化和谐发展的战略，打造"中原历史文化保护与三化和谐发展示范区"，使之成为中原经济区建设的重要闪光点，开创中原崛起新局面。

建设核心区是河南加快文化强省建设的突破口，与之相应的还需要构筑郑汴洛文化高地，为文化强省建设提供更为坚实的支撑。郑州、洛阳是中原城市群的核心城市，开封是有重要影响的历史文化名城，这三座城市不仅汇聚了河南的政治、经济、文化、科技、交通、信息、人才资源，文化产业比较发达且发展潜力巨大，而且还集聚了核心区建设所需要的重要历史文化资源和文化设施，如新郑黄帝故里、偃师二里头遗址、洛阳龙门石窟、少林寺及嵩山古建筑群、多处大遗址以及河南博物院等等。因此，依托郑汴洛打造中原文化高地，使之成为中华历史文化保护与利用的重要基地、中西部文化创意与文化精品生产中心、文化产品交易与现代化物流中心、会展中心和文化旅游休闲目的地是可行的，也是必要的。

2. 以转变发展方式为动力，推动文化强省建设实现新突破

（1）项目带动。当前和今后一个时期，全省应围绕凸显文化产业战略地位、促进全省产业结构调整的核心，抓住扩内需、保增长的有利时机，大力实施重大项目带动战略，与历史文化保护核心区、郑汴洛文化高地建设相配套，规划兴建一批辐射带动力强、投资在10亿元以上的重大文化产业项目，在争取中央财政支持的同时，利用河南省文化投资公司等投融资平台，多渠道筹措资金，促使全省文化产业长个、长块，提高文化产业对经济发展的贡献度。要加强项目论证工作，充分保证项目的科学性、可行性；要重视项目绩效评估，建立问责制，确保项目做实做好。

（2）品牌带动。要充分发挥洛阳龙门石窟、安阳殷墟、新郑黄帝故里、少林寺、清明上河园等现有文化品牌的影响力，将寻根文化、古都文化、宗教文化、武术文化等河南优势文化资源通过高品位策划与现代文化产业、观光旅游业有机融合起来，辅以定位准确的宣传推介，不断扩大影响；对以《大河报》、《销售与市场》、《梨园春》、《武林风》等为代表的现代传媒品牌，以《风中少林》、《程婴救孤》等为代表的演艺品牌，以唐三彩、汴绣等为代表的民间工艺品牌，以马街书会、濮阳周口杂技等为代表的民间演艺品牌，要积极开发相关衍生产品，延伸和拉长产业链，保证品牌的可持续发展；要加大对文化品牌的保护力度，综合运用法律、行政手段等有形的手和市场无形的手维护文化品牌的形象和权益。

（3）创新带动。当前，在进一步推动观念创新、体制机制创新的同时，还必须把文化产品创新摆上重要位置，做到文化建设与科技进步相结合。要注重以现代理念和高新技术改造传统文化产业，加快数字、网络等现代信息技术在文化产品创作、生产、传播等各个环节中的应用；要大力发展新兴文化产业，增强文化的表现力、感染力和辐射力；要不断创新文化产品的表现形式，充分运用现代的灯光、舞美、音响、服装设计等元素，制作出具有视觉冲击力和艺术感染力、震撼力的文化产品，实现思想性、艺术性和观赏性的有机统一；要有意识地将现代科技成果运用到文化资源的利用与转化之中，走出一条科技进步与文化资源开发、文化产品传播有机结合的新路子。

（4）服务带动。文化强省建设是全省人民群众共建共享的宏大系统工程。作为这项宏大工程的组织者、领导者，服务群众、服务企业、服务基层是各级党委、政府和各职能部门的职责所在，是文化强省建设夺取最后胜利的坚实保障。服务带动，就是要进一步转变职能、转变工作作风、转变服务方式，以真诚有效的服务凝聚力量、推动发展。服务带动必须坚持以人为本，着力民生、着力民心，把各项文化惠民利民的举措落实到位，充分调动广大人民群众建设文化强省的积极性；服务带动要把着力点放在企业、放在基层，千方百计为各类文化企业排忧解难，帮助企业开拓市场，支持企业转型升级；要坚持重心向下，多关心、多爱护、多支持基层工作和基层文化工作者，为基层创造良好的工作环境和干事创业的氛围。

3. 以八项重点工作为抓手，确保文化强省建设全面协调可持续发展

（1）深入挖掘中原文化的精神财富。深入挖掘、系统梳理中原文化固有的"有容乃大"的开拓精神，"天人合一"的和谐精神，"自强不息"的奋斗精神，"和而不同"的包容精神，"精忠报国"的爱国精神，"中庸兼爱"的宽厚精神，"恋家念祖"的内聚精神；要大力弘扬社会主义革命和建设时期中原文化凝聚的"敢想敢干、开拓进取、坚韧不拔、团结奋斗"愚公移山精神，"自力更生、艰苦创业、团结协作、无私奉献"的红旗渠精神和"鞠躬尽瘁、执政为民"的焦裕禄精神；要积极倡导新的历史条件下中原文化所体现的"平凡之中的伟大追求，平静之中的满腔热血，平常之中的极强烈责任感"的"三平精神"。在此基础上，还必须结合中原经济区建设实践，进一步创新、凝练、提升出新时期的河南精神，并作为思想道德建设的重要任务，纳入公民教育和精神文明建设过程之中，大力张扬，为中原经济区建设提供强大的精神支撑和良好的文化条件。

（2）建设华夏历史文明传承核心区。核心区建设要明确中华民族和华夏文明重要发祥地的科学定位，以"华夏文明之源，炎黄子孙之根"为主题，以世界文化遗产项目为龙头，以一批大遗址公园和文化生态保护区为依托，以国家文物保护单位、古都名城、国家和省级非物质文化遗产以及以河南博物院为首的博物院网络为支撑，在项目实施上，不局限于行政区划，而要以文化专题为单元，统一规划，统一保护。一是建立世界文化遗产保护示范基地。以洛阳龙门石窟、安阳殷墟、嵩山历史建筑群为依托，以丰富精神内涵为重点，整合带动相关资源开发利用，全面展示完整系统的中原文化遗产体系，努力把河南打造为体现国际一流保护理念的世界文化遗产保护示范基地。二是建设国家级大遗址保护主题公园。以保护好、管理好、使用好泛中原文化圈的大遗址为战略目标，把文化遗产展示与城市建设相结合，以丰富完善殷墟遗址、隋唐洛阳城、汉魏故城等主题公园为抓手，实现历史文化与城市现代化的和谐共生。三是建立国家级非物质文化遗产保护园区。以建设文化生态保护区为载体，通过建设各种非物质文化遗产专题博物馆、展示中心、传习所、传承基地，丰富非物质文化遗产的表现形式和传播手段，增强非物质文化遗产的吸引力和国际竞争力，从而推进非物质文化遗产活态传承，为建设中华民族共有精神家园提供支撑。四是充分发挥中原"根"文化优势，在郑州规划建设以中华姓氏博物馆、百家姓文化广场、中华姓氏标志塔为核心的中华姓氏文化园，打造全球华人寻根拜祖圣地，使之成为中原经济区的重要文化支撑项目。

（3）完善公共文化服务体系。提升公共文化服务能力。力争到 2015 年，形成布局合理、功能完善、覆盖城乡、人均拥有公共文化设施数量和质量达到全国平均水平的公共文化服务体系。健全公共文化服务组织体制和运行机制，为人民群众提供高质量、高水平的公共文化服务。推进重点文化工程建设。加快全省文化标志性在建工程和省级重点文化设施建设。到 2012 年，完成广播电视"村村通"、文化信息共享、乡镇综合文化站、农村电影放映、农家书屋等重大项目建设任务。完善博物馆、纪念馆等公共文化设施免费开放制度。面向基层，多提供群众看得懂、用得上的公共文化产品，坚持"送戏下乡"，推动"欢乐中原群众广场文化活动"向纵深发展。

（4）提升文化产业发展水平。建设中原经济区，要着力把文化产业培育成支柱产业。为实现区内文化产业跨越发展，必须围绕优势文化资源做文章，坚持实施重大项目带动战略，在具体路径上，要在科学保护历史文化资源的前提下，积极引进当前国际上通行的"生产性保护"理念，盘活中原历史文化资源，启动中华姓氏文化园等支撑项目。

在推进现代文化产业发展上，要继续鼓励和支持大型国有文化企业进行跨地区、跨行业、跨所有制的兼并、联合与重组，努力建设 10 个左右包括报业网络、广电影视、出版发行、演艺娱乐等实力强大的龙头文化产业集团，做强优势文化产业；积极发展新媒体业务，大力培育网络游戏和动漫产业园区，做大新兴文化产业；促进文化产业投资主体多元化，培育壮大一批重点民营文化企业，加快形成以国有文化资本为主导、多种所有制共同发展的文化产业格局；建设"郑州新区创意产业园"，整合郑州现有文化创意产业，重点发展数字内容、工业设计、网络传媒、动漫制作、咨询策划等行业，创建一批文化创意产业孵化器和中介组织，培育一批文化创意产业高成长性企业，力争到 2015 年，发展成为国家级文化创意产业示范区、中西部地区最具竞争力的文化创意产业园区之一；建设郑州文化产品物流基地和文化产品与服务营销中心，确立河南在全国的重要文化产品市场和现代化物流中心的地位；大力发展现代会展业，以郑州国际会展中心、中原国际博览中心为核心，组建河南会展集团，把河南省建设成为中西部最有影响力的会展中心；促进文化产业向其他产业渗透，带动科学技术、服务设施、通信网络、旅游产品、交通运输等相关行业的发展及投资环境的改善。

（5）提升文化精品生产能力。建立重大文学艺术创作项目科学策划、论证和筛选机制，从省级宣传文化发展专项资金和文化事业建设费用中每年安排专款，重点支持文学创作、书法绘画、戏剧演艺等文艺优势领域，使文学豫军、中原书风持续叫响全国，不断推出精品力作；加大对德艺双馨艺术家的奖励力度，鼓励设立知名文艺家、文化工作者创作室和流动工作站；对优秀项目、重大文学艺术成果或产生重大影响的作品给予重奖；建立省级文学艺术荣誉制度，对贡献重大的优秀艺术家授予荣誉称号；塑造文化活动品牌，进一步提升新郑黄帝故里拜祖大典、中华姓氏文化节、洛阳牡丹花会、少林国际武术节等文化活动水平，努力塑造面向全球华人的"根在中原，老家河南"品牌。

（6）促进文化与旅游融合发展。进一步挖掘少林寺、嵩山、龙门石窟、白马寺、殷墟、红旗渠、太行大峡谷、云台山、鸡公山、南湾水库、开封龙亭、大相国寺、清明上河园等景区、景点的文化内涵，逐步形成以嵩山少林、大宋东京、龙门石窟、安阳殷墟等核心品牌为龙头，以一大批具有较高知名度的文化旅游品牌为羽翼，以著名风景旅游区为纽带的文化旅游新格局，把已有的文化旅游业做大做强；通过演艺、影像、雕塑、绘画、节会和主题公园等新的载体，把既具有中原特色又具有较高知名度和广泛影响力的文化资源形象化、系统化和大众化，丰富旅游内涵，提升旅游品位，拓展旅游空间，进一步拉长旅游产业链条。对潜力较大但知名度不高的旅游资源，如神农山、王屋山、万仙山、云梦山、嶓峱山、玉皇山等山水资源和历史名镇开封朱仙镇、淅川紫荆关镇、新安铁门镇、孟津会盟镇等人文景观，要科学规划、系统开发，不断丰富和拓展河南省的文化旅游内容和空间。

（7）培养和引进文化高端人才。以宣传文化系统"四个一批"人才为载体，培养造就一批文化拔尖人才和专门人才；办好中原文化艺术学院，支持高等院校开设文化创意等相关专业，大力发展职业教育，培养适应网络时代要求的专业人才和技术工人；支持创新型文化企业，建立一批产学研一体化的文化产业人才培养基地；每年面向国内外引进若干名文化创意和文化产业领军人才，并制定优惠政策给予扶持；加强与国内外优秀文化人才的项目合作，健全智力要素参与分配制度。

（8）探索文化"走出去"的新形式、新途径。认真总结河南省既往文化"走出去"系列活动经验，进一步解放思想，把握国际市场规则，明确重点目标市场，打造特色文化产品，努力把文化"走出去"活动变成政府引导、市场主体运作、符合国际惯例、社会效益与经济效益相统一的经常性文化交流活动和文化经贸活动；以根结缘，增强中原文化传播的针对性，派出中原文化宣讲团、联谊团，到福建、广东、台湾以及东南亚等中原移民迁入地，宣传中原文化，促进中原文化同海内外华人、华侨的良性互动；拓宽对外文化传播渠道，尝试在世界各地开办少林武馆、太极学院；通过国际合作、委托代理、发展出口基地和境外直接投资等多种形式，构建多层次、宽领域、外向型的文化发展平台，做好文化交流项目、文化产品和服务的推介和营销，形成全方位开放、合作、交流的大格局，推动中原文化走向世界。

B.2
河南文化体制改革研究报告

河南省社会科学院课题组*

摘　要： 按照中央深化文化体制改革的精神，河南积极稳妥地推进文化体制改革，破除体制弊端，创新管理机制，公共文化服务体系进一步完善，文化市场主体得到培育，新的体制机制初步建立，文化宏观管理和市场执法得到进一步加强，文化改革发展试验区和文化产业发展示范园区建设稳步推进。同时，随着改革的深入，一些深层次问题逐渐暴露出来，文化体制改革攻坚克难的任务更加繁重。应按照中央精神和省委、省政府的部署，加快改革步伐，统筹解决改革中出现的深层次问题。

关键词： 文化体制　市场机制　改革创新

一　河南省文化体制改革工作的简要回顾

文化体制是上层建筑的重要组成部分。深化文化体制改革，破除传统体制的种种弊端，可以进一步解放和发展文化生产力。为此，党的十六届四中全会明确把深化文化体制改革，解放和发展文化生产力，作为提高建设社会主义先进文化能力的一项重要内容，强调要促进文化事业的全面繁荣和文化产业的全面发展。在2003年6月开始进行的文化体制改革试点基础上，2005年，中共中央、国务院先后出台了《关于深化文化体制改革的若干意见》和《关于进一步加强农村文化建设的意见》，特别是《关于深化文化体制改革的若干意见》，标志着我国文化体制改革工作进入到一个新阶段。经过几年的探索与实践，文化体制改革在2009年进入了攻坚关键时期。2009年7月27日中宣部、文化部下发《关于深化

---

* 课题组组长：张锐、谷建全；课题组成员：李立新、卫绍生、毛兵、李玲玲；执笔：李立新。

国有文艺演出院团体制改革的若干意见》，8月14日全国文化体制改革经验交流会在南京召开，中央对文化体制改革下达了"任务书"，制定了"路线图"，明确了"时间表"，明确要求2010年年底前要全面完成文化体制改革试点任务，吹响了全国文化体制改革的"冲锋号"。

2010年7月23日，中共中央政治局就深化我国文化体制改革问题进行第二十二次集体学习。胡锦涛总书记发表重要讲话指出，深入推进文化体制改革，促进文化事业全面繁荣和文化产业快速发展，关系全面建设小康社会奋斗目标的实现，关系中国特色社会主义事业总体布局，关系中华民族伟大复兴。胡锦涛总书记从战略高度强调了深化文化体制改革的重要性和紧迫性，全面总结了党的十六大以来文化体制改革和文化建设取得的成绩、存在的问题，进一步明确了深入推进文化体制改革必须坚持的指导思想，提出了必须抓紧抓好的重点工作。胡锦涛总书记的重要讲话是对文化体制改革和文化建设的一次全面深刻的论述，充分体现了党中央对社会主义文化建设的高度重视和对文化建设规律的科学把握，为当前和今后一个时期文化建设指明了前进方向。2010年8月13日至14日，全国文化体制改革工作会议在青岛举行，会议强调当前文化体制改革正处于全面推开、攻坚克难的关键阶段，部署督促全国文化体制改革的各项工作。

河南省文化体制改革就是在这一背景下逐步展开的。根据中央有关文化体制改革的精神，河南先后出台了《文化体制改革试点中经营性文化事业单位转制为企业的规定》（豫政〔2004〕77号）、中共河南省委、河南省人民政府《关于贯彻落实〈中共中央国务院关于深化文化体制改革的若干意见〉的实施意见》（豫发〔2006〕15号）、河南省人民政府《关于经营性文化事业单位转企改制中若干配套政策意见的通知》（豫政〔2006〕49号）、中共河南省委、河南省人民政府《关于进一步深化文化体制改革加快文化产业发展的若干意见》（豫发〔2008〕22号）和中共河南省委、河南省人民政府《关于设立河南省文化改革发展试验区的通知》（豫文〔2008〕195号）等一系列事关文化体制改革的重要文件。仅2008年8月之后的一年多时间里，河南就相继召开了全省文化产业发展和文化体制改革工作会议、文化改革发展试验区建设工作会议、文化体制改革和文化产业发展工作座谈会、文化体制改革工作会议、文化市场综合执法改革工作会议等一系列高规格的文化工作会议，落实全国文化体制改革工作会议提出的各项任务，紧锣密鼓地推动全省文化体制改革朝纵深发展。

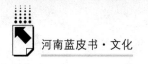

二　全省文化体制改革稳步推进

作为全国非试点省份，一年来，全省各地、各部门按照中央和省委的要求，围绕文化强省建设目标，积极稳妥地推进文化体制改革，文化体制改革进展顺利，成效明显，一些方面的工作走在了全国前列，呈现出良好的发展态势。

（一）经营性文化单位转企改制催生一批新的文化市场主体

按照"老人老办法，新人新办法"的原则妥善解决人员安置等难题，经营性文化事业单位转企改制稳步推进。截至 2010 年 9 月，除国有文艺演出院团之外，全省 265 家经营性文化事业单位已有 205 家完成转企改制，占总数的 77%，总体进度位于全国前列。

全省电影行政管理职能划转工作完成，电影发行放映单位转企改制步伐加快，郑州、开封、洛阳、安阳、商丘 5 个试点市及所属县（市、区）电影公司、电影院全部完成转制，13 个非试点省辖市本级 27 家电影公司、电影院已完成转企改制 18 家。河南省电影公司改制成立河南奥斯卡电影院线有限责任公司，在上海、西安、乌鲁木齐等市筹建了 10 多座星级影城，并不断推进全国市场扩张计划，院线新近成功进入北京市场。电影票房收入、观众人次连续四年以超过 60%的幅度递增，2010 年票房收入将突破 2 亿元，在全国的位次由 2004 年的第 22 位跨入前 10 位，被中宣部等部门命名为全国文化体制改革先进企业。

广电系统所属的电视剧制作机构的转企改制完成。省电视台把电视剧部剥离，成立了电视传媒发展有限公司，并着力将其培育成为具有较大影响的内容生产市场主体；2010 年 8 月组建了国有独资的河南电视新闻媒体有限责任公司，并与香港新恒基集团签署了战略合作协议。

2004 年，省委、省政府批准新闻出版局率先实行政企分开和管办分离，剥离局属企事业单位组建河南出版集团。除河南人民出版社外，全省出版发行单位转企改制任务已全部完成。河南出版集团完成整体转制，成立了中原出版传媒投资控股集团有限公司，被中宣部等部门命名为全国文化体制改革优秀企业，入选全国"文化企业 30 强"。党刊发行体制改革实现突破，河南日报报业集团和《党的生活》杂志社在推进宣传经营业务"两分开"上都取得了实质性进展，

《党的生活》杂志社转制成立河南楷模文化发展有限公司。

国有文艺院团改革积极稳妥推进，河南省歌舞剧院、郑州市杂技团等 18 家国有文艺院团完成转企改制。河南省歌舞演艺集团有限责任公司挂牌成立，积极探索与市场化相衔接的内部运行机制，建立了遵循社会主义市场规律、符合现代演艺企业特点和自身实际的"分级管理、一团一策"管理模式，走出了一条国有文艺院团改革发展的新路子。河南歌舞演艺集团属下的河南交响乐团和河南民族乐团实行理事会制，对乐团分部首席实行全国招聘，对演奏员实行全员招聘；歌剧团、舞蹈团合二为一，组建集团下属的新河南省歌舞剧院，与木偶剧团一起实行企业法人管理下的制作人制；曲艺团实行股份制；演出推广中心和艺术培训中心实行经营目标责任制等。转企改制给河南歌舞演艺集团注入了活力，2009 年演出营业额突破千万元，是 2006 年演出收入的 5 倍，比 2008 年增加 60% 以上。

文化体制改革的深入推进，激发了国有文化企业的活力，国有文化资本的影响力、控制力进一步增强，国有文化单位的市场主体地位进一步确立。

（二）公共文化服务质量和水平进一步提高

按照"增加投入、转换机制、增强活力、改善服务"的要求，普遍推行内部人事、收入分配和社会保障"三项制度"改革，实行聘用制和岗位管理制度，建立健全竞争、激励、约束机制，有效调动了广大干部职工的积极性、创造性，公共文化服务能力和水平进一步提高。公共文化设施日益完善，建成乡镇综合文化站、村文化大院和社区活动中心 2 万多个，覆盖城乡的公共文化服务网络进一步形成。

河南省博物院扎实推进"三贴近"改革，改进服务模式，调整布展形式，提高展览水平，收到良好效果。河南艺术中心全权委托北京保利管理有限公司经营管理，引进先进运营模式，取得了良好的社会效益和经济效益。对党报、党刊、电台、电视台等重要新闻媒体实行国有事业体制，把经营业务剥离出来，使宣传业务的社会效益得到较大提高。

文化惠民工程扎实推进，新完成 3800 多个 20 户以上已通电自然村广播电视"村村通"建设任务，建设农家书屋 5200 家，文化信息资源共享工程建成服务点 1.7 万个，农村电影放映工程实现每个行政村每月放映一场电影的目标。全省80 家公共博物馆、纪念馆免费开放，年接待观众 1000 多万人次。广泛开展"先

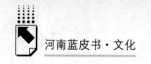
进文化进基层"、"欢乐中原"广场文化活动、"爱国歌曲大家唱"等群众性文化活动，进一步丰富和活跃了全省人民的精神文化生活。

（三）文化宏观管理和文化市场综合执法进一步加强

继续深化文化行政管理体制改革，推进政企分开、政事分开和管办分离。推动政府部门把行政管理的重点从办文化向管文化转变，从微观管理向宏观管理转变，从主要管理直属单位向进行社会管理转变。省新闻出版局多年来实行政企合一体制，改革后所属出版单位与省新闻出版局脱钩，成功实现了政企分开、管办分离，省新闻出版局的工作重心转向打击侵权盗版行为、保护知识产权，为文化发展营造良好的市场环境上来，宏观管理能力明显加强。

深入推进文化市场综合执法改革，加强了文化市场综合执法工作的科学化、规范化、信息化建设，不断推进能力建设、制度建设、装备建设、形象建设和廉政建设。截至2010年9月，85个省辖市、县（市、区）完成文化、广电、新闻出版"三局合一"改制，57个省辖市、县（市、区）组建了文化市场综合执法机构，执法效率和依法行政能力明显提高。加强文化市场日常监管，集中开展"扫黄打非"专项整治行动，强化知识产权保护，有力地促进了文化市场的规范发展。

（四）文化改革发展试验区初见成效

2008年河南省文化产业发展和文化体制改革工作会议提出，要选择部分县市，像搞经济特区一样搞文化改革发展试验区，争取闯出一条新路，创造一个模式。至2009年9月，省委、省政府确定将开封、登封、宝丰、禹州、浚县、镇平、淮阳、新县、濮阳市区和信阳鸡公山10个文化资源具有独特性和唯一性、产业发展有一定基础的市（县、区）设为省级文化改革发展试验区，把文化建设作为地区发展的突破口和带动力，实施文化领域的全面改革，积累新经验，寻求新突破。

省委、省政府采取有力措施推动省级文化改革发展试验区建设，从加快体制改革、产业集聚发展、财税扶持、适度扩权、智力支持五个方面给予试验区建设有力扶持。省政府支持每个试验区1000万元建立专门的文化产业投融资平台。10个试验区高起点规划、高水平建设、高标准招商。一年多来，10个试验区坚持以市场为导向，注重体制机制创新，完善公共文化服务体系，促进文化产业集聚发展，取得了良好效果。

2009年，10个试验区旅游总收入达到196亿元，同比增长37%，旅游总人数达6000万人次，同比增长20.3%，均高于全省平均水平。港中旅、山东志高等一批国内知名企业纷纷落户试验区。实施重大项目67个，总投资109亿元，累计完成投资21亿元。试验区建设在有力拉动当地经济增长的同时，也为全省文化强省建设起到了示范带动作用。

三 文化体制改革存在的问题

河南省文化体制改革和发展进展顺利，成效显著，一些方面的工作走在了全国前列，但与中央的要求及改革进展较快的省份相比，还有一定的差距，还存在一些亟待解决的问题。

（一）制约文化建设的体制机制障碍没有从根本上消除，文化改革和发展的内生动力尚未形成

1. 公益性文化事业单位内部三项制度改革存在的主要问题

一是"按劳分配"效果不明显，干多干少、干好干坏一个样。二是富余人员安置困难。经过竞争上岗、双向选择，从岗位上退下来的富余人员，特别是"老人"安置问题比较突出。由于目前事业单位养老保险机制不健全，缺乏未聘人员分流安置政策，未聘人员无法多渠道分流，只能以内部消化为主，使聘用制流于形式，竞争机制无法发挥作用，工作人员积极性难以调动，改革的效果无法体现。三是投入方式制约。公益性文化事业单位经费主要来源于政府公共财政，通常为人头、业务和维护三项基本投入。而财政经费每年的安排都是按照在编人员的数量来确定的，即增人增资，减人减资，因此，绝大多数单位都不愿主动裁减冗员。

2. 经营性文化单位改制存在的主要问题

一是人员安置问题。主要是在改革中失去工作岗位人员的二次就业，如果不能对一部分失去工作岗位的干部职工给予妥善安置，就可能影响社会的稳定，改革也就难以顺利推进。二是改革成本问题。改革成本包括：部分效益差的单位拖

欠干部职工的工资、改革应发放的干部职工的经济补偿金、应补缴的社会保险金等，所需成本较大，政府财政难以承担。三是配套政策不够健全或未能有效落实。为了配合文化体制改革深入开展，各有关部门根据上级精神、结合实际出台了相应的关于大力发展文化产业文化事业的配套优惠政策。但是由于种种原因，有些单位制定的政策结合实际不够，有的为了部门利益，过分强调原则性，发展文化产业的灵活性不够。

3. 国有文化企业结构调整中存在的主要问题

一是计划经济时代遗留下来的文化管理体制和运行机制影响着文化建设的生机和活力，使社会和民间发展文化产业的积极性得不到充分发挥。二是文化结构不合理。文化事业部分偏大，文化产业部分偏小；国有文化单位机制不活，民营文化企业长不大、做不强；文化市场体系不健全，文化市场监管政出多门、多头执法，公平竞争的市场环境和规范的市场秩序尚未建立起来。三是文化资源较为零星散乱。文化产业总量和规模偏小，文化产品市场竞争力弱，尤其是规模化和叫得响的文化产业品牌和龙头产品比较少，对文化资源的开发、利用意识和文化创新意识目前还比较薄弱，缺少资本和多元化的文化战略投资者。四是文化要素和区域市场发育不健全，市场主体不成熟。作为文化产业主体的各类文化经纪单位的产权结构、法人治理结构、分配制度、用人制度等都还没有顺畅地建立起来，难于形成规模效应和资源的优化组合。

（二）文化发展的保障条件还不充分，没有形成稳定的投入保障机制，社会力量参与文化建设的渠道还不畅通

1. 财政文化投入总量相对不足

与庞大的支出需求相比，河南省财力十分有限。在社会事业发展中，社会保障、义务教育、公共卫生和农村发展往往受到更多的重视和强调。而文化属于较高层次的需求，并具有隐性和柔性的特点，在财力有限的情况下，很难将发展文化事业作为财政支持的重点。虽然财政对于文化事业的支出逐年增加，呈上升趋势，但远远满足不了全省日益增长的文化事业发展的需求。由于经费投入不足，河南省人均文化事业费连续多年全国倒数第一，文化基础设施建设滞后于经济建设的发展和人民生活的需要。

2. 财政投入缺乏激励机制

目前，全省的财政文化投入一方面表现出总量不足，而另一方面又存在使用效益低下、投入和产出不成比例的问题。而正是由于缺乏有效的财政投入激励机制，形成了资金短缺和资金使用效率低下并存的局面。一是收入分配制度改革滞后，没有建立岗位绩效工资制度。二是没有建立专项资金绩效考评制度。

3. 对社会资本进入文化产业的引导不够

资本是文化产业发展的血液。文化产业的发展和文化单位的市场化转型，离不开巨额资金的启动和扶持。目前，河南省文化企业投资渠道单一，基本上靠文化企业自身滚动发展，这对文化产业发展十分不利。资金不足，已经成为制约文化产业发展的瓶颈。而引导社会资金多方投入文化产业的措施并不到位，财政引导资金投入文化产业的功能还未充分发挥，缺乏促进文化产业发展的相应的投资融资政策。

（三）各类文化人才匮乏，难以满足文化事业和文化产业的发展需要

1. 文化人才总量不足

由于受到河南的产业结构和人口素质的制约，虽然全省文化从业人员数量比以前有所增加，但作为文化资源大省和人口大省，与发达地区相比，河南文化人才所占的比重还比较低，文化从业人员占就业人口的比重偏低仍是一个突出问题。

2. 文化人才结构不合理

从产业结构看，传统文化产业人才集中，新兴文化产业人才严重不足；从人才的层次结构看，高层次、高技能、影响大的领军人才比较缺乏；从人才的年龄层次看，全省文化人才年龄结构趋于老龄化，图书馆、博物馆、曲艺、戏剧、美术、书法等方面的人才已出现青黄不接的现象；从人才的能力结构看，单一型人才多，复合型人才少，文化艺术人才多，经营管理人才少。

3. 文化人才分布失衡

一是城市文化人才多，农村文化人才少。由于历史原因，具有较高文化水平的人才主要集中在大中城市，这就造成了文化人才城市多而农村少的状况。二是文化事业人才多，文化企业人才少。由于体制、观念和现行政策等原因，河南省的文化人才主要集中在文化事业单位，而文化企业从业人员却很少，尤其是一些

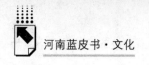

民营文化企业人才更少。此外，文化产业人才集聚力不强。河南文化人才大多各自为战，缺少必要的文化氛围和交流平台，没有形成人才集聚效应，智慧和创造力不能有效发挥。

2010 年是基本完成文化体制改革重点任务、推动改革取得重大进展的关键一年，是"十一五"的收官之年，也是"十二五"的开局之年，编制"十二五"时期文化体制改革和发展规划纲要已迫在眉睫。中央三令五申加快文化体制改革，下达了"任务书"，制定了"路线图"，规定了"时间表"，要求 2012 年完成文化体制改革任务，河南的文化体制改革到了全面展开、攻坚克难的关键时刻。要迎难而上，加快文化体制改革，不断解放发展文化生产力，满足人民群众日益增长的精神文化需求。

四　文化体制改革的重点工作

中央明确要求，党的十八大之前基本完成文化体制改革任务。必须进一步增强责任感和紧迫感，理清工作思路，明确工作目标，加大工作力度，确保文化体制改革积极稳妥地向前推进。

（一）加快推进电影、广电网络等经营性文化单位转企改制

按照中央在 2010 年年底前完成国有电影制片厂、省级和地市级电影发行放映单位转企改制的要求，河南应加快推进各级广电网络传输机构转企改制和资源整合，在完成 18 个省辖市广播电视网络资源整合的基础上，积极探索县级广播电视网络资源整合的方式、途径，推动有线电视数字化整体转换向基层覆盖，为"三网融合"奠定坚实基础。

（二）积极稳妥推进国有文艺院团改革

国有文艺院团改革是文化体制改革的重点、难点。目前，省级文艺院团干部职工基本工资保障问题在省委书记卢展工同志的亲自过问下已经得到解决，其他扶持政策正在逐步落实。文艺院团应突出抓好内部机制改革，建立和完善绩效考评体系和量化评价标准，形成有效的激励约束机制，改变"干好干坏一个样，干与不干一个样"的状况，彻底打破"大锅饭"，形成优劳优酬、多劳多得的利

益分配格局，形成干部能上能下、人员能进能出的选人用人导向。已经完成转制的文艺院团要巩固改革成果，不走"回头路"。同时，还要积极推动歌舞、杂技、曲艺、地方戏曲等市场发育相对成熟的文艺院团改革。对文艺院团资源予以整合，抓好试点，解决文艺演出院团小而散的问题，努力打造出有影响、有竞争力的大型文艺演出团体，盘活文化演出资源。

（三）稳步推进新闻媒体的相关改革

一要推进党报党刊发行体制改革。推动党报党刊把发行部分剥离出来，组建发行公司，鼓励其对区域内的报刊发行资源进行整合，完善营销网络、提高传递时效、扩大覆盖范围。二要推进电台、电视台制播分离改革。积极推动河南影视制作集团公司和河南电视传媒发展有限公司按照现代企业制度要求，不断完善法人治理结构。同时积极稳妥地推进娱乐、科技、体育等节目进行制播分离改革。三要推进非时政类报刊改革。非时政类报刊改革涉及面广、情况复杂，是改革的难点，应积极谋划，稳步推进，确保 2011 年年底之前完成改革任务。四要推进重点新闻网站转企改制。积极推动大河网转企改制，筹备组建大河网络媒体总公司，创新盈利模式，提高市场竞争力。同时还要牢牢把好关口，确保正确的舆论导向。

（四）继续深化公益性文化单位改革

要进一步深化公益性文化单位改革，推动形成责任明确、行为规范、富有效率、服务优良的运行机制。一要深化内部改革。要与国家事业单位改革相衔接，进一步深化公益性文化单位人事、收入分配和社会保障制度改革，推行全员聘用制和岗位责任制，建立完善政府、社会、公众代表相结合的监督管理和考核评价体系。二要探索建立事业单位法人治理结构。目前，公益性文化事业单位管理行政化现象比较普遍，导致独立法人的作用难以有效发挥。要结合行政管理体制改革，赋予公益性文化事业单位应有的自主管理权限，探索建立现代法人治理结构，激发事业单位的发展活力。三要拓宽服务领域、创新服务方式。积极探索公共文化产品市场化的新路子，逐步扩大从市场招标购买公共文化服务的比重，把公共文化服务的供给从文化系统的"内循环"转变为市场的"大循环"。鼓励有条件的地方开展流动服务、连锁服务、集中配送，切实解决基层文化产品供给不足问题，多提供适合群众需要的精神文化产品。

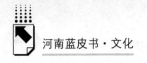

（五）推进文化宏观管理体制改革

要以文化市场综合执法改革为切入点，积极推进政府职能转变，进一步提高管理效能。一是全面完成文化市场综合执法改革。二是加快转变政府职能。围绕建设服务型政府，以"两转两提"为重点，大力推进服务理念、服务内容、服务方式和服务手段创新。理顺文化行政管理部门与所属企事业单位、中介组织的关系，做到政企、政资、政事、政府与市场中介组织分开，使文化行政管理部门把更多的精力转移到政策调节、市场监管、社会管理、公共服务上来。三是创新国有文化资产管理方式。从全省国有文化资产管理的特点出发，积极探索建立权利义务责任相统一、管人管事管资产相结合的新型国有文化资产管理体制和运行机制。研究制定对国有文化企业进行综合评估考核的具体办法，确保文化企业始终把社会效益放在首位，确保国有资产保值增值。

（六）进一步完善公共文化服务体系

构建公共文化服务体系，是文化体制改革和发展的重要任务。要按照公益性、基本性、均等性、便利性的要求，以政府为主导，以公共财政为支撑，以基层为重点，加大投入力度，创新运行机制，推动公共文化服务向广覆盖、高效能转变，不断提高公共文化服务的质量和水平。要继续抓好文化惠民工程，进一步完善公共文化设施，加强对文化产品创作生产的引导，扎实推进文化精品工程，吸引社会力量支持文化发展。

（七）不断发展壮大文化产业

发展文化产业是转变经济发展方式、促进经济社会全面协调发展的重要举措。目前，河南省文化产业发展尚处于初级阶段，整体实力和竞争力不强，对国民经济的拉动作用十分有限。要促进文化产业转型升级，实现文化产业向规模化、集约化、专业化方向发展，使文化产业逐渐成为国民经济的支柱产业，在中原经济区建设中发挥更大作用。要抓好文化产业重大项目，大力培育骨干文化企业，推动文化产业集聚发展，促进文化发展方式转变。

五 积极稳妥推动文化体制改革的建议

卢展工书记说：文化是根、文化是魂，文化是力、文化是效。根和魂是文化的属性，力和效是文化的目的。文化体制改革的目的就是要解放文化生产力，增强文化发展活力，繁荣发展文化事业和文化产业，满足人民群众不断增长的精神文化需求，推动文化产业成为国民经济支柱性产业。促进文化产业的发展是文化体制改革最主要的目的。河南的文化体制改革要坚持"重在持续、重在提升、重在统筹、重在为民"的要求，真正做到求实、求效。因此，要加大力度增动力，强化主体增实力，完善市场增活力，整合资源挖潜力，最终形成加快文化产业发展的带动力，变文化软实力为经济硬实力，发挥文化在建设中原经济区中的应有作用，促进中原崛起、河南振兴。

（一）进一步深化文化管理体制改革，增强推动产业发展的动力

要继续按照"政企分开、政资分开、政事分开、政府与中介组织分开"的原则，完善文化产业发展的体制和机制，明确产业发展的管理与统筹主体，理顺关系。第一，政府要从"办"文化向"管"文化转变，由直接管理向间接管理转变，由行政管理向市场管理转变，通过"服务、咨询、监督、调控"等方式，建立责权明确、制度完善、机制灵活、管理规范的服务体系，在政府机构改革和职能转换中着力解决管理分散、条块分割、超权缺位等问题，把文化产业的发展和文化市场的管理纳入法制化、规范化的轨道。第二，要加快推进重点国有经营性文化单位如文化、出版、广播、电视等领域管办分离，理清政府与国有经营性文化企业的关系。明确现有文化经营设施和资产的归属关系，把资产的所有权、处置权与经营权分离，按照现有国有资产管理方式和机制，实行资产授权经营，对资产增值和收益权作出明确的规定，对于资产负效的文化经营单位实行拍卖、租赁经营或其他办法盘活，提高国有文化经营性单位的资产运营绩效。

（二）进一步强化市场主体的培育，提升产业发展的实力

从目前河南省转企改制的实际状况看，现代企业制度建设有待进一步完善。第一，要围绕市场主体的培育，对国有文化经营单位加快实施规范化的公司制改

造，真正做到"产权明晰、权责明确、政企分开、管理科学"，使国有文化经营性企业成为符合市场要求并适应市场竞争的法人实体，真正实现自主经营、自负盈亏、自我约束、自我发展。第二，要继续坚持龙头企业带动战略，培育和发展一批实力雄厚具有产业竞争力和优势的国有或国有控股的大型文化企业与企业集团，充分发挥其影响力、聚合力和带动力，建立和完善法人治理结构，建立和完善符合市场规则和运行规律的经营管理体制，调动其积极性和创造力。要打破单一国有的所有制格局，在国家法规和政策允许的范围内扩大市场准入，通过重组、整合和战略投资者的引进等方式实现股本结构的多元化。第三，要继续下大力气发展民营文化企业，鼓励民营资本参股、控股、兼并政策准入的文化单位；要鼓励优秀文化人才领办文化企业，并为之发展创造外在环境，把国家已经出台的文化产业发展优惠政策，真正落实到位，最终形成"千帆竞航"的多元化文化产业发展格局。

（三）加快市场体系建设，提升产业发展的活力

从先进国家和发达地区文化产业发展的成功经验看，建立和完善"统一、开放、竞争、有序"的现代文化市场体系是加快产业发展、激发活力、提升竞争力的重要支撑。根据河南文化产业发展的现状，文化市场体系的建设当前着力点主要是：第一，要根据国家《文化产业振兴规划》并结合河南已有的经验和实际，尽快制定和完善河南文化产业振兴方案和意见，进一步完善区域布局和文化产业结构的调整和优化。把区域布局和结构布局结合起来，把文化产业的发展纳入"三化建设实验区"建设规划等重点规划之中。第二，要加快培育以金融、人才、技术为重点的市场要素支撑体系，打破行政区域的限制，通过环境营造、园区建设、项目带动等途径，逐步形成各生产要素的"洼地"，使生产要素有效集聚；加快建设开放有序的文化产业生产要素市场和交易平台，鼓励人才、技术、创意作为资本进入文化企业。要形成多元化的投融资体制和机制，除进一步扩充政府主导建立的文化建设投资基金和文化产业发展专项资金外，还要通过财税杠杆，引导鼓励企业、社会组织、外资和个人投资文化产业，形成国家、集体、社会、个人共同参与的多元投融资体制。要创造条件，加快步伐，使国有、国有控股文化企业和已形成市场规模、具有一定核心竞争的民营文化企业通过上市来拓展融资渠道。

（四）加大资源整合力度，挖掘产业发展的潜力

河南作为文化资源大省的优势不容置疑，但资源优势并不等于市场优势和产业发展优势。文化资源尤其是非物质文化遗产等，其资源秉性决定其跨区域和超时空性，无法为某些特定地区所"垄断"。必须通过与创意、人才、技术、资金等要素的结合，才能把资源优势变为市场优势和竞争优势，并最终转变为产业优势。要合理规划并加快文化产业园区建设，把产业园区作为资源整合的平台，实现资源的优化组合。尤其是要加快创意产业园区规划建设，尽快在中原城市群核心区形成以中原文化资源为依托的文化创意产业园区。要加强项目建设，把重大项目作为集聚产业要素的纽带，作为招商引资的重要窗口。要创新项目推介形式，优化项目实施环境，抓好项目的具体运作，实现资源、创意、人才、资金在项目上的有效结合。

专 论 篇

B.3

加快"四大体系"建设
努力提升文化软实力

胡景战*

摘 要: 提升文化软实力,就要加快"四大体系"建设,即加快社会主义核心价值体系建设,加快公共文化服务体系建设,加快优势文化产业体系建设,加快传输快捷、覆盖广泛的文化传播体系建设。"四大体系"建设加强了,到位了,提升综合文化实力、加快文化强省建设步伐的目标就比较容易实现了。

关键词: 四大体系 软实力 文化强省

2005 年实施文化强省战略以来,河南的文化发展活力不断增强,中原文化的影响力不断扩大,河南形象得到有效改善,知名度、美誉度和整体实力、竞争

---

* 胡景战(1973~),男,河南灵宝人,河南省委宣传部政策法规研究室副调研员。

力日益提高，河南已经成为在全国有影响的文化大省。当前，河南省的文化建设发展态势良好，正处于从积极探索、稳步推进向科学发展、快速发展转变的过程中。在这一进程中，如何进一步提高中原文化的软实力，加快文化强省建设步伐，是亟待解决的重大课题。本文从提升文化软实力的角度，对文化强省建设的路径和措施进行思考。

一 扎实推进社会主义核心价值体系建设，巩固人民团结奋斗的共同思想基础

建设社会主义核心价值体系，解决的是思想基础和精神动力问题。没有共同的理想信念、强大的精神力量，经济强省和文化强省建设无从谈起。目前，我们正处在一个思想大活跃、观念大碰撞、文化大交融的时代，先进文化与落后文化、健康文化与腐朽文化同时并存，统一思想、凝聚力量的任务很重。提高文化软实力，推动文化大发展大繁荣，建设文化强省，要把社会主义核心价值体系建设作为第一位的任务抓紧抓好。

首先，要坚持用中国特色社会主义理论体系武装党员干部、教育人民群众。一是以深入学习实践科学发展观活动为契机，积极营造学习实践活动的浓厚舆论氛围，引导干部群众正确理解、准确把握科学发展观的重大意义、科学内涵、精神实质和根本要求，增强贯彻落实科学发展观的自觉性和坚定性。二是深入开展中国特色社会主义理论体系宣传普及活动。以加强和改进党委（党组）中心组学习为重点，扎实推进党员干部的理论学习；以深入开展"科学理论进基层"集中宣讲活动为载体，推动当代中国马克思主义大众化；以加强青年学生思想政治建设为重点，推进马克思主义中国化最新成果进教材、进课堂、进头脑工作。三是加强理论研究。紧紧围绕转变经济增长方式、建设中原经济区等重大现实问题，围绕人民群众关心的热点难点问题，以重点社科研究基地为依托，组织精干力量研究攻关，推出一批有价值、有分量的研究成果，为人民群众解惑释疑，为省委、省政府的重大决策提供科学理论依据。

其次，要把建设社会主义核心价值体系贯穿到国民教育、精神文明建设之中，使之转化为人民群众的自觉行动。一是努力建设社会主义道德规范。贯彻落实《公民道德建设实施纲要》，加强社会公德、职业道德、家庭美德、个人品德

建设。大力倡导诚信意识，加强社会诚信、企业诚信体系建设。坚持以"三理"教育为载体，深入推进未成年人思想道德建设。二是加强和改进思想政治工作。把做好面上的宣传教育与做好重点人群的思想工作结合起来，把解决思想问题与解决实际问题结合起来，进一步理顺情绪、平衡心理、化解矛盾。三是进一步加强典型宣传。建立健全先进典型宣传长效机制，发挥先进典型示范带动作用，推动形成良好社会风尚和社会风气。四是大力开展以创建文明城市、文明景区为龙头的群众性精神文明创建活动和以"清洁家园行动"为载体的农村精神文明建设活动，着力提高市民文明素质和城乡文明程度。

再次，积极探索用社会主义核心价值体系引领社会思潮的有效途径。改革开放以来，由于社会经济成分、组织形式、分配方式和利益关系日趋多样化，人们活动的独立性、选择性、多变性和差异性不断增强，社会思想空前活跃，社会思想文化呈现多样化趋势。特别是在对外开放的环境下，中西文化的碰撞，西方文化资本、文化产品和价值观念的冲击，西方一些非马克思主义甚至反马克思主义的思想的侵蚀和渗透，在所难免。在这场经济和对外开放的大背景下，迫切要求我们要紧密结合人们思想观念发展变化的实际，探索总结引领社会思潮的有效途径和办法，通过科学、有力的舆论导向、文化辐射、制度安排等，力求在多元多样中立主导、在交流交融中谋共识、在变化变动中一以贯之，团结一切可以团结的力量，化消极因素为积极因素，形成既有国家统一意志又有个人心情舒畅、既包容多样又有力抵制各种错误和腐朽思想、既坚守基本社会思想道德又向着更高理想目标前进的生动局面，在尊重差异中扩大社会共识，在包容多样中增进思想共识，最大限度地形成共识、凝聚力量，齐心协力建设社会主义先进文化。

二 加快构建公共文化服务体系，保障人民群众基本文化权益

建设公共文化服务体系，是提供文化产品和文化服务、保障人民群众文化消费权利和缩小城乡差别、促进文化公正的根本途径。没有健全、高效的公共文化服务体系，就没有文化事业的繁荣发展，提升文化软实力就没有根基，文化强省建设就是空中楼阁。

公共文化服务体系是一个内容丰富、涉及面非常广泛的体系。从构成来看，它由三大网络交织而成：一是领域网络。包括通过思想道德教育提高公民文明素质的工作，涵盖传统"公共服务"所涉及的文化、教育、科技、卫生、体育等具体领域。二是硬件网络。包括广播电视、光缆通信和文化基础设施，它应当覆盖城市和乡村的所有地区。三是社会阶层网络。包括城市基层居民、农村居民和城市外来人口。只有实现了这三个网络的协同建设，才能缩小城乡差别、促进文化公正和真正保障人民群众的基本文化权益。

　　公共文化服务体系又是一个庞大的系统工程。构建公共文化服务体系，社会各种力量扮演着不同的角色、承担着不同的任务。具体来说就是：政府主导、社会参与、市场运作。政府不再全部包办公共文化服务，但要起主导作用；发挥社会民间力量参与公共文化服务，在市场经济的条件下既是必要的又是可能的；市场运作的含义是既要依靠市场又要超越市场，要依靠市场是因为能够承办公共文化服务事业的社会民间力量是在市场中形成的；要超越市场是因为公共文化服务体系不像一般市场经营活动那样以营利为目的，它直接地以人为本，人是它的直接出发点和归宿点。当前，要按照结构合理、发展平衡、网络健全、运行有效、惠及全民的原则，以加快文化基础设施建设、文化精品工程建设、文化惠民工程建设和积极开展各种群众文化活动为内容，加快构建覆盖城乡的公共文化服务体系。一是要以服务基层、服务群众为基本宗旨，以公益性、公平性、便利性、多样性、基本性为原则，为基层、为农民、为困难群体提供更多更好的文化服务。二是加大公共文化服务事业投入，采取以政府财政投资为主、综合利用多种投融资渠道等措施，把更多的资金注入公共文化服务事业，改造落后的文化基础设施，建立健全文化阵地。三是真正发挥现有文化基础设施和文化阵地的作用，不要让文化设施成了应付上级领导检查的摆设，更不要让乡镇文化站、村文化大院等文化阵地成了乡、村基层干部独享的娱乐场所。四是培养和挖掘基层文化建设人才，鼓励和支持热衷于社区文化建设和农村文化建设的文化志愿者、爱好者充分发挥带头作用，激励和引导人民群众自己组建文化活动队伍，自办文化活动，改变人民群众是文化建设的旁观者和被动接受者的现象，使人民群众既是公共文化服务的对象，同时也是基层文化建设的主体，打造人人参与公共文化服务体系建设的良好局面。

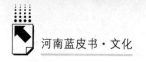

三　不断加强优势文化产业体系建设，
提升文化整体实力和竞争力

文化产业是文化实力的重要标志，也是区域竞争力的有效构成。作为新的经济增长点，发展文化产业是调整产业结构、扩大内需、拉动消费、增加就业和满足人民群众精神文化生活的有效渠道。提升文化软实力、建设文化强省，就要把文化产业发展作为提升全省文化整体实力和竞争力的有效途径，好中求快、大中求强。

首先，要大力发展优势产业。继续实施重点项目带动战略，集中抓一批市场前景好、竞争能力强、能够形成产业规模的文化项目，加快发展文化旅游、传媒出版、演艺培训、工艺美术和文博会展等优势产业项目，从而带动全省文化产业的发展，增强全省文化的整体实力。当前，在大力发展以上五大优势产业的同时，要坚持整体推进、重点突破的方针，从中选择更具优势、能够较快发展起来的产业作为突破口。河南省的文化旅游产业和演艺产业已经有了良好的发展基础，要重点发展，拉长产业链条，把它们打造成在国内甚至在国际市场上有影响的文化产业的"长板"。

其次，要精心培育一批知名文化品牌。通过几年来的努力，河南省已经初步形成以古都文化、武术文化、寻根文化、宗教文化等为代表的文化旅游品牌，以洛阳唐三彩、禹州钧瓷、开封汴绣等为代表的民间工艺品牌，以宝丰魔术、马街书会、濮阳周口杂技等为代表的民间演艺品牌，以黄帝故里拜祖大典、中华姓氏文化节等为代表的文化活动品牌，以《大河报》、《销售与市场》、《梨园春》、《武林风》等为代表的现代传媒品牌，以《程婴救孤》、《风中少林》、《禅宗少林·音乐大典》等为代表的演艺品牌，以《快乐星球》、《小樱桃漫画》、《独脚乐园》等为代表的影视动漫品牌。下一步，要把它们打造成具有河南特色、在全国有影响的知名文化品牌，打造成河南文化产品生产中的核心文化产品，提高河南文化产品的知名度和竞争力。

再次，要大力发展创意产业。一是加大培育文化创意主体的力度。目前，以河南超凡影视制作公司、小樱桃卡通公司和小皇后豫剧团等为代表的民营文化企业不断发展壮大；河南日报报业集团、中原出版传媒集团、河南文化影视集团、河南电影电视制作集团、河南有线电视网络集团进一步做大做强；郑州市天人文化旅游有限责任公司、焦作云台山旅游发展有限公司、郑州中远演艺娱乐有限公司等企业，被文化部命名为"国家文化产业示范基地"；濮阳市华晨杂技集团被命名为"国家文化出口重点企业"；开封、登封、禹州、淮阳、浚县、宝丰、镇平等地被省委、省政府定为文化改革发展实验区。要下大力气培育这些文化创新主体，把它们打造成为具有自主创新能力、拥有自主知识产权的文化企业、企业集团和先进地区。二是加大打造优秀文化创意产品的力度。河南省是文化资源大省，文化积淀深厚，这为文化精品生产提供了取之不尽、用之不竭的宝藏。要吸收和借鉴经验与教训，坚持实施"河南文艺精品工程"，努力创作生产出一批思想精深、艺术精湛、制作精良，思想性、艺术性、群众性、市场性俱佳的文学艺术作品。要调整文化产品结构，多生产适销对路、有需求、有市场、能够满足人们不同文化需求的产品。要拉开文化产品的价格、品位和档次，以适应不同对象、不同人群、不同收入阶层的文化需求。要在生产一般性文化产品、满足人们一般性文化需求的同时，生产和提供特色文化产品，满足人们对文化产品的特殊需求。

四　加快构建传输快捷、覆盖广泛的文化传播体系，增强中原文化的影响力

文化作为软实力的核心组成部分，其功能作用总是通过一定的载体或媒介进行传播来实现的。特别是在信息化时代，有效的文化传播是一个国家或地区树立文化自信、提升文化影响、维护文化安全、塑造外部形象的重要途径。从这个意义上说，加快构建传输快捷、覆盖广泛的文化传播体系，是完善河南文化发展格局、提高文化软实力、推动文化大发展大繁荣、加快河南文化强省建设的必要手段和必然选择。

传输快捷、覆盖广泛的文化传播体系是一个内涵丰富的体系，既有文化的传播，又有新闻舆论的传播。一个完善健全的文化传播体系，至少应包括两个方面的内容：一是文化传播体系；二是新闻传播体系。文化传播体系包括对内（省内）传播和对外（省外、国外）传播两个系统，侧重解决的是文化自信、文化自觉和文化输出能力的问题，新闻传播体系侧重解决的是舆论影响能力的问题。

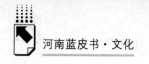
这两个方面，共同构成了衡量一个国家、一个地区文化软实力大小的重要标志之一。

首先，要大力发展对内文化传播体系。一是整理、挖掘、开发和利用丰富的文化资源，不断扩大文化传播的资源优势。要广泛开展资源普查、认定和登记工作，全面掌握文化资源的种类、数量、分布状况、保护现状、开发利用情况和存在的问题。二是加大研究力度，系统发掘传统文化资源的积极内涵，积极融合现代文化的精华，不断赋予传统文化以时代精神和现代形式，增强人民群众的认同、接受程度，为文化传播奠定群众基础。三是推进文化传播基础建设，加快提高文化传播的硬件水平。如加强公共文化服务体系建设，进一步保障人民群众参与文化建设、文化创造和文化传播的权益；再如不断增强公共文化设施的互动性，降低信息接收和发布的技术门槛等。四是在充分挖掘和创新传统的口传和人际传播形式的基础上，依托新兴技术进行数字化处理、网络化传播，形成新兴技术与传统手段相得益彰的文化传播格局。五是广泛开展文化传播实践，积极开展各种形式的文化活动，增强人民群众文化传播的自觉性和主动性，把广大人民群众吸引到文化传播活动中来。

其次，要大力发展对外传播体系。对外传播的实质是文化的引进和输出。文化引进和输出并不是相互对立、相互排斥的。引进是为了发展自己的文化，赶上或超越发达地区、发达国家；输出是让省外、国外了解自己的文化。文化引进和输出主要有两种形式：一是文化交流；二是文化贸易。开展文化交流，就是要通过有计划、相对稳定、持续的文化交流项目，进行文化交流活动，让外界了解中原文化的博大精深，扩大河南的影响，提升河南的形象。开展文化贸易，就是要加大文化产品的出口。长期以来，我国经济对外贸易长期保持顺差，而文化却相反，文化产品进口远大于输出，文化贸易始终是逆差形势，经济硬实力和文化软实力不相匹配。河南省和全国一样，文化贸易乏善可陈，这种状况亟待改变。

再次，要大力构建强大的新闻传播体系。全球化时代，良好的地区形象已经成为对外交往的名片，成为走向全国、走向世界"助推器"。有效展示正在发展崛起中的河南新形象，消除外界的曲解和误读，打破文化交流与合作的障碍，对构建强大的新闻传播体系具有重要意义。完善的新闻传播体系是由报纸、期刊、广播、电视、互联网、手机等组成的立体化、多媒体、覆盖广泛、技术先进的新闻传播体系。当前,我们要加大用现代科学技术改造传统的传播手段的力度,积极鼓励主流媒体发展现代传媒,不断加快传统媒体和新兴媒体的融合。重点是发展壮大《河南日报》、河南人民广播电台、河南电视台、大河网、省政府门户网站和《河南手机报》等主流媒体,做大做强以《大河报》为代表的都市类媒体,进一步整合新闻媒体资源,形成以上述媒体为主、各领域专业媒体为辅的主流媒体群,扩大覆盖面,增强河南新闻舆论的传播力和影响力。

B.4
以试验区建设为平台
实现文化经济融合发展

——河南积极探索文化改革发展新模式

夏至胜　丁静润*

摘　要： 设立文化改革发展试验区，是河南省加快文化体制改革、繁荣发展文化事业、努力振兴文化产业、促进由文化资源大省向文化强省跨越的重要举措。从近两年的实施效果来看，文化改革发展试验区起到了示范带动作用，成为文化强省建设的"新高地"和文化领域招商引资的"新名片"，也为河南乃至全国的文化建设探索出一种新的发展模式。

关键词： 文化改革　试验区　发展模式

近年来，河南提出了加快文化体制改革、繁荣发展文化事业、努力振兴文化产业、促进由文化资源大省向文化强省跨越的发展战略，取得了明显成效。但从总体看，河南省文化改革发展还处于起步阶段，发展观念陈旧、体制不活、投入不足、人才匮乏、创意不新等问题没有得到有效解决，文化资源优势没有变成产业优势、竞争优势，守着文化的聚宝盆却没有端上文化发展的金饭碗。为进一步破解文化发展难题，2008 年全省文化产业发展和文化体制改革工作会议提出，要选择部分县市，像搞经济特区一样搞文化改革发展试验区，争取杀出一条血路，闯出一条新路，创造一个模式，并将文化改革发展试验区具体建设交由省发改委统筹负责。

---

* 夏至胜（1967～），男，河南长垣人，河南省发改委社会发展处处长；丁静润（1977～），女，河南洛阳人，河南省发改委社会发展处主任科员。

　　根据省委、省政府的要求，河南省发改委会同省直有关部门开展了相关调研工作。一是省内调研，主要是筛选确定文化资源丰富、产业化基础较好、文化产业对当地调整经济结构和转变发展方式带动力强的市县；二是赴国内发展较好的文化产业示范园区，如西安曲江新区、天津西青区等进行调研，学习它们的先进经验和做法。结合省内外调研情况，河南省发改委向省委、省政府提出了将开封、登封、宝丰、禹州、浚县、镇平、淮阳、新县、濮阳市区和信阳鸡公山10个文化资源具有独特性、唯一性和产业发展有一定基础的市（县、区）设立为省级文化改革发展试验区的设想。

　　在指导思想上，试验区要"以科学发展观为统领，以深化文化体制改革，发挥文化资源优势，彰显地域文化特色，做大做强文化产业，完善公共文化服务为主线，坚持社会效益和经济效益相统一，政府引导和市场机制相结合，地域文化特色和对外开放相促进，内容创新和形式创新相融合，实现文化事业、文化产业又好又快发展，为我省文化强省建设做出积极探索。"

　　在主要任务和目标上，试验区要在三个方面进行试验：一是在文化体制改革方面进行试验探索，推动经营性文化单位转企改制和文化资源、文化市场管理体制改革，加快形成充满活力的文化企事业单位运行机制和有利于促进文化资源整合的管理体制。二是在完善公共文化服务体系方面进行试验，加强文化基础设施建设和文化遗产保护，形成促进文化事业繁荣和文化产业发展的坚实基础。三是在发展文化产业方面进行试验，着重挖掘特色文化资源和比较优势，选择文化产业发展题材，突出文化的现实成长性和发展潜力，推进文化资源保护、传承、开发和产业化，形成各地特色鲜明、优势突出、竞争力强的文化产业体系。大力推进产业集聚，鼓励各市县建设以文化产业为主导产业、多种文化产业形态并存、形成较完整产业链的文化产业园区，使之成为继承和发扬悠久历史文化、弘扬社会主义核心价值观的有效载体。

　　2008年年底，省委、省政府发布《关于设立河南省文化改革发展试验区的通知》（豫文〔2008〕195号），确立开封市、登封市、禹州市、淮阳县、新县、浚县、宝丰县、镇平县为河南省第一批"文化改革发展试验区"。2009年9月，省委、省政府发布《关于将信阳鸡公山文化旅游综合开发试验区和濮阳市区纳入河南省文化改革发展试验区的通知》（豫文〔2009〕141号）。至此，全省共设立10个文化改革发展试验区。

一年多来，10个试验区坚持以市场为导向，注重体制机制创新，促进文化产业集聚发展，取得了良好效果。2009年，10个试验区旅游总收入达到196亿元，同比增长37%，旅游总人数达6000万人次，同比增长20.3%，均高于全省平均水平。实施重大项目67个，总投资109亿元，累计完成投资21亿元。港中旅、山东志高等一批国内知名企业纷纷落户试验区。试验区建设在有力拉动当地经济增长的同时，也为全省文化强省建设起到了示范带动作用，成为文化强省建设的"新高地"和文化领域招商引资的"新名片"。河南设立的文化改革发展试验区，已经成为推动文化大发展大繁荣的有效模式。

一 高起点编制试验区策划、规划方案

文化资源具有独特性和不可再生性，对文化改革发展试验区建设而言，高水平策划显得特别重要，一是可以避免宝贵资源的盲目开发，丧失既有优势；二是可以通过创意策划，激发潜在优势。河南省发改委在组织各试验区编制策划和规划方案时，坚持高起点、高创意，紧紧围绕资源特色、文化品牌做文章，力争做到"一张蓝图绘到底"，一届政府接着一届政府干，务求实效。在规划编制上，坚持做到以下三点。

一是坚持"一个理念、两个立足、三个融合"。"一个理念"，即坚持"大文化、大产业"的发展理念。突破就文化论文化的思想局限，在更高层次、更广范围谋划文化发展，注重把市场运作、链式发展等现代产业理念引入试验区规划编制中。"两个立足"，即立足文化的引领作用，以文化发展为切入点，以试验区建设为平台，促进试验区经济社会全面发展；立足于各地特色文化资源，发挥比较优势，努力形成独具特色的文化产业和文化品牌。"三个融合"，即注重文化产业和文化事业的融合，形成文化发展的有机整体和驱动链；注重文化产业链各环节的融合，使文化产业朝更高附加值、更强竞争力的方向发展；注重文化发展与经济社会发展的融合，使文化成为当地加快发展的重要推动力。

二是明确各试验区的文化发展定位。定位准确了，才能形成最具震撼效果的文化形象，形成试验区的发展目标和主线。目前，除信阳鸡公山外，其他9个文化改革发展试验区的总体规划已编制完成，并明确了总体战略定位。开封市规划定位为"文化体验之都，水韵休闲之城"，登封市为"中华文化圣山，世界功夫之都"，禹州市为"钧瓷之都"，淮阳县为"羲皇故都，水城淮阳"，新县为"鄂豫皖红色胜地，大别山休憩家园"，浚县为"民俗之城·工艺之乡"，宝丰县为"民间演艺之都，中华魔术之乡"，镇平县为"中华玉都"，濮阳市为"东方杂技之都，华夏龙源圣地"。新的战略定位不但成为试验区文化发展的总目标，而且已成为当地宣传推介文化资源、树立文化旅游主题形象的一个品牌，在全省乃至全国叫响，成为试验区各类形象策划和媒体宣传的新标志。

三是坚持策划、规划两分开和两阶段编制方法。即先做创意策划，明确试验区的总体定位和发展方向，经专家论证后，再通过规划明确改革和发展的思路、目标和重点任务。为保证高起点、高水平谋划试验区发展，省发改委安排专项资金 50 万元，选聘来自中国社会科学院、清华大学、北京大学等单位的 15 位著名文化专家组成专家咨询委员会，负责为各试验区提供创意咨询，并对规划进行初审，以规划机构与文化专家错位审视、互为补充的工作机制保证规划的层次和质量。实践证明，两阶段工作法和引入高层次智力资源的做法较好地保证了规划的质量，少走了弯路。目前，各个试验区规划均得到当地党委、政府和广大干部群众的高度认可，已成为未来较长时期指导当地经济社会发展的纲领性文件。

二　出台含金量高的支持试验区发展政策

考虑到文化发展具有自身的特殊规律，为鼓励文化改革发展试验区积极探索、大胆创新，省委、省政府出台了《关于支持省级文化改革发展试验区建设的若干意见》。相比以往出台的文化发展政策，《若干意见》在许多方面都有新的突破，具有较高的含金量。

一是支持试验区搭建专门的文化产业投融资平台。省财政在财力十分紧张的情况下，一次性拿出 1 亿元，对每个试验区支持 1000 万元，同时市、县各配套500 万元，支持各试验区建立专门的文化产业投融资平台。实践证明，文化建设需要大量资金投入，但依靠公共财政远远不能满足文化大发展的需要。建立文化发展的投融资平台，有利于多渠道筹集文化发展资金，有利于吸引民营资本参与文化产业的结构调整，有利于加快文化的市场化、产业化进程。在省财政资金的引导下，目前各试验区均已组建完成资产规模在 5000 万元以上的文化产业投融资平台。这些投融资平台不仅起到了融通各方面资本的作用，而且逐步涉足文化与旅游资源的整合、开发和经营，破解了文化领域长期靠政府投入、投资来源渠道单一、运营机制不活等问题。

二是适当扩大试验区部分经济管理权限。对登封、宝丰、禹州、浚县、镇平、淮阳、新县等7个县域文化改革发展试验区适当扩大部分经济管理权限，包括计划直接上报、项目直接申报、财政直接结算等，推动试验区以文化发展为突破口，加快经济社会发展步伐。

三是支持试验区文化单位转企改革。政策突破点是对试验区艺术表演团体转企改制实行"新人新办法、老人老办法"，即在其转企改制方案批准日之前，在职在编事业人员改制后保留事业身份和档案工资，在职期间工资报酬按企业有关规定执行，退休时按事业单位标准核发退休金。转企改制方案批准日之后新进人员按企业有关法律、法规、政策执行。艺术表演团体由于其特殊性，一直是市场化改革的难点。明确对其实行"新人新办法、老人老办法"，既有利于解除现有事业人员的后顾之忧，又有利于转企后按市场规律运营，增强发展活力。对于试验区内其他国有经营性文化单位，《若干意见》规定："国有经营性文化事业单位转企改制后，原有的事业费要按原渠道继续拨付，保持5年不减，5年后视转制企业提供文化产品和服务的数量、质量另定。"这些政策体现了省委、省政府允许试验区先行先试、破解难题的思路，调动了试验区推进改革和发展的积极性。

三 促进试验区体制机制改革创新

体制机制的创新是试验区建设的重要内容，是闯路子、创模式的主要环节。各试验区在抓好文化产业发展和公共文化服务体系建设的同时，坚持以改革为突破口，着力形成有利于资源整合、产业发展和市场竞争的新体制和新机制。

一是创新投融资机制。在推动试验区搭建文化产业投融资平台的同时，河南省积极与国家开发银行合作，促进银行融资优势与政府组织优势的互补互促。2009年8月，河南省政府与国家开发银行签署了《支持河南省文化产业发展合作备忘录》，国家开发银行将河南作为其支持文化产业的试点省份，对河南符合贷款条件的文化项目积极给予支持，意向合作额度为500亿元，近3年内支持规模达到200亿元左右。其中文化改革发展试验区建设成为双方合作的重点领域，

2010 年上半年国家开发银行已为试验区累计发放近 11 亿元贷款，在试验区建设中发挥了重要作用。

二是创新文化行政管理体制。推动各试验区整合文化行政管理职能，提高行政管理效能。目前，开封市、濮阳市、淮阳县已完成文化、广电、新闻出版"三局合一"，组建了文化市场综合执法机构，解决了文化资源多头管理的问题。其他试验区正在加紧推进文化市场综合执法队伍的组建。

三是创新市场主体运营机制。推动试验区艺术表演院团实现市场化运营，由财政供给转变为财政扶持，报业、出版社全面实行采编和经营分离等。国有文化单位的转企改制，激发了骨干文化人才的创新活力，推进了文化资源整合，营造了文化产业发展的市场环境。

四　着力提升试验区综合竞争力

产业是试验区发展的依托，产业规模的大小、实力的强弱，直接决定着试验区建设的成效甚至成败。在试验区建设中，我们坚持以项目为抓手，积极开展招商引资，促进产业集聚发展。

一是坚持项目带动战略。编制试验区规划时，同步谋划一批重大项目，加强土地、资金等要素保障，对重大前期项目实行多部门联审联批，使一批投资大、前景好的项目及时开工建设，在试验区建设乃至全省战危机、保增长、保民生过程中发挥了积极作用。

二是注重文化产业的集聚式发展。引导各试验区加强文化园区建设，促进资源优化整合，形成整体竞争力。目前，一批以文化产业为主导产业、多种文化产业形态并存、链式发展的文化产业园区启动建设。如浚县石雕产业集聚区、禹州钧陶瓷产业园区、镇平国际玉城、淮阳伏羲文化旅游产业集聚区等已进入建设高峰。这些文化产业园区的陆续建成，将在产业集聚、资源节约、促进就业、吸引人才方面发挥重要作用。

三是强力推进文化招商。借助各种投洽会、旅交会等平台，积极推介文化改革发展试验区，成功引进一批战略投资者。登封市已组建港中旅（登封）嵩山少林文化旅游有限公司；信阳鸡公山与港中旅集团组建的合资公司即将挂牌运营，信阳市与山东志高集团合作建设的文化科技动漫产业园已开工建设；开封市

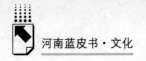

强力招商，文化旅游项目引进外资11亿元；淮阳县通过举办节会、外出参展，吸引外商投资项目6个，总投资4.2亿元；新县已与浙江凯旋、珠海运泰利、河南新长城等8家公司签订近2.3亿元的投资合作协议等。

文化改革发展试验区是一个新生事物，可资借鉴的经验不多。河南设立文化改革发展试验区，在探索中前行，在探索中完善，通过文化改革发展试验区这个抓手，为全省文化建设积累新的经验，创造新的模式，促进文化建设与经济建设、社会建设相互促进，协调发展。从近两年的运行效果来看，这一目标已初步实现。

论中原文化的优势和文化资源转化

郑泰森*

摘　要：中原文化源远流长，博大精深，充分体现了首创性、融合性、思变性和开放性特征。确立中原文化优势的成因是中原地处国之中心的政治和地理因素。中原文化资源的开发利用重在转化。转化为文化影响力，激发人民群众对河南的挚爱和自豪感，形成促进中原崛起的精神动力；转化为产业，为中原经济区的经济发展作出贡献。

关键词：中原文化　优势　资源转化

河南省是中华文明的发源、演进、融合、发展的地方，也是中华民族精神和先进文化的形成之地，堪称宏大的中华文化的"主题公园"。目前，正在如火如荼全面推进的中原经济区建设，其过程不仅是河南省资源优势、经济实力和生产力水平等硬实力不断提升的过程，也是区域文化传统以及人文精神和人文环境等软实力不断提高的过程。

一　中原文化的优势

河洛地区在中原文化发展的过程中，始终发挥着轴心和主导作用。位于河洛东部的裴李岗文化是我国目前发现的时代最早的新石器时代文化之一，属于距今约八千年前的新石器时代初期。从新密莪沟裴李岗文化遗址中发现的石斧、石铲、石镰、石磨盘、石磨棒等农业生产工具，证明这时河洛地区农业已经产生，已有粟类作物的种植。遗址中还出土有猪骨和羊骨，说明当时已开始饲养家畜。

---

* 郑泰森（1952～），男，河南固始人，河南省人民政府参事、河南省发改委经济研究所所长。

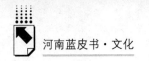

而陶纺轮的发现，证明当时已经有了纺织。考古资料证明，到了河南龙山文化晚期即夏代初期，河洛地区已经出现了文字、青铜礼器和城市，最先进入了文明时代。

河洛地区是当时交流、融汇和锤炼各个地区文化精髓的大熔炉。中原地区以嵩山为象征，以河洛地区为中心，其地理位置居于中国大陆新石器时代各大文化区域中心。这种得天独厚的自然地理环境，决定着中原地区自古以来与周围各文化之间都有直接或间接的联系。一方面中原地区对周围地区有着重大影响；另一方面又使中原地区便于吸收其他区域文明中的优秀文化因素充实自己。

中原地区首先进入文明时代以后，对周围地区产生了比以往更为强烈的影响与巨大的吸引力，与周围的联系更为密切。随着历史的发展，周围地区陆续进入文明时代，中国古代文明区域不断扩大，河洛地区逐渐发展成为中国古代文明的核心地区。

华夏族的形成，孕育了与本民族经济、政治相适应的观念形态及其制度的集合体——中原文化（也称华夏文化）。商周时期的甲骨文、金文；精美的青铜工艺；庞大的宫殿建筑群；桑林舞蹈，大武乐章；深邃神秘的《易经》；最早的政论文《尚书》与诗歌《诗》；开始从宗教意识里脱颖而出的哲学；等等，都标志着中原文化的形成。

如果说，秦以前是中原本土文化的起源与内部融合的发展期，那么，从汉代开始，便进入本土文化与外来文化的交汇期。这种开放式的双向交流，始于河洛地区，也终结于河洛地区。

这一时期，地处京畿的河洛地区，由于大规模的外来文化输入，处于"坐集千古之智"的佳境。所谓外来文化，先是西域文化，后来是南亚次大陆文化。

与西域的文化交流，源于西路丝绸之路的开通。两汉时，经张骞、班超两度经营，西路丝绸之路东以洛阳为起点，往西直达古大秦国的首都罗马。

东汉延熹二年，即公元166年，大秦王即罗马皇帝安敦遣使到达东汉首都洛阳，赠送给汉桓帝很多礼物。这是中国与欧洲国家之间直接往来之始，也是西路丝绸之路两端国家进行丝绸贸易的开端。洛阳便成为当时的国际贸易中心。

来自南亚次大陆的印度佛教文化对中原文化的影响深刻而广泛，已渗透到中国社会的各个领域。

佛教哲学蕴藏着极深的智慧，它对宇宙人生的洞察，对人类理性的反省，有着深刻独到的见解。恩格斯在《自然辩证法》中称誉佛教徒处在人类辩证思维的较高发展阶段。

当然，中国人对于佛教哲学并非不加改造地照搬。从佛教于东汉初年首度传入河南起，在汉唐至宋明的千余年间，不断将佛教中国化。

佛教与中国传统哲学的融合表现为两个方面，一是佛教融合儒、道；二是儒、道融合佛教。

发源于嵩山少林寺的禅宗，是继承中国传统思想而形成的独树一帜的宗派，自奉慧能的说法记录为经，称《坛经》。这是中国僧人唯一称经的著作。禅宗人还把过去偏重于系统宣扬佛教学说的称"教"，而自命为宗，以示区别。以"宗"对"教"，是中国佛教的独创。

北宋时期，发端于嵩洛的新儒学又从佛学中汲取了大量的营养，与周易、老子、庄子三玄相糅合。程颢、程颐宣扬的"理"，即套自佛教的"真如佛性"。程颢"出入释老几十年"。程颐与灵源禅师过从甚密，曾赞叹禅宗"不动心"值得仿效。

朱熹的博大思想体系也有若干内容采自禅宗的思辨。传统儒学与外来佛学相激荡，终于产生了中国封建社会后期的文化正宗——程朱理学。

北宋末期，宋王朝在军事上一再惨败于西夏、辽、金，首都被迫由中原迁往江南，中原从此远离中国的政治、经济、文化中心，其辉煌便画上了句号。

归纳起来，中原文化发展的过程，充分体现了首创性、融合性、思变性和开放性等特征。

二 确立中原文化优势的成因

中原文化的优势主要是由居中的历史区位决定的。《荀子·大略篇》说："欲近四旁，莫如中央，故王者必居天下之中。"《中庸》说："中也者，天下之根本也；和也者，天下之达道也。致中和，天地位焉，万物育焉。"其意为：中是天下最大的根本，和是天下人共同遵循的道德和行为准则。达到中和者，天地各在其位，生生不息；万物各得其所，成长发育。"中"是中华文化的浓缩。河南省从夏、商、周三代，一直到北宋王朝，一直位于古代中国的政治、经济和文化中心，在中国历史上最早确立并长时间保持着民族文化心理上的"天地之中"地位。

据西周青铜器"何尊"铭文记载，周武王在消灭了殷商之后，在洛汭的京宫大室告祭于嵩山说："其余宅兹中国，自之乂民"。要以这里为天下四方的中心建立都城，在这个地方统治人民。"中国"一词即源于此。周公在嵩山阳城兴建测影台，从礼制上确定了此地为天下之中，并赋予"天地之所合也，四时之所交也，风雨之所和也，阴阳之所会也"的崇高地位。

中国传统文化的观念结构是内向性的。中国古代哲学认为，虚最大，实次之；虚在中，实在四周。古人有关空间的观念，与人所处的空间形态有关，即东、西、南、北、中。人在中央，四个方向，有四种神明：东青龙、西白虎、南朱雀、北玄武。这四种神明，其实是人的保护神。这就是中国的人本主义。

中国的内向空间在先秦时代就已形成。兴起于嵩山地区的夏禹，史书说他治水患而定九州，这九州之中，青、冀、扬、雍、梁、徐、荆、兖在四周，豫州在中间，所以称中州。中州最富庶，为天下中心，周边的八州都向着中州。八州之外，为外域，或称为化外。"化"就是化野蛮为文明，所谓"敷文化以柔远"，"关乎人文，以化成天下"，这就是"文化"的本义。

中原文化自南宋以后再无大的建树，以至逐渐衰落，主因是失去了"王政之所加，七赋之所养"的政治中心的区位优势。它表明，没有了政治中心的地位，经济中心和文化中心也不复存在。而单纯地理上居中的所谓区位优势是微不足道的。

三 中原文化转化的领域

历史文化资源的开发利用，重在转化。首先是把历史文化资源转化为文化影响力，即软开发，对外塑造具有强烈吸引力的地区文化形象，促进对外开放；对内激发人民群众对河南的热爱和自豪感，起到凝聚人心的作用。其次是把历史文化资源转化为产业，为经济发展作贡献，即硬开发。以软开发为魂，以硬开发为体。软硬兼施，互为作用，相辅相成。

（一）转化为建设中原经济区的精神动力

首先是充分发挥中原文化的独特优势，提升中原经济区的软实力。当前，省委、省政府正在推动中原经济区建设。中原经济区的重要功能之一，是推动中华文化的繁荣复兴，在继承吸收传统文化精神的基础上，创新文化表现形式，发展文化生产力，构建社会主义核心价值体系，推动社会主义文化大发展、大繁荣，提高中原文化的影响力，使中原经济区成为传承和弘扬中华优秀文化传统的文化核心区域。

其次是从重认知和认同向重"扬弃"转变，从丰富的传统文化中提炼出与时俱进的先进文化精神，为实现中原崛起提供持久的精神推动力。过去，我们的历史文化观，对省内停留在重新认知的层面，对省外则停留在寻求广泛认同的层面，津津乐道于我们的历史有多么厚重，我们的文化资源有多么丰富，往往不分是历史上的先进文化还是封建糟粕。忽略了对具有时代精神、积极向上、能够古为今用的文化传统和价值观的挖掘、提炼和弘扬，扬的多，弃的少。今后，应重在扬弃，剔除糟粕，汲取精华。

再次是发扬"思变"精神，痛下决定，加快增长方式转变。中原经济区建设需要重振中原文化传统中的思变精神。思变精神是《易经》的精髓。诞生于中原地区的《易经》，其"易"字，就是变易的意思。《易辞》说："在天成象，在地成形，变化见矣"。因此，台湾南怀瑾教授在阐释《易经》哲学思想时，称《易经》是变的哲学。"穷则思变，变则通"的思想，深深植根于中原文化之中。春秋时，郑州人列子在《列子·汤问》篇中讲述的寓言故事《愚公移山》，是古代中原人穷则思变的典型。愚公移山的故事，发生在今天河南省济源市的王屋山区，那是一个地处内陆腹地、封闭落后的小山村，大字不识的村民愚公深谙变则通的道理，为了改变生存环境，他举全家之力，子子孙孙，世世代代，挖山不止，矢志不渝地向往和追求大山之外的文明，其精神感动了上帝，得到神助，实现了自己的理想。愚公移山的精神，受到毛泽东同志的推崇，把它写进了党的七大闭幕词。全国人民通过学习毛主席的"老三篇"，认识了愚公，使愚公成为家喻户晓的名人，但很多人不知道愚公是河南人。

红旗渠的故事则是愚公移山的现代版。林县人民在党的领导下，发扬愚公移山的精神，通过十年艰苦卓绝的努力，在太行山的峭壁上开凿了一条人工天河，把漳河水引入世代缺水、滴水贵如油的林县，其所体现的也是"穷则思变、变则通"的精神。

长期以来，作为中原经济区的主体，河南省过度依赖资源型产业，造成自主创新能力不足，缺乏核心技术和自主知识产权，更多地依靠资源、能源的大量投

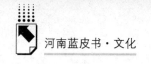

入和廉价劳动力的比较优势的状况。这是一条资源环境难以支撑的"负重之路"。转变发展方式"久推难转",充分反映了转变的艰巨性。推动转变,特别需要发扬"愚公移山"和红旗渠精神,在思变中求发展,在思变中求持续。

(二)转化为产业

1. 文化旅游产业

旅游产业是河南历史文化资源转化的重点领域。河南目前是中国的旅游大省,主要支撑就是文化旅游。今后要向旅游强省转变,仍然要打文化牌。

要大力发展壮大旅游业。以转型升级为主线,以建设旅游强省为目标,以国际化为突破口,实施大板块、大品牌、大集团战略,把旅游业培育成人民群众更加满意的现代服务业。以旅游目的地和集散体系建设为核心,根据游憩功能,整合构建文化体验、都市旅游、山地度假和乡村休憩四大板块。重点培育以郑州、洛阳、开封和安阳为主体的中原大古都群,以少林和太极为代表的中国功夫,以伏牛山为中心、南太行山和大别山为两翼的山地休闲度假区,以新郑黄帝故里和淮阳羲皇故都为代表的拜祖寻根等旅游目的地。打造郑州新区、嵩山、洛阳龙门、焦作云台山、平顶山尧山和大佛、信阳鸡公山等十大旅游集聚区。大力引进社会资本,加强与国内外大型旅游企业的战略合作,强化国际、国内市场开拓和区域合作,努力提升旅游业综合竞争力。

推动文化观光向文化体验、休闲转型,培育观光、体验、休闲三位一体文化旅游产品。

整合洛阳、安阳和登封世界文化遗产地资源,以大遗址公园建设为龙头,打造国际化文化旅游精品。

把丝绸之路东起点洛阳汉魏故城遗址、隋唐洛阳城遗址、安阳殷墟遗址和嵩山大周封祀坛遗址建成集文化遗产保护、考古发掘、历史研究、科学教育和公众游览休闲于一体的世界级大型文化遗址公园。

进一步优化洛阳龙门石窟、安阳殷墟和登封"天地之中"历史建筑群的人文生态环境,在做好原真性保护工作的前提下,提升观光品位,增加体验性内容,打造面向世界的文化旅游地标。

整合登封市少林功夫、温县太极拳非物资文化遗产资源,联袂开发中国功夫修学、演艺、观光、体验、健身、养生产品。创办中国武术大学,分设少林学院和太极学院。创办世界功夫擂台。制定中国功夫竞技标准。在登封市创建中国功夫博物馆和少林功夫国际交流基地，在温县开发建设太极拳养生基地和太极拳国际交流基地。

整合佛教文化资源，以白马寺、少林寺、龙门石窟和玄奘故里为主体，以开封大相国寺、巩义石窟寺、汝州风穴寺、宝丰香山寺等著名寺院为延伸，培育面向日本、韩国、东南亚各国，以及中国港、台地区和海外华人华侨的汉传佛教朝祖拜谒礼佛精品线路。

以根亲文化旅游为主导，打造面向世界的大中华文化圈的文化旅游精品。整合姓氏祖根地资源，以新郑黄帝拜祖大典、淮阳太昊陵庙会为龙头，打造全球华人寻根拜祖精品线路。

整合历史文化名人资源，以巩义市世界文化名人杜甫故里为龙头，以鹿邑县老子故里、洛阳香山寺白居易故居和新郑市白居易故里、孟州市韩愈故里、荥阳市李商隐故里、禹州市吴道子故里、嵩县二程故里、沁阳市朱载堉故里和南阳市张仲景、张衡故里为主体，以伊川县范仲淹墓园、郏县三苏园、新郑市欧阳修墓园和荥阳市刘禹锡墓园为延伸，培育中国历史文化名人故里精品线路。

发挥中国馆藏文物第一大省的资源优势，以河南博物院、洛阳博物馆为龙头，整合各历史文化名城博物馆，打造中国文博旅游精品线路。

挖掘整合历史文化名镇（村）和传统民居资源，重点培育开封县朱仙镇、禹州市神垕镇、社旗县赊店镇、宝丰县赵庄乡、镇平县石佛寺镇、淅川县荆紫关镇、孟津县会盟镇、巩义市康店镇、温县陈家沟村、郏县临沣寨村、民权县王公庄村、濮阳县东北庄村、安阳县马氏庄园，形成中原名镇、名村、名居文化精品线路。

推动农家乐向乡村休憩转型。与城乡一体化和新农村建设相结合，挖掘、保护和传承农耕文明非物质文化遗产，把传统文化元素融入村容村貌，注重保留传统文化元素，突出乡土文化特色，彰显一村一品个性。发展创意农业，营造秀美田园、文化村落，为城市人下乡开辟广阔的绿色、健康的休憩空间。

2. 文化创意产业

（1）动漫产业。我国动漫产业正处在转型期，存在理念不新、内容单一、表现形式缺少创意、一味模仿等问题，严重制约了动漫产业的发展。中国动漫产业的转型升级，重在理念创新、内容创新和形式创新，要创造具有浓郁中国文化特色、适应现代人文化消费需求，区别于美、日动漫模式的新动漫。河南在中国未来动漫产业发展中有条件后来居上。在内容创新上，诞生于河南的众多神话传说，如盘古开天、女娲补天、羿射九日、夸父追日等；源于河南的上千条成语故事，如登峰造极、围魏救赵、程门立雪、洛阳纸贵等；发生在河南的众多影响中国历史进程而又为广大群众耳熟能详的重大历史事件，如武王伐纣、芒砀山斩蛇起义、昆阳大战、陈桥兵变等；还有数以千计的河南历史名人在中原大地上演绎的丰富多彩的历史活剧；等等都是动漫内容掘金的富矿。在动漫的表现形式上，南阳汉画像石上千姿百态的人物造型，以及各朝代古墓中出土的壁画上极富表现力的社会生活场景，都能激发动漫形象创作的灵感。动漫产业并不是高不可及的创意产业，依托中等城市的人力资源即可发展，关键是引进新的创作理念，引进领军人物。

（2）工艺美术产业。河南省是中国工艺美术品的发源地，从商周时代延续下来的青铜器、玉器、陶瓷、刺绣和各类手工艺品，种类繁多，历史传承没有断裂。目前发展的主要问题是产业集中度低，规模小，产品档次偏低，低水平恶性竞争，缺少知名品牌。今后可把仿古青铜器、陶瓷（汝、钧、官、三彩、黑陶）和玉艺术品作为重点领域来培育，上规模，上档次，强化创意，实施名牌战略。工艺美术产业有条件做大做强，成为全国工艺美术的领军产业。

（3）收藏业。收藏业目前在全国已经产业化，而且未来发展空间巨大。河南地下文物全国第一，民间藏品极为丰富，市场培育已粗具规模，但交易分散，假冒伪劣充斥，未能形成像北京潘家园那样有全国影响力的市场。今后应按产业化的标准，以拍卖为龙头，培育品牌，建立完善的、分层次的市场交易体系，可望培育成为全国的一流市场。

3. 可融入产业

（1）中医药产业。中医药归类于卫生事业和医药产业，但中医药是中国独有的文化，应按照产业融合的理念，把中医药文化的理念和元素注入医药产业，培育新型的融医疗、防病、养身、康体于一体的中医药文化产业。中国五大药市——安国、辉县、禹县、亳州、樟树，河南有其二。河南盛产中药材。在中医药理论上有医圣张仲景。药圣孙思邈的《千金方》是在嵩山写成的。道教发源于河南，而道教的核心价值是崇尚养生。这些都是促进中医药文化产业化、中医药产业文化化的得天独厚的基础。

（2）建筑业

北宋郑州人李诫编著了中国传统建筑规范的教科书《营造法式》。传统建筑理论和技术从创立到应用和传承，都是河南的优势。现在，中国标志性的历史建筑，如天安门、布达拉宫、大理古城等，其修缮都离不开河南古建筑专家和工人的参与。现在，建筑作为民族传统文化的载体，在未来城市建设中越来越受到重视。"民族的就是世界的"理论已成为共识。河南要培育一个有强大历史文化支撑的、善于把历史文化元素与现代潮流有机结合的、拥有自主知识产权的文化建筑业。

（3）饮食业

民以食为天。饮食产业是永远的朝阳产业。河南的饮食业有着悠久的历史。中国烹饪的祖先伊尹是河南嵩县人。北宋王朝是中国餐饮业最为发达的时期，现在风靡全国的杭帮菜，其实是宋王朝南迁由开封传过去的。河南是中国农副产品资源大省，食品工业大省，但没有自己的餐饮品牌，而湖北人把"湘鄂情"做成中国最具影响力的餐饮品牌和唯一的上市公司。我们应该用产业化的理念，把豫菜打造成文化餐饮品牌。

B.6
加快中原文化资源产业化的建议

席 格*

摘 要：加快中原文化资源产业化，是推动中原经济区建设的重要内容之一。近年来，中原文化资源产业化取得了很大成就，但整体上产业化程度不高、产业化结构档次偏低、缺少知名文化品牌带动，且区域文化资源拥有水平与文化资源产业化水平不平衡。要在中原经济区建设中真正发挥出文化资源丰厚的显著优势，必须遵循文化资源产业化开发的市场规律，提升文化资源转化水平，才能充分发挥文化在建设中原经济区中的支撑力与带动力。

关键词：中原文化资源 产业化开发 资源评估

中原文化博大精深，文化资源丰富而厚重，是河南进行中原经济区建设的显著资源优势。充分利用和发挥中原文化的资源优势，加快文化资源的产业化，将会推动河南经济增长方式的转型；同时，还将会推动中原文化圈的构建，为中原经济区建设提供文化支撑。但文化资源的产业化，不能无序地、盲目地进行，必须有规划、有针对性地向前推进。因此，必须充分认识和把握文化资源产业化过程中的三个基本点：第一，要对文化资源自身的商业价值、市场前景、与现代文化理念的对接以及文化资源的保护与传承的情况等进行评估。第二，文化资源向文化产品的转化是借助文化创意向多元的、有广阔市场前景的文化产品的转化。文化产品应着眼于文化消费的高端市场，或努力实现由低端市场向高端市场转化，同时，应瞄准国际市场，或努力实现由省内市场向国内市场、国际市场的转化。第三，文化资源的产业化应依据文化资源自身的地域性、关联性等特征进行整合，并且要与相应区域的经济发展程度相结合。由此，才能充分发挥中

---

* 席格（1978~），男，河南虞城人，河南省社会科学院文学所助理研究员。

原文化资源的"软实力"作用，发挥文化资源在中原经济区建设中的支撑力与带动力。

一　中原文化资源产业化的现状

中原文化资源不仅数量巨大、文化内涵丰富，而且很多历史文化遗产在国内外都具有较高的知名度，具有较高市场价值空间，如新增世界文化遗产登封"天地之中"历史建筑群、安阳西高穴曹操高陵等历史文化遗产。河南在由文化资源大省向文化产业强省跨越战略的推动下，对这些知名度高、市场前景好的文化资源进行了产业化开发，并取得了突破性进展。

物质文化遗产与旅游的联姻，在提升旅游文化内涵的同时，开发了物质文化遗产的市场价值。河南现在拥有龙门石窟、安阳殷墟、登封"天地之中"历史建筑群3处世界文化遗产，8座国家历史文化名城，3个中国历史文化名镇等，均在国内外享有较高知名度，具有较强的文化吸引力。加上近年来河南开展的中原文化港澳行等系列推介活动，进一步推动了河南文化旅游的发展，不仅形成了开封、郑州、洛阳"三点一线"的黄金旅游线路，而且带动了周边地市旅游产业的发展。以郑州为例，郑州属于国家级历史文化名城，拥有43个国家级文物保护单位、76个省级文物保护单位，1个5A级旅游区和6个4A级旅游区，1个世界地质公园和1个国家地质公园，2010年又新增1处世界文化遗产，仅2010年五一黄金周期间，郑州接待游客就达316.78万人次，旅游收入高达20.2亿元，位居全国主要城市旅游收入的第三位。而登封"天地之中"历史建筑群的申遗成功，必将进一步拉动郑州旅游产业的发展。

非物质文化资源的多元转化，取得了可喜的成就。杂技与竞技类遗产向舞台演艺节目的转化取得突破，如濮阳打造的大型国际杂技精品剧目新版《水秀》在2010年9月29日首演，赢得了观众的一致赞誉，为濮阳、周口等地进一步开发杂技、魔术等资源积累了经验；寻根文化在充分发挥中原文化纽带作用的同时，为吸引外来资金促进经济建设发挥了桥梁作用，如2010年新郑黄帝故里拜祖大典，为新郑吸引投资138.85亿元，其中10亿元以上的项目5个，1亿元至10亿元的项目16个，涵盖生物科技、新能源等多个领域；非物质文化资源经过创意向影视动漫产品的转化，为深度开发中原文化资源积累了经验，如依据洛阳平乐郭

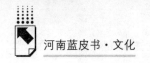

氏正骨而演绎的《大国医》、根据少林寺文化创意拍摄的《新少林寺》等。

物质文化资源与非物质文化资源的综合式开发，形成了一批知名文化品牌，带动了河南文化产业的发展。以节会品牌为例，国家级非物质文化遗产牡丹花会、真不同水席，与龙门石窟、白马寺等物质文化遗产一起，共同促成了洛阳牡丹花会这个享誉全球的文化品牌。2010 年第 28 届洛阳牡丹花会，再次取得突破：共接待中外游客 1622.31 万人次，旅游总收入达 80.06 亿元，均为历届之最。其中，接待入境游客 12.22 万人次，旅游创汇 2967.39 万美元；签约对外经济合作项目 104 个，总投资 636.8 亿元，其中有 20 个项目投资额在 10 亿元以上，如中国大唐集团投资的 2×60 万千瓦热电联产项目、亚洲多晶硅业香港有限公司投资的年产 3750 吨电子级多晶硅生产项目等。另外，开封菊花节与开封龙亭、相国寺以及依据《清明上河图》开发的清明上河园，商丘国际华商节与历史名城归德府，淮阳"中华姓氏文化节"与太昊陵、陈楚故城、宛丘古城、泥泥狗和布老虎等的资源整合开发，已经或正在形成一批知名的节会品牌。

依托自然遗产资源进行深层开发，在发挥自然遗产资源满足人们精神需求的同时，发掘其潜在的经济价值。河南自然遗产资源十分丰富，拥有 4 个世界地质公园、5 个国家级地质公园、9 个国家级风景名胜区、18 处国家级水利风景区，其中中岳嵩山属于世界地质遗产，南阳内乡宝天曼属于联合国人与自然生物圈保护区。这些风景独特的自然遗产资源，在人们厌倦水泥森林般都市的情况下，能充分满足人们亲近大自然的心理审美诉求，可以带动相关产业的发展。以云台山风景旅游区为例，2009 年接待游客 326.55 万人次，实现门票收入 2.54 亿元。另外，借助风景独特的自然风光，开发旅游演艺精品，发掘风景游览区的"夜经济"，已经成为自然遗产资源深度开发的重要模式。据梅帅元介绍，大型实景演出精品剧目《禅宗少林·音乐大典》，目前已经扭亏为盈，进入盈利阶段。《禅宗少林·音乐大典》的成功，为河南旅游演艺精品剧目的开发积累了经验，如洛阳栾川依托当地生态旅游的发展态势，正谋划打造的"栾川山水"大型山水全景演艺开发项目。

二 中原文化资源产业化的问题与不足

文化资源并非都适合于产业化，如地下历史文物，部分民歌、舞蹈等非物质文化遗产，以及部分博物馆馆藏文物等。而适于产业化的文化资源，因市场价值的大小而有产业化的先后之分。因文化资源自身属性的限制而在产业化路径上迥然有别：通过与旅游相结合，走历史文化资源向旅游产业转化的道路；通过提升品牌内涵，走历史文化资源向文化品牌转化的道路；通过文化创意，对文化资源从内容与载体两个层面进行创新，走历史文化资源向影视、动漫、游戏、舞台演艺等高端文化产品转化的道路。然而，从文化资源产业化开发现状、产业化不同路径和产业结构构成比例等方面来看，中原文化资源产业化存在着以下4个问题亟待解决。

1. 文化资源产业化程度与中原文化资源的博大精深严重不相称

中原文化是中华文化之根，历史悠久，底蕴丰厚，具有极强的认同感和感召力。这为中原文化资源的产业化提供了坚实的受众基础，市场价值空间无法估量。但事实上，很多具有市场化开发潜力、在国内外具有较大影响力或知名度的文化资源，产业化程度却非常低，如工艺美术中的唐三彩、朱仙镇木板年画、名人文化中的杜甫文化、历史建筑中的商丘归德府等等，甚至很多可开发的资源根本没有进行开发，如恐龙蛋化石、汉字文化、玄奘文化等。而在已经进行产业化开发的文化资源中，或是存在着开发模式单一的问题，如钧瓷、汝瓷，没有对钧瓷、汝瓷所形成的文化内涵进行创新演绎，以景德镇瓷器为主要背景的电视剧《大瓷商》的拍摄，足以说明钧瓷、汝瓷的多元化开发的欠缺；或是存在着产品低端化的问题，如开封小吃，仅仅局限在饮食开发，没有发掘饮食文化，并且受开封旅游影响较大；或是存在着产品策划运作层次低的问题，如以长垣厨师文化为依据而拍摄的《大长垣》等等。从河南文化产业增加值对河南经济发展的贡献来看，河南文化产业的整体发展水平依然偏低，如2009年河南文化产业增加值为623.31亿元，占河南省GDP的比重为3.2%；而浙江文化产业增加值为807.96亿元，占浙江省GDP的比重为3.5%；上海文化产业增加值为847.29亿元，占上海GDP的比重为5.63%；云南文化产业增加值为360亿元，占云南GDP的比重为5.8%。显然，河南文化产业的发展水平偏低，与河南文化资源大省的地位很不相称，根本没有发挥出应有的文化资源优势。

2. 文化资源产业化的结构档次偏低

在河南省2009年文化产业增加值中，核心层占20.6%，外围层占14.2%，相关层占65.2%。这种比重结构显然不合理，现代文化产业所占比重偏低，文化创意产业没有发挥出应有的作用。从文化资源产业化的三条主要路径来看，河南文化资源的产业化开发目前仍然主要以文化旅游为主，如 2009 年，累计接待海内外游客 2.3 亿人次，实现旅游总收入 1985 亿元，同比分别增长 17%、25%，其中接待入境旅游者 126 万人次，旅游创汇 4.3 亿元。但在文化资源向文化品牌尤其是文化创意产业的转化方面，与文化资源优势不明显的省市相比严重滞后。正是因为影视、动漫、现代演艺、游戏等高端文化产业发展的不足，文化产业得不到持续的提升和带动，致使河南文化产业增加值落后于文化资源较少的省市。如木兰传说的多元化开发，有河南豫剧《花木兰》，有河南打造的歌剧《木兰诗篇》（2006 年），也有赵薇、陈坤等演绎的电影《花木兰》（2009 年）和由黄豆豆担任编舞、主演的歌舞剧《花木兰》（2010 年）等等，但就市场价值空间而言，还是首推迪斯尼的经典动漫电影《花木兰》的价值空间大。这充分证明了文化资源多元转化的可能和文化创意对文化资源开发的关键作用。

3. 文化资源产业化缺少知名文化品牌的带动

河南文化资源中拥有多种类别的具有国内外知名度的资源品牌，如宗教文化中的白马寺、少林寺、相国寺；工艺美术中的钧瓷、汝瓷、朱仙镇木板年画等等。但在河南现有文化品牌中，却缺乏具有世界知名度的影视、动漫等核心产业文化品牌，并且，现有品牌在全国范围内还缺乏较强的创新力与竞争力。以依托河南戏剧资源的电视栏目《梨园春》为例，由于受众年龄结构、知识文化结构等的限制以及因戏剧形式单一、节目模式创新难度大等原因，难以进一步提升收视率和广告收入。植根文化资源产业化的品牌的缺少，是对文化资源缺乏深层次高端化产业化开发的必然结果，自然也就无从谈起相应品牌对促进文化资源深度开发的带动作用。

4. 区域文化资源拥有水平与文化资源产业化水平不平衡

河南省文化资源的地理分布虽然并不均衡，但相对而言各地区都有各具特色的文化资源。以物质文化遗产较少的周口市为例，仍有 6 个国家文物保护单位和 9 个省级文物保护单位。但文化资源具有非专属性，拥有大量的文化资源并不等于文化产业发达。依据河南 2009 年各地市文化产业增加值的统计数据来看，处于前 5 位的分别是：郑州市 138.8 亿元，南阳市 108.17 亿元，许昌市 72.09 亿元，开封市 43.68 亿元，洛阳市 34.12 亿元。其中洛阳所具有文化资源优于许昌：洛阳属于国家级历史文化名城，有国家级文物保护单位 11 个、省级文物保护单位 75 个，1 个 5A 级旅游区，7 个 4A 级旅游区，1 处世界文化遗产，1 处国家级地质公园；而许昌仅有 7 处国家级文物保护单位，39 处省级文物保护单位和 1 处 4A 级旅游区。洛阳的 GDP 为 2001.48 亿元，高于许昌的 1130.75 亿元，但洛阳的文化产业增加值却落后于许昌。更值得关注的是，拥有归德府、汉代梁孝王墓、庄子故里、木兰传说等著名文化资源的历史文化名城商丘，2009 年的文化产业增加值仅为 11.83 亿元，相对 2008 年的 14.96 亿元，居然出现负增长20.9%。而换个角度来看，这种不平衡恰恰说明河南文化资源的产业化开发具有极大的潜力。通过文化创意等手段将资源优势转化为产业优势，必将发挥出文化资源在中原经济区建设中的支撑力和带动力。

三　加快中原文化资源产业化开发的几点建议

党的十七届五中全会通过的《关于制定国民经济和社会发展第十二个五年规划的建议》明确提出，要"加快转变经济发展方式，开创科学发展新局面"和"推动文化大发展大繁荣，提升国家文化软实力"。被誉为绿色、环保的文化产业，是经济发展方式转变和经济结构调整的重要一环，同时也是推动当代文化建设和切实提升文化软实力的重要方式。因此，紧密结合河南"十二五"规划的中原经济区建设，加快将文化资源优势转化为产业优势，推动文化资源的产业化，进而推动中原经济区建设，推动河南的文化建设，是今后五年乃至更长一段时期内必须着力解决的问题。结合当前河南文化资源产业化的现状，就加快中原文化资源产业化提出如下建议。

1. 实施文化资源的整合式开发，对文化资源产业化进行整体布局

河南文化资源的优势是就整体性而言的，但在实际的产业化开发过程中，由于条块分割、行业分割和区域分割等原因，不仅无法转化为产业优势，而且在各种形式的分割中被严重削弱甚至被消解。应以市场为导向，以政府为主导，创新文化资源相关体制机制，打破条块、行业和区域的局限，以文化资源的地理分布为客观依据，遵循同质文化资源优先整合的规律，进行跨行业、跨区域整合，形成整体性优势。以此为基础，结合中原经济区建设的整体布局，避免资源开发的同质化、项目建设的盲目性、开发模式的相互抄袭、低水平重复和文化特色不突出等现象，率先从整体上谋划布局，与区域中心城市文化建设相结合，综合利用各地市、行业的优势进行文化资源开发，从而充分发挥中原文化资源的整体性优

势，形成规模效应。以三国文化资源为例，许昌、洛阳、南阳、安阳等都拥有知名度高、市场价值空间大的丰富资源，但在三国文化资源的开发上，这些区域均是各自为战、单打独斗，无法形成规模效应，也很难开拓市场。如能借助安阳西高穴曹操高陵的发掘为契机，调节各自的利益，统一整合与规划三国文化资源的开发，必将发挥出整体优势，形成新的文化品牌。

2. 开展文化资源产业化评估，实施项目带动战略和品牌战略

对文化资源产业化可行性进行科学系统的评估，是发展文化产业的前提之一。简单地讲，文化资源产业化的评估主要包括四个方面。其一，在与同类文化资源的比较中，从文化资源内涵的挖掘空间、内涵显现形式、外在知名度和影响力四个层面，来判断文化资源是否具有持续性开发的可能性；其二，文化资源适合开发的形式是单一还是多元，文化旅游、影视动漫、歌舞演艺等哪种开发形式更具有建设性与有效性；其三，文化资源所转化的文化产品的市场定位，能否走向国内市场乃至国际市场，要对文化产品的潜在消费群体的构成、消费欲望与消费渠道进行调查和评估；其四，制约文化资源市场转换的可能性因素及其解决可能性评估。在科学评估的基础上，对拥有巨大的潜在消费群体并能形成产业开发带动力的文化资源进行优先重点扶植开发，形成优势项目，进而打造成为新的知名文化品牌。以名人文化开发为例，杜甫作为享誉世界的文化名人，出生故里和死后安葬地均在河南。但巩义的杜甫故居的开发，根本无法与四川成都的杜甫草堂相提并论。因此，应以2012年杜甫诞辰1300年为契机，整合巩义及周边的文化资源，如石窟寺、康百万庄园等，将杜甫故居开发作为重点产业项目，既可借助黄金旅游路线发展文化旅游，也可进行电影、电视剧等高端文化产品开发，最终培育成为知名品牌。这不仅可以促使巩义经济增长方式的转变，而且能够带动文化旅游产业的提升和推动文化创意产业的发展。

3. 提升文化旅游产业，大力发展文化创意产业

文化旅游是河南文化产业发展的重要增长点。随着登封"天地之中"历史建筑群、安阳西高穴曹操高陵等一批具有较高知名度的文化资源的发掘，将会为河南文化旅游提供新的契机。而文化旅游产业的提升，既包括交通、住宿、餐饮等基础服务设施建设的提升，更包括旅游文化内涵的提升，实景演出、专业演出、民俗表演等都是文化旅游产业提升的重要路径。如果说文化旅游着重于文化资源的浅层开发，而文化创意产业则是文化资源的深度开发，并且文化创意产业的发展有助于提升文化旅游产业。"内容为王",仍是文化创意发展的根本动力。通过文化创意实现文化资源的产业化,必须以现代的文化理念与审美理念对文化资源进行熔铸式创新,利用现代科技对文化资源进行重新包装,并辅之以现代的经营运作方式,提升文化创意产业在河南文化产业中的比重,进而促使经济增长方式的转变,发挥文化的支撑力和带动力。

4. 改善加快文化资源产业化的开发环境

要努力改善政策环境,改革文化资源的管理体制,为资源整合提供政策支持和服务;改善金融环境,建构文化资源的价值评估体系,推动文化资源资本市场的形成,并鼓励和引导非公有制经济进入文化资源开发领域;改善创新环境,鼓励创意创新,疏通文化创意向文化产品的转化渠道;改善宣传环境,搭建文化资源及其转换产品的宣介平台。

5. 打造中原文化资源产业化的人才库

文化资源的产业化是一项系统工程,需要强大的人力资源作为支撑。依据文化资源产业化过程的需要,应邀请对中原文化研究具有较高造诣、对国内外文化产业状况有深度理解、对文化品牌运营有丰富经验等各方面的专家,组成文化资源市场评估团队,对文化资源产业化的市场消费前景、最佳转化模式、持续开发空间等进行综合评估;应邀请具有文化资源开发管理经验、策划经验、营销经验和拓展经验的专家,组成文化资源开发的策划团队,对具有市场价值空间的文化资源,进行系统整合、统筹规划,进而进行产业开发、宣传推介和衍生品开发。要整合河南的教育资源,培养文化创意人才、文化科技人才、文化管理人才和文化营销人才等,打造具有深厚中原文化素养的创意团队和中原文化资源产业化的人才库。

B.7

建设中原经济区背景下
河南文化品牌发展的几点思考

李 娟*

摘 要：在中原经济区建设过程中，依托河南丰富的历史文化资源和特色文化资源，培育、打造、提升、创新一批展现中原风貌的文化品牌，可以发挥中原文化的独特优势，为中原经济区的构建与发展增添新的活力。目前河南还存在知名文化品牌"走出去"程度不够、新媒体品牌的培育与打造力度不强、对具有"中原"文化特质的品牌发掘不足等问题。要打破文化资源属地局限，构建中原文化合作组织，维护良好的生态环境，巩固知名文化品牌的影响力，发挥重点文化品牌的辐射力，提高文化品牌的知名度和美誉度，为河南的经济社会发展提供有力支撑。

关键词：经济区 文化品牌 资源 生态

中原是中华文明的发祥地。中原地区具有承东启西、连南接北的区位优势，涵盖了晋东南、冀南、鲁西南、苏北、皖西北、鄂西北等周边地区，这些地区自古以来就是山水相连、血脉相亲、文脉相承的，在经济、文化等方面的联系非常紧密。中原文化是维系中原经济区的内在精神动力，在中原经济区建设过程中，充分依托河南丰富的历史文化资源和特色文化资源，在继承与弘扬的基础上，积极促进中原优秀文化与世界优秀文化相融合，培育、打造、提升、创新一批展现中原风貌的文化品牌，可以发挥中原文化的独特优势，为中原经济区的构建增添新的活力。

---

* 李娟（1975~），女，山东济南人，河南省社会科学院文学所助理研究员。

一 河南文化品牌发展的总体印象

2010 年，河南始终坚持以科学发展观为指导，认真贯彻落实中央关于文化建设和文化产业发展的方针政策，积极推进文化领域的改革和发展，文化产业呈现出蓬勃发展、持续增长的良好态势，一批已经形成影响力的文化品牌保持了较好的发展势头，正在逐步成为全省的"新亮点"，为经济社会发展提供了有力支撑。

1. 品牌意识增强，扶持助推成长

文化品牌是文化产业化发展到一定阶段、被广大消费者认可的文化产品和服务，有大量的、高品质的、持续不断的文化消费的支撑。以文化资本为纽带，发挥文化品牌的关联带动效应，带动文化产业的整体发展及升级换代，已经越来越成为一种共识。2010 年河南省下发了《关于开展文化产业项目年活动的实施方案》，通过"大抓项目，抓大项目"，充分发挥文化资源优势和影响力，加快经济发展方式转变，助推中原崛起，重点抓了文化产业"910111 工程"，着力打造了一批成熟度高、成长性好、具有显著示范效应和产业拉动作用的重大文化产业项目。第一，对河南已有的重点文化品牌加大了扶持力度，重点支持河南报业集团、中原出版集团等骨干文化企业做大做强。其中，河南报业集团 2010 年上半年实现总收入 6.32 亿元，利润 9348 万元，与去年同期相比分别增长 15% 和 41%，并被授予"品牌贡献奖·影响中国十大传媒集团"的荣誉称号。第二，全方位推介"文化河南·壮美中原"旅游形象品牌，强力拉动境外客源市场，特别是深度开发台湾旅游市场，预计全年旅游总收入增速在 15% 以上。其中，在北京举行的"2010 年鸡公山文化旅游国际推介说明会"，有 43 个国家与地区驻华使节参加，61 家海内外新闻媒体纷纷报道，总投资约 60 亿元的"鸡公山·志高文化科技动漫产业园"项目的建设，将鸡公山的文化旅游品牌推向一个新的高度。第三，重视开发、培育新的文化品牌，着力培育舞剧《太极》、大型乐舞《风情河之南》、大型汉字服装舞蹈剧《汉字霓裳》、大型实景演出《君山追梦》、《洛神》和《水秀》等新的演艺品牌。

2. 投融资模式多样化，新的品牌蓄势待发

按照科学发展观要求而转变经济发展方式，为文化产业的发展提供了巨大的机遇，激发了文化投资领域的新活力。2010 年河南对文化产业投融资模式进行了不断创新，为文化品牌的开发和培育奠定了坚实的基础。河南省文化产业投资公司的组建，打通了文化产业投融资的主渠道。同时，"大招商"活动成为突破制约文化产业发展资金瓶颈的重要渠道。在第六届文博会上，河南重点推介了183个文化产业项目，最终成功签约项目38个，投资总额达137.12亿元人民币。其中，来自美国、中国香港和珠三角地区的投资额占了60%，长三角地区的投资额占15%，京津地区投资额占25%，投资额超亿元的项目就有20个。浙江企业计划投资20亿元人民币开发开封市中原明珠旅游文化产业园项目，北奥集团投资4亿元与宝丰合作建设宝丰文化创意园，深圳证券时报社有限公司与河南日报报业集团有限公司正式签约联合组建期货日报有限责任公司，美国龙之奇演艺集团也签订了与濮阳杂技合作的意向。而在先前的五届文博会期间，河南签约的总额为25.96亿元人民币，还不足本届文博会的1/5。香港经纬国际投资有限公司也已经与罗山县人民政府签订协议，正式进驻鸡公山文化旅游综合开发试验区灵山风景区，合力打造灵山休闲养生基地。一批规模大、实力强的"文化航母"正在逐步形成，一批特色鲜明、辐射力强的文化品牌有望获得快速发展。

3. 文化创意方兴未艾，动漫品牌亮点频现

河南的文化创意产业在2010年得到快速发展。以郑州市为主体的文化创意产业集聚区粗具规模。坐落在郑州高新技术产业开发区的国家动漫产业发展基地（河南基地）已经粗具规模，可容纳300家左右动漫创意企业，每年可产出5万分钟动画片、10款网络游戏、2000万册漫画出版物；金水创意园区（又名107创意工厂）一期已经投入使用；河南中视创意传媒产业园区、郑州信息创意产业园已经落成；郑州动漫产业基地年初也在惠济经济开发区破土动工。一批创意文化品牌开始形成。《少林海宝》、《小樱桃》、《独脚乐园》、《俺的铁蛋俺的娃》等动漫作品开始叫响全国。其中，郑州小樱桃卡通公司的《小樱桃2》已经在中央电视台少儿频道全球首播，《小樱桃3》的制作也已进入收尾阶段；河南天乐动画公司原创动画连续剧《独脚乐园》被国家广电总局评为国产优秀动画片，荣膺中国动漫产业十大标志性品牌；河南日报报业集团有限公司和央视动画有限公司携手推出的《少林海宝》，在央视播出期间获收视率第一名，在国内创下了版权销售最多纪录，还通过版权输出走上欧洲和澳洲等国家和地区的荧屏，获得了2010年度全球华语星云奖最佳科幻（奇幻）剧目金奖。动漫企业发展势头迅猛。仅2010年第一季度，河南的动漫企业就从原来的5家增加到40多家，动漫衍生产品突破2000个品种，并初步呈现出三足鼎立的格局：河南日报报业集团、省新华书店雄踞郑州东南，已经在全国动漫业崭露头角；以小樱桃公司为龙头的西部板块集中在高新区；位于惠济区的北部板块，集聚了华豫兄弟公司为首的部分三维动画企业。此外，原创大型三维动画片《少年司马光》与3D电视动画《魔力骰子》也即将上映，将为河南动漫产业的发展创造新的品牌。

4. 文化名片熠熠生辉，强势品牌优势凸显

文化品牌具有带动效应、典范效应和区域效应。某个区域一旦拥有更多的文化品牌，不仅会有利于该区域文化产品和服务的推广，而且可以扩大文化品牌在该区域文化消费市场中的占有率。河南的文化产业经过近几年的发展，已经形成了以《禅宗少林·音乐大典》、《大宋·东京梦华》、《风中少林》等为代表的演艺品牌，以《梨园春》、《大河报》、《销售与市场》等为代表的现代传媒出版品牌，以洛阳龙门石窟、安阳殷墟、登封"天地之中"历史建筑群等为代表的文化旅游品牌，以洛阳唐三彩、朱仙镇木版年画、民权虎画等为代表的传统工艺美术品牌，以"小樱桃"、"雪孩子"、"小破孩"等为代表的动漫品牌，这些文化品牌特色鲜明，优势突出，成为带动河南文化产业发展的重要平台。2010年，庚寅年新郑黄帝故里拜祖大典世人瞩目、人流如潮、商贾云集，年接待游客由以前的30万人次攀升到300多万人次，年带动相关产业收入由6000万元攀升到6.8亿元；《禅宗少林·音乐大典》增添了"世界最高大佛"和"六月飞雪"的景观，演出更加精彩震撼，在全国"最美的五大实景演出"评选活动中，获得了网络投票第一名；云台山景区年初在韩国的宣传、推介活动受到好评，景区从业人员由10年前的69人增加到1500多人，并带动全县3万余人直接从事旅游服务业；温县从事"太极"文化产业的人数已增至3000多人，年实现综合经济效益2亿元，对地方GDP的贡献率达2%；登封市借助第八届"中国·郑州国际少林武术节"进行招商活动，成绩不俗，共签约项目27个，总投资多达173亿元。《风中少林》在烟台、泰州、常州等11个城市巡演，所到之处备受欢迎。

二 河南文化品牌发展存在的问题与不足

河南的文化品牌从无到有，从稀少到逐渐丰富，从缺乏知名度到美誉度不断增强，推动了河南文化事业的繁荣和文化产业的发展，提高了河南文化产品和服务的市场竞争力，形成了文化品牌与经济发展的良性互动。然而，与河南拥有的

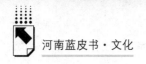

丰厚历史文化资源相比，与中华民族和中华文明的重要发祥地的地位相比，河南无论是在文化品牌的开发培育上，还是在文化品牌的推广提升上，都存在一些需要加强和改进之处。

1. 河南知名文化品牌"走出去"的程度不够

随着中国国力的增强，中国文化在全世界的影响力逐年上升，作为国家软实力的文化在海外扮演着越来越重要的角色。在河南的知名文化品牌中，目前只有少量的演艺品牌、旅游品牌、动漫品牌等进行过境外推广，并参与到国际文化贸易中，总体份额不大。更多河南本土的文化品牌需要通过相关文化政策的支持，积极探索文化产品和服务出口的有效途径和形式，加大国际文化市场开拓力度，提高国际市场竞争力，尽快形成全方位、多层次、宽领域的中原文化走出去的新格局。

2. 新媒体品牌的培育与打造力度不强

从 2009 年河南省文化产业主要指标中可以看到，河南 2009 年的网络文化服务业增加值为 1.63 亿元，比去年增加 22.91%，从业人员仅有 3041 名，而河南作为人口大省，互联网用户多达 1888.6 万户，网民人数超过 4000 万人。河南目前以网络为主的新媒体产业品牌尚未形成，网络游戏、网络广告、流媒体点播、音乐视频下载服务、软件服务、博客、播客等新媒体门类，以及用户终端的彩铃、彩信、移动博客、手机报纸、手机电影、短信息等产业，需要在探索中不断前进，形成本土的强势品牌，利用更加和谐的业内发展环境，助推河南的文化产业转型升级。

3. 对具有"中原"文化特质的品牌发掘不足

富有中原特色的文化品牌走向全国甚至国际市场，可以为河南的传统产业打开新的市场空间，同时也可以弘扬中原文化，让全国和全世界更好地了解河南，提升河南的整体形象。然而，目前河南有相当一部分文化资源没有很好地被发掘。如焦作博爱的寨卜昌村、郏县堂街镇的临沣寨村、南阳烙画等富有中原文化内涵的资源，需要深度挖掘其所蕴含中原文化内涵，并进行相应的品牌调研、品牌策划、品牌定位和品牌打造。

三 培育和打造中原文化品牌的几点思考

1. 打破本土文化资源局限，构建中原文化合作组织

中原经济区建设为河南文化品牌的开发与提升提供了新的契机，同时也提出了更高的要求。中原经济区打破了行政区域的界线，这就要求与中原经济区发展相适应的文化资源进行整合，对于中原文化以及燕赵文化、齐鲁文化、吴越文化、楚文化、秦晋文化等周边的文化要以更加包容的态度纳入文化产业发展的视野和运作程序，实现整体布局，资源共享。目前以河南为主体的这些周边区域在文化品牌的打造上缺乏互动合作和整体联动，文化产业的发展不可避免地出现同质化的现象，不同程度地存在着争夺名人、品牌定位雷同的现象，使中原本来比较丰富的文化资源难以形成优势和强势的品牌效应。河南作为中原经济区建设的核心力量，有着区位、文化等系列优势，因此，有必要对河南本土以及相关区域的文化资源存量进行深入调研，以河南为中心组成中原文化合作组织，制定时间表、编制线路图，培育一个以河南为中部区域文化中心的文化产业核心区，实施区域文化联动战略，共同打造"大中原"背景下的文化品牌系列。

2. 维护良好的生态环境，巩固知名文化品牌的影响力

良好的文化品牌管理是文化产业获得发展的保证。河南省在文化市场和文化品牌的管理中做了大量工作，针对文化市场一直存在的职能交叉、多层执法、多头执法和管理缺位等问题，对现有的文化（文物）、广播影视、新闻出版（版权）等行政执法队伍进行了整顿，并在此基础上成立一支文化市场综合执法队伍，推进文化市场综合执法工作的法制化、科学化、规范化，加强知识产权保护和品牌管理。文化品牌的开发、培育和提升需要投入大量的人力和资金，并产生属于开发者的知识产权。政府对知识产权的有效保护，可以帮助文化品牌的投资人获得投资收益，进而促进其发展文化产业的积极性，保障创意企业的创造性劳动及其合法权益。要打造宽松的政策环境，畅通文化品牌的市场渠道，减少或者取消不必要的、有碍于品牌成长和传播的中间环节，延长已有文化品牌的市场寿命，保护文化品牌在消费群体中建立的信誉度；要对知名文化品牌进行持续关注和扶植，根据市场的需要及时注入资金、提高创意、改善环境，实现文化品牌与目标市场的有效对接，积极进行品牌的宣传推介及有效传播，为文化品牌更好地占领市场、拓展市场奠定基础；要对已有的知名文化品牌进行资源整合，打造文化品牌的集合与系列，加大力度、整体打包、形成合力，增强文化品牌的竞争力，巩固和提高文化品牌的影响力。

3. 转变文化品牌的平均发展倾向，发挥重点文化品牌的辐射力

一种文化品牌凝聚和体现着一个地区的文化功能、理念和整体价值取向，它在给区域带来社会效益的同时，也助推了地方经济的快速发展。目前，河南各地在努力打造代表当地形象文化品牌的过程中，存在着缺乏规划、盲目开发、粗放开发、无序开发、单纯炒作概念的现象。其实，并非所有的文化资源都可以开发、转化为文化产品或文化服务，也并非所有的开发都能实现预期目的。一般而言，可度量的文化资源更易于进入市场和进行产业开发，而不可度量的文化资源难以转化为具体的包含着经济价值的文化产品。要转变文化品牌的地域平均化、均衡化的发展倾向，针对蕴藏着独特的地理文化、丰厚的历史文化、灿烂的民俗文化、绚丽的民族文化、神秘的宗教文化和优秀的现代文化的地域要重点投入，进行品牌的培育。如开封"文化体验之都，水韵休闲之城"、登封"中华文化圣山，世界功夫之都"、禹州"钧瓷之都"、淮阳县"羲皇故都、水城淮阳"、新县"鄂豫皖红色胜地，大别山休憩家园"、浚县"民俗之城、工艺之乡"、宝丰"民间演艺之都，中华魔术之乡"、镇平"中华玉都"等文化品牌的打造，都是在对资源的禀赋特征进行充分调研、论证和规划的基础上，以系统的开发思维确定其开发目标、开发主题、开发序列和开发规模的。同时，要发挥重点文化品牌自身具备的价值度、影响度、信誉度和持久度等特征，进行持续的系统提升、优化升级，以产生新的产业形态。要注重发挥品牌的产业梯度价值和区域效益，发挥品牌的辐射力，形成新的经济增长点。例如，强势的会展业品牌，可以拉动的上下游产业就有交通、餐饮、酒店、旅游、商业等等。重点文化品牌自身具有很强的辐射效应，不仅体现在物质财富的创造上，更重要的是它还有利于形成先进理念，提高人的素质，营造良好环境，凝聚各方力量，为经济发展提供强大的精神动力。

4. 打造中原文化特色品牌，形成规模化的发展格局

河南应以展现中原文化独特魅力为主旨，打造属于自己的特色文化品牌。要以全局观念和长远眼光，从全国甚至全世界文化产业的发展，以及河南经济、文化、社会综合发展的高度和可持续发展的角度，对中原历史文化、名人文化、红色文化、古都文化、宗教文化、山水文化、民间工艺、民俗文化、武术文化、戏曲文化、根亲文化、节庆文化等进行广泛研究、深度挖掘，选择一些有特色、有品位、有影响的文化资源作为优先发展的品牌加以培育，打造一批地域特色明显、展现中原风貌、在国内外具有影响力的文化品牌。要在报刊服务、出版印刷、广播影视、演艺娱乐、文化旅游、文化创意、动漫游戏、文化会展、广告设计、工艺美术等文化产业门类中，优化产业布局，培育富有影响力的文化品牌，并不断促进文化品牌的成长与教育、科技、信息、体育、旅游、休闲等产业联动发展，以项目带动文化产业品牌的创新，以品牌促进文化产业项目品位的提升。要以打造知名文化品牌为抓手，推动具有专业化水平和产业高集聚度的产业链建设，要进行包括创意策划、企业集聚、产品研发、产业配套、营销贸易、广告经营、品牌授权、连锁经营、文化旅游、娱乐消费、人才培训和本地产业升级等功能在内的一体化的产业链的打造。河南的重点文化品牌的打造要通过引导重点文化产业项目向基地和产业园区集聚的方式完成，使文化产业基地（园区）成为承接产业转移、促进产业集聚、带动文化产业形成规模化发展格局的龙头工程。

5. 建立人才数据库，加强人才的培养与交流

不断开发、培育、打造文化品牌，是一项智力要求较高的工作，迫切需要大量的创意文化人才、经营管理人才、技术开发人才、市场营销人才，尤其是既懂文化又懂经营的复合型高级人才，需要铸造一支高素质的人才队伍。2009 年，河南省共计有文化从业人员 1043098 名，还远远不能满足现实的需要。目前，洛阳市刚刚与国内知名动漫公司联合成立了首家动漫人才培训实训基地——幸星国际动漫学院洛阳艺新校区，计划用五年时间培训出一支 300 人左右的专业动漫技术队伍。河南天乐动画数字技术培训学校与香港传媒控股有限公司、日本动漫艺术学院签订校际合作协议，在人才培养、师资队伍交流以及项目研发等方面开展全方位合作。河南首所独立公办高等艺术院校——中原文化艺术学院，也将成为培养发展文化产业所需人才的重要基地之一。要健全人才培养机制，还要发挥郑州大学、河南大学等省内高校的优势，组建、调整、充实相关学科专业，培养河南急需的文化产业专业人才；采用委托培养、定向选送、短期交流等办法选送人员到国内外知名院校和文化企业进行培训深造，造就一批具有国际文化视野的复合型文化产业人才；通过人才工程、政府特殊津贴、突出贡献专家选拔等途径，加强文化产业高精尖人才的培养。同时，河南作为中原经济区的核心力量，要制定完善的人才流通管理办法，建立一个周边地区可以共享的人才资源库，鼓励从事文化产业的专业人才相互流动，加强交流，取长补短，各取所需，还要联合制定高层次人才引进政策，吸引和鼓励高水平人才到中部来创业，建立有利于吸引人才的良性机制。

B.8

发挥资源优势　打造文化品牌

——嵩山少林禅武文化成功开发的启示

杨　波*

摘　要： 嵩山少林寺被誉为"中华文化圣山，世界功夫之都"，禅武文化更是禅宗思想与少林功夫的深度融合。河南省、郑州市和登封市三级人民政府紧抓机遇，通过创新理念和运用现代科技手段，对历史文化资源进行全方位重组，使古老的禅武文化成为具有国际影响力的文化景区名牌，对于河南省内外的文化旅游产业有着深远的影响和启示。

关键词： 禅武文化　创新理念　科技手段　文化旅游

地处河南省中西部的嵩山少林寺，是中国佛教禅宗祖庭和少林功夫发源地，近些年来更因少林功夫在全球的广泛传播而享誉海内外，堪称东亚乃至世界范围内最具影响力的佛教圣地。少林寺自古以来"一直是名门正派的代表，传承着中原地区慷慨正气的悠久传统和为国为民的正义精神"（金庸语），因与国家、民族的利益紧密相连而名扬天下。这里积淀了 1500 多年的少林禅武文化，既是一种精神与力量的结合，又是一种信仰与磨炼的产物，更是禅与武思想的深度融合。2010 年 8 月 1 日，联合国教科文组织世界遗产委员会第 34 届大会将河南登封"天地之中"历史建筑群列入《世界遗产名录》，使之成为中国第 39 处、河南第 3 处世界遗产，充分表现出其跨时代、跨地域、跨种族、跨宗教的独特文化魅力。河南省、郑州市和登封市三级人民政府紧抓机遇，创新发展理念，运用现代科技手段，对嵩山少林历史文化资源进行全方位重组，让嵩山少

---

* 杨波（1977～），女，河南新蔡人，河南省社会科学院文学研究所博士。

林禅武文化在崭新的时代背景下鲜活起来，成为具有国际影响力的文化景区名牌。

一　开发嵩山少林禅武文化的主要举措

河南省、郑州市、登封市三级政府以"解放思想，推陈出新"为指导思想，围绕"嵩山是中华文化圣山、登封是世界功夫之都"的大文化旅游理念，全方位、立体化地开掘嵩山禅武文化的深厚底蕴和独特魅力，通过文化旅游将嵩山的自然景观资源和人文景观资源转化为现实生产力，强力推进河南文化大发展与大繁荣，取得较为显著的成效。

1. 政府主导、部门联动、社会各界强力助推，共同打造嵩山少林禅武文化品牌

打造任何一个成功的世界级文化品牌，都离不开各级政府的高度重视和社会各界的强力助推。为深入贯彻落实党的十七大关于深化文化体制改革、推动社会主义文化大发展大繁荣的重大战略部署，加快推进河南省由文化资源大省向文化强省跨越，2008 年 12 月，河南省委、省政府将文化资源独特、产业化基础较好的开封、登封等八个市（县），列入河南省第一批文化改革发展试验区，并制定出台了《关于支持省级文化改革发展试验区建设的若干意见》。与以往的文化发展政策相比，这次政策调整的支持力度更大、针对性更强，提供计划直接上报、项目直接申报、财政直接结算的几大便利，对于进一步发挥试验区的积极性和创造性，吸引资本、人才等资源要素向试验区集聚，形成促进试验区文化发展的强大推动力将起到重要作用。与此同时，国家开发银行与河南省政府签订了中国金融业首例支持文化产业发展的合作备忘录，将对河南省文化改革发展试验区提供 500 亿元左右的资金，以探索开发性金融与支持文化产业发展的新模式和新机制。有了良好的发展环境，河南省三级政府立足于嵩山的深厚文化根基，以少林功夫产业为突破口，将登封市的规划定位为"中华文化圣山，世界功夫之都"，大力开发登封独具特色的功夫文化、禅文化和封禅文化；集中力量培育"少林"国际品牌，重点打造功夫教育、功夫演艺、功夫创意和禅修体验四大产业；大力开拓国际市场，通过品牌授权、卡通造型授权、娱乐授权等方式，构建与国际化发展相适应的配套体系，努力把登封市建设成为现代化国际文化旅游目的地城市。

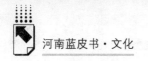

2. 立体化营销加全方位宣传，提升嵩山少林寺知名度和美誉度

为了提升嵩山少林寺的知名度和美誉度，有关方面实施立体化的营销策略，围绕嵩山禅武文化举办了亮点纷呈的宣传活动。近两年来，河南省积极组织和策划了多个大型主题文化活动，其中关于挖掘嵩山禅武文化深刻内涵的研讨会、电视剧《少林寺传奇》、动画片与丛书《少林海宝》、大型功夫剧《少林武魂》、原创民族舞剧《风中少林》、实景演出《禅宗少林·音乐大典》、第八届中国郑州国际少林武术节等宣传与展演活动，进一步提升了嵩山少林寺的知名度和美誉度，影响深远。

丰富的历史文化遗产与富有现代气息的文明之光相互辉映，是嵩山少林寺禅武文化名扬天下的物质载体。由河南日报报业集团和央视动画有限公司联合推出的52集世博会动画片《少林海宝》，作为河南日报报业集团多元化、跨领域经营的尝试，为河南文化走出去探索新的模式和经验。2010年4月首映以来，《少林海宝》在央视播出期间获收视率第一名，不仅在国内创下了动漫版权销售最多的纪录，而且还走上欧洲和澳洲多个国家和地区的荧屏。目前，《少林海宝》在境内外开发并销售了小说、漫画、游戏等四种图书版权，发行图书250万册，图书码洋高达2000多万元，开发音像制品VCD、DVD两个版本，制作投放市场80万套；利用东京动漫节、香港国际电视节、法国戛纳电视节等展会，顺利向法国、阿尔巴尼亚、科索沃、马其顿、哈萨克斯坦等国家和地区输出外文版权；《漫画月刊》还与"魅力中国"IPTV有线电视网签订了《少林海宝》全球播出协议，该电视网覆盖了北美洲、澳洲、欧洲、亚洲的所有华人聚集区；该片还获得了2010年度全球华语星云奖最佳科幻（奇幻）剧目金奖。而由郑州市天人文化旅游有限责任公司投资建设的《禅宗少林·音乐大典》是目前全球最大的山地实景演出项目，该项目总投资3.5亿元人民币，演出项目投资1.15亿元人民币，先后被评为"国家文化产业示范基地"、"中国创意城市·城市文化名片"，并成为中国实景演出的扛鼎之作和河南文化旅游"新名片"。河南省旅游局嵩山少林寺武术馆与上海美琪演出经纪有限公司、东上海国际文化影视集团联合打造的大型功夫剧《少林武魂》，先后在世界20多个城市上映，2007年11月被文化部评为"优秀出口文化产品"，金融危机期间成功登陆百老汇主流剧场，首演日被纽约州长宣布为"百老汇中国日"，曾获得第54届美国"剧评人奖"提名、"托尼最佳特别节目奖"，连续演出数百场，成为中国第一部进入百老汇的原创舞台剧。作为河南当代演艺文化的精品，2006年由郑州歌舞剧院耗资近2000万元打造的大型原创民族舞剧《风中少林》，用最新的舞台表现形式，演绎了少林功夫中最具中国传统文化内涵的"禅、武、医"精髓，一经亮相就赢得了满堂喝彩，演出邀约不断，连摘中国舞蹈"荷花奖"金奖、"五个一工程"优秀剧目奖、"文华奖"新剧目奖等大奖，目前已巡演 500 多场，成为国内效益最好的舞台艺术作品之一。

3. 规范与服务相结合，提升嵩山少林文化旅游业整体竞争力

规范的市场秩序和先进的服务理念相结合，为嵩山少林文化旅游业的发展提供了强大保障。一是提供良好的服务设施与环境。2010 年 4 月 26 日，河南省召开文化改革发展试验区建设工作会议时，登封市规划的三家五星级宾馆，已开工建设；《禅宗少林·音乐大典》二期工程"照见山居"前期工作已基本完成；新建太室山索道、少林寺地下博物馆、法王寺圣舍利塔等重点工程也在有序推进。二是通过招商引资解决资金"瓶颈"。2009 年 12 月底，登封市成功引进中国最大旅游企业——港中旅集团，与港中旅合作成立的港中旅（登封）嵩山少林文化旅游有限公司正式挂牌运营，为发展文化旅游产业、推进经济结构调整、实现登封市经济转型奠定了坚实基础。在刚刚过去的第八届中国郑州国际少林武术节上，登封借力招商活动也取得了不俗的成绩。仅 2010 年 10 月 23 日上午举行的登封市情说明会暨项目签约仪式上，就签约 27 个项目，涉及文化旅游、食品加工、基础设施、装备制造、能源、铝精加工等多个行业，总投资达 173 亿元。其中登封农业旅游产业新城综合开发项目投资总额达 60 亿元，禅武文化园项目投资总额达 32 亿元。投资额 10 亿元以上项目 5 个，亿元以上项目 18 个，均是符合当前产业结构调整政策的项目。三是以制度化管理提供规范服务。对原郑州歌舞剧院进行股份制改造，成立了河南省首家股份制文化演艺公司——郑州中远演艺娱乐有限公司，从投资主体股份制、市场运营项目制、演出活动代理制、创作人员签约制、主要演员签约制、演职人员聘用制六个方面加强制度化管理，提供规范化服务，充分调动了各方面的积极性和创造性，成功打造了大型原创舞剧《风中少林》，在海内外公演 102 场，创造了 1200 多万元的经济效益。

二 开发嵩山少林禅武文化的成功经验

1. 智力支撑是嵩山少林寺禅武文化成功开发的关键所在

大型实景演出《禅宗少林·音乐大典》是成功开发嵩山少林禅武文化的典

范之作。而这一剧目从开始论证到建设、彩排再到正式演出，以及演出之后的多次修改完善，都体现出智力支撑的重要作用。主创人员谭盾担纲艺术总监和音乐原创，梅帅元任制作，易中天、释永信任顾问，黄豆豆任编导。由此不难看出，参与策划和制作这一艺术经典的都是行业顶尖人物，正是由于他们的参与，使《禅宗少林·音乐大典》获得了强有力的智力支撑。从与嵩山少林禅武文化相关的项目规划论证，也可以看出智力支撑的重要作用。2009年10月25日，河南省文化改革发展试验区重点项目暨少林塔沟教育集团少林文化复兴系列工程研讨会在北京钓鱼台国宾馆举行，来自海内外的30多位文化学者和专家一致认为，作为河南省唯一以探索国际化发展道路为试验方向的文化改革试验区，登封市规划提出的建设"世界功夫之都、中华文化圣山"的战略定位准确，登封市少林塔沟教育集团编制的支撑登封"世界功夫之都"建设的系列工程项目策划书，深入挖掘、提炼、展示少林功夫的文化内涵，所规划的少林功夫国际交流中心、少林功夫国际研究院、世界功夫擂台和少林功夫文化博物馆等少林文化国际化系列基础工程和精品工程，对少林功夫走向世界具有重要意义。

2. 利用现代传媒优势是嵩山少林禅武文化产生广泛影响的重要举措

除了早已影响深远的大型功夫剧《少林武魂》、原创民族舞剧《风中少林》、实景演出《禅宗少林·音乐大典》等活动外，2009年4月27日在嵩山少林寺举办的"少林问禅·百日峰会"，2009年9月12～13日在登封中岳庙成功举行了中国道教史上首次"祈福中华·论道中岳"系列文化活动（在国务院新闻发布厅举行新闻发布会），2009年10月22日举行的《新少林寺》电影开拍新闻发布会，都对弘扬嵩山少林文化起到了积极作用。由都晓执导的真功夫剧《少林寺传奇》三部曲，总投资超过1亿元人民币，历时五年共拍摄150集，将少林真功夫演绎得淋漓尽致，在题材琳琅满目的电视剧中可谓一枝独秀，吸引了众多观众的眼球。2010年4月24日在央视黄金强档上映的51集国产励志动画《少林海宝》，是由中共河南省委宣传部指导，上海世博会事务协调局监制，河南日报报业集团、央视动画有限公司联合出品，由《漫画月刊》杂志社、上海城市动漫出版传媒、吉林铭诺文化传播等国内知名的传媒集团和动画公司斥资1600余万元联袂打造的精品项目，将少林功夫文化元素和2010年上海世博会吉祥物海宝结合起来，并同时推出16册同名动画图书《少林海宝》，成为今年动画王国和书市中一道亮丽的风景。2010年10月22～26日举行的第八届中国郑州国际少林武术节，巧妙地把传统武术表演与现代高科技完美结合起来，以气势恢弘的开幕式、蔚为壮观的登封迎宾仪式，在谱写世界武术新篇章的同时，再一次向世人展示了少林禅武文化的无穷魅力，进一步扩大了嵩山少林禅武文化的影响。

3. 中原文化走出去是嵩山少林禅武文化名扬天下的重要推手

2009 年 11 月 4 日，文化部外联局组织召开了"少林文化走出去研讨会"，文化部外联局、河南省文化厅、河南省外宣办、郑州市、登封市的有关领导，少林寺方丈释永信及有关专家学者出席，为拓宽少林文化对外交流渠道、制定科学合理的少林文化走出去路线图、促进少林文化走向世界搭建平台。近些年来，少林寺武僧团通过国家的正式渠道，先后到英国、美国、加拿大、澳大利亚、沙特阿拉伯等五大洲几十个国家进行文化交流，传播少林禅武文化。英国女王、瑞典国王、沙特阿拉伯总统以及国际奥委会前主席萨马兰奇等先后会见了少林寺访问团，并给予少林文化极高评价。仅 2010 年 2～8 月期间，少林寺就先后接待了斯里兰卡总理贾亚拉特纳、莫斯科少林功夫研修中心弟子、美国洛杉矶少林寺文化中心的 17 名少林弟子、希腊少林寺弟子延卓、少林寺皈依弟子陈培率领的美国华林派功夫团、斯里兰卡总理贾亚拉特纳（Hon. D. M. Jayaratne）、韩国佛教曹溪宗中央宗会首席副议长忍山志准率领的曹溪宗参拜团、吉尔吉斯斯坦外交部长卡扎克巴耶夫·鲁斯兰等国内外知名人物与团体。嵩山少林文化通过走出去和引进来，不仅促进了中外文化交流，而且将少林禅武文化远播世界各地。

作为中国佛教协会副会长、河南省佛教协会会长、少林寺方丈的释永信更是通过各种渠道宣传少林禅武文化。2009 年 11 月 3 日，释永信方丈代表河南省佛教界赴澳门出席纪念澳门回归十周年"感恩祈福法会"；2010 年 8 月 17 日，释永信方丈应泰国岱密金佛寺副住持赵昆通猜大师的邀请，率团出席泰国岱密中学孔子铜像落成典礼；8 月 30 日，释永信方丈应邀出席欧洲论坛并发表《搭起人类对话与合作的桥梁》的演讲，引起论坛嘉宾热烈反响，期间还受到奥地利总理法耶曼与奥地利红衣大主教舍鲍恩的接见。2010 年上海世博会期间，少林寺特别策划的《少林寺之武僧传奇》，在园区内广场、综艺大厅表演近千场，以原生态风格描绘小和尚禅武修行的成长生活，较为全面地展示了少林功夫及禅宗文化，在外国游客中产生了"游世博必看中国馆，逛中国馆应去河南馆"的轰动效应。

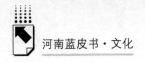

三 开发嵩山少林禅武文化的几点启示

1. 开拓新视野，树立新目标

2010 年 7 月，河南省委书记、省人大常委会主任卢展工在省文化文艺单位调研时指出，要进一步加快河南文化文艺事业发展，推动文化大发展大繁荣，一定要自觉地把文化发展与整个经济社会发展有机结合起来，把文化软实力的提升与综合实力的提升有机结合起来。党的十七届五中全会关于"推动文化产业成为国民经济支柱性产业"的战略性提法，被清华大学文化产业研究中心主任熊澄宇教授誉为"迄今为止国家赋予文化产业的最高地位"，也为建设中原经济区打开了新视野。

他山之石，可以攻玉。嵩山禅武文化的成功开发，在国内引起巨大反响。2010 年 10 月，广东省佛山市准备借鉴少林寺《禅宗少林·音乐大典》的成功经验，将当地的"樵韵梵音"佛教音乐会塑造成为西樵旅游艺术品牌，形成北有《禅宗少林·音乐大典》，南有《飞鸿故里·樵韵梵音》的文化旅游格局。从这个层面上来说，嵩山禅武文化的成功开发模式，对于中原经济区乃至全国的文化产业发展，都具有引领时代风潮的典型意义。

2. 依托文化资源优势，寻找文化产业发展的契机

做对的事情远比把事情做对更重要。文化产业必须在与民族化、地域化的结合中找到适合自己发展的基点，在文化内涵与商业精神之间寻求契合，搞自己能够做到、能够做大并有长远把握的产业，才能实现提升经济发展硬实力与文化发展软实力的双赢。

河南省委书记卢展工反复强调，河南作为文化资源大省，一定要提高对文化自身内涵的认识："认识到文化是根，是民族之根、文明之根、发展之根；文化是魂，是民族之魂、人类之魂、发展之魂；文化是力，是时代发展、人类进步的推动力、凝聚力、提升力；文化是效，不但产生经济效益，更重要的是产生社会效益、社会效应、社会效果。"（卢展工《在河南文化文艺单位调研时的讲话》，参见 2010 年 7 月 23 日《河南日报》第二版）对于河南来说，大力发展文化产业，是时代的选择，更是发展的必然。河南不少地区均有各自的特色，如果都能深入挖掘本地的文化资源，瞄准时机，精心策划和规划，一定能形成文化发展的有机整体和驱动链，使文化产业朝更高附加值、更强竞争力的方向发展，达到文化发展与经济社会发展的融合，使文化成为加快发展的重要推动力。

3. 以人为本，走持续发展之路

当今时代，文化在综合国力竞争中的地位和作用越来越突出，文化的力量深深熔铸在民族的生命力、创造力和凝聚力之中。美国经济学家米切尔·沃尔夫曾经这样评价全球文化产业的迅猛发展："文化、娱乐——而不是那些看上去更实在的汽车制造、钢铁——正在迅速成为新的全球经济增长的驱动轮。"然而，在过度追求经济价值的时候，很多人却迷失在文化价值缺失的荒原里。要在传承文明与创新科技中寻找结合点，就必须坚持以人为本，走可持续发展之路。

经济的腾飞固然能满足人们日益增长的物质文化需要，但对于以民族文化积淀为基础的文化产业，其开发更应摒弃只重经济、只顾眼前、抛弃长远的功利主义思想，而应保持稳健、务实而持久的作风。任何依靠叠加经济指标而成的政绩、依靠规模经济而增加的 GDP，最终都会因某些人的好大喜功而付出更沉重的代价。同时，文化旅游产业既需要现代科学技术，更需要人文精神的深刻关照。文化产业中只有自然科学的人才参与，而没有专门的人文学者参与，就无法界定优秀的文化资源与腐朽的历史糟粕之区别，无法判定社会需求的趋势和文化产品的传播方向，无法整合文化资源并进行跨文化交流。各级政府要充分发挥当地丰富的智力资源之作用，借助各种相对松散的协会和形式灵活的研究机构，创造出有着独特风格与气派的地域品牌。

澳大利亚学者约翰·哈特利在《旅游产业读本》一书中这样分析发达国家成功创建文化品牌的诀窍："抓住能够吸引全球受众的特定源头，然后进行创作。比如说，远离常人生活经验的英国寄宿学校生活，给一代又一代的流行小说和喜剧带来源源不断的灵感，从 BillyBnter 或 MontyPython 到哈利波特，它既给作者带来了偶像地位，又获得了全球性的商业成功。"（约翰·哈特利：《旅游产业读本》，清华大学出版社，2007，第 6 页）在文化产业被国家提到支柱性产业战略位置的背景下，在品牌打造与品牌传播的现代经营理念指导下，河南省通过设立文化改革发展试验区，将嵩山少林寺的资源优势与区位优势充分发挥出来，构建了一个具有强大的区域魅力、景观吸引力以及良好社会经济效益的文化旅游发展平台，让古老的嵩山禅寺焕发出新的生机与活力，很值得所有关注和关心中国文化产业发展的人去思考。

B.9

根文化与中原崛起、河南振兴

李立新[*]

摘　要：河南是中华民族和华夏文明的重要发祥地。中原是华夏文明之源，中华民族之根，与海内外华人有着天然的血缘联系，是海内外华人寻根拜祖之地。河南应充分发挥根文化的优势，以根文化助推中原崛起、河南振兴。

关键词：中原　根文化　河南振兴

一　中原与中原文化

中原由于其居于天下之中的地理位置，在中国历史上长期扮演着重要的角色。"天下之中"这一名词产生于西周时期，最初称为"地中"，《周礼·司徒》云："地中，天地之所合也，四时之所交也，风雨之所会也，阴阳之所和也；然则百物阜安，乃建王国焉。"《吕氏春秋·审分览·慎势篇》云："古之王者，择天下之中而立国。"选择"天下之中"建都在我国古代是一条重要的治国方略，我国两种最古老的地理文献《尚书·禹贡》和《周礼·职方》都记载了一个理想的国土规划模式，前者为"五服"，后者为"九服"，虽然名称和区域大小不同，但都是将都城置于国土的中心位置，根据距离都城的远近来推行不同的政治、经济、军事等制度，体现出"居天下之中以均统四方"的治国方略。历史上我国之所以称"中国"，就与"择天下之中而立国"的传统思想分不开，如《周礼·载师》称"天下之中"为"国中"，周公更是直接称"天下之中"为"中国"。以洛阳为中心的河洛地区，在中国最早的夏、商、周三代时期被视为天下之中，并相继建都于此。《史记·周本纪》云："成王在丰，使召公复

---

[*] 李立新（1967～），男，河南邓州人，河南省社会科学院历史与考古研究所副所长、副研究员。

营洛邑，如武王之意，周公复卜甲视，卒营筑，居九鼎焉。曰："此天下中，四方贡道理均'。"《史记·刘敬传》云：（周公）"乃营成周雒邑，以此为天下之中也，诸侯四方纳贡职，道理均矣"。《史记·封禅书》载："昔三代之居，皆在河洛之间，故嵩高为中岳，而四岳各如其方。"河洛地区是中原的腹心地带。

作为地域一词的"中原"最早出现于春秋时期，但一直到东汉，指称这一地区常用的词是中国、中土、土中、豫州和中州，直到三国特别是西晋以后，由于南北分裂形成南迁士人的故土情结，中原一词才被文献中广泛地使用。"中原"作为一个区域地理和历史地理概念，有狭义和广义之分，狭义的中原指今河南省，广义的中原指河南省及其周边地区。中原是中华文明的发源地和核心地带，在中国历史上处于政治、经济、文化中心长达 3000 年之久，半部中国历史在这里上演，中原先民创造了丰富多彩的物质文化和高度发达的精神文明，形成了辉煌灿烂的中原文化。中原文化在北宋以前作为中华民族的主流文化，其物质财富、精神遗产和制度准则，通过文化融合和文化传播，彻底突破了中原地域的局限，而成为中华文化的主干和重要组成部分。

2009 年 12 月 3 日下午，卢展工书记主持省委中心组第八次集体学习报告会。在听取中共中央台办、国务院台办主任王毅就海峡两岸关系所作的专题报告后，卢展工指出："中原是中华民族之根、中华文化之根。"2010 年 3 月 10 日上午，胡锦涛总书记在参加十一届全国人大三次会议河南代表团的审议时说："河南是中华民族和华夏文明的重要发祥地，是全国重要的历史文化资源大省，历史底蕴深厚，文化资源丰富，要充分发挥这一优势，推动文化发展繁荣。"可以说根文化是中原文化的本质属性，这种本质属性体现在两个方面：中原是中华文明的文化之源；中原是中华民族的血脉之根。

二 中原是中华文明的文化之源

中原在北宋以前极尽繁荣，有四个发展高峰。第一个发展高峰是新石器时代，中原是裴李岗文化、仰韶文化和龙山文化的核心区域，是中国传统农业文明的首善之区，是著名学者徐旭生在《中国古史的传说时代》中所说的"华夏集团"的形成和活动地域。第二个发展高峰是夏、商、周三代，中华文明在这里闪现出第一道曙光，中国的国家雏形在这里形成，中华元典文化在这里产生。中心区域河洛地区被称为"中土"、"中国"，而称周围民族为四夷，即："东夷"、"西戎"、"南蛮"、"北狄"。多元一体的华夏族和国家主体初步形成。第三个发展高峰是东汉和魏晋时期，民族大流动大融合，佛教传入，道教形成，玄学盛行，三教合流，极大地促进了中华民族的形成。世界上最大的民族汉民族、中华民族在这一时期正式形成。第四个发展高峰是北宋时期，人文精神得以最自由的张扬，中国的科技文化在中原得到快速发展，达到了前所未有的高峰，中原文化成为当时世界最先进的文化。

与中原文化相对应，中国其他区域文化还包括三晋文化、燕赵文化、齐鲁文化、荆楚文化、三秦文化、巴蜀文化、草原文化等等，中原文化不仅在地理上居于中国诸区域文化的中心位置，而且在整个中华文明的体系中，也处于核心地位。中原文化就像花心，周边其他区域文化是花瓣，正是由于花心的不停绽放，才形成了中华文明这朵璀璨的文明之花。中原由于其特殊的地理位置和优越的地理环境，历史上长期作为中国的政治、经济、文化中心，得到充分的开发，人口繁盛。先后有近20个王朝200余位皇帝建都、执政于河南，形成了洛阳和开封两大中心。春秋战国时期就出现了"土地狭小而民众"，"曾无所刍牧牛马之地"，到隋唐北宋时期更达到高峰，隋朝洛阳人口就多达百万人，北宋时，开封也是拥有百万人口的国际大都会。洛阳居天下之中，"河山拱戴，形势甲于天下"，除了先秦的夏、商、东周外，秦汉以后又有东汉、曹魏、西晋、北魏、隋、唐、后梁、后唐、后晋九个王朝在此建都，是中国建都最早、历时最长、朝代最多的古都。开封号称七朝古都，战国时期的魏、五代时期的后梁、后晋、后汉、后周以及北宋和金均在此建都。特别是北宋，这里历经九帝168年，繁荣兴旺达到鼎盛，"八荒争凑，万国咸通"，不仅是全国政治、经济、文化的中心，也是当时世界上最繁华的大都市之一。

在历史的长河中，中华文化在中原不断孕育、生长，并最终达到成熟。产生于河洛地区的文化是中华文化的滥觞，由于居于天下之中，各种文化在这里碰撞交融，至夏、商、周三代达到第一个高峰，形成"河洛文化"；循此继进，扩展到中原地区，历经秦、汉、魏、晋、唐，至宋代达到鼎盛时期，形成中华文化。中华文化根植于中原大地，源发于河洛故土。中原文化的内涵包括产生于这一地区的以裴李岗文化、仰韶文化、龙山文化为代表的原始文化，夏、商、周三代文明，老学、儒学和墨学等中华元典文化，以及此后的汉代经学、魏晋玄学、宋明理学与佛教文化等等。中原是中华农耕文化、中国都城文化、中国商业文化、汉字文化的发源地，是中国思想文化、礼制文化的起源地与发展地，也是包括四大发明在内的中国古代科技的重要源头。此外，在盘古开天地、夸父追日、河图洛书、大禹治水、愚公移山等神话传说中，已隐藏着中华民族精神起源的密码。上述林林总总的中原文化成就促成了中华传统文化的典章制度、道德规范、价值取向、思想体系和人文精神等等，如此博大精深的中原文化成为中华民族文化的核心组成部分。中原文化是中华民族文化的根文化、母文化、主流文化，客家文化、闽台文化、岭南文化等都渊源于中原文化。可以说，中华文明的文化之源在中原。

三　中原是中华民族的血脉之根

文献中所称"三皇五帝"，都有很多创制发明，是中华文明的发轫者，均可视为中华民族的人文始祖。汇总各种文献对"三皇五帝"的不同记载，可得下述 12 位有事迹和遗迹可循的历史人物，即：伏羲、女娲、燧人、炎帝、黄帝、祝融、共工、少昊、颛顼、帝喾、尧、舜。上述这 12 位人文始祖，大都出自河南或主要活动于河南。

在河南与全球华人根脉关系密切的地方有六处：一是河南桐柏县、泌阳县，"自从盘古开天地，三皇五帝到如今"，这里是"中国盘古之乡"和"中国盘古圣地"。二是河南淮阳。这里是"定姓氏、制嫁娶"的中华民族人文始祖伏羲氏建都之所，是太昊伏羲陵所在地。三是河南新郑和郑州。新郑是华夏"炎黄子孙"公认的始祖黄帝的故里故都所在地，每年举办一次"黄帝故里拜祖大典"。位于郑州黄河风景名胜区的炎黄二帝巨塑位于黄河之边、邙山之巅，是当今世界上最大的雕塑。四是河南内黄县，这里有颛顼帝喾陵。颛顼、帝喾位列"三皇五帝"中的第二位和第三位，前承炎黄，后启尧舜，奠定华夏根基，是华夏民族的共同人文始祖，二帝陵因此也成为华夏子孙寻根祭祖的圣地。五是洛阳和巩义。洛阳王城公园有"根在河洛"碑，巩义市有河洛汇流处。客家人自称"河洛郎"，认定根在河洛，这两处是客家人的故国家园。六是"光州固始"，即今河南省固始县。这里是陈政、陈元光父子，王潮、王审知兄弟，以及郑成功、施琅这些与闽台关系密切人物的故乡。为数众多的闽台及海外华人有一种"固始情节",因为在他们的家谱中,均明白无误地记载着祖上来自"光州固始",固始成为今天大部分闽台人寻根谒祖的目的地。除此之外,西华县有女娲城,女娲抟土造人,和伏羲一起被称为中国的"亚当和夏娃"。西平县是嫘祖故里,嫘祖是黄帝正妃,丝绸就是由她发明的。南乐县是发明汉字的黄帝史官仓颉之故里,现存仓颉陵和仓颉庙。河南作为中华姓氏的主要起源地,还是很多姓氏的祖根地,如李姓的祖地在鹿邑,王姓的祖地在洛阳,张姓的祖地在濮阳,刘姓的祖地在鲁山,黄姓的祖地在潢川,陈姓的祖地在淮阳,林姓的祖地在卫辉市,等等。

中华姓氏大约起源于相当于父系社会的炎黄时代。据许顺湛考证:炎帝族后代曾占据 15 个属地,有 107 个氏;黄帝族后代占据 101 个属地,有 510 个氏;舜族后代占据 7 个属地,有 61 个氏;禹族后代占据 12 个属地,有 33 个氏;契族后代占据 12 个属地,有 124 个氏。总共有属地 147 个和 835 个氏。835 个氏到后来都演化为华夏族的姓,现在汉族人的姓都来源于此,是为炎黄子孙。作为炎黄子孙祖源的这 147 个属地、835 个氏,主要分布在中原地区。夏、商、周三代是中华姓氏形成和定型的时期,而"三代之居,皆在河洛",因而,中原地区成为中华姓氏最主要的发源地。在依人口多少而排序的 300 个中华大姓中,有 171 个起源于河南或部分源头在河南;前 100 个大姓中有 78 个姓氏直接起源于河南,有 98 个姓氏的郡望地在河南,这些姓氏涉及当代华人的 90%。

中原地区作为中华文明的发祥地,一直是我国历史上文化昌明、人口稠密的中心地带,成为历代兵家必争之地,所谓"逐鹿中原"、"问鼎中原"、"得中原者得天下"。所以中原地区自有史以来便兵连祸结,战乱不断,加之黄河泛滥频繁,水旱灾害连绵不绝,这些天灾人祸是中原人外迁的主要原因。与中原相比,南方,特别是东南地区,由于开发较晚,地广人稀,加之天高皇帝远,社会安宁,成为中原人理想的移居地,因此历史上中原人大规模的外迁主要是向东南迁移。享誉海外的"客家人"就是由中原人多次南迁形成的,他们的家谱里都记载着祖根在河洛一带。他们操中原古音,习中原古俗,不忘根本,以"根在河洛"为荣。晚清著名诗人黄遵宪有诗云:"中原有旧族,迁徙名客人。过江入八闽,辗转来海滨。俭啬崇唐魏,盖犹三代民。""筚路桃弧辗转迁,南来远过一千年,方言足证中原韵,礼俗犹留三代前。"

据 1930 年台湾统计的人口资料，当时总人口为 375.16 万人，其中注明从福建泉州和漳州迁去的有 309 万人，占总人口的 80%。1953 年与 1954 年间，台湾省文献会曾经作了一次有关姓氏的调查，在桃园、云林、台东、高雄等 4 县尚未调查到的情况下，其结果是：台湾岛上的中华姓氏共有 737 个。这 737 姓共有828804 户，其中，具有 500 户以上的姓氏共有 100 个，是为"台湾百家大姓"。经考证，台湾百家大姓中有 76 姓源于河南或部分源头在河南，约占台湾总人口的 85% 以上。前十大姓，即陈、林、黄、张、李、王、吴、蔡、刘、杨，占台湾总人口的 51%。十大姓中只有杨姓不源于河南，但杨姓著名的郡望为弘农，即在今河南灵宝。还有一项统计资料表明：在台湾的 100 大姓中，有 63 姓的族谱里均记载着其先祖来自光州固始，即今河南固始县。这 63 姓，共有 670512 户，占台湾总户数 828804 户的 80.9%。所以厦门大学黄典成教授曾撰文指出："台湾同胞的祖根，500 年前在福建，1300 年前在河南。"

可以说，中华民族的血脉之根在中原。

四　根文化助推中原崛起、河南振兴

作为中华文化之源、中华民族之根，中原成为海内外中华儿女魂牵梦绕的精神家园，中国国民党荣誉主席连战曾动情地说："中原地区是中华儿女心灵的故乡。"草木祖根，山祖昆仑，江河祖海。中华民族特别注重乡情祖谊，保持着尊祖敬宗、报本反始的优良传统，古人甚至给动物、植物也赋予这种情怀，所谓"木本水源"、"叶落归根"、"狐死首丘"、"越鸟南栖"，如果骂某人"数典忘祖"，那是对他最严厉的责骂。海外华人多认为自己"根在河洛"，河洛故土是海外华人魂牵梦绕的精神家园，殷殷故乡情结，悠悠文化密码，是引领他们络绎不绝到中原寻根谒祖的原动力。

自 20 世纪 80 年代起，随着改革开放的深入，国门洞开，海外华人一批批到祖国大陆寻根问祖，先寻沿海近祖，再寻内地始祖，掀起了一波又一波寻根热。今天，"根在河洛"、"寻根的起点是闽南，终点无疑是河南"已成为海外华人的共识。一批批回大陆探亲的同胞之中，有的手持族谱来寻根，有的寻找祖墓来祭祖，有的凭借郡望来溯源，有的组成社团来谒祖，还有不少通过来函来电来寻找自己的祖籍。据统计，仅是每年到河南寻根旅游的台湾同胞就超过 10 万人。不少海外华人通过寻根祭祖活动增加了对祖国大陆和家乡的了解，积极为家乡捐献校舍、筹建医院、修建桥梁公路、修葺名胜风景、投资家乡的经济建设等，促进了家乡的经济、文化、教育事业发展。近来，河南省正是依托根亲文化，展开大公关、大招商，引来了浙商、闽商、台商、港澳深等地企业家的 3000 多亿元的巨量投资。

胡锦涛总书记在十七大报告中，第一次提出了"弘扬中华文化，建设中华民族共有精神家园"的新目标。十七届五中全会公告进一步强调："文化是一个民族的精神和灵魂，是国家发展和民族振兴的强大力量。""推动文化产业成为国民经济支柱性产业，充分发挥文化引导社会、教育人民、推动发展的功能，建设中华民族共有精神家园，增强民族凝聚力和创造力。"河南应立足于丰厚独特的历史文化资源，依托中华文化之源和中华民族之根的重要地位，在建设中华民族共有精神家园中作出自己应有的贡献。

作为中华文化的主要渊源和主干，中原根文化对海内外华人有着独有的凝聚力和影响力。而在根文化中，河南、福建和台湾是三个最关键的关联地区，源流关系十分明晰，可以说根文化把豫、闽、台三地联结在一起。人是经济、文化活动中的主导因素，针对海内外华人对中原文化的一致认同，展开以中原文化为纽带与桥梁的大公关战略，促成中原文化同海内外华人、华侨的良性互动，吸引海外资本捐献、投资于河南，从而促进河南经济社会发展，加快河南由文化资源大省向文化强省的跨越，促进中原崛起、河南振兴。其着力点有以下三个方面。

一是因根而溯源，进一步探寻豫、闽、台三地的血脉、文脉、人脉。以河南省社会科学院为科研主体，切实做好河南省姓氏文化的研究工作，使海内外华人到河南的寻根活动有序开展。1996 年，河南省中原姓氏历史文化研究会举办了"首届豫、闽、台姓氏源流国际研讨会"，取得了丰硕成果。建议以后定期召开"豫、闽、台姓氏源流国际研讨会"，并且在河南、福建和台湾轮流召开，深化豫、闽、台三地之间的血脉联系。

二是因根而结缘，进一步强化豫、闽、台三地的血缘、文缘、情缘、商缘。不定期地派出河洛文化与姓氏文化宣讲联谊团，到福建、台湾以及东南亚等中原移民迁入地，宣传河洛文化与河南根文化，对曾到河南的宗亲进行回访，和当地的姓氏宗亲组织进行联谊，进一步发挥根文化优势，扩大河南根文化的亲和力和影响力，促成海内外宗亲到河南来寻根谒祖、观光旅游，拓展对闽、台交流合作空间，加快形成全方位、多层次、宽领域的豫、闽、台合作交流平台。

三是因根而自强，进一步培育、凝聚厚德载物、自强不息的新河南精神，通过加快河南发展来展示中原根的形象、根的实力、根的气度和气势，使根文化的魅力得到进一步彰显，吸引海内外华人主动参与河南经济建设。切忌在开展寻根活动中，只盯着寻根者的钱包，伸手要钱，把寻根文化庸俗化。

B.10
河南文艺院团发展之路的思考

——从省委书记卢展工到河南省文联及省直文艺院团调研谈起

胡永杰*

摘　要： 2010 年 7 月 22 日河南省委书记卢展工到河南省文联及省直文艺院团调研，解决省直院团长期存在的突出问题，带动企业界对文艺院团进行捐助。此举在促进政府部门转变工作方式、大力发展文化事业、开拓文艺院团发展之路、鼓舞文艺界的工作热情等方面都具有重大意义。河南省文艺院团和有关部门应该以此为契机，积极探索，努力开拓，探索适合文艺院团发展的新路子，为文化强省贡献力量。

关键词： 卢展工　河南省文艺院团　调研　企业界捐助　出路

2010 年 7 月 22 日，河南省委书记卢展工到河南省文联及省直文艺院团进行调研考察。在座谈中，卢书记对河南省文化事业的建设提出了"提高认识、明确目标、遵循规律、以人为本、强化素质、有效保障"六个方面的要求，对于文艺院团存在的资金不足、职工工资过低等问题，指示有关部门立即着手解决。在卢书记讲话精神鼓舞下，河南部分企业对省直文艺院团进行捐助，开拓了社会力量支持文艺院团发展的新途径。

一　河南省文艺院团现状和存在的问题

截至 2009 年，河南省共有国有和集体所有制文艺演出团体 218 家，其中属

---

* 胡永杰（1974 ~ ），男，河南舞阳人，河南省社会科学院文学研究所助理研究员。

事业性体制者 200 家，企业性体制者 18 家。在事业性文艺院团中，戏曲剧团占大多数，共 169 家，歌舞剧团、轻音乐团和曲艺、杂技、木偶、皮影类剧团也是数量较多者，分别有 9 家和 18 家。由于重点院团都是事业单位，在市场经济面前显露出体制老化、机制僵化等问题，特别是 20 世纪 90 年代实行差额财政拨款政策以来，政府投入的经费减少，但演出收入等资金来源渠道的发掘又一直不够成功，各级院团普遍出现了资金缺乏的困难，并由此引发了诸多问题。大致来说，这些问题可概括为以下几个方面。

（一）市场化程度较低

河南省主要文艺演出院团以事业性体制为主，市场化程度普遍不高，演出收入较低，没有成为收入的主要来源。这种情况可通过表 1 看出。

表 1　2009 年河南省主要事业性文艺院团演出收入情况表

剧团类别	剧团数（个）	从业人数（人）	总收入（万元）	演出收入（万元）	演出收入占总收入的百分比（%）	团均演出年收入（万元）	人均演出年收入（元）
事业性院团总数	200	10116	28654.4	7684.2	26.8	38.4	7596
戏曲	169	8302	20243.4	5628	27.8	33.3	6779
歌舞、轻音乐	9	784	6292.5	1566.6	24.9	174.1	19982
曲艺、杂技、木偶、皮影等	18	870	1521.0	337.6	22.2	18.8	3880

这种状况的形成有文艺院团自身的原因，也有演出市场不成熟等客观原因。院团自身原因主要有两个。一是文艺院团对演出市场的开发不够。事业体制使文艺院团在走向市场之后有压力而无动力，不重视对市场的开发。二是文艺院团的演出长期以来偏重于思想宣传，许多剧目是为了配合各种政治理念的宣传、文艺评奖等目的而创作和演出的，内容与形式显得平板、单调，不能适应广大群众的艺术需求。客观原因主要有以下几点：（1）消费能力的限制。河南省农村人口众多，整体经济水平偏低，群众的文化艺术消费能力不高，导致消费需求不旺，消费支出能力偏低，文艺演出的票价上不去。（2）电视、广播、互联网等文化艺术传播媒体及其他娱乐方式对文艺演出市场冲击较大。（3）传统消费观念的不利影响。特别是在戏曲演出等方面，河南省广大农村一直有红白喜事和节庆日

由单位或个人出资请戏、观众免费观看的传统，城市中各种戏曲演出也以赠票为主，这些也限制了文艺演出的市场。（4）文艺演出的场所少，设施落后。由于长期资金困难，市场开发意识淡薄，还没有形成一个覆盖面较广的演出场所体系，多数地级市和县城没有像样的演出场馆，观众没有便利的观看演出的场所，也限制了文艺演出市场的发展。

（二）资金短缺

资金不足是河南省事业性文艺院团普遍面临的难题，以河南省八大省直院团之一的河南省话剧院为例，该院共有在编职工 90 人，2009 年财政拨款共 120.7 万元，工资发放支出 94.9 万元，交纳医保、公积金和失业金支出 31.4 万元，仅此两项已达 126.3 万元，超出财政拨款 5.6 万元，其他支出几乎没有来源。资金不足直接导致了文艺院团职工工资过低，没有经费编排新剧目，排练、演出场馆、设备得不到更新和改善等问题。河南省八大省直文艺院团都存在多年不能足额发放职工工资的现象，刚工作的年轻演员月工资只有四五百元，比河南省最低工资标准还要低。很多剧团的排练厅都建于 20 世纪 80 年代，甚至更早，破损严重，却没有资金修缮。作为河南省文艺院团龙头的省直院团情况尚且如此，地市院团的情况更差，县级剧团则半数已经进入瘫痪、半瘫痪状态。

（三）人才匮乏，后继量不足

河南省歌舞、曲艺类院团普遍缺乏在国内有影响的著名演员。戏曲院团具有一定的优势，拥有一大批优秀的艺术家，但目前也面临年轻人才匮乏、后继无人的问题。由于戏曲演出行业收入低，年青一代不愿从事戏曲演出事业；戏剧艺术学校缺乏好苗子向戏曲院团输送；院团内部也由于待遇较低、缺少优胜劣汰的人事制度等原因，难以养得起、留得住优秀表演人才。当前河南省直院团中 40 岁以下的年轻演员很少有能独当一面的，地市、县级剧团人才缺乏现象更为严重。

二 卢展工书记调研对河南省文艺院团发展的意义

卢展工书记到河南省文联和省直文艺院团调研，正值河南省规划中原经济区和规划"十二五"发展蓝图的关键时刻，调研的目的就是要了解河南省文化事业建设中存在的问题和困难，为今后的发展找路子、找对策，为河南推动文化大发展大繁荣谋大计。卢书记的调研及社会资本捐助文艺院团，对河南文化的繁荣与发展具有重大的推动作用。

（一）提出了对今后河南文化事业发展的总体要求

在调研中，卢书记对河南省文化事业的建设从"提高认识、明确目标、遵循规律、以人为本、强化素质、有效保障"六个方面提出了要求，强调文化强省不仅是做强做大河南省文化事业自身，而且要发挥文化在强省建设中的积极作用，把文化软实力的提升与综合实力的提升有机结合起来，这样就把文化在河南省强省建设中的作用提到了更高的高度。他进一步指出，文化的发展繁荣离不开党委、政府的引导和扶持，离不开广大群众和社会方方面面的参与和支持。各级党委、政府既要为文化发展提供基本保障、基本条件，又要协调方方面面的力量，营造支持文化发展的浓厚氛围，形成推进文化发展的强大合力。这些要求体现了省委、省政府对文艺事业的重视程度和把河南省文艺事业搞好的决心，对河南省文艺院团的发展乃至"十二五"期间河南的文化建设，都具有非常重要的指导意义。

（二）初步解决了河南省直文艺院团存在的困难

卢书记调研一结束，便立即安排河南省政府、省委宣传部及相关部门着手解决省直文艺院团比较急切的一些困难。目前已初步拟定近期重点解决的六个问题：一是解决8个院团的工资问题，自2010年7月份开始，按照省直事业单位工资标准全额发放现有在职在编人员工资。二是解决演出场所问题，对省直8个文艺院团排练演出场馆实行改建、扩建或迁建。三是向省直文艺院团获"文华奖"、"梅花奖"的演员发放工作津贴。四是对省直文艺院团下基层演出按照每场最低1.5万元的标准进行补贴。五是对河南交响乐团、河南民乐团每年补贴1000万元，暂定5年，主要用于两个乐团高级人才引进、重点剧目建设和乐器设备更新等。六是将河南博物院二期工程、河南省图书馆新馆建设列入河南省"十二五"规划。同时河南省各地文化部门也都迅速召开了会议，学习卢书记在文化系统调研时的讲话精神，决心尽快落实卢书记要求。由于有关部门的积极努力，河南省直院团长期存在的困难初步得到了解决。

（三）带动了企业界及社会其他力量资助文艺院团的热潮

到省直文化系统调研之前，在卢书记的协调和牵线下，已促成了两次社会捐助文化事业行动，一是世纪金源董事局主席黄如论先生投资 3 亿元筹建中原文化艺术学院；二是中粮集团向河南中华豫剧文化促进会首笔捐赠 1000 万元用于支持河南戏曲艺术事业的传承和发展。卢书记到省直文化系统调研之后，社会资本捐助河南文化事业形成了一个热潮。2010 年 7 月 28 日，宇通客车和天瑞集团捐赠 6000 万元和 8 辆豪华客车，资助省直及部分地方文艺院团。8 月 29 日，上海仁鼎投资有限公司、河南双汇集团、天明集团、宋河酒业等企业向河南公益慈善事业捐资 2 亿元，主要用于支持河南省文化教育事业的发展。10 月 16 日，河南省文联主席马国强将自己珍藏了 30 年的绘画成名作《暖春》捐赠给河南省美术馆。截至目前，已有近 6 亿元社会捐助资金参与河南省各类公益文化项目。众多企业和个人如此大额度地集中向河南省文化艺术事业领域捐款捐物，这在河南文艺界是前所未有的，这些捐助活动不仅大大缓解了河南省文艺院团资金紧张的困难，而且开辟了企业界和其他社会各界力量帮助文艺院团、关心文化事业之路，为日后文艺院团和企业界更为广泛、多样的合作开了个好头，奠定了基础。

（四）鼓舞了河南省文艺院团创作文艺精品、服务社会的热情

卢书记到省直文化系统调研和企业界的热情捐助，在文艺界引起了很大反响，极大地鼓舞了文艺院团多出精品、服务社会的热情。有艺术家十分感慨地说："河南文艺界的春天来啦！"

2010 年 9 月 2 日，河南省文化厅组织召开了直属文艺院团全体职工大会，省文化厅厅长杨丽萍表示，要用实际行动回报社会各界对文化系统的关爱，各个院团，每一至两年要确定一部重点作品进行精心打造，并且还要大力"推人"。省直各文艺院团已经开始行动起来，用实际行动回报社会的关爱。今年中秋节和国庆节前后，省委宣传部、省文化厅组织举办了"迎国庆河南省优秀剧（节）目展演周"、"2010 中秋戏曲晚会——中国豫剧名家演唱会"、"安阳杯"第四届"黄河戏剧节"等演出活动。10 月 2 日根据省文化厅 2010 年"舞台艺术送农民"活动的统一安排，河南省曲剧团在郑州市高新区石佛乡关庄村进行了一场下乡慰问演出。春节前后各文艺院团还将有一系列戏曲、舞剧、音乐会等演出。

三　关于河南省文艺院团发展出路的思考

卢书记此次赴省直文化系统调研，不仅解决了省直文艺院团的一些实际问题，同时也促使河南省文艺院团积极探索改革发展的路子，希望全省各界更多地关心和支持文艺院团发展。河南省文艺院团和文化管理部门应该以此为契机，共同努力，不断开拓，想点子，找路子，促使文艺院团走上自我发展、快速发展之路。

（一）市场化是河南省文艺院团发展的根本出路

虽然河南省文艺院团的市场化尚面临不少困难，但必须清醒地认识到，走市场化道路，以演出收入为主要经济来源，在市场中求生存、求发展，是文艺院团走出困境的根本出路。只有真正转企改制，走市场化道路，才能从根本上解决河南省文艺院团普遍存在的资金短缺、职工收入过低的问题，才能解决自身的发展问题。自身发展问题解决了，场馆设备不足、无力推出新作、人才流失、后继力量培养等问题也就迎刃而解了。应该看到，河南文艺院团在走市场化道路方面已经具有了一定的基础，特别是豫剧、曲剧、越调等河南地方戏曲，有较好的群众基础，有大量群众喜爱的剧目，有一大批著名的艺术家，近些年也出现了不少新的优秀作品。另外，河南省是人口大省，有巨大的潜在市场，随着经济水平的不断提高，广大群众对文艺演出的消费需求和消费能力会越来越强，这也是一个优势。2009 年 8 个省直院团全年共新排、复排剧目 24 个，实现演出 1120 场、演出收入 3150 万元，已经取得了不小的成绩，这说明河南省文艺院团走市场化道路的前景是广阔的。

河南省文艺院团在走市场化道路时，应注意因地制宜，循序渐进，根据不同院团的特点制订相应的改革方案，不可一刀切，不能仓促行事。安徽、浙江等地对一些已经进行体制改革的艺术表演团体恢复全额拨款政策，就是需要我们警惕的例子。为了保护传统艺术和文化的多样性，河南省可以考虑保留一到两个文艺院团的事业体制，让其担负起保护传统剧目（种）、上演精品剧目、进行艺术探索等职责，并承担政府必要的宣传、慰问演出等任务，其经费可由政府全额拨款或主要由政府拨款。

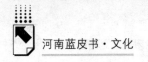

（二）尽快培育市场

稳定而广阔的市场是文艺院团走市场化道路的必备条件。各级政府、文化管理部门和文艺院团应共同努力，培育文艺演出市场，为文艺院团的市场化创造良好环境。

国内不少地方实行文艺下乡及其他公益性演出由政府埋单，以宣传文化基金对高雅艺术的票价进行补贴，在各类文化艺术演出活动中坚持公益性和不赠票的原则，这些都是培育文艺演出市场的有益尝试，其成功经验值得借鉴。有些地区把地方戏曲等内容编写进乡土教材，从学生抓起，培养人们对当地文艺的认识和兴趣，也是一种较好的方式。同时，文化管理部门还要注意防止一些地方剧团的恶性竞争，打击被人们称为"戏老虎"黑恶文艺演出市场中介，建立公平竞争的市场秩序。

（三）演出剧目在内容和形式上要贴近群众，适应市场

文艺院团演出的剧目对新的时代精神反映不够敏感，对人民群众日益发展变化的审美趣味和精神需求不够适应，是阻碍文艺院团在市场化之路上走得更远的一个重要因素。因此，文艺院团演出的剧目应注重内容和形式的创新，使之更加贴近群众，贴近生活，贴近时代，更加适应市场需求。河北大厂评剧歌舞团多年来立足农村生活挖掘戏剧题材，创作出一批反映新时代农村问题、农民思想情感的剧目，深受农民观众的喜爱，在戏剧创新方面探索出了新路。他们创作的新编戏剧小品《新铡美案》，时长只有 14 分钟，被北京顺义区春节团拜会选中，广受观众好评，也得到了可观的收益。这种在戏剧内容和形式方面的探索创新，值得河南省文艺院团学习和借鉴。

（四）积极寻求社会力量的支持

吸收社会各界的资金和物资等支持是国内外文化事业获取资金和收益的通常做法。此次天瑞集团、宇通客车等企业向河南省直文艺院团等捐资，拓展了这方面的道路，河南省文艺院团应以此为契机继续探索，寻找可以制度化、规范化的社会资本支持文艺院团发展之路。

从国内文艺院团的成功经验来看，文艺院团利用社会资金主要有两种方式。

一是社会资本直接捐助文艺团体。这次天瑞集团、宇通客车向河南省直文艺院团捐款、捐车就属于这种形式。二是社会或个人设立基金，对文艺演出领域的优秀作品和优秀演员进行资助和奖励。广州市在这方面做得比较好。2008 年，广州市成立了"促进文化艺术发展繁荣基金会"，由市委宣传部管理运作，吸收社会资金赞助，重点用于文艺院团的人才培养、奖励、创作和交流等项目。通过基金会的运作，既确保了文艺院团创作生产的正确导向，也实现了扶持资金来源的多样化和运作的社会化，为社会各界资助文化艺术界提供了便利的平台。中粮集团、上海仁鼎投资有限公司、河南双汇集团、天明集团、宋河酒业等企业捐助河南文化、教育事业，就是用向基金会捐款的形式。

（五）文艺院团与企业或个人进行多样性互利合作

与企业进行多样性合作，实现双方互利共赢，是解决文艺院团资金不足的一条重要途径。河南省文化管理部门近年来积极探求文艺院团与企业的合作。2009年 7 月，河南省文化厅启动了省直 8 个文艺院团集体对外寻求媒体、企业参与合作、互利共赢的举措，目前除省豫剧二团和河南煤业化工集团已签署合作协议外，其余院团尚未达成明确的合作意向。省直 8 家文艺院团以前也有过与企业合作的尝试，但是多以临时性的短期合作为主，长效深度合作的成功经验很少，没有形成院企合作的长效机制。

文艺院团与企业之间的长效深度合作，常见的有以下四种方式：（1）股份合作。甘肃省敦煌艺术剧院和甘肃花雨酒业公司在这方面作了一定的尝试，敦煌艺术剧院将他们创编的舞剧《丝路花语》的著作名称权折股 100 万元入股花雨酒业公司，花雨酒业公司则开发"丝路花语"酒，以《丝路花语》舞剧的品牌效应推动企业的发展。在条件成熟的时候，河南省文艺院团可以尝试股份公司制，寻求企业、社会机构或个人入股，也可公开上市，发售股票。（2）协议合作。文艺院团和企业签订协议，约定双方合作的内容和方式。河南省豫剧二团与河南煤业化工集团的长期合作伙伴关系属于这种方式。双方于 2009 年 7 月 31 日签署协议，建立长期合作伙伴关系，协议约定省豫剧二团通过宣传品牌、提供演出等形式帮助河南煤化集团，煤化集团则每年提供相应的资金，扶持资助省豫剧二团的文艺创作和演出。由于双方的合作刚刚启动，其合作成效尚待观察。（3）项目合作。这种合作主要是企业投资文艺院团某一作品的创排和演出，并借助这一作品宣传企业的产品，提高企业的知名度。（4）企业冠名。企业冠名主要指企业出资购买某一团体或某一演出、赛事的冠名权。2008年宋河酒业集团购买河南豫剧一团的冠名权，河南豫剧一团更名为"河南省宋河豫剧一团"，即是一例。河南的文艺院团可根据自身实际情况，选择与企业的合作方式，为院团的生存与发展提供保障。

（六）文艺院团与旅游景点合作

河南省有许多著名旅游景点，旅游市场比较繁荣。豫剧等河南特色的地方戏，在全国也有一定影响力。可以尝试文艺院团与旅游景区合作，在景点开设剧场，实现院团与景区互利共赢。广州市近年尝试"文化与旅游捆绑"的办法，实行政府主导、文旅联姻、企业经营、市场运作，每个院团经营一个旅游剧院（场），财政给予补贴，收到了不错的成效。河南省嵩山少林寺风景区在景区内举行武术表演和《禅宗少林·音乐大典》演出，内乡县宛梆剧团在内乡清代县衙内常年开办"知县升堂"、"品茶听戏"等文艺娱乐节目，既为景区增加了亮点，也取得了不错的经济收益。这种做法值得在河南省文艺院团推广。

（七）政府增加财政投入，建立完善的资助、激励机制

政府的财政支持是解决文艺院团资金困难的途径之一，随着经济实力的日益增强，河南省应该进一步加大对文艺院团的支持力度。

在文艺院团转企改制之后，政府对其财政支持的形式应有所转变。一方面可建立完善的文艺事业政府基金制度和激励机制，逐步改变过去的按人头拨款的资助支持形式。对于重大剧目创作，可借鉴自然科学和社会科学领域设立政府规划项目基金的方式对其进行资助，对于成就突出的演员可发放专门津贴，对于获得"梅花奖"、"文华奖"、"五个一工程奖"等奖项的优秀演员和作品及其他优秀作品，可设立各级奖励制度给予奖励。另一方面，对于演出场馆和文艺院团的基础设施、设备，政府应加大财政支持力度，帮助新建、修缮、添置和更新。文艺演出"有市无场"，缺乏演出场所是阻碍文艺院团市场化的重要原因之一。对此问题，一些省市已经由政府出资予以解决。如北京市将国家体育馆划归北京演艺集团，将其中的副馆改造成专业杂技马戏演出场所，以解决中国杂技团的演出场所问题，并为北京歌舞剧院、北京儿童艺术剧院建设剧场。河南省各级政府也应在

这方面加大支持力度,将文艺演出场馆纳入公共文化服务设施建设项目,由财政出资予以解决。

(八) 加大文艺演出后备力量的培养

文艺演出人才主要是在戏曲和艺术院校培养,当前由于文艺演出行业收入不高,戏曲、艺术院校也面临着生源不足的问题。政府应该给予这类院校更多的招生优惠政策,降低或减免学生的学费。在演出团体内部,应该在职称评定、收入分配、晋级晋升、福利待遇等方面摈弃论资排辈的习惯做法,给优秀年轻演员提供发展晋升的空间和机会。

行 业 篇

B.11
河南文化事业发展报告

王昊宇*

摘　要： 2010 年，河南文化事业呈现出快速发展的良好态势，公共文化服务体系得到充实和提高，文化体制改革深入推进，文化精品生产取得显著成就，文化市场管理和文化遗产保护得到加强，文化交流合作不断扩大。省委书记卢展工到河南文联和省直文化院团调研时的讲话精神，正在逐步得到落实。

关键词： 文化事业　体制改革　市场监管

2010 年，全省文化工作按照省委、省政府的总体部署，以推进公共文化服务体系、文化艺术生产与普及体系、文化遗产保护体系、文化产业发展体系、文化市场管理体系和文化交流合作体系建设等为重点，狠抓工作规划和工作落实，全省文化事业和文化产业呈现出快速发展的良好态势。

---

* 王昊宇（1976～），男，河南尉氏人，河南省文化厅办公室。

一 公共文化服务体系得到充实和提高

（1）公共文化基础设施建设步伐加快。继河南艺术中心、中国文字博物馆投入使用和河南博物院完成提升改造工程重新开放之后，2010年，共争取中央财政和省财政文化建设资金28205.25万元，安阳市图书馆博物馆综合大楼、洛阳大剧院、洛阳博物馆新馆、平顶山博物馆、周口市文化中心等一批市级重点文化设施相继建成；周口、鹤壁市图书馆、群艺馆，三门峡、驻马店市群艺馆，焦作市图书馆等市级文化设施开工建设；维修改造了20个县级图书馆（文化馆），20个县级图书馆（文化馆）完成设备购置；乡镇综合文化站建设工程步伐加快，建成标准乡镇综合文化站361个，正在建设1536个。公共文化基础设施落后的状况得到了较大改善，省、市、县（市、区）、乡（镇、街道）、村（社区）五级公共文化设施体系初步建立。

（2）一系列重大文化惠民工程的实施，进一步丰富了城乡文化生活。文化信息资源共享工程建成1个省级分中心、15个市级支中心、101个县级支中心和27885个村级服务点；流动舞台车配送工程共向全省各级艺术表演团体配送流动舞台车122台；图书配送工程向县级图书馆配送图书金额总计242万元；公共博物馆、纪念馆免费开放工程，全省已有80家博物馆（纪念馆）实现了免费开放，年接待观众1000多万人次；"舞台艺术送农民"活动实施三年来，省、市、县三级财政共同采购优秀舞台艺术4033场，实现了每乡每年一场的公益性演出目标，2010年完成演出2107场；"高雅艺术进校园"活动完成演出28场；共为52个街道文化中心和245个社区文化活动室提供设施设备采购资金。

（3）群众文化活动形式不断创新，影响力进一步扩大。举办了"春满中原"、网络文化新生活、小戏小品展演、第五届少儿艺术节等系列文化活动。具有鲜明特色的"邓州文化茶馆"、"周口一元剧场"、"舞动漯河大家跳广场文化活动"、"洛阳市民狂欢月"等群众文化活动，受到了文化部的关注和表扬。黄帝故里拜祖大典、洛阳牡丹花会、开封菊花会以及宝丰马街书会、浚县庙会、淮阳庙会等传统文化活动得到了改进和提高。"春满中原"、"多彩五月"等节庆文化活动以及农民艺术节、少儿艺术节、广场文化、网络新生活等新兴的群众文化活动越来越受到广大群众的欢迎。

（4）公益性文化单位管理进一步规范，服务水平进一步提高。通过制定、实施图书馆、文化馆、博物馆、乡镇综合文化站等工作规范和考评办法，强化从业人员业务技能培训等举措，公益性文化单位的服务内容进一步明确、服务标准进一步规范，服务能力和服务水平明显提高。

二　文化体制改革深入推进

按照中央和省委、省政府的要求，完成了省歌舞剧院和郑州等5个改革试点市的市属文艺院团转企改制试点工作，完成了省直经营性文化事业单位的转企改制工作。

在省直艺术表演团体推进用人机制、分配机制、投入机制改革。变偏重于对重点剧团投入为对重点剧目投入，并根据全年演出场次、效益对剧目给予演出补贴；实行演职人员全员聘用制，鼓励知名演员创立个人戏剧工作室；采取冠名、联姻、共建等方式，广泛吸纳社会资本。省直文艺院团艺术创作水平和演出场次都有较大幅度提高和增加。

推进公益性文化事业单位内部三项制度改革。推行了岗位设置工作改革，19个单位均已完成岗位设置工作方案制订，其中有6个单位已获得省人社厅批复。省图书馆作为全省事业单位岗位设置改革试点单位，开展了馆内机构、岗位设置调整和人员聘用工作，进一步激活了内部运行机制。

全省文化市场综合执法改革扎实推进。全省已有10个省辖市、29个县（市）完成了综合执法改革任务。

三　文艺精品生产取得较大成绩

（1）大型乐舞《风情河之南》在世博会河南周上成功演出。豫剧《苏武牧羊》、《马青霞》、《焦裕禄》，舞台剧《太极》正在加紧创作或排练、提高。在第九届中国艺术节中，河南省新编历史剧《老子》获"文华大奖"，实现中国艺术节上政府最高奖"四连冠"；现代豫剧《村官李天成》获"文华优秀剧目奖"；豫剧二团李树建获"文华表演奖"；有6个舞蹈节目、5项群众文化活动获"群星奖"，3位优秀群众文化骨干被授予全国"群文之星"称号。

（2）2008年以来，组织创作了京剧《嫦娥》、豫剧《女婿》、话剧《宣和画院》、舞剧《云水洛神》、木偶剧《牡丹仙子》等 40 台重点剧（节）目。其中，豫剧《清风亭上》成功入选 2008 年度国家舞台艺术精品工程十大精品剧目，豫剧《常香玉》荣获中宣部第十一届精神文明建设"五个一工程"奖，京剧《嫦娥》荣获第五届中国京剧艺术节银奖，木偶剧《牡丹仙子》荣获第十一届金火花国际木偶艺术节最高奖——金火花奖和金火花导演单项奖。

（3）加快艺术人才培养基地建设。今年，省委、省政府作出建设中原文化艺术学院的部署后，省文化厅进一步加快推进学院筹建工作。5 月 24 日，中原文化艺术学院正式奠基。目前，已拟订了《中原文化艺术学院基本建设规划纲要》和师资队伍建设、学科建设规划纲要，完成了学院项目建议书审批和征地工作，施工单位目前已全面进驻，各项工作进展顺利。

四 加快推进文化产业发展

（1）加快全省文化产业示范园区和示范基地建设。出台了《河南省文化产业示范园区评选办法》，并命名开封宋都古城文化产业园区、郑州嵩山文化产业园区、镇平玉文化产业园区、龙门文化旅游园区、社旗县赊店商埠文化产业园区、禹州神垕镇钧瓷文化产业园区等 6 个园区为"河南省文化产业示范园区"。积极推进开封宋都古城文化产业示范园区申报"国家级文化产业示范园区"工作，目前申报材料已报文化部。开封清明上河园股份有限公司、项城市汝阳刘笔业有限公司、镇平石佛寺珠宝玉雕有限公司被评为第四批"国家级文化产业示范基地"，使河南省"国家级文化产业示范基地"达到 7 家。

（2）大力扶持动漫产业发展。组织进一步修改完善《关于促进动漫产业发展的意见》，开展了动漫企业认定工作，举办了首届"中原杯"河南省原创动漫画大赛。郑州动漫产业基地主体工程已结束，国家动漫产业发展基地（河南基地）开工建设。一批原创动漫完成拍摄，其中《少林海宝》、《小樱桃第二部》、《少年司马光》、《公路 Q 车吧》在央视播放；《少年司马光》、《公路 Q 车吧》、《雪孩子》在美国、意大利、伊朗、罗马尼亚、新加坡等国家播放，拓展了海外市场。河南天乐动画影视发展有限公司与韩国蚂蚁娱乐公司联合拍摄的 26 集电视动画片《魔力骰子》已开始制作，在动漫产业的对外交流合作方面作出了有益探索。

（3）加强文化产品和项目推介。分别组织了 10 家企业参加义乌文博会、5 家企业参加深圳文博会、6 家企业参加厦门海峡两岸文博会、10 家动漫企业参加 2010 年日本东京电玩展，推介了河南省的文化产品和项目。

五　抓实抓好文化市场管理

（1）加强文化市场监管，营造健康的文化消费环境。共出动执法人员 88655 人次，车辆 25456 台次，检查了网吧 122567 家次、歌舞娱乐场所 50028 家次、音像制品经营单位 42108 家次、电子游戏厅（室）6504 家次、书报刊经营单位 92552 家次，发现违法违规事件 11001 件，根据具体情节，分别给予警告、责令整改和立案调查处理，并对 20 余场涉外、涉港澳台演出活动进行了现场监督，对歌舞娱乐场所内含有色情、低俗等内容的卡拉 OK 节目进行了集中整治，对电子游戏场所进行了清理。

（2）繁荣发展文化市场，进一步扩大文化消费。简化演出经纪等文化市场中介机构审批程序，扩大文化经营覆盖面，活跃基层文化市场；降低门槛，放宽准入，扶持民营文化企业发展；实施全省网吧布局规划和游戏游艺娱乐场所发展规划。河南艺术中心演出内容丰富，形式多样，完成演出 129 场，实现演出收入近 500 万元。

六　文化遗产保护扎实有效

登封"天地之中"历史建筑群顺利通过第 34 届世界遗产大会评审，列入《世界遗产名录》，这是继洛阳龙门石窟、安阳殷墟之后的河南第 3 处世界文化遗产。大遗址保护展示工作进展顺利，16 处大遗址保护规划基本编制完成，安阳殷墟遗址、汉魏洛阳故城阊阖门遗址、隋唐洛阳城定鼎门遗址、内黄三杨庄遗址等大遗址保护展示园区已初步建成开放，郑州商城遗址、隋唐洛阳城宫城考古遗址公园、宝丰清凉寺汝官窑遗址等保护展示工程正在抓紧实施。援建江油文物抢救保护工程竣工，完成投资 9000 多万元。第三次全国文物普查调查登记不可移动文物 105800 处，实地调查阶段省级验收工作圆满结束。重要考古发掘项目取得丰硕成果，安阳曹操高陵和新密李家沟遗址 2 个考古发掘项目入选 2009 年度"全国十大考古新发现",使河南省入选项目达 36 项,居全国第一。

在 2009 年全省非物质文化遗产普查工作圆满完成的基础上,组织了由省内主要媒体参与的"河南省非物质文化遗产普查成果集中宣传活动",并公布了"河南省非物质文化遗产普查十大新发现"。确定了 15 个项目为 2010 年重点扶持项目,命名第二批省级非物质文化遗产代表性传承人 221 人。启动了河南省文化生态保护实验区建设工作。在第五个"文化遗产日"期间,举办了河南五大考古新发现项目展、非物质文化遗产展、"非物质文化遗产手工技艺之旅"等保护、展示和宣传活动,扩大了文化遗产保护工作的影响。古籍保护工作进一步加强,全省共有 89 种古籍入选第二批国家珍贵古籍名录,2 家图书馆被命名为第二批国家级重点古籍保护单位。

七 文化交流合作不断扩大

充分利用文物、武术、豫剧、民俗艺术等优势资源,不断拓展文化交流领域,拓宽交流渠道,提升交流水平。深化对台文化交流,组织参加了"2010 台中县妈祖国际观光文化节",举办了"第七届海峡两岸河洛文化暨豫剧发展理论研讨会"和"2010 两岸戏曲展演周"活动,继续实施了"两岸戏剧人才交流培训计划"。按照文化部的安排,配合胡锦涛主席特使、文化部部长蔡武同志访问非洲,组织"中国少林武僧团"赴喀麦隆、刚果(布)、赤道几内亚等 3 个国家的 4 个城市演出 7 场,圆满完成了文化交流任务。戏曲电影《程婴救孤》赴美国参加第 15 届美国洛杉矶国际家庭电影节获最佳外语戏剧影片奖。先后组织赴英国参加"迎中国新年庆典"活动、赴俄罗斯参加中国文化节、赴韩国参加"第六届河南省·庆尚北道文化艺术交流活动"、赴新加坡参加"亚洲豫剧展演——当代豫剧风采"活动、赴南非参加"第三届南非首都艺术节"、赴日本举办"华夏文明之源——河南文物珍宝展"、赴瑞典举办"首届仰韶彩陶文化展"等文化交流活动,均取得了良好效果。此外,少林功夫剧《空间》赴澳大利亚、英国、美国等 10 余个国家演出 40 余场,郑州星光演出公司赴德国、加拿大演出 500 余场,濮阳华晨杂技团赴美国演出 200 余场,漯河市杂技团赴美国演出 100 余场,演出收入均超过 100 万元人民币,在获得较大经济效益的同时,积极开拓了国际演出市场,扩大了中华文化影响力。

八 认真贯彻落实卢展工书记在省文化
文艺单位调研讲话精神

省直文艺院团已从 7 月份开始拨付职工全额工资,将按照每场 1.5 万元的标准对省直文艺院团进行下基层演出补贴,并按照 5 万元/人次的标准对省直文艺院团获文华表演奖、梅花奖演员进行奖励,省直文艺院团剧场建设工作正在稳步推进。省财政每年补贴河南交响乐团、河南民乐团资金 1000 万元,主要用于高级人才引进、重点剧目建设和乐器设备更新等。省图书馆新馆、河南博物院二期工程已作为"十二五"重点文化建设工程进行立项,其中省图书馆新馆拟占地 100 亩,计划设计建筑面积约 8 万平方米;河南博物院二期工程拟占地 150 亩,计划设计建筑面积约 12 万平方米。目前省直 8 个院团各获得 700 万元捐助和 1 辆宇通大客车。省少儿图书馆获得 900 万元捐助,已开始装修和设备购置,拟于 2011 年底实现对社会开放。

B.12
河南文化产业发展报告

何卓亚　赵　霞*

摘　要：2009 年，河南省按照省委、省政府文化强省战略目标，加快产业转型升级步伐，全方位、多元化、多层次发展文化产业，文化产业发展保持了平稳较快增长的势头，全年文化产业实现增加值 623.31 亿元，比上年增长 15.1%。文化产业已成为河南的战略性产业，表现出与科技和区域融合等特征，呈现出与制造业等相关产业关联度越来越大等趋势。

关键词：文化产业　制约因素　发展建议

一　2009 年文化产业发展情况

2009 年，全省生产总值为 19367 亿元，比上年增长 10.7%；其中，第一产业增加值为 2769 亿元，增长 4.2%；第二产业增加值为 10969 亿元，增长 12.2%；第三产业增加值为 5630 亿元，增长 10.9%。文化产业总量、速度和效益平稳发展，成为全省国民经济发展的新动力。全省文化产业增加值为 623.31 亿元，增速 15.1%，年增速高出同期 GDP 增速 4.4 个百分点，高出第三产业增速 4.2 个百分点。文化产业实现增加值占 GDP 的比重为 3.2%，比 2008 年提高 0.1 个百分点。文化产业从业人员全年人均增加值为 6 万元，远远高于全社会从业人员人均生产总值 3.2 万元的平均水平，文化产业经济效益进一步巩固和提高。从业人员增加，文化产业成为提供就业机会的重要行业。截至 2009 年年底，全省从事文化产业活动的人员为 104.31 万人，比 2008 年增加约 11 万人，占全

---

* 何卓亚（1953～），女，江苏无锡人，河南省统计局社会处处长、高级统计师；赵霞（1964～），女，河南郑州人，河南统计局社会处副调研员。

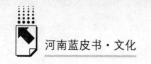
部从业人员比重为 1.7%，比 2008 年提高 0.1 个百分点。

随着产业规模的扩大和经济效益的提高，文化产业成为河南省经济增长的新亮点，在国民经济发展中所占的地位也越来越重要。

（一）全省文化产业结构进一步优化

据统计数据显示，2009 年河南省文化产业结构进一步趋于合理。其中以新闻出版、广播影视、文化艺术为主的核心层产业实现增加值 128.45 亿元，增长 19.8%，占全省文化产业增加值的 20.6%，共有从业人员 25.41 万人，占全省文化产业从业人员的 24.4%；以网络、旅游、休闲娱乐、广告会展等新兴文化服务业为主的外围层产业实现增加值 88.64 亿元，增长 24.5%，占全省文化产业增加值的 14.2%，共有从业人员 16.53 万人，占全省文化产业从业人员的 15.9%；相关层产业实现增加值 406.22 亿元，实际增长 10.1%，占全省文化产业增加值的 65.2%，共有从业人员 62.38 万人，占全省文化产业从业人员的 59.8%。2009 年文化产业的核心层、外围层、相关层产业实现的增加值占文化产业总增加值的比重分别为 20.6%、14.2%、65.2%，核心层、外围层、相关层产业从业人员占文化产业总从业人员的比重分别为 24.4%、15.9%、59.8%。文化产业的核心层和外围层产业的增加值在总量结构中所占比重比上年提高了 2.5 个百分点，文化产业结构得到了进一步优化。

（二）文化产业分行业发展情况

在全省文化产业的核心层和外围层产业中，发展速度最快的是文化休闲娱乐服务业，全年实现增加值 70.84 亿元，比上年增长 28.6%；其次是出版发行和版权服务业，全年实现增加值 64.13 亿元，比上年增长 24.0%。

在文化产业相关层的产业中，"文化用品、设备及相关文化产品的生产"产业实现增加值 352.13 亿元，比上年增长 8.3%；"文化用品、设备及相关文化产品的销售"产业实现增加值 54.09 亿元，比上年增长 23.9%。

（三）文化产业分地区发展情况

从全省各地区文化产业的发展情况看，实现文化产业增加值在 30 亿元以上的省辖市分别是郑州市（全年实现增加值 138.80 亿元）、南阳市（108.17 亿元)、许昌市（72.09 亿元）、开封市（43.68 亿元）、洛阳市（34.12 亿元）、新乡市（34.05 亿元）。

（四）文化产业重点行业情况

1. 新闻出版业发展活力增强

2009 年，豫版出版物竞争力不断增强。全省共有图书发行网点 8462 个，其中国有新华书店 1127 个；出版各类图书 5057 种，总印数达 19748 万册；出版报纸 123 种，总印数达到 21.54 亿份；出版音像及电子出版物 105 种，数量 447.21 万盒（张）。

2. 广播影视业快速发展

2009 年，河南省有线电视网络以省有线电视网络集团公司为主体进行整合，已全部完成省辖市有线电视网络的整合，实现了从网络资源到管理体制的全省一网，为推进全省有线电视数字化整体转换和"三网融合"奠定了坚实的基础。

截至 2009 年年底，全省广播电视系统共有从业人员 4.22 万人，资产总额为 109.2 亿元。全省共有广播电台 18 座、公共广播节目 150 套；电视台 18 座，公共电视节目 166 套。全年广播节目播出时间 628505 个小时，全年电视节目播出时间 858189 个小时。全省广播人口覆盖率达到了 97.21%，电视人口覆盖率达到了 97.28%；有线电视用户达 640.21 万户，入户率为 21.99%。

3. 文化事业持续繁荣

（1）公共文化服务体系进一步完善。全省公共文化服务基础设施网络建设不断加强。2009 年，全省专业艺术表演团体 200 个，文化馆 183 个，公共图书馆 142 个，国家级非物质文化遗产名录 82 个；新增艺术表演团体（企业）194 个。中国文字博物馆于 2009 年 11 月隆重开馆，李长春等党和国家领导人出席了开馆仪式。投资 4100 万元的河南博物院整体功能提升工程完工。全年组织新建、改扩建县级文化馆、图书馆 12 个，实施文化站建设项目 719 个。全省 80 余座博物馆、纪念馆实现了免费向公众开放，全年免费接待观众 1000 多万人次。

（2）广泛开展了群众文化活动。2009 年全省共组织开展群众文化活动约 3 万场（次），其中第四届河南省少儿文化艺术节、第十届河南省音乐舞蹈大赛、全省农民画画展、洛阳市牡丹花会、开封市菊花会、南阳第八届张仲景科技文化节、信阳市第十七届茶文化节等文化展演和赛事活动都产生了广泛影响。

为新中国成立 60 周年营造了欢乐、喜庆、祥和的文化氛围。累计举办主题文化活动 18000 多场（次），组织参赛队伍约 30 万支，参与人数约 2300 万人。举办了"向祖国献礼——河南省庆祝新中国成立 60 周年现实题材优秀剧目演出季"大型演出活动，组织 40 个演出单位、60 台优秀现实题材剧目在全省各地演出 120 场，集中展示了新中国成立 60 年来河南省舞台艺术的发展成果。圆满完成了庆祝新中国成立 60 周年彩车制作和参加首都庆祝游行活动，获得首都国庆群众游行彩车设计制作优秀奖。

（3）文艺精品创作取得了新成就。省直文化单位创作的 16 部（件）文艺作品荣获"河南省第五届文学艺术优秀成果奖"。省豫剧二团新排大型古装豫剧《清风亭上》荣获 2008 年国家舞台艺术精品工程十大精品剧目，省豫剧一团豫剧《常香玉》荣获第十届全国"五个一工程"奖地方戏曲类第一名。省歌舞剧院木偶剧《牡丹仙子》获第十一届"金火花"国际木偶艺术节"金火花"金奖。郑州市杂技团杂技《荡杆飞绳》获第 33 届蒙特卡罗国际马戏节"铜小丑"奖和评委会特别奖。信阳市大型器乐舞蹈《鼓娃闹茶乡》参加全国第三届少儿才艺展演获"国星奖"。

（4）推动新兴文化产业快速发展。与文化部文化产业司、郑州市人民政府联合举办了中国（郑州）国际动漫论坛暨 2009 中国（郑州）国际动画节目交流会。组织全省动漫企业参加第五届中国国际动漫节。举办了 2009 年河南省创意设计作品大赛。

（5）文化遗产保护工作取得了重要成果。圆满完成全省第三次全国文物普查实地调查阶段的工作任务，累计新增不可移动文物 13 万余处。公布第二批省级非物质文化遗产项目 160 个、第一批省级名录扩展项目 29 个。积极申报世界文化遗产，第 33 届世界遗产大会确定嵩山历史建筑群为 2010 年世界遗产大会审议项目。新郑胡庄墓地、荥阳娘娘寨遗址两个考古发掘获年度"全国十大考古新发现"。曹操墓的发掘在全球引起了广泛关注。加强古籍保护工作，河南省共有 89 种古籍入选国家珍贵古籍名录，新乡市图书馆、郑州大学图书馆被命名为国家级重点古籍保护单位。

（6）对外文化交流进一步扩大。举办了"中原文化澳洲行"、"中原文化港澳行"、"澳门妈祖文化旅游节"、"中原文化宝岛行"等活动。河南杂技武术艺术团赴苏丹等国进行友好交流、少林寺功夫团参加联合国教科文组织总部举办的

"文化多样性活动周"闭幕式演出、《程婴救孤》赴法国参加戏剧节，都取得很好的效果。

二　文化产业发展中存在的问题和制约因素

2009 年河南省文化产业发展速度虽然超过了 GDP 的速度，但与发达地区相比仍存在较大差距，潜在优势未能充分发挥，距离省委提出的战略目标还有很大差距。

（一）文化产业总量规模仍然较小，产业结构仍不合理

相对于河南省 2009 年 19367 亿元的 GDP 总量来看，文化产业 623.31 亿元所占的 3.2% 比重仍然较小。尽管全省文化产业的发展速度已经连续 5 年超过了经济发展速度，但受基础薄弱、结构不合理和价格因素等多方面的制约，文化产业整体实力偏弱，做大做强仍然面临着许多困难。从行业看，全省文化产业中最大的行业机制纸及纸版制造业受金融危机的影响，部分企业倒闭或产量下降，全年增加值仅增长 1.8%，而这个行业在全省文化产业总量中所占的比重高达 20%；手工纸制造行业全年增加值下降了 58.4%；信息电子制造行业受原料价格上涨的影响，电子半导体材料单晶硅产量降幅达到 13.5%，彩色电视机产量下降 57.1%，等等。这些都对文化产业的总量带来很大的影响。

从人均水平看，2009 年全省人均生产总值为 20477 元，即人均 GDP 为 2999 美元，增速不高，近年来人均 GDP 的增长低于 GDP 的增长。人均水平不高，实力不强也直接制约了河南文化产业的做大做强。

从产业结构看，河南省文化产业结构的不合理，既影响了文化产业发展的质量和效益，又严重制约着文化产业发展的后劲。在产业结构方面，河南省文化产品和设备制造业、文化产品批发零售业、文化服务业增加值的比例为 56.5：8.7：34.8，文化产品和设备制造业比重过大，以新闻出版、广播影视、文艺娱乐业等为主体的文化服务业发展相对滞后，在全省 GDP 所占比重仅为 1%，文化服务业发展滞后突出表现在文化创意和内容生产能力不足。面对当前文化需求多样性、多层次、个性化的趋势，高质量、高品位、切合文化市场需要的内容产品和服务仍有待于发展。

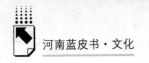

（二）文化产业组织集约化程度不高，产业主体规模偏小

从企业的规模构成看，河南省文化产业领域小型企业居多，资源相对分散，产业主体呈"小、弱、散"的局面，现代大型文化企业不多。经济效益和产业集约化程度不高，总体上缺乏竞争力，制约了市场主体地位的确立。特别是文化产品生产和销售企业规模小，效益低，难以适应强势市场竞争的要求。2009年全省文化产业法人单位达25446个，但平均每个单位不足41人。

（三）城乡居民文化消费仍然滞后，有效需求不足

随着经济增长和城乡居民收入的提高，居民生活消费进入转型升级阶段，文化消费需求在全省居民消费需求中的比重将进一步扩大，河南未来文化产业发展的市场空间巨大。但由于大众消费习惯、城乡差距和地域文化等因素的影响，文化消费在河南省城乡居民日常消费结构中的比重一直不高。2009年在河南省城镇居民日常消费支出中，食品消费支出比重最高，恩格尔系数达到36.6%；2009年河南省城镇居民人均消费性支出9566元，比上年增长8.3%，而文教娱乐服务支出（未剔除教育支出）1048.14元，仅增长6.0%，不仅增长速度滞后，文教娱乐服务支出所占的比重也只有10.9%，低于全国12.1%（2008年）的平均水平。2009年在河南省农村居民生活消费支出中，食品消费支出比重同样最高，恩格尔系数达到36%；农村居民人均生活消费支出3388.47元，比上年增长11.3%，而人均文化、教育、娱乐用品及服务支出只有234.01元，仅增长9.2%，比重仅为7%，也低于全国8.6%（2008年）的平均水平。

相对较低的文化消费制约了河南文化市场的发育，主要表现在：一是文化娱乐消费仍缺乏刚性，人们还缺乏主动文化消费的意识，潜在的精神文化需求亟待挖掘并转化为现实的文化生产力；二是文化消费水平和消费层次较低，城乡文化消费水平差异较大，新兴文化消费品和传统文化消费品发展极不平衡；三是文化产品、服务和要素市场建设滞后，文化资源的开发利用率还不够高，全省统一、开放、竞争、有序的现代文化市场体系远未建立。

另外，目前住房、医疗和汽车等消费热点的持续升温，又导致了居民消费支出向这些领域转移，2009年在城镇居民日常消费支出中，住房支出比重达到10.5%，不低于全国平均水平；人均医疗保健支出比重达到10.5%，高于全国

平均水平；在农村居民生活消费支出中，居住支出增长 22.9%，医疗保健支出增长 13.0%，远高于文教娱乐服务支出增长。可以看出，这些方面对于文化消费的挤出效应十分明显。

三 加快文化产业发展的建议

为了实现省委、省政府提出的两大跨越目标，文化产业的发展应该充分利用社会主义市场经济体制改革所提供的新的政策空间和经济动力。社会主义市场经济不仅是物质生产领域资源配置的有效手段，而且是精神生产领域资源配置的有效手段。作为市场经济的组成部分，文化产业的成长和发展有助于进一步提高河南省的经济实力；作为一种以文化为内容的现代产业，文化产业的拓展和提升则有助于中原文化走向世界，加强国内外的影响力，促进经济发展由产业链的延伸向价值链的提升转化。国家出台的《文化产业振兴规划》等一系列政策，为河南发展文化产业注入了强大的动力，提供了强有力保障。河南文化产业发展有优势、有基础，面临难得的发展机遇，关键是要抢抓稍纵即逝的机遇，抢占文化产业发展的制高点，赢得发展先机。

（一）加快文化产业结构调整，提升文化产业竞争力

政府应以科学发展观为指导，在将文化产业纳入经济社会发展总体规划后，加快把文化产业做大做强。加快培育文化市场，营造宽松和谐的文化发展环境，通过制定政策、鼓励投资、引进项目、业务指导等方式，提升各地文化产业的整体实力和竞争力，使之成为提升综合发展实力的重要拉动点。采取各种有效措施，加快文化产业发展，进一步出台扶持政策，从财政、税收、土地等各方面扶持文化产业发展。

实现产业升级是提升文化产业核心竞争力的基础，文化产业要成为河南省国民经济中的支柱产业，必须加快产业调整，实现产业升级。文化产业化过程就是产业调整、产业升级、塑造名牌的过程，要在文化产业化过程中加快优化产业结构。一是要改造传统文化产业，推进核心层产业升级，延伸产业链。依托科技创新培育新兴产业，将现代科技引入文化创作、生产、经营和服务等环节，改造传统生产经营和传播方式，推进广播影视、出版、演艺等领域的数字化应用，增强

文化产品的影响力。二是实施品牌战略，推进特色化经营，这是提升文化产业核心竞争力的关键。文化企业自身在竞争中为获得更多利润，也需要不断升级。在进行产业升级的兼并、重组中，对优势文化企业发展来说是机遇，抓住机遇的企业就能够脱颖而出，成为文化产业的核心企业、引领龙头。目前河南省强势文化品牌少，文化产业化过程中需要加快整合品牌，创造名牌，打造特色与个性化品牌，在打造本土品牌的同时，还要注重引进成熟的知名文化娱乐品牌，提高产品的市场竞争力。三是要进一步培育健全出版、音乐、版权、音像、古玩、娱乐等各类文化市场，满足人民群众不同层次的文化需求；多创造精品力作，扩大河南文化产业影响力。四是要大力发展媒体零售、电子商务、手机购物、网络游戏等新业态，培育新的经济增长点。

（二）加大资源整合力度，推动产业集群和大文化产业集团形成

产业集群支配着经济发展，也是一个地区竞争力之所在，文化产业也一样。解决文化产业小企业多、产业集中度低、产品差异性小、行业内缺乏具有重大影响力和号召力核心龙头企业等问题的关键，是加快文化产业化，要加大资源整合力度，支持有实力、有技术、有网络的文化企业开展跨行业、跨地区战略重组和购并，培育一批跨行业、跨地区、跨媒体的文化集团；搭建发展平台，加快创意文化园区建设，形成集聚效应。

要进一步做大市场主体，通过深化改革，尽快培育一批销售收入过 10 亿元、50 亿元的文化企业；通过文化产业化使大量行业相同或联系密切的文化产品生产企业、文化产品销售企业、服务供应商以及相关机构加强协作，形成强势和持续的竞争优势，以彼此的共通性和互补性相联结进行集聚而构成集群。通过加强文化产业化，逐步实现上下游产业的文化企业，互补产品的供应企业和提供信息、研究、技术支持的机构等的集聚。针对河南文化产业处于产业化的初级阶段，产业化程度、创新能力和规模效应相对较低的情况，采用创新和兼并手段，不断进行内容创新、技术创新和企业兼并，促进文化产业竞争力提升。采取政府引导和市场手段相结合的方式，整合中小文化企业，提高文化产业的相关度和集中度，以形成优化组合的产业链。产业链有着明显的竞争优势，在规模经济、知识积累、产品创新等方面具有很大的作用。企业的竞争力和产业集群的竞争力是相互依存的、互相促进的，产业集群中的"核心企业"是众多的中小企业的龙

头和领导者，众多的中小企业围绕核心企业进行专业化分工和协作，管理上协调，技术上精益求精，进行技术创新和管理创新，才能实现文化产业规模化经营和生产要素自由流动，使资本、人才、文化资源等在文化产业链中相互供给、要素互补。

培育以城市为中心的文化产业辐射结构，强化城市文化产业的集聚和扩散功能，促进核心城市的文化产业融合发展，提升其文化开放程度，提高区域经济的文化含量。要努力培育具有全国知名度的文化产业名城，进一步扩大重点城市的文化产业规模，更新文化产业结构，逐渐形成具有较强竞争力的文化产业城市组群，发挥对全省文化产业的辐射和带动作用。

（三）不断满足人民群众日益提高的多样化、多层次、多方面文化需求，采取多种措施拉动文化消费

作为文化产业链上的最终环节，文化消费对于拉动文化生产，提高国民素质和推动产业结构升级有着十分重要的意义。由于城乡居民收入和消费的差异，文化产业的发展应该按照多元化和多层次的战略，提供从高端精品到低端普及型的系列文化产品，以适应不同收入阶层对文化消费的个性需求。例如针对电影、文艺演出等票价定价经常偏高，超出了普通消费者的承受能力；新媒体、新文化业态如手机短信、网络音乐影视下载立法不健全，垃圾短信、网络增值服务欺诈等对消费者造成损害，影响居民的文化消费积极性等问题，政府可以从宏观上进行产品生产和价格引导，采取差别定价、票价补贴等多种方式，降低居民文化消费成本，促进文化消费均衡。坚持以人为本，加快文化建设，合理调整公共文化设施的区域布局，按照高起点、高标准和投资多元化的要求，集中力量在全省改建和新建一批特色鲜明、功能完备的重要文化设施，注重选址的科学性、功能设置的超前性、建筑设计的艺术创造性，结合城市规划建设整体协调、生态优美的标志性文化建筑或文化建筑群，使之成为文化产业加快发展的重要基础。要加快发展文化创业园区、文化旅游景区、文化交易市场以及文化演艺街区、文化场馆、美术馆、展览馆、体育馆、大剧院、音乐厅、主题公园等文化设施，努力形成城市文化消费中心。深入挖掘河南得天独厚的丰富文化资源，保护并不断创新中原文化的精髓和独特之处，努力彰显中原文化魅力，重视满足广大人民群众日益增长的文化需求和开拓潜力巨大的国内外市场，从而带来更大的经济效益。

文化消费与文化产业，作为相互影响和相互促进的两个方面，已经成为人民生活和社会经济的重要内容，文化消费的拓展和内容变化将会促进文化产业的升级，引发居民文化消费的新热点和新趋势。为扩大居民家庭的文化消费，形成消费和生产之间的良性互动循环，政府应进一步采取切实有效的措施，如控制房地产价格，加大居民医疗保障，在抓大项目建设、工业园区建设的同时，努力扩大就业，提高城乡居民特别是低收入阶层的收入，加大住房和教育投入，减轻城乡居民用于住房和教育支出的负担，从而增加居民收入中用于文化消费的比重，降低消费热点对文化消费的挤出效应。文化消费对提高个人文化素养和生活质量以及对推动全省经济社会发展意义重大，政府要注重发挥大众传媒对文化消费的舆论导向功能，弘扬社会主义核心价值观；要加大支持文化公益事业发展的力度，用优秀的文化产品和服务引导文化消费潮流，培养正确的文化消费观。

（四）加快文化产业人才培养，增强文化产业核心竞争力

文化产业是"内容为王"的产业，文化原创力是文化产业的生命线。文化产业一端连着"文化创意"，另一端连着消费，是以"文化创意"的产生、传播、消费为核心环节而形成的一条文化价值链。要大力培养人才，培养更多文化领军人物，进一步激发创造力和活力；立足"复合型"构架，实施文化产业人才培养工程，使人力资本真正成为文化产业的核心资本。实践证明，日趋激烈的人才竞争将成为夺取文化产业未来制高点的决胜因素。各级政府和文化管理部门要有计划、有步骤地实施文化产业人才培养工程，加快培养适应多种产业融合需求的文化资本运营人才、文化经纪代理人才以及数字艺术软件、网络游戏开发和媒体产业经营管理人才，大力引进经营管理人才和科技创新人才。既要培养出类拔萃、德艺双馨的文化专业人才，又要培养熟悉艺术、有较高创新意识和文化品位，懂市场运作、有较高经营管理才能和依法办事能力的文化产业高级复合型人才，为文化产业可持续发展积蓄人力资本。

（五）加快开发旅游资源，建立多层次、立体化的文化旅游产品结构

加快旅游资源的整合，将文化旅游和饮食文化、影视和文艺演出等有机融合，不断提升旅游的文化内涵，培育能够代表河南省旅游形象的标志性产品和多

样性旅游文化，开发主题特色鲜明、文化品位较高、市场吸引力较强的龙头精品景区，重点打造文物旅游景区、休闲度假旅游景区、工农业旅游景区、生态观光景区和红色旅游景区，充分开发体现地域特征和地域文化的休闲度假产品、传统观光产品、会展商务产品、时尚文化旅游产品等，形成一批新的旅游热线。

国务院制定了《文化产业振兴规划》，把文化产业作为国家战略性的产业来发展。河南一定要抢抓机遇，立足良好基础，发挥产业优势，以改革创新进一步焕发文化产业发展活力，凭借丰富的文化资源，多途径引进战略投资者，做大做强文化产业。

B.13

河南新闻事业发展报告

于为民　周亚非　白建宽*

摘　要： 河南新闻事业稳步发展，体制改革取得新进展，4家报业传媒集团按照新的体制运作。新闻宣传紧紧围绕大局，服务省委、省政府中心工作，切实加强新闻策划，精心组织重大宣传活动，典型宣传浓墨重彩，对外宣传成效显著，新闻管理扎实有效，为服务全省工作大局作出了积极贡献。

关键词： 体制改革　新闻宣传　新闻管理

2009年，河南新闻宣传事业稳步发展，全省共有正式出版发行的报纸（含高校校报）123种，社会性期刊243种。已组建成立河南日报报业集团、中原出版传媒集团、洛阳日报报业集团和商丘日报报业集团4家报业传媒集团。在新闻宣传上，紧紧围绕大局，深入宣传"深入学习实践科学发展观活动"、"讲、树、促"活动；宣传党的十七大和十七届四中全会精神和省委八届九次、十次全会精神，充分报道全省广大干部群众解放思想、实事求是、与时俱进、改革创新的良好精神风貌，为服务全省工作大局作出了积极贡献。在新闻管理上，健全机制，严格管理，切实加强新闻宣传队伍建设，充分调动了广大新闻工作者积极性和创新精神，满腔热忱地为全省经济社会发展、为中原崛起营造良好的舆论氛围。

一　新闻事业全面发展

（一）报刊

2009年河南省新闻优势资源整合全年又有新动作：《平顶山矿工报》与《神

---

* 于为民（1955～），男，河南正阳人，河南日报报业集团数字化办公室主任；周亚非（1955～），男，河南周口人，河南日报报业集团报刊志编辑部主任；白建宽（1967～），男，河南南阳人，省委宣传部新闻处副调研员。

马报》整合为《中国平煤神马报》;《鹤壁矿工报》与《焦作矿工报》整合为《河南煤业化工报》;《拖拉机报》整合为《洛阳商报》,并与《洛阳日报》、《洛阳晚报》等媒体组建成立了洛阳日报报业集团;河南日报报业集团有限公司完成了改制上市方案的准备;《党的生活》杂志社成立河南楷模文化发展有限公司;《时代报告》、《南腔北调》、《散文选刊》、《武侠故事》、《故事家》等5家期刊社作为全省文化体制改革试点单位已完成转企改制工作。

2008年下半年开始爆发的国际金融危机给报业经营带来了前所未有的困难,面对严峻挑战,河南日报报业集团提出"深化改革,扩大开放;调整结构,促进转型;苦练内功,强化管理;危中求机,逆势增长"发展策略,坚持完成"3368"阶段性任务不动摇,采取一系列有效措施,千方百计保增长,迎难而上促发展,成功实现金融危机冲击下的逆势突围,集团所有媒体和公司全部实现盈利,保持了持续健康发展的大好局面,为实现"从报业集团向传媒集团、文化集团跨越"的奋斗目标奠定了坚实基础。2009年,集团完成经营收入15.5亿元,同比增长17%,实现利润1.61亿元,同比增长25%,上缴税收过亿元,并且银行基本无负债,现金存款达4.76亿元,资产总额达15.9亿元,集团总收入中报刊广告收入比重降至5%,在优化产业结构方面走在全国省级党报集团前列,社会影响力和综合经济实力在全国省级党报报业集团中位居前列。

(二)广播电视

2009年,河南省共有广播电台18座,中短波发射台30座,公共广播电视节目150套,广播综合人口覆盖率达97.21%,全年广播节目播出时间达628505个小时,全年广播节目制作时间达291549个小时。共有电视台18座,电视转播发射台153座,公共节目166套,电视综合人口覆盖率达97.28%,全年电视节目播出时间858189个小时,全年电视节目制作时间达131614个小时,有线电视用户达6402077户,有线电视入户率达21.99%,有线广播电视传输网络干线总长达128982.67公里。广播电视从业人员为42186人,其中,专业技术人员16925人,管理人员5843人,其他人员19418人。全年广播电视整体收入达40.02亿元,同比增长7.98%,省级广播电视经营创收19.58亿元。

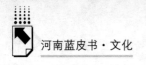

二　新闻宣传影响深远

2009 年，全省新闻宣传工作严格按照年初宣传思想工作总体部署，坚持以邓小平理论和"三个代表"重要思想为指导，全面贯彻落实科学发展观，牢牢把握正确舆论导向，围绕中心，服务大局，切实加强新闻策划，精心组织重大宣传活动，认真做好新闻管理工作。主题宣传声势强大，重大报道影响深远，典型宣传浓墨重彩，对外宣传成效显著，新闻队伍健康有为。唱响了主旋律，打好了主动仗，在宣传党的政策、弘扬社会正气、通达社情民意、引导社会热点、疏导公众情绪、搞好舆论监督等方面做了大量扎实有效的工作，为河南全面建设小康社会、开创中原崛起新局面提供了强大的精神动力和有力的舆论支持。

（一）认真抓好各项重大主题宣传工作

省属主要新闻媒体在重要版面、重要时段开辟专栏，重点对"深入学习实践科学发展观活动"、"讲、树、促"活动进行宣传报道；深入宣传党的十七大和十七届四中全会精神；大力宣传省委八届九次、十次全会精神，充分报道全省广大干部群众解放思想、实事求是、与时俱进、改革创新的良好精神风貌，为服务全省工作大局作出了积极贡献。

一是精心组织策划了庆祝新中国成立 60 周年宣传报道活动。从 2009 年 8 月份开始，全省各媒体相继推出了"辉煌 60 年"、"我和我的祖国"、"共和国建设者"、"新中国档案"、"人民英模"等一大批栏目，至国庆节前后达到高潮。热情歌颂新中国成立以来特别是改革开放 30 年来河南经济建设、政治建设、文化建设、社会建设等方面取得的辉煌成就。《河南日报》充分发挥党报主导优势，精心组织策划，新闻宣传效果突出。为庆祝新中国成立 60 周年，《河南日报》从 7 月初就启动庆祝新中国成立 60 周年的报道，陆续开设"共和国从这里走来"、"经典中国·辉煌 60 年"、"中原新貌"等栏目，在一版开设了"喜迎新中国成立 60 年"专栏，全面报道省委、省政府有关庆祝活动的重要部署，报道全省上下喜迎 60 年国庆的动态以及各条战线所取得的新成就和新经验。

二是围绕"科学发展观学习实践活动"这一贯穿全年的宣传主线，各媒体充分报道"讲树促"、"学习弘扬焦裕禄精神"等活动，营造积极热烈舆论氛围。

2009年3月31日至4月3日，党和国家领导人习近平同志来河南调研科学发展观活动，对"保增长、保民生、保稳定"工作及开展向焦裕禄同志学习活动发表了重要讲话，《河南日报》、河南人民广播电台、河南电视台、大河网等媒体对习近平同志在豫期间的活动进行了大篇幅、图文并茂的报道。4月7日，全省"讲党性修养、树良好作风、促科学发展"教育活动动员大会召开，各媒体又分别开设了"讲树促"、"弘扬正气保持先进"、"学习弘扬焦裕禄精神"专栏，充分报道省委有关部署，及时报道活动进展情况及活动中涌现出的典型事迹，报道各地、各单位学习焦裕禄精神活动开展情况。同时，发挥党报言论优势，刊发系列评论，推出了学习焦裕禄精神系列评论员文章，深入阐释活动重大意义及必要性。河南日报报业集团在报道中注意与网络媒体联动，在"焦点网谈"专版上刊发专题，集纳网民言论，提高广大群众对活动的关注度和参与度，进一步提升宣传效果。

三是切实抓好经济工作宣传报道。组织省属媒体大力宣传全国和河南经济工作会议精神，积极宣传全省"三保两抓一推动"经济发展战略，系统报道全省"决战二季度"、"大干三季度"、"决胜四季度"促进经济发展所取得的成果。突出宣传全省各地各部门结合自身实际，积极落实中央和省委、省政府扩内需、保增长各项政策措施实施情况，为实现跨越式发展，加快中原崛起，发挥了较好的舆论引导作用。

四是狠抓了文化强省建设宣传报道。全省新闻媒体坚持把文化强省建设宣传报道放在突出位置，大力宣传河南省扎实推进文化强省的具体举措和显著成效。省委宣传部制定下发了《关于加强文化强省建设新闻宣传工作意见》，明确规定了文化强省新闻宣传工作的指导思想、宣传重点、宣传方式和工作要求。在广泛征集文化强省建设新闻报道线索的基础上，组织省直媒体对其中的24个先进典型逐一进行集中报道，产生了良好的社会效应。2009年以来，河南省进行了一系列文化推广活动，进一步推动文化强省建设。各媒体根据每次活动的特点，充分调动文字、摄影等多种报道手段，采取不同的报道重点，营造隆重热烈氛围，凸显河南文化大省魅力，进一步扩大了中原文化的影响力。

（二）精心组织了对重要会议、重大活动和专项工作的宣传报道

围绕省委、省政府不同阶段的重点工作，精心制定专项宣传报道方案，组织

省属媒体进行集中报道，声势大，效果好，有力地服务了全省阶段性重点工作。

一是认真组织了重要会议的宣传报道。重点组织了对全国"两会"、党的十七届四中全会、全国经济工作会议，以及省人大与省政协"两会"、省委八届九次与十次全会、全省经济工作会议等会议精神的宣传报道。全面深入报道全国、全省"两会"。在全省"两会"报道中，《河南日报》围绕"两会"确定的"迎难而上开创科学发展新局面，化危机谱写中原崛起新篇章"的主题，策划、组织了一系列聚焦、解读性的重点报道，同时，关注代表和委员对民生、就业、文化强省等热点问题展开讨论的情况。在全国"两会"报道中，重点报道了党和国家领导人李长春、李克强、周永康等看望河南代表团代表、委员的情况，并对应对危机、"三农"、扩大就业、保障民生等"两会"热点问题进行了深入报道。

7月21日至22日，省委八届十次全会在郑州召开。《河南日报》除对会议进行重点报道外，还及时在要闻版开设专栏，在一版推出系列评论员文章，从不同角度对全会精神进行深入阐释。7月29日、30日，《河南日报》以连版形式连续推出两期专题报道，对徐光春书记和郭庚茂省长在全会上的发言分别进行摘要和解读。9月15日至18日，党的十七届四中全会召开。9月27日，《河南日报》以连版形式，对徐书记代表省委常委会所作的重要讲话进行全面细致解读。两次专题解读报道，得到了徐光春书记的高度评价，充分肯定《河南日报》的大局意识和报道水平。

二是精心组织了重大活动的宣传报道。重点组织了黄帝故里拜祖大典、中原文化港澳行、中原文化澳洲行、中原文化新西兰行、2009世界邮展暨第27届洛阳牡丹花会、洛阳大遗址保护论坛、开封菊花花会、2009年全国农产品加工业博览会暨东西合作投资贸易洽谈会、第四届豫商大会、焦作"一会一节"、上海世博会、省五届残运会、第十一届全运会、中国公民道德论坛、安阳中国文字博物馆开馆及纪念澳门回归10周年、纪念"五四"运动90周年等活动的宣传报道。

三是认真组织了对各类专项工作的宣传报道。重点组织了抗雪救灾、"抗旱保苗夺丰收"、"三夏"工作、爱国歌曲大家唱、"双评"活动、道德模范评比、世界旅游小姐巡游、安全生产工作、承接服装玩具产业转移工作、南水北调移民工作、扶贫开发、院士专家来豫、农民工风采、马氏庄园、宋陵、纪念汶川地震一周年等工作的宣传报道。

四是严密组织了各类集中采访活动。重点组织了"平安河南巡礼"、"巩义积极应对危机促经济发展"、"巩义北宋皇陵保护开发"、"洛阳大遗址保护高峰论坛"、"纪念'5·12'一周年暨我省对口援建江油工作"、漯河"第七届中国食品博览会"、"新乡统筹城乡发展"、"安阳马氏庄园"、"三门峡综合治理工作经验"、"信阳城市文明创建"等大型集中采访活动。

（三）切实加强了对先进典型的宣传报道

精心策划组织了对"感动中原"十大年度人物和河南十大年度"三农人物"的宣传报道；成功推出了"感动中国"十大人物中的李隆、武文斌，在全国引起了强烈反响。"河南为什么年年都有人入选'感动中国'十大人物"成为热门话题。陆续推出了尚银洲、吕祥浩、白国周、王挺军、编外雷锋团、焦裕禄精神等各行各业先典型报道。特别是在"三八"、"五一"、"五四"、"七一"、"八一"、"十一"等节庆活动中，提前策划，精心组织，分别推出了一批在各自工作岗位上作出突出贡献的先进典型，达到了内树榜样、外展形象的目的。省属主要媒体统一开设了《中原先锋》栏目，做到了先进典型宣传常态化。

（四）积极做好对上对外宣传工作

进一步加强与中宣部的联系，积极向中央宣传部门推荐典型报道线索；注重与中央媒体的联络和沟通，依靠中央驻豫主要新闻单位，着力加强对河南的正面宣传报道。认真组织了第二届"印象河南2009外省媒体中原行"集中采访活动，邀请上海、天津、重庆、山东、福建等五省市主流媒体30多名记者来豫开展集中采访活动，整个采访活动共发稿3100多篇（含图片），对河南应对金融危机、加快经济发展、繁荣文化产业和"旅游立省"战略实施情况进行了大力宣传，充分展示了河南的良好形象，进一步提高了河南的知名度和影响力。

三　新闻管理扎实有效

严格制度，加强管理，牢牢把握正确舆论导向。2009年，省委宣传部在新闻管理工作上继续坚持行之有效的制度和措施，并进行了一些有益的探索。

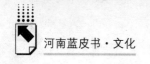
（一）进一步加强新闻宣传策划和协调

坚持每周五定期召开新闻宣传策划协调会，研究省委、省政府不同阶段对新闻宣传工作的要求，关注中央新闻媒体报道动向，收集有价值的新闻线索，策划新闻宣传重点，通报有关事项，强调宣传纪律，引导新闻单位及时开展宣传报道。

（二）建章立制，跟踪问责

制定下发了《关于建立重大宣传报道工作督查制度的通知》，不定期编发《督查通报》，对违反新闻纪律等现象进行督促整改。对影响河南形象报道过多的电视 DV 节目进行了认真调研和整顿，收到了较好效果。

（三）加强新闻阅评，及时报送新闻动态

为进一步提高舆论引导水平，确保正确舆论导向，年初以来，省委宣传部进一步加强了新闻阅评工作和新闻动态报送工作，及时向新闻单位反馈新闻阅评情况，总结报道情况。全年共编发《新闻阅评》40 余期、《新闻动态》50 余期。

（四）切实做好对重大突发事件的舆论引导工作

根据《关于加强突发公共事件新闻报道和舆论热点引导工作的意见》精神，积极主动做好重大突发公共事件的舆论引导工作。组织并督促新闻单位严守新闻报道纪律，坚持正面宣传引导，唱响主旋律，积极维护稳定发展大局。对 2009 年发生的突发事件，如 H1N1 甲型流感、平顶山市新华四矿瓦斯爆炸事故等报道，各媒体严格按照省委指示精神，严守宣传纪律，报道冷静客观，着重对各地、各部门积极应对的情况进行报道，并根据省委、省政府有关会议精神配发评论员文章，起到了党报正确引导舆论的作用。

（五）强本固基，切实加强新闻队伍建设

2009 年，全省新闻战线继续深入开展"三项学习教育活动"；省委宣传部组织全省新闻工作者认真学习贯彻省委书记徐光春在《河南日报》社 60 周年社庆大会和河南省庆祝第十个记者节暨中国记协成立 50 周年纪念大会上的重要讲话

精神；组织全省新闻单位广泛开展了向河南电视台因公牺牲记者司智洪同志学习活动；在革命圣地井冈山举办了由各省辖市委宣传部、省属主要新闻媒体 120 余人参加的"全省新闻媒体提高舆论引导能力培训"；组织评选了河南省十佳新闻工作者和全省百名优秀新闻工作者，组织开展了省委、省政府好新闻特别奖的评选和表彰工作，进一步调动了广大新闻工作者干好本职工作的积极性和主动性。

（六）加强报刊管理

1. 完成了报纸、期刊、连续性内资和记者站、记者证年度核验

对全省近千家报刊、记者站和连续内资出版单位上报的样报、样刊进行了审核，对年检的数据进行了严格核查，确保数据的完整性和准确性；对 5 家违规期刊予以缓验。

2. 开展了报纸、社科期刊、自然科学期刊编校质量检查

组织 54 位专家对全省 78 种报纸、231 种期刊（其中社科类 127 种、自然类 104 种）编校质量进行了评比，在抽查的 78 种报纸中，差错率在万分之三以下的有 36 种，占抽查报纸总数的 46.15%。在抽查的 231 种期刊中，差错率在万分之三以下的有 120 种，占抽查期刊总数的 51.94%，全省报刊编校质量和整体水平较上年度有较大提高。

3. 认真做好报纸、期刊和广电系统新版新闻记者证换发工作

先后召开了三次换发记者证培训工作会议，分别对 75 家报纸、158 家广播电台和电视台、45 家期刊负责换发记者证的人员进行了培训，确保换发记者证工作顺利进行。在换发工作中，严格记者证审核发放程序，规范审核发放流程，对有举报反映弄虚作假的及时进行严肃处理。截至年底，全省已发放新版记者证 4292 个。

4. 加强了报刊审读工作

全年共审读报刊 198 种（其中报纸 75 种），总计撰发审读报告 299 篇（其中表扬类 136 篇，占 44%；批评类 168 篇，占 56%），审读内容大到政治导向、典型报道、选题报道、言论报道，小到栏目设置、标题制作、刊登广告等，确保了审读工作发挥实效。

5. 严肃纠正违规行为，持续开展了"新闻打假"

针对《中国贸易报》河南记者站在其开通的网站上刊登大量负面报道而遭

多起投诉的问题，对其作出了整顿记者站、遣散招聘人员、健全管理制度的处理决定；注销了《中华新闻报》河南记者站；对严重违规的期刊《传奇故事》作出停业整顿和罚款的决定；对问题较多的《青年导报》社负责人进行了诫勉谈话；对非法新闻机构、非法记者站、假记者等开展了专项治理，取缔了《中州砥柱》、《创新教育》、《科学通报·科技信息》等 5 家非法编辑部。

6. 严肃查处报刊摊派问题

省委宣传部、省政府纠风办与新闻出版局联合下发了《2009 年河南省治理报刊摊派工作实施方案》，先后组成两个组分赴南阳、商丘、洛阳等市，调查落实群众举报的摊派案件，迅速纠正发现的报刊摊派发行问题。

ℬ.14
河南广播电影电视业发展报告

张　焱*

摘　要：2010 年，河南省广播电影电视业全面推进体制机制和运营方式创新，在新闻宣传、精品生产、公共服务体系建设、产业发展、对外宣传、体制改革等方面取得了新突破和新成就。2011 年是"十二五"的开局之年，河南广播影视发展面临着全球化、市场化、数字化传播环境带来的严峻的挑战，利用新一轮科技革命迅猛发展和"三网融合"的新机遇，大力实施有线电视数字化，是广播影视加快由以传统媒体为主向传统媒体与新型媒体融合发展转变的必由之路。

关键词：广播影视　成就　态势　对策

2010 年，是"十一五"规划基本完成、"十二五"规划即将展开、具有承前启后重要意义的关键一年。在河南省委、省政府的正确领导下，全省广播影视部门围绕中心，服务大局，准确定位，主动融入，努力把握重要战略机遇期，进一步深化改革，加快发展，强化管理，取得了新的成就，为中原崛起、河南振兴提供了强有力的舆论支持。

一　2010 年河南广播电影电视业发展的基本情况

2010 年，全省各级广播影视部门紧紧围绕省委、省政府的工作部署，牢牢把握正确的舆论导向，全面推进体制创新、机制创新和运营方式创新，努力促进事业、产业共同发展，广播影视资源开发利用水平逐步提高，总体实力不断增

---

* 张焱（1972～），男，河南唐河人，河南省广播电影电视局产业处。

强，综合实力位居全国前列。全省共有广播电视播出机构148座，其中：省级广播电台1座，共开办10套广播节目、1套付费电视节目、5套付费广播节目；省级电视台1座，共开办9套电视节目、3套付费电视节目、1套仅在境外播出的电视节目（中华功夫卫星电视频道）；市级广播电台17座，共开办36套广播节目；市级电视台17座，共开办49套电视节目；县级广播电视台112座，共开办广播节目111套、电视节目112套。全省基本形成省、市、县三级贯通的有线电视网络，传输网络干线总长128982.67公里。全省有线电视用户共计640.2万户，有线电视入户率为21.9%。全省广播、电视人口综合覆盖率分别为97.2%和97.3%。2010年前三季度，全省广播影视总收入为23.38亿元，同比增长5.4%；省本级为14.86亿元，同比增长10.7%。

（一）广播电视新闻宣传创新取得新突破

（1）重大主题宣传、重大活动报道浓墨重彩。今年以来，广播、电视重点做好胡锦涛总书记、温家宝总理在我省考察工作时重要讲话精神，全国、全省"两会"和省委经济工作会议精神的宣传报道，做好第三批深入学习实践科学发展观活动、"创先争优"活动和上海世博会的宣传报道，做好"坚持'四个重在'、加快经济发展方式转变"、建设中原经济区以及"三夏"、"三秋"、防汛抗旱等宣传报道，大力宣传河南坚持"三具两基一抓手"，围绕构建"一个载体、三个体系"，积极承接产业转移，实施大开放、大招商战略的重大举措和显著成效。圆满完成了庚寅年黄帝故里拜祖大典、2010中国（郑州）世界旅游城市市长论坛、2010年全国农产品加工业投资贸易洽谈会、河南—浙江投资合作项目洽谈会、港澳深地区闽籍企业家访豫活动、第六届中国河南国际投资贸易洽谈会、第五届豫商大会、纪念抗日战争胜利65周年活动、河南省第十一届运动会、第二届中国绿化博览会、第八届中国国际农产品交易会、2010豫台经贸洽谈会等重大活动的宣传报道。特别是突出做好了党的十七届五中全会和省委八届十一次全会精神的宣传报道。河南人民广播电台、河南电视台、《东方今报》、手机电视等广播电视媒体发挥自身特点和优势，多形式、多手段、多角度，立体化、系列化，大力宣传党的十七届五中全会精神和省委八届十一次全会精神，大力宣传河南省"十一五"时期经济社会发展取得的巨大成就，大力宣传河南省以党的十七届五中全会精神为指导，科学谋划"十二五"规划和中原经济区建设纲要。通过持续、广泛、深入地宣传，为学习贯彻十七届五中全会精神、加快中原崛起、河南振兴提供了强有力的舆论支持。

充分利用中央广播电视媒体正面宣传河南，努力把一个真实客观、充满活力、正在崛起的新河南宣传出去。2010 年前三季度，河南新闻上中央人民广播电台重点新闻栏目 307 条（期），上中央电视台《新闻联播》204 条。

（2）坚持新闻立台，深化新闻改革稳步推进。把新闻改革创新贯穿始终，着力破解正面报道难、典型宣传难、舆论监督难、新闻创新难，以领导活动、会议报道为突破口，努力在"鲜活"和"贴近"上下工夫。既为大局造势，紧跟省委、省政府重大工作部署，又把更多的话筒、镜头对准基层群众，更多地反映民生、民意、民情。

（3）调整新闻宣传阵地布局，整合新闻资源成效显著。把精品博览频道改为新闻频道，以卫星频道的《河南新闻联播》和新闻频道的《河南新闻》为主体，着力打造包括新闻、评论、专访、新闻调查、深度报道等多种形式的全新的新闻播报体系和全省强势新闻宣传平台，大力营造积极向上的舆论氛围，在凝聚中原崛起、河南振兴的强大合力上发挥了独特的重要作用。

（4）加快实施河南电视台卫星频道全面改版。围绕"全国概念、全国影响、全国收视"的理念，着手从管理机制、节目内容到节目编排对卫星频道进行全面调整、创新，提升卫星频道核心竞争力，把卫星频道进一步办成正面宣传河南、提升河南形象的主阵地、主渠道，整体实力稳定在全国卫星频道前 10 名，力争通过 1~2 年的努力进入全国前 8 名。

（二）广播影视精品生产成效明显

截至 10 月底，电影共拍摄完成 10 部，分别是：《郑州妈妈》、《腹地》、《叶问 2：宗师传奇》、《聆听》、《胡辣汤》、《惊魂时刻》、《狗头金》、《新少林寺》、《恩怨》、《托起明天的太阳》，《叶问 2：宗师传奇》内地票房收入突破 2.33 亿元，成为本年度华语电影票房的"半程冠军"，并在今年上海电影节上被评为"艺恩电影产业奖"2009~2010 年度最佳票房营销案例，得到了河南省领导和国家广电总局的高度评价，也受到了业内的广泛关注。与香港英皇公司、中影集团、华谊兄弟等知名影视公司合作的电影《新少林寺》有望今年底在全球上映。在电视剧方面，以河南省新农村建设为背景的 22 集主旋律电视剧《丹湖边的乡亲们》顺利通过中央电视台审查，争取在中央电视台一套黄金时段播出；30 集电视连续剧《康百万》已摄制完成并报中央电视台审查；40 集电视连续剧《土地》剧本初稿完成，预计春节前后开机拍摄。

（三）广播影视公共服务体系建设进展顺利

"十一五"时期重点文化工程——广播电视新发射塔建设基本完成。立足于把广播电视新发射塔建设成为广播电视无线信号骨干发射基地、河南自然人文景观的展示窗口和省会郑州旅游观光的一大景点的目标，按照全钢结构、388 米净高、总建筑面积 5.7 万平方米、可发射 40 多套广播电视节目的要求，精心组织，严格管理，新发射塔工程建设基本完成，正在进行综合试运行。发射机及其配套设备的安装工作也已基本完成，正在进行广播电视节目试播等收尾工作。塔内展现河南人文风物的世界最大规模全景画绘制全部完成，正在进行声、光、电安装和地面塑形，预计 2010 年年底完成全部工程量。

广播电视村村通工程和农村电影放映工程加快实施。切实把 20 户以上已通电自然村广播电视村村通工程作为关系群众切身利益的实事、大事，加大力度，抓紧实施。经河南省政府批准，2010 年全省广播电视村村通的任务是：完成前 4 年新通电 20 户以上自然村、统计遗漏的 20 户以上自然村和返盲村共 1840 个村的建设。目前完成了建设方案编制，配合省发改委下达了 2010 年广播电视村村通工程投资计划，省级和有关省辖市配套资金基本落实。完成了省级大宗设备招标工作，与中标厂家签订了设备采购合同，设备已全部到货。工程已进入全面施工阶段，强化建设项目全过程管理，确保施工质量。

按照"企业经营、市场运作、政府购买、群众受惠"的农村电影改革发展新思路，深化农村电影改革，不断创新管理模式，培育农村电影市场新主体，多层次开发农村电影市场，逐步建立和完善公共服务与市场运作相协调、固定放映与流动放映相结合的农村电影服务体系。加强指导培训，对全省农村数字电影院线负责人、技术骨干进行了培训，强化监督管理，对部分市、县农村电影放映场次和场次补贴情况进行了检查，发放了 600 套农村数字电影放映设备，全省农村数字电影放映覆盖率达到 100%。目前，全省共有农村数字电影放映设备 2384 套，其中国家资助设备 1846 套，各农村数字电影院线公司自购设备 538 套。编制了 2010 年河南省农村电影公益放映场次补贴资金预算，加强农村电影放映场次和场次补贴发放的监管。截至 2010 年 9 月 30 日，全省共完成公益电影放映场次 487965 场，占全年电影公益放映场次的 85.7%，观众约达 1.37 亿人次。

（四）广播影视产业发展逆势上扬

（1）大力发展有线数字电视产业。全省有线电视数字化整体转换于 8 月 26 日正式启动。按照"政府领导、广电实施、市场运作、群众认可"的原则，紧紧围绕有线电视网络"小网变大网、模拟变数字、单向变双向、看电视变用电视"的要求，已在郑州市选择部分小区进行有线电视数字化整体转换试运行。目前，初步建立了以业务产品开发体系、市场营销体系、客户服务体系为三大支撑的全新数字电视节目和业务体系。为方便用户，建立了依托 96266 客服中心、营业演示厅、"营销＋维护"社区服务队伍，建立新型客户服务体系，全省范围内有 58 个营业厅已按照统一标准进行建设，全力为服务大局提供一个传播力强、影响面广的舆论宣传平台，为广播电视培育一个品质优、实力强的产业发展平台。

（2）大力发展新媒体产业。加快发展网络广播电视，逐步整合广播影视网络资源，积极筹办网络广播电视台，不断提高互联网视听节目服务供给能力，开拓广播电视宣传新阵地。着力打造知名门户网站，优化新浪河南网、大象网内容结构，加大推广力度。大力发展手机电视。加快实现移动多媒体广播电视（CMMB）和流媒体手机广播电视资源共享，融合发展。目前河南 CMMB 用户约 14 万，河南流媒体手机广播电视通过直播、点播、下载等三种方式提供服务，有 3 个直播频道和 6 个自办点播下载频道，目前以丰富节目内容为核心，尝试通过社会化手段拓宽盈利渠道。组建了河南电视新媒体有限责任公司，整合全局报刊、网络、手机电视、影视剧制作等产业资源，优化配置，重组改制，新组建的河南电视新媒体有限责任公司与河南电视台事业部分开运营、分类管理，形成多媒体经营优势，构建多媒体经营融资平台，打造广播影视新媒体产业发展与对外合作平台。

（3）大力发展电影放映产业。认真总结了河南奥斯卡电影院线市场化运营经验，在全省广电系统推广。目前，院线拥有影城 33 家、银幕 159 块，覆盖河南、山西、陕西、河北、海南、新疆等省区，2010 年，新开业影城将达到 20 家，拥有银幕近百块。票房收入继续保持了高速增长的势头，截至 2010 年 10 月，票房收入为 1.86 亿元，预计年底将达到 2.5 亿元。

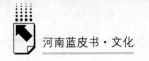

（五）广播影视"走出去"步伐加快

坚持"走出去"，形成了走出去搞演艺与走出去办节目两手抓的格局。在相继参加"中原文化港澳行"、"中原文化澳洲行"、"中原文化宝岛行"等重要活动的基础上，由河南电视台、北京艺泰传媒有限公司与澳门澳亚卫视有限公司合作开办了中华功夫卫星电视频道，开拓了对外宣传河南的新阵地。目前，频道运转情况良好，广受澳门社会各界欢迎。坚持"请进来"，实现了对外合作由国内合作向与国际大集团合作的延伸。先后接待了国家广电总局、外交部承办的斐济国家电视台、阿尔巴尼亚国家电视台的重要采访活动。建立和完善招商平台。以资产、资源为纽带，促进产业集聚整合，组建了河南电视新媒体有限责任公司，分步打造了10个对外合作、招商引资项目，探索引导社会力量参与广电产业发展的新路子。推进对外合作，加快上市步伐，积极引导广播影视企业面向境内外资本市场上市融资。相关广播影视产业项目境外合作、上市工作进展顺利。

（六）广播影视体制改革深入推进

稳妥推进制播分离改革。着眼于培育具有较强市场竞争能力的节目制作市场主体，在确保电台、电视台牢牢掌握节目内容的策划权、编辑权、审查权、播出权的前提下，逐步推进电台、电视台制播分离改革。河南人民广播电台筹备成立广播节目制作公司。积极与国内有实力的广播节目制作机构建立良好合作关系，并着手开展节目创意制作、营销人员的招聘活动。深化旅游广播、教育广播制播分离改革。加快改变旅游广播、教育广播自制自播模式，建立面向多主体、多渠道的节目订购采购、择优播出机制。目前旅游广播播出节目外购率已达到80%。推进电话广播的公司化运作和市场化运营。电话广播是专为用户提供定制的、适合个性化收听的广播频率。电话广播7套节目全部由专业团队自行制作，已进行试播。完成了河南电视传媒发展有限公司的转制后续工作，正在按照现代企业制度的要求，不断完善其法人治理结构和运行机制。

积极配合实施国有电影发行、放映单位转企改制和文化市场管理体制改革。河南省广电局在电影管理体制改革、国有电影制作发行放映单位转企改制工作中充分发挥指导和督促作用，先后派出5个督导组，对各省辖市相关单位转企改制工作进行督促检查，积极推进各省辖市相关单位的转企改制步伐；配合实施文化市场管理体制改革，配合省编办、省文改办、省发改委等有关部门，理顺文化市场管理体制，按照省委、省政府确定的工作时间表和路线图，协助郑州等 5 个文化综合改革试点市及所辖县（市、区）和 10 个省级文化改革发展试验区进行文化行政管理部门整合，形成一个综合文化责任主体；协助有关部门开展省辖市及所属县（市、区）文化市场综合执法改革，在职责权限范围内，指导综合执法机构依法开展执法业务。

二 面临的形势

2011 年开始的"十二五"发展时期，是河南省深入贯彻科学发展观、推进中原经济区建设的关键阶段，也是广播影视全面推进体制机制改革、实现大发展大繁荣的重要战略机遇期。河南省委、省政府对广播影视提出了更高的要求，指明了发展方向，经济快速稳定发展为广播影视发展提供了良好的社会环境和经济基础，文化消费进入快速增长期，人民群众对精神文化产品的需求呈现出多层次、多方面、多样化的特点。科学技术的进步，特别是数字、网络等信息技术的迅猛发展和"三网融合"进程的明显加快，给广播影视发展带来了深远的影响，开辟了更加广阔的发展空间，广播影视将迎来一个新的快速发展时期。与此同时，随着世界多极化和经济全球化的发展，随着现代科学技术的突飞猛进和信息传播渠道多元化的日益显现，广播影视引导舆论的任务更加艰巨，安全播出和"走出去"任务更加艰巨，体制机制改革创新的任务更加艰巨，广播影视发展面临着全球化、市场化、数字化传播环境带来的严峻挑战。

三 2011 年河南广播电影电视业发展的总体思路

2011 年是"十二五"发展的开局之年。结合河南实际，深入学习、宣传贯彻党的十七届五中全会精神和省委八届十一次全会精神，服从服务于全省建设中原经济区，实现中原崛起、河南振兴的中心工作，是广播影视围绕中心、服务大局的重大任务；积极适应人们思想活动多元化的新形势和舆论引导格局的新调整，以一元指导思想引领多样社会思潮，是对广播影视提高舆论引导能力的更高要求；利用新一轮科技革命迅猛发展和"三网融合"的新机遇，大力实施有线电视数字化，是广播影视加快由传统媒体为主向传统媒体与新型媒体融合发展转变的必由之路。总之，新形势新任务要求全省广播影视切实学习贯彻中央和省委、省政府的决策部署，履职尽责，求实求效，提升能力，努力实现广播影视又好又快发展。

一是提升舆论引导能力。切实加强新闻宣传，确保圆满完成各项重点宣传报道任务。当前和今后一个时期，要把学习、宣传、贯彻党的十七届五中全会和省委八届十一次全会精神作为一项重大政治任务，抓好贯彻落实。扎实推进新闻媒体改革。坚持新闻立台，办好新闻频率、频道和新闻类节目，完成河南电视台卫星频道全面改版。完善突发公共事件新闻报道机制，进一步加强舆论监督。

二是提升安全播出保障能力。强化科学管理，推进科技创新，逐步构建高效的安全播出指挥调度体系、先进可靠的技术保障体系、周密细致的制度保障体系。进一步增强广播电视播出传输系统的可靠性，提高播出传输保障管理的自动化、网络化、信息化水平。加快构建应急广播体系，完善监测监管体系，不断强化安全运行管理。

三是提升公共服务能力。推进广播电视强传强播强覆盖。坚持统筹城乡、区域广播影视协调发展，积极推进广播影视政策、资源向农村倾斜，努力实现城乡广播电视公共服务均等化。继续大力实施村村通、农村电影放映工程及广播影视公益性文化基础设施建设，确保完成年度目标。逐步建立完善公共财政保障机制、技术保障机制、运行维护长效机制，加快推进工程建设向公共服务体系建设转变。

四是提升高科技应用能力。顺应"三网融合"新趋势，推进广播影视数字化、网络化，加快全省有线电视数字化整体转换和双向化改造，推进有线电视网络光纤入户，提高网络业务承载支撑能力。依托数字技术等高科技成果，加快发展新媒体业务，推动传统媒体和新媒体的融合发展，不断改进和加强新媒体管理。

五是提升内部发展能力。着力增强广播影视内部活力，积极深化体制机制改革创新，重点抓好电台和电视台内部机制改革、经营性事业单位转企改制和广播影视管理体制改革，推进依法管理、科学管理。

六是提升产业经营能力。加快建设、重点扶持一批具有重大示范效应和产业拉动作用的重大项目，在重点领域取得突破。继续推进全省有线电视数字化及下一代广播电视网、移动多媒体广播电视、网络广播电视建设。培育骨干文化企业。加大政策扶持力度，积极扶持省影视制作集团、省文化影视集团、省有线电视网络集团壮大企业规模，提高集约化经营水平，促进资源整合和结构调整，进一步做大做强。发展内容产业。全面提升电影、电视剧和电视节目的生产能力。加快新媒体内容生产，努力形成多类型、多品种、多样化的影视创作生产格局。扩大对外开放。积极运用社会力量办广播电视，鼓励和引导有条件的广播影视企业面向资本市场融资。

B.15
河南文艺事业发展报告

胡善锋*

摘　要： 河南文艺界坚持文化发展的正确方向，坚持"百花齐放、百家争鸣"和"三贴近"方针，文艺活动精彩纷呈，文艺队伍结构趋于优化，文艺创作环境和谐宽松，文艺创作成果较为丰硕。但同时还存在着文艺精品少、拳头产品少和领军人物少等突出问题，需要在未来发展中予以重视和解决。

关键词： 文艺活动　文艺创作　发展建议

2010 年，河南省文联系统在省委、省政府的正确领导下，坚持以邓小平理论和"三个代表"重要思想为指导，全面落实科学发展观，认真贯彻中央和省委关于文化建设的重要指示精神，坚持文化发展的正确导向，积极发挥职能作用，团结带领全省广大文艺工作者围绕中心，服务大局，服务群众，全力建设先进文化，努力构建和谐文化，为中原崛起、河南振兴作出了积极贡献。

一　河南文艺事业发展概况

1. 文艺活动精彩纷呈

一年来，省文联及各团体会员围绕中心，服务大局，紧密配合省委、省政府的中心工作，开展了一系列有声势、有特色、有影响的文艺活动。一是举办大型主题文艺活动。举办了纪念抗战胜利 65 周年书画展、"根在中原"——书画名家作品展等活动，这些活动着力宣传河南经济建设、社会发展和文化建设新成

---

* 胡善锋（1976～），男，河南光山人，河南省文联办公室主任科员。

就、新面貌，扩大了河南的影响，对展示、宣传河南新形象，起到了积极的推动作用。二是举办文化交流活动。继续扩大和国外及兄弟省市文艺界的文化艺术交流，积极承办全国性或国际性学术交流活动，组织省外、港澳台及国外艺术家到河南进行艺术交流，举办"坚守与突破"——中原作家群论坛、豫籍台湾著名作家柏杨骨灰移棺安葬河南仪式，承办全国视协主席会议等，同时，充分利用河南艺术中心等文艺设施，引进一批具有国际艺术水准的剧目到河南演出，助推河南文艺发展。积极拓展对外文化交流渠道，组织作家、艺术家出国考察和艺术交流，在国外或省外举办有影响的艺术展览和文艺演出活动，举办"世界摄影家看河南"大型摄影活动获奖作品非洲巡展等活动，把河南厚重的文化底蕴推向全国、推向世界，扩大影响，提升地位。三是扎实开展惠民文化活动。围绕河南公共文化服务体系建设的主要任务，面向全省、面向基层、面向群众，搭建文艺服务社会的平台，组织开展文艺活动进社区、进企业、进军营、进校园，广泛开展多层次、多形式、便于广大群众参与的文艺活动，组织具有时代特征、深受群众欢迎的广场文艺活动，以先进文化占领基层文化阵地。利用春节等重要民间传统节日，组织艺术家开展"送欢乐、下基层"活动，形成省、市、县三级文联联动，为农民送戏、义写春联、拍全家福照片等，参与的艺术家达 2000 余人次，受益群众达 10 万余人次，受到农民群众的热烈欢迎。

2. 文艺创作成果丰硕

立足省文联各艺术门类文艺资源的优势，做好统筹规划，突出工作重点，抓好文艺精品的创作。一年来，河南作家、艺术家创作出版各种作品集、影视剧100 余部，不同体裁的文学作品多次获得全国大奖。在中国作协主办的第五届鲁迅文学奖的评选中，河南作家乔叶的中篇小说《最慢的是活着》、郑彦英散文集《风行水上》分获中篇小说奖和散文杂文奖；在第六届中国曲艺牡丹奖评选中，王国军演唱的河南坠子《岳母刺字》荣获表演奖、陈红旭创作的小品《笑比哭难》荣获文学奖；在第 25 届中国电视金鹰奖评选中，河南创作的电视剧《大国医》、《小鼓大戏》、《快乐星球》（第四部）获长篇电视剧三等奖，河南电视台《五福临门——2009 河南电视台春节联欢晚会》荣获电视文艺节目三等奖，郑州小樱桃卡通艺术有限公司《小樱桃》（第一部）荣获青少节目动画片三等奖；在第四届"中国农村小康电视节目工程"评选中，河南电视台新农村频道的《住上楼房的"喜洋洋"》获得最佳作品奖，周口市委组织部的《朱集村的葡萄熟了》、驻马店电视台的《洼洼地里好庄稼》、河南电视台国际部的《引路人》获优秀作品奖，三门峡市委组织部电教中心的《老伍的心事》获得好作品奖；在第三届中国戏剧奖·理论评论奖中，张大新撰写的《传统理念与人格范式的颠覆、消解与重构——新编豫剧〈程婴救孤〉享誉海内外的文化启示》获奖；创作了大型百戏剧《洛神》，剧目运用"百戏"手法，通过杂技、舞蹈、魔术、武术、音乐、民间艺术、现代特技等艺术手段的整合运用，塑造了一个大善大美的"百戏"洛神形象，进一步改善了河南杂技小、散、弱的局面。此外，书法、美术、音乐、摄影、文艺评论等文艺门类也都创作了一批文艺精品。

3. 文艺队伍结构优化

积极创造条件，营造良好的人才成长和文艺创作环境。筹备成立中原文化艺术学院，拟将学院建成国内一流并且富有中原文化艺术特色、在国内有相当知名度的综合性本科文化艺术学院，拟在 5 年内达到 8 个系、20 个专业，在校生规模 7000 人左右；10 年达到 11 个系、30 个专业，在校生规模 1 万人，为河南文艺的发展繁荣提供足够的人才储备。认真实施人才培养工程、文艺推星工程、文学豫军新人工程，通过举办培训、展览、演出、比赛、作品观摩和点评以及文艺期刊出版、影视制作等活动，为文艺工作者投身艺术实践、发挥艺术才华、展示创作成果搭建平台、创造条件，举办了戏剧主创人员、歌曲创作及合唱指挥、舞蹈教师培训班，邀请全国知名专家授课，提高创作能力，有针对性地为各个艺术门类领军人物举办作品展、研讨会、个人演唱会，对他们进行宣传、包装和推介，不断把他们推向全国，举办了"河南代表书家"李强、胡秋萍书法展等。对 163 名从艺 60 年的老艺术家和文艺工作者进行隆重表彰，颁发证书和奖杯。积极拓宽引进文艺专业人才的渠道，将一批在全国具有重要影响的作家、书画家调到省文学院、省书画院，提升了整体创作实力。通过这些举措，进一步加强了文艺队伍建设，形成了老中青结合、结构较为合理的文艺豫军队伍，受到了全国的关注。在中国剧协第六次换届会上，河南戏剧艺术家李树建当选为中国剧协副主席，向全国推出了豫剧大省的领军人物；在由《书法报》和《书法》杂志联合主办的年度人物评选中，河南籍书家张海、宋华平当选"中国书法十大年度人物"；在第三届海峡两岸合唱节合唱比赛中，安阳师范学院合唱团获得金奖，另外还有一批文艺家在全国重大文艺奖项上摘金夺银。

4. 文艺环境宽松和谐

一是领导对文艺事业高度重视。省委、省政府主要领导到省文联调研，同文化艺术工作者座谈，倾听文艺界的意见建议，帮助解决实际困难。二是加大文化艺术事业的投入力度。自 2010 年开始，省财政为省文联所属 12 个文艺家协会每年增加业务经费 130 万元，进一步提高文艺院团演员的工资，有关省辖市也加大了对当地文艺事业的投入力度。三是对荣获全国文艺大奖的作家、艺术家实行重奖，鼓励创作。四是社会各界对文化艺术工作的大力支持。宇通客车、天瑞集团向省直、市直文艺院团捐款 6000 万元，捐赠 8 辆宇通大客车。河南省的文化艺术工作逐步形成了领导重视、社会支持、经费充足的良好环境，为推动文艺事业大发展大繁荣奠定了坚实的基础。

二 当前文艺工作存在的主要问题

2010 年河南文艺事业发展取得了较大成绩，但就整体而言，河南文艺事业的发展同满足人民群众日益增长的精神文化需求、同在建设文化强省中的任务相比，还存在不少的差距，文艺工作和文联工作还存在一些问题和不足，主要表现在：一是服务大局、服务群众、服务文艺工作者的能力和水平与新形势新任务的要求还有一定差距；二是繁荣文艺创作、多出优秀作品、推出精品力作的方式、途径和手段，亟待进一步改进；三是文艺品牌和拳头产品少，出新出彩的品牌文艺活动还不多；四是各文艺门类的发展还不够平衡，领军人物和复合型人才还比较短缺；五是加大对外文化交流力度，打造对外交流活动品牌，扩大中原文化影响力的方式、途径和手段有待改进；六是部分基层文联融入经济社会发展的主动性不够，社会认知度较低，工作机构不够健全，文艺发展经费还比较匮乏。

三 繁荣发展文艺事业的对策建议

1. 抓好文艺精品的创作生产

面对人民群众日益增长的精神文化需求，坚持把抓好文艺精品的创作生产作为文艺繁荣的关键，为作家、艺术家的创作营造良好环境和条件。一是进一步建立完善的采风创作制度。定期组织文艺家深入基层，深入生活，汲取创作营养，寻求创作灵感，积累创作素材。二是建立各协会定期的艺术展赛制度，进一步调动文艺工作者的创作积极性，提升其创作水平。三是进一步健全完善评奖及表彰奖励制度。认真搞好河南省优秀文艺成果奖、精神文明建设"五个一工程"奖和省文联所属 12 个协会专业文艺奖项的评选工作，使其真正成为引导和激励广大文艺工作者积极参与文化建设的有力杠杆。围绕全国、全省重大奖项和重点赛事组织精品创作，加大对在全国重大文艺奖项中获奖作品奖励力度，不断激发广大文艺工作者的创造热情。四是建立重点文艺创作项目申报、签约、资助制度，扶持优秀原创作品生产，加大创作组织力度。五是集中资源，集聚优势，精心策划和组织重大题材的创作和生产。六是建立完善评论制度。加强文艺理论建设，积极开展文艺作品评论，引导、促进创作繁荣。通过这些举措，力争把河南打造成优秀文艺作品的产生地、优秀文艺产品的畅销地，为文化强省建设作出贡献。

2. 抓好文艺品牌建设

在当前文艺百花齐放的发展形势下，打造可持续发展的文艺品牌，搭建立足河南、面向全国的文艺平台，对于更好地发挥文联职能作用，更加自觉主动地弘扬中原优秀文化，发掘河南优势文化资源，提升河南文化的影响力、辐射力等，都具有重要的现实意义和深远的历史意义。结合河南省文艺的实际，对文艺品牌建设进行全面统筹规划，从全省优势艺术门类切入，有计划有步骤地创建一批立得住、传得开、留得下的文艺品牌。进一步提高作为河南文艺代表品牌的"文学豫军"、"中原书风"、"河南民间文化遗产抢救工程"、"中原画派"、"河南摄影家群体"在全国的知名度，并要在其他文艺领域中逐一锻造和推出体现中原风格、具有中原气派的文艺品牌，形成多个艺术门类品牌竞相发展、相互促进的生动局面。借鉴《风中少林》、《木兰诗篇》、《禅宗少林·音乐大典》等剧目的成功经验，做好强势艺术门类同河南历史文化资源的结合，打造更富中原特色、更具震撼力的原生态文艺品牌。整合演艺资源和民间文化资源，打造娱乐品牌和节会品牌，广泛吸纳全国性节会来豫举办。力求通过多年连续不断的努力，将具有河南特色的文艺品牌打造成为弘扬中原文化、推进文化强省建设和满足广大人民群众精神需求的重要载体，为推动文化建设与经济社会协调发展、全面建设小康社会提供文化条件和精神动力。

3. 抓好示范性、导向性文艺活动

围绕省委、省政府的中心任务和重大部署，以重要节日、重要事件和重要活动为契机，充分发挥文艺和文联优势，精心策划、认真开展主题鲜明、影响广泛、专业水准高而又具有导向性、示范性的文艺展演活动，发挥文艺在党的宣传工作中的独特作用。配合省委、省政府中心工作举办大型文艺活动和对外文化交流活动，多角度、多侧面地展示文化强省建设的重大成就，宣传树立河南文化形象。进一步增强文艺为基层服务、为社会服务、为人民服务的观念，建立文艺惠民的长效机制。充分利用文艺界自身的设施和阵地，发挥好文联各艺术门类的资源优势，举办相应的培训班，多渠道、多形式开展社会艺术培训活动，提高公民艺术素质。组织开展基层文艺人才培训服务，为乡镇、社区培训文艺骨干，支持群众性文艺创作，推出更多像民权王公庄画虎村、洛阳平乐牡丹村、宝丰周营魔术村那样的农民艺术专业村。积极指导和推动群众性文化活动，鼓励群众开展自娱自乐的文化活动，活跃基层文化生活。继续开展"送欢乐、下基层"等惠民文化活动，组织广大文艺家和文艺工作者深入农村、社区、学校、厂矿等基层场所，开展公益性文艺活动，让更多的人民群众享受到文艺发展的成果。

4. 抓好省级文艺设施建设

《河南省建设文化强省规划纲要（2005～2020年）》提出，要大力繁荣文学艺术事业，规划建设一批标志性文化工程。在"十二五"期间，拟在郑东新区建设河南文学博物馆和河南省书画院，河南文学博物馆一期工程是建设主体场馆，包括河南文学史展览馆、河南文学资料展览馆、河南文学交流中心、多媒体体验区、服务中心和网上虚拟河南文学馆等，二期工程是以河南文学博物馆为核心建设河南文学博物园林景观，基本设想是以河南现有版图为框架，依据著名文学家的出生地来布局全部景区、景点，整体展示河南文学的全景风貌，总计划用地150亩，投资匡算为4.35亿元。河南省书画院的定位是：河南省书画创作、研究、收藏、展览、培训和交流中心，河南文化名片和省会的文化景观。拟在郑州东区建设新址，建成古典园林与现代建筑结合、环境优美的创作基地和人文景观。新址计划用地30亩，建筑面积15000平方米，包括艺术陈列厅、书画展览厅、专业书画创作室、艺术图书馆、书画培训中心、画廊、艺术报告厅及艺术品收藏库房、配套服务设施等，项目总投资匡算为1.3亿元。通过建设一批选址科学、功能设置适度超前、建筑设计具有艺术创造性的，具有文化魅力和高雅品位的省级文化设施，为作家艺术家展示创作成果、交流创作经验、服务社会、普及艺术知识提供重要平台，进一步提升河南的文化形象。

B.16
河南动漫产业发展报告

河南省动漫产业协会

摘 要： 2010 年，河南启动了"文化产业项目年"活动，动漫游戏被确定为九大重点扶持文化产业，得到长足发展，动漫基地建设快速推进，动漫企业和动漫精品大幅增加，以中原历史文化为内容的动漫产品层出不穷，动漫人才培养步伐加快，动漫产业继续领跑河南新兴文化产业。但同时也存在着动漫频道缺失、产业链不完整、高端人才缺乏、研发能力不强等问题。还应在政策扶持、原创生产、园区建设、产业链条延伸、主题公园建设、少儿频道设置、人才培养、市场规范等方面着力，促进河南动漫产业的进一步发展。

关键词： 动漫 成就 问题 建议

2010 年，是河南省动漫产业大发展的一年。经过 10 年探索和磨砺，借河南省"文化产业项目年"活动启动和国家动漫产业发展基地（河南基地）开工建设的东风，全省动漫业犹如搭上了"快速公交"，整体上取得了长足的进步和令人瞩目的成果。河南动漫领跑河南新兴文化产业的能力进一步增强，动漫产业在文化强省建设过程中所起到的作用日益明显。

一 河南省动漫产业发展现状

1. 党政领导高度重视

今年以来，河南省委、省政府高度重视文化强省建设，启动了"文化产业项目年"活动，主抓文化产业"910111 工程"，确立以包括动漫游戏在内的九大产业为重点产业，加大扶持力度，形成完善的产业体系，实现文化产业快速协调可持续发展。大力发展动漫产业、提高自主创新能力和文化影响力已成为全省各级党委、政府的共识：河南省委宣传部、省文化强省建设和文化体制改革工作领导小组办公室、河南省文化厅、河南省广电局等机构在产业规划、宏观指导、管理服务等方面积极开展工作，营造出良好的动漫产业发展环境；郑州市、洛阳市、信阳市、郑州高新区等先后出台配套政策和措施予以重点扶持，助推动漫产业加速发展；河南省扶持动漫产业发展厅际联席会议为推动全省动漫产业发展提供了制度性保障。

2010年2月4日，河南省扶持动漫产业发展厅际联席会议办公室在郑州召开全省动漫产业工作座谈会，传达学习李长春、刘延东同志在参观首届中国动漫艺术大展时的重要讲话和文化部有关要求，座谈了解全省动漫产业发展状况，研究探讨促进产业发展举措，安排部署今年和今后一个时期动漫产业工作。会议把"制定具有前瞻性、指导性、可操作性的全省动漫产业发展的《规划》和扶持《意见》"作为今年具有战略性和里程碑意义的首要任务。3月6日，河南省扶持动漫产业发展厅际联席会议第二次全体会议在郑州召开，讨论修改《河南省人民政府办公厅关于促进动漫产业发展的意见（代拟稿）》。

3月15日，在郑州召开的河南省文化强省建设座谈会对全省文化发展工作作了具体部署，"文化产业项目年"活动正式启动。会议明确指出，要"围绕……郑州和安阳的文化创意、动漫游戏等产业发展基础和资源优势，加强产业规划，完善产业布局，加快文化产业集聚区建设，积极培育文化产业集群，促进文化产业集聚发展"。会议强调要实施知名品牌提升工程，对"以《小樱桃》、《独脚乐园》、《东方娃娃》、《少林海宝》等为代表的动漫品牌"等多种知名文化品牌，要"进一步挖掘其市场价值，开发新产品，拉长产业链条，形成品牌效应"。

3月29日，由河南省文化强省建设和文化体制改革工作领导小组办公室主办的河南省动漫产业发展研讨会在郑州举行，国内动漫专家为河南动漫把脉献策，河南省动漫产业协会发布《河南动漫郑州宣言》，提出"到2015年，河南动漫产业实现全面腾飞，全省动画片年产量达到6万分钟，动漫企业总数达到200家，骨干企业达到50家，动漫及其衍生产品年销售收入达到50亿元"的发展目标，令人振奋。

5月12日，由省文化厅、省教育厅、河南日报报业集团主办，省动漫产业协会、小樱桃杂志社等协办的首届"中原杯"河南省原创动漫画大赛评奖工作正式启动。此次大赛以"文化河南，多彩动漫"为主题，是河南省举办的第一次省级动漫赛事，受到社会各界的高度关注，共收到各类参赛作品两万多幅，创下全国同类赛事参赛作品规模之最。

2. 载体建设推进顺利

2010年3月30日，国家动漫产业发展基地（河南基地）建设在郑州高新区正式破土动工。项目一期规划用地面积87亩，总投资8亿元，总建筑面积18万平方米，建设内容包括动漫企业孵化器、动漫研发中心、动漫产业园、动漫交易会展中心、动漫教育培训中心、动漫公共技术服务平台等。建成后，可容纳300家左右动漫创意企业进驻，每年将形成5万分钟动画片、10款网络游戏、2000万册漫画出版物的产能，预计年销售收入超30亿元，年利税约5亿元。全国政协副主席厉无畏为基地开工仪式发来贺信，指出："国家动漫产业发展基地（河南基地）是我们国家在中部地区布局的具有战略意义的动漫产业集聚区。这项工程的开工建设，对于发挥河南文化资源优势、维护国家文化安全，对于促进经济社会发展、造福广大人民群众，具有重大意义。"

国家动漫产业发展基地（河南基地）是省市各级党委、政府重点支持的重大文化产业项目，郑州市委、市政府成立了动漫产业发展领导小组，制定了产业扶持政策，支持国家动漫产业基地及动漫企业的发展。高新区为动漫企业建成的动漫公共技术服务平台已于11月份投入使用，这是河南省首个达到国内一流水平的动漫技术专业服务平台。良好的发展环境和产业基础，使国家动漫产业基地成为全国动漫产业重要集聚地，目前已入驻企业40余家。

郑州、洛阳、开封等地先后启动了市级动漫基地的建设，市场表现比较活跃。西流湖动漫主题公园、华强动漫文化科技产业园、鸡公山·志高文化科技动漫产业园建设迅速推进。通过产业集聚，河南省已逐步形成产业体系相对完整、结构布局日趋合理、整体技术水平先进、市场导向作用明显的动漫产业格局。

3. 企业品牌不断壮大

一是企业数量大幅增加。各种利好因素极大地吸引了全国各地动漫企业对河南的关注，河南动漫企业的队伍不断壮大。4月27日，小樱桃、漂亮宝贝、谷晶动漫等二十多家代表着河南动漫界一流水准的郑州动漫企业代表团携近亿元的动漫项目赴杭州参加第六届中国国际动漫节，向世界展示动漫豫军的发展成果和风采形象，受到了高度关注。期间，有12家国内知名企业达成入驻国家动漫产业基地（河南基地）的协议。

目前，全省与动漫游戏相关的企事业单位有140多家，相关从业人员近6000名。

二是动漫精品层出不穷。2010年，全省动画年产量从2009年的4000分钟猛增到了10000多分钟，动漫衍生产品种类达2100多个，畅销全国各地及30多个国家和地区。其中，原创动画精品《小樱桃》（第二部）、《少林海宝》、《代号12348》、《公路Q车吧》、《少年司马光》等陆续登陆央视少儿频道黄金时段，集中彰显了动漫豫军的新形象；2010年5月、6月，《独脚乐园》两次亮相美国汉天卫视，成为河南省首部在北美播出的三维动画片；以中国第一个手机动漫明星"二兔"为主角的104集大型动画情景剧《二兔等着瞧》已顺利开机，预计于2011年登陆中央电视台，为大众贺岁；第一部反映农民工子女题材的动画片《俺的铁蛋俺的娃》、国内首部环保类大型3D童话动画片《虫虫计划》和减灾科普动画片《美丽家园》等作品的推出，反映了河南省动漫人的社会责任感和时代意识。

动漫精品不断涌现，促进了漫画图书出版市场的繁荣兴旺，中国第一本以民族动漫明星命名的期刊《小樱桃》杂志月发行量突破了10万份，全国同类期刊中创刊最早的《漫画月刊》发展势头良好。

2010年8月27日，河南天乐动画影视发展有限公司与韩国蚂蚁娱乐公司签订国内首部3D电视动画片《魔力骰子》合作协议，为河南动漫产业的发展创造新的亮点。

4. 文化资源积极开发

作为中华文明的重要发祥地，河南发展动漫产业具有得天独厚的文化资源优势，厚重的历史文化可源源不断地为动漫产品提供灵感和创意，并转化成生产力。河南省动漫企业已经积极行动起来，联合有关部门和单位，立足本土文化资源进行动漫创作，如郑州小樱桃卡通公司与三门峡市合作的《老子列传》、与济源市合作的《愚公移山》和与少林寺合作的《达摩传奇》等，河南天乐动画影视发展有限公司和周口淮阳县合作的《太昊伏羲》，河南华豫兄弟动画影视制作有限公司和光山县合作打造的《少年司马光》等等，选题无不凸显出河南厚重的历史文化资源优势和特色，使动漫成为弘扬中华优秀传统文化的载体，为中原文化、中国文化"走出去"打下了基础。其中，《少年司马光》于 10 月 17 日登陆央视少儿频道黄金时段，并同美国、韩国、伊朗等多家电视台签订了播映权输出协议，其音像产品已列入河南省中小学电教教材。

5. 人才建设步伐加快

河南有郑州大学、河南大学、郑州轻工业学院等 30 多家高等院校设立了动漫相关专业，并且大部分高校已将动漫作为重点学科予以建设，初步形成集动漫研发、人才培养于一体的教学研究基地。

2010 年 7 月 1 日，郑州高新区中部软件产业园管理办公室在中原工学院西校区继续教育学院正式挂牌成立"游戏、动漫专业人才储备基地"，这也标志着中原工学院、中部软件产业园 2010 年游戏、动漫专业定向人才储备计划正式启动。该基地由中原工学院继续教育学院采取"技能＋学历"高等特色教育模式，结合中部软件产业园内游戏、动漫类用人单位需求设置课程，力争培养出真正适合企业需要的专门人才。

8 月，洛阳市首家动漫人才培训实训基地——幸星国际动漫学院洛阳艺新校区成立。该校将通过引进专业的国际动漫技术，培养高级动漫技术人才，计划用 5 年时间培训出一支 300 人左右的专业动漫人才队伍。

二　河南动漫产业面临的问题

河南动漫产业虽取得了不俗的成绩，但与广东、浙江、湖南、北京等省市相比还有一定差距，还面临许多亟待解决的困难和问题。

1. 动画播映平台缺失

河南有 2000 多万少年儿童，却还未设立专业的少儿和动画频道，致使省内动画片播出困难，制约了全省动漫产业向深层次发展。河南省委书记、省人大常委会主任卢展工对此非常重视，曾在 8 月 16 日调研国家动漫产业发展基地（河南基地）时，与基地负责人交流这个问题；10 月 1 日，卢展工在郑州会见中宣部副部长、国家广电总局局长王太华一行时，明确提出了希望国家广电总局支持河南开办少儿动漫频道的要求。可以说，开办少儿动漫频道的问题已经迫在眉睫。

2. 产业链延伸速度慢

衍生产品的开发是动漫产业成熟的重要标志，是动漫企业最重要的收入来源。目前河南除了小樱桃、天乐等少数几家有实力的企业，众多企业还停留在动漫作品创作阶段，产业链的上下游尚未彻底打开，与食品、服装、玩具、游戏等相关产业的互动还未大规模展开。有些作品投入市场后因不受欢迎、失去投资商的信任而陷入经营危机，或者因衍生产品的缺失使动漫作品在人们眼前昙花一现。

3. 动漫高端人才缺乏

虽然河南动漫人才培养数量和水平不断提高，但由于河南动漫产业总体规模较小、就业机会不多、工资待遇偏低等因素，致使河南本土培养的动漫人才外流至北京、上海、深圳、杭州等动漫产业发达地区。创意、研发、市场营销、管理等各环节人才的缺乏，已成为河南动漫产业发展的一大瓶颈，制约整个产业的可持续发展。

4. 科研技术水平偏低

全省各地普遍存在动漫企业技术开发能力不强的问题，有了好的创意，却受限于技术开发。河南省目前只有一个郑州高新区动漫公共技术服务平台，满足不了全省众多动漫企业的需求，制约了中小企业发展。

三　河南动漫产业发展对策建议

1. 出台扶持政策，推动产业发展

抓紧出台和完善全省扶持动漫产业发展的具体政策措施和实施办法；制定和实施扶持动漫产业发展的税收优惠政策；设立省级扶持动漫产业发展专项资金，制定专项资金的管理和使用办法；通过打造技术平台、制定奖励政策、加大知识产权保护等措施，鼓励动漫人才创业，并重点培育一批骨干企业；扶持符合条件的动漫企业在境内外上市融资。

2. 鼓励原创生产，打造著名品牌

原创动画漫画的产量，是反映动漫产业发展的重要指标，是构建完整产业链的源头。紧紧抓住原创这一关键，在资金扶持、政策支持、市场开放等方面予以倾斜，鼓励企业深度挖掘河南历史文化资源，打造具有浓郁中原特色和国际竞争力的动漫形象和动漫品牌，并进一步开发推广相关的动漫游戏。对利用河南省历史文化资源开发的大型动漫项目给予资金和政策扶持，并设立省级动漫原创大奖，对动漫企业、人才、产品和创意进行奖励。

3. 加强园区建设，壮大产业规模

重点加强对国家动漫产业发展基地（河南基地）、郑州动漫产业基地及其他市级动漫基地建设的指导和推动，坚持"一个基地、多个园区、整体规划、错位发展"的发展方针，整合资源，建立制度，规范行为，加强管理，推动动漫基地的建设和发展。加大招商引资力度，大力引进省外动漫企业，吸引更多的人才、资金、技术等生产要素向动漫基地集中，壮大产业规模，充分发挥其研发、孵化、示范的作用。

4. 拉长产业链条，增强盈利能力

在动漫基地建立动漫衍生产品研发中心，给予相应优惠政策，吸引国内外优秀企业入驻。引导和鼓励企业树立整体开发和综合经营的理念，通过直接开发、委托生产、授权经营等方式，大力开发游戏、图书、音像、玩具、服装、旅游纪念品等衍生产品，延伸产业链条。对于利用河南动漫品牌开发的衍生产品，给予一定的奖励和扶持。

5. 建设主题公园，提高承载水平

在条件成熟的郑州、开封、信阳等城市集中精力建设好几个动漫主题公园，打造新的旅游目的地，提高动漫产业的综合承载水平和辐射力。

6. 开办少儿频道，破解播出难题

用播出带动制作，推动产业衍生，提高河南动漫的知名度和市场竞争力。同时拓展动画播映的新渠道、新阵地，引导和扶持动画制作机构研发以网络电视、手机电视、移动电视等新媒体为技术平台的动画产品，形成多媒体传播、多产品开发、多领域融合的发展格局。

7. 鼓励校企联合，培养适用人才

利用现有教育资源，加大适用性动漫人才和高端动漫人才的培养力度。一是充分调动动漫企业和院校的积极性，增强互动性，鼓励"产学研联合体"和"订单式"人才培养方式，实行产校挂钩、项目教学，培养与市场接轨的人才；二是充分发挥河南动漫产业协会的作用，将动漫画从业人员纳入专业职称评定范围，调动其积极性；三是动漫基地以优惠的政策、良好的发展空间和宽松的环境吸引国内外优秀人才；四是鼓励高等院校、动漫游戏培训机构与动漫游戏发达国家及中国台湾高校、企业开展联合办学、实训，以培养与国际接轨的动漫管理、营销和技术人才。力争在几年内建设 10 个左右以企业为主体的校企合作的实训基地，扶持 3～5 家年培训能力在 500 人以上的职业培训机构，以满足动漫游戏产业的人才需求。

8. 规范市场秩序，保护知识产权

加大动漫知识产权保护力度，营造良好的法制环境。以原创动漫形象、动漫品牌及其衍生产品为重点，加大知识产权保护力度。通过日常监管和专项整治，严厉打击违法动漫经营活动，保护合法经营，规范市场秩序，为动漫产业发展创造公平竞争的市场秩序。

B.17
河南网络文化发展报告

郭海荣*

　　摘　要：2010 年，河南互联网行业致力于宽带网、3G 移动网等基础技术建设，加快推进省企合作框架协议的落实、产业集聚区通信部署和农村信息化建设等重点工作，成绩显著。该报告介绍了河南新闻网站、政府网站、教育网站、企业网站、文化网站五类网站的发展现状和功能定位；总结了网络建设、网络文学、网络民意等河南网络活动的主要内容；提出了加强网络阵地建设、发展网络文化产业、建设网络人才队伍、提高网络产品与服务供给能力、建设与管理并重等建议。

　　关键词：网络文化　现状　网络活动　建议

　　网络文化是伴随计算机网络技术的迅猛发展而逐步形成的。从最初作为传送信息的平台，进化为呈现信息的窗口，再到如今电子技术与通信、传媒和信息服务的全方位融合，网络早已不再局限于科学技术的狭小范畴，而是演变成为文化创造和交流的广阔舞台。所谓网络文化，既包括在数字化、信息化基础上产生和发展起来的网络物质和精神创造，也包括传统社会文化进入网络后形成的新文化现象。它包含人的心理状态、思维方式、道德修养、价值观念、审美情趣、知识结构和行为方式等多个方面，是人类传统文化道德的延伸和多样化的展现。网络技术的广泛应用孕育了具有信息时代特征的网络文化，极大地改变了文化生产、传播和消费方式。作为重要的文化创作生产平台、文化产品传播平台和文化消费平台，网络文化已经成为人们精神文化生活的重要组成部分。抓住机遇、迎接挑战，积极抢占信息化条件下文化传播的制高点，实施中原网络文化精品战略，努

---

　　* 郭海荣（1977～），女，河南鹤壁人，河南省社会科学院文学研究所助理研究员。

力打造一批具有中原气派、中原风格、中原特色的知名网络文化品牌，对推动河南文化的大发展大繁荣具有重大的现实意义。

一 河南网络发展现状

2010 年，河南互联网行业致力于宽带网、3G 移动网等网络文化发展基础技术建设，加快推进省企合作框架协议的落实、产业集聚区通信部署和农村信息化建设等重点工作，进一步加强了全省网络的建设与推广。截至 2010 年 9 月底前已完成通信网络工程建设投资 91.9 亿元，通信光缆线路长度达到 38.2 万公里；局用交换机、移动电话交换机容量分别达到 1076.2 万门和 7696.0 万门；移动电话基站达到 6.6 万个；互联网宽带接入端口达到 812.8 万个。全省移动通信网络已覆盖所有产业集聚区，互联网已覆盖 168 个产业集聚区，实现了全省所有自然村村村通电话，全省开展信息下乡的乡镇达 1635 个，占总乡镇的 87%，建成乡信息服务站 1500 个、村信息点 48500 个。网络服务能力不断提升，用户规模持续增长，全省盈利电信业务经营单位已超过 300 家，网站备案总数达到 13.56 万家。互联网用户累计达到 1897.6 万户，普及率达到 18.95%，互联网用户数全国排名第 7 位，网络用户的增幅比例高居全国第 2 位。随着 3G 业务的推广，河南省手机网民规模继续扩大，截至 2010 年 9 月，手机网民用户达 166.9 万户，较 2009 年年底的 42.4 万户增加 124.5 万户。手机网民在手机用户和总体网民中的比例都进一步提高。2010 年，手机网民较传统互联网网民增幅更大，成为拉动河南网民规模攀升的主要动力，移动互联网展现出巨大的发展潜力。随着网络的日益普及，河南省网民结构也出现一些变化。目前，河南省男女网民性别比例接近 54∶46，男性网民比女性网民高出 8 个百分点，女性互联网普及率相对较低。由于网络使用的门槛降低，网民发展的重点从低龄人群转向中高龄人群，尤其是 40 岁以上的网民数量明显增加。此外，农民网络用户的数量增加明显，城市网络用户的增幅相对平稳。

伴随着网络建设与网民数量的增加，河南省的网站建设也呈现良好态势。各类网站都举办得颇具特色，影响日益扩大，综合效益明显提高，对河南省网络文化的发展建设发挥了重要作用。目前河南的网站主要以下几种。

一是新闻网站。代表网站为商都网、大河网、河南广播网、人民网河南视窗、中国新闻网河南新闻视窗等，这些网站的新闻传播均带有明显的网络特点，如传播速度快、容量巨大、信息丰富、阅读方式多元、查询方便、复制便捷、超文本链接、具有开放性与互动性、融合多种媒体方式等，它们给传统媒体带来了巨大的冲击。新闻网站首页设计的主要功能就是传递最新变动信息与彰显个性定位，背后是市场需求的力量。然而，由于对文化认知的差别、对新闻价值要素的不同理解、市场开发程度的差异，故而在网页设计上呈现出各自不同的风格与特征，但是基本上都包括新闻、社会、科教、体坛、娱乐、视频、广播、通信等大的板块及金融、评论、旅游、楼市、法制、读书等诸多的二级栏目。作为河南第一个公共网络论坛系统的商都网，拥有400多家信息源，主页访问量已突破了11亿人次，日均点击量300万左右，在中文网站排名中居第159位，在全国拥有较高知名度。大河网是河南省唯一重点新闻网站，每天向全球发布河南新闻5000余条，日页面点击量超过1000万次。大量新闻被新华网、人民网、新浪、搜狐、网易等著名网站转载，一些报道还被美联社、法新社等国际著名通讯社转发。许多在国外学习的领导干部、留学生和身在异乡的河南人每天通过该网了解河南，不少外国友人也经常浏览大河网网页，其总访问量及媒体影响力已居全国省级新闻网站前列，在中文网站排名中居第201位。此外进入中文网站排名前500名的中原网，汇集了《郑州日报》、《郑州晚报》丰富的新闻采编资源和信息服务经验，与国内多家著名新闻网站建立了良好的合作关系，开设频道近30个、栏目近百个，日均访问量50万人次，已经发展成为郑州市对外宣传的新平台和海内外华人了解郑州的新窗口，被称为省会最具发展潜力的新媒体，早在2008年就进入国内新闻网站50强行列。这些新闻网站的社会文化新闻，极好地反映了河南省的文化建设与省内政治、经济、文化的发展变化，对传播河南地方新闻、播报民生事件、推广中原文化、提升河南新形象等发挥了重要的宣传推广及舆论监督作用。

二是各级政府网站。主要包括河南省政府网、各省直机关网站、各地市政府及市直机关网站、各县乡政府及机关网站。各级政府网站作为网络政务平台，推进党务公开、政务公开，强化权威信息发布、政策解读功能，拓展完善公共服务职能，以提速行政过程，提升服务质量，促进权力公开透明运行，促进政民互动，成为宣传党和国家方针政策的主渠道。政府网站是政府应用信息技术履行职能的重要形式，是推进政府管理方式创新、建设服务型政府的重要举措。因而政府门户网站坚持以"为社会公众服务"为中心，以政务公开、公共服务、互动交流为最主要的功能定位。网站多设地方概况、政务公开、公共服务、专题专栏、互动交流等板块以及地方要闻、工作动态、政府领导、政府机构、政策法规、人事任免、网上咨询服务等栏目。如河南省政府网站共设河南概况、政府信息公开等六大功能区及河南要闻、网上服务等 60 余个二级栏目，自 2006 年 10 月 1 日开通试运行以来，充分地发挥了门户网站和公众互动交流便捷的优势，已整合公开政务有 900 多项行政审批、办事服务事项，且在"十一五"期间，行政审批事项中超过 50% 将实现网上办理。"网上咨询"、"政策解读"、"参政议政"等栏目更是大开民意之门，人民群众可以在网站点评时政、咨询事宜、检举揭发、参与政策法规的讨论等，甚至有时有政府领导在线访谈，现场接受网民采访。政府高层能够直接和社会公众沟通交流，可以使公众及时了解政府的重大决策，也使政府能多方面、多渠道听取民声民意。正是因为拥有强大的群众基础，河南省政府网站在开通仅仅两个月后，页面浏览数由最初的每天不足 2000人次飙升到 50 万人次，发稿量、访问量稳步上升。而其他各级政府网站，也不断充实内容，加强互动交流，访问量不断增加，社会影响力逐步扩大。

三是教育网站。教育网站是专门提供教学、招生、学校宣传、教材共享的网站，教育网站建立的主要目的在于实现信息技术与教学的有效整合，实现资源的有效积累，达到资源共享，服务教育教学。各大中专院校和教育机构都有自己的网站，此外，部分幼儿园和中小学也开始建设自己的学校网站，以方便教学招生。一般情况下教育网站的后缀域名是 edu，也有部分域名是 com/cn/net。目前河南省大中专院校网站有近 200 家，中小学及幼儿园网站有近 100 家，其他各类接受河南省教育厅信息督管的教育网站有 58 家。教育网站通常包括教育新闻、工具下载、课件展示、论文汇集、网上课堂、师生互动、数字信息等几方面内容，围绕各类学校组织起来的知识资源，直接指向学习过程、学习内容，有效地减少了学习者因盲目网络冲浪而可能造成的时间浪费；作为新型互动学习的平台，可以有效参与到课程整合的教学改革实践中；数字信息的使用，可方便有效地查阅各类专业信息，有利于学生更快更好地学习专业内容。此外，作为校园网站中的热门板块，校园 BBS 很受学生和网民们的喜爱，大多数 BBS 是由各校的网络中心建立的，也有私人性质的 BBS。BBS 主要用于传递校园快讯、交流情感和就业信息等，校园 BBS 已成为许多学生校园生活不可或缺的组成部分。

四是企业网站。企业网站是企业在互联网上进行网络建设和形象宣传的平台，相当于一个企业的网络名片。企业网站展现公司形象，加强客户服务，完善网络业务，不但对企业的形象是一个良好的宣传，同时可以辅助企业的销售，甚至可以通过网络直接帮助企业实现产品的销售。由于建立企业网站的门槛低、费用低（企业网站一年的费用通常为 3 万~4 万元）、宣传效果良好，所以有越来越多的企业开始建立自己的网站。根据河南企业网上登录的企业信息，河南省各类企业网站有 8 万余家，其中郑州市有 16716 家，洛阳与南阳紧随其后，分别有 6728 家和 6235 家，鹤壁与漯河的数量最少，都没有突破 2000 家。地区企业网站数量的多少与质量的高低，正是该地区经济发展的一个缩影。按照行业进行分类的话，与文化、教育、培训有关的有 15097 家，约占总数的 19%，商场商店和专业市场网站有 8261 家，约占 10%，生活服务业和医疗保健业占据第三、四位，分别有 6140 家和 6006 家。根据行业特性的差别以及企业的建站目的和主要目标群体的不同，大致可以把企业网站分为基本信息型、电子商务型、多媒体广告型和产品展示型四种。其中电子商务型作为一种比较先进的企业网站类型，具有更大的发展潜力。在实际应用中，很多网站不能简单地归为某种类型，有些企业建立网站更是涵盖了多种目的，以期多方面展示公司产品及实力。有研究显示，与已经上网的企业相比，还没有建立自己网站的企业具有一些不利的方面，尤其是小企业，这种不利的情况更为明显。在已经建立自己网站的小企业中，用于登广告和促销自己产品的比去年增长了 123%（2009 年为 21%），与此相反，用来直接销售产品的企业网站比去年同期减少了 48%（2009 年为 13%）。有 35% 的企业已经通过增加的收益收回了建站的投资，43% 的小企业达到或超过了预计的收益。尽管网上交易对有些企业并没有直接效果，但是不可否认，通过建立网站，大多数企业都在利用网站推广产品、服务方面取得了明显收益。企业网站已经成为企业不可替代的营销手段。

五是文化网站。河南文化网站目前有几十家，其中较有影响力的有中原文化网、大河风网、郑州文化网、河南省社科院网等。这些网站都是专业提供文化特色的资讯网站，它们各有侧重，如中原文化网为致力于打造集文化文学、人文思想、最新文化咨讯等为一体的大型综合网站，大河风网则侧重于诗歌的写作与推广，河南省社科院网是集社科信息、电子资讯、学术观瞻为一体的综合网站。这些文化网站全面依托河南的教育、文化与人才资源，汇集了河南人数众多的文学工作者和文学爱好者。大量健康向上的小说、诗歌、散文、戏曲、评论作品使这些网站成为河南省内不多的纯文学网络媒体。他们注重文学写作的严肃性与艺术性，反对当前文坛不健康的文学倾向，注重互联网在精神文明建设领域的重要作用。不少青少年文学爱好者在这里与各行各业的专家、学者切磋技艺，使之成为网络文学潮流中的中流砥柱以及河南网民的精神家园。它们为河南文学的深入普及和走向世界建立了新的桥梁。

二　网络活动的主要内容

1. 网站建设的主要活动

河南省委、省政府高度重视互联网建设和管理工作，坚持贯彻中央"积极利用、大力发展、科学管理、确保安全"的方针，不断加强网络文化建设和管理，大力营造正面、向上、和谐、求进的网络舆论环境，并开展系列活动，积极扶持河南网络建设。

一是精心开展"网上看河南"采风活动。网上看河南作为地方利用互联网开展新闻宣传的途径，始于2002年，在全国开先河，并为各地所仿效。河南坚持每年围绕一个主题，举办网上看河南采风活动，迄今已连续举办了九届。尤其近年来，先后围绕"互联网媒体聚中原，新农村建设看河南"、"点击中原文化，聚焦中博盛会"、"聚焦中原城市群，展示河南新发展"、"建设文化强省，助推中原崛起"、"转变发展方式、促进中原崛起"等主题，邀请中央、地方重点新闻网站和全国知名新闻网站的编辑、记者来豫采风采访，使之亲身感受河南悠久的历史、深厚的文化传统、丰富的文化资源和众多的文化遗产，目睹河南"建设文化强省，助推中原崛起"的阶段性成果，对河南各地进行广泛宣传和深度报道，在互联网上全面展示河南发展的新成就、新风貌，为树立河南良好形象起到了积极作用。

二是打造网络文化品牌。在举办全国净化网络环境高峰论坛、嵩山论剑——中国网络媒体高峰论坛的基础上，从2007年开始，河南围绕网站博客发展在开封举办了全国知名网站博客"龙亭会"，围绕网站论坛建设在洛阳举办了全国知名网站论坛"龙门会"。论坛"龙门会"与博客"龙亭会"，合称"双龙会"。根据论坛、博客的不同特点和情况，坚持每年举办一次，交替在开封市和洛阳市进行，吸引了全国知名网站的网站管理人员、论坛博客负责人、论坛版主和知名博主，成为河南网络文化建设的知名品牌。来自新华网、人民网、新浪、搜狐、网易、腾讯等数十家网站的管理人员先后围绕"探讨网络论坛发展规律"、"网络民意对构建和谐社会的影响"、"完善网站论坛功能，优化网络互动效果"、"创新博客文化，推进网站发展"等主题，就网站建设、网络论坛的发展情况进行探讨，"双龙会"加强了河南与国内知名网站论坛的合作，促进网络互动环节健康发展，为实现中原崛起、建设中原经济区营造良好的网络环境。

三是加强网络阵地建设。组织实施"河南省百家网站建设推进工程"，开展全省"十佳网站"评选活动，有效推进全省各级各类网站建设。网站作为提供网络文化产品和服务的平台，在网络文化建设中发挥着至关重要的作用。河南网民人数突破千万，虽是网民大省，但称不上网络大省，迫切需要把壮大网络文化阵地作为一项重要任务。2008年，河南有关部门采取专家评议和网民投票相结合的方式，依照依法办网、文明办网、定位清晰、特色突出、页面美观、检索方便、经济效益和社会效益相统一等评选标准，在全省开展了"十佳网站"评选活动，对入选网站，予以全省通报表彰，颁发奖牌、证书、奖金。2009年又实施了"百家网站建设推进工程"，制定网站建设标准，严格评定程序，对进入百家网站建设推进工程的网站，在工作交流、政策导向、资金投入上予以扶持，力争用2～3年的时间，把百家重点网站建设成为在全省具有较强引领带动作用的知名互联网站，逐步形成以新闻网站为骨干，各级政府网站、知名商业网站和专业文化类网站积极参与，共同推进网络文化建设的生动局面。

四是举行"中原网络文化高峰论坛"。从2008开始河南省开始举办"中原网络文化高峰论坛"，旨在汇聚网络中坚力量，引进前沿高端思想，探讨网络前进轨迹，把脉网络文化走向，促进中原文化和网络产业融合，提升中原网络文化核心竞争力。来自文化部的领导和全国知名文化产业专家、学者，分别就文化产业与区域发展、文化产业与城市发展、河南由文化资源大省向文化强省迈进的问题和对策等方面内容进行讨论，为河南网络文化产业发展建言献策。

2. 网络文学

网络文学，就是以网络为载体发表、供网民阅读的文学作品、类文学文本及含有一部分文学成分的网络艺术品，包括网络小说、网络诗歌、博客、微博，以及其他具有网络特性的文学。作为网络文化的主力部分，网络文学近年来蓬勃发展，吸引了大批传统作家进入到该领域。2008 年 10 月，"文学豫军冲浪"事件引起读者和媒体强烈关注，11 位河南作家挂在网上的小说，在半年的时间里总点击量已经过亿。2009 年 4 月，文学豫军中的 33 位作家与新浪读书签约，把文学豫军创作的优秀小说通过新浪网展示给网民，这其中包括郑彦英的《石瀑布》，杨东明的《信天翁之恋》，墨白的《来访的陌生人》，乔叶的《我是真的热爱你》，孙方友的《女匪》等高质量作品。作为中国文坛一支引人注目的劲旅，"文学豫军"在整个中国当代文学的版图上具有重要地位，在长篇小说、散文、诗歌、杂文、儿童文学、报告文学、文艺评论等诸多方面都取得了突出成绩，但是"埋头创作、不事张扬"的地方文化特点，也成了扩大河南作家作品影响的绊脚石。作为在纸媒上成长起来的传统作家，他们的写作根植于深厚悠久的书面书写传统，追求和体现厚重、严谨的传统价值观，但在网络的巨大影响下，这些传统作家也开始网络试水。"文学豫军"在网络上的成功，不仅提升了网络文学的文学品质，更扩大了中原文化在网络中的影响面与影响力。

网络诗歌是网络小说之外的另一颇具影响力的网络文学类型。河南网络诗人主要集中在"大河风"和"大河论坛·大河诗歌"这两个网站。经过近十年的的发展，这两个网站都汇集了大批的网络诗人及诗歌爱好者。网络对于诗歌的作用远甚于其他文学作品，从某种程度上讲，可以说网络拯救了诗歌，把诗歌从边缘拉回到文学的中心，许多失去了诗刊的诗人，凭借了网络这个低成本的舞台，再次活跃起来。网络诗歌进入诗歌创作的主流时代。河南诗歌的繁荣及诗人数量质量的提高也得益于网络的兴起，"大河风"和"大河论坛·大河诗歌"在国内诗坛已经颇具影响力，简单、高春林、森子、吴元成、田桑、罗羽、谷禾、尹律等均成为国内知名网络诗人。在国内网络诗歌颇为浮躁的大背景下，河南网络诗人恪守诗歌传统、坚守诗性内核、创作认真严谨，成为国内网络诗歌中一道靓丽的风景线。

博客和微博是近年来迅速兴起的网络文学式样。博客，即网络日志，通常由个人管理，以网络作为载体，简易、迅速、便捷地发布自己的心得，及时、有效、轻松地与他人进行交流，是展示个性化的丰富多彩的综合性平台。微博即微型博客，通常篇幅要求在 140 字以内，可实现即时分享。博客和微博对用户的技术要求门槛很低，而且在语言文字的编排组织上也比较方便快捷。它们的出现，标志着个人互联网时代的到来，同时也标志着网络文学微型化的另一方向。目前，河南许多文化名人与文学爱好者开设了自己的博客和微博，成为中原文化一

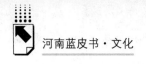
道特别的风景。

3. 网络民意的崛起

网络民意是社会文化在网络上的反映，主要体现为对舆情民意的快速反应及政府对事件的回应。2009 年河南公共事件热度排行榜前 10 名分别是新密张海超开胸验肺事件、灵宝市王帅帖案、郑州逯军事件、安阳福彩 3.6 亿元大奖、少林寺系列事件、郑州养犬办事件、杞县钴 60 泄露事件、商丘民权手足口病瞒报事件、平顶山矿难事件、郑州经济适用房价格虚高事件。在 2010 年上半年河南公共事件中，安阳曹操高陵、鲁山疑犯喝水死、开封开发商拆错房、赵作海冤案、茶杯门农民被拘、农民告官被精神病、省委书记卢展工关注交通、省委书记卢展工求职、郑州动物园讨要用地、南阳经适房事件位列前 10 名。这其中 7 件是由网民在网络上首发，随后网络媒体和传统媒体深度介入，另外 3 件是由传统媒体首先报导，随后网络媒体的报导引发更大规模民众的关注与讨论，并由此引发政府的关注并迅速得到处理。这些热点事件主要涉及公民权利保护、公共权力监督、公共秩序维护和公共道德伸张等一系列重大社会公共问题，体现了广大网民积极的社会参与意识。由于网络的虚拟性，既可以让群众放心说出现实中想说而不敢或不能说的话，同时网络作为"大众麦克风"能迅速扩大信息的影响力及影响面，所以许多传统媒体不想、不能或尚未来得及报导的内容就会迅速在网上传播，进而形成影响极大的网络民意，产生强大的社会冲击。网络民意关注事件进展，追踪事件发展，监督政府行为，敦促政府加强对网络舆论的反应速度，这些都影响了各级政府的决策理念和领导方式，从省级到县乡都初步形成了政府对网络民意的监测、反馈和吸纳机制，并把网络举报列为党纪、政纪和司法监督之外的又一新渠道。同时，河南各级政府网站也专门开设网民留言，推动网络问政的深入开展，逐步建立健全收集、分类、交办、督查、反馈的网络问政链条，形成网上听民意、汇民智、聚民心的长效机制，促进党委、政府与网民通畅、充分、有效地沟通与互动。政府部门在应对中体现的政治文明，也在这一过程中得到彰显。

三 河南网络文化发展建议

1. 切实加强网络文化阵地建设

要加强网络文化阵地建设，打造具有广泛影响的网上思想文化平台。网站是重要的思想文化宣传阵地，在网络文化的健康发展中发挥着重要作用。要切实加强网络文化阵地建设。一是要努力建设一批综合实力较强、在全省乃至全国有广泛影响力、定位准确、特点鲜明的网站，逐步形成以重点新闻网站为骨干，各级政府网站、知名商业网站和专业文化类网站参与，共同推动中原网络文化建设的格局。二是要以市场为依托，不断提高网络文化产业的规模化、专业化、国际化水平，努力形成一批"立足中原、放眼世界、社会责任感强"的网络文化骨干企业。三是要积极引导一些知名商业网站，提供较好的优惠政策，加强它们对中原文化的认同感与使命感，努力使其为建设中原特色网络文化贡献力量。四是要注意学习大型网站的经验，突出特色，挖掘内涵，塑造品牌，打破"千网一面"的局面。建设网络文化，应以人为本，应该从网民健康的文化需求出发，加强学习型网络建设，充分发挥网民的聪明才智，顺应时代潮流，积极加强引导，通过提炼精华、打造精品，为广大网民提供健康有益的精神食粮。五是密切关注网络技术的发展趋势，充分运用新技术，开拓新业务，开发新产品，积极进入手机电视、网络电视、下一代互联网等领域，进一步增强服务功能，不断扩大社会影响，使之成为传播先进文化的新阵地。

2. 大力发展网络文化产业

网络文化产业包括网络游戏、网吧、网络动漫、网络音乐、网络影视、在线点播、网络视频、网络培训、网络教育等诸多方面内容。网络文化产业作为创意产业的代表，其持久的繁荣发展需要业界不断地进行包括技术、商业模式、人才培养方式等诸多方面的创新，但是目前河南省网络文化产业中存在结构性过剩、层次性不足、核心技术空心化、原创产品中中原文化内蕴匮乏、企业竞争力低下等问题，这些成为了制约河南省网络文化产业发展的瓶颈。要想快速发展网络文化产业，政府要加强战略研究，制定中原网络文化产业发展规划，明确发展重点；建立网络文化产业协调机制，优化网络文化产业企业发展的基础环境，指导规范网络文化产业健康发展；积极推动网络文化创意产业园区、动漫网络游戏产业基地建设，提高河南省网络文化产业的规模化、集约化、专业化水平；实施中原网络文化精品战略，努力打造一批具有中原气派、中原风格、中原特色的知名网络文化品牌；建立网络文化产业高端交流平台，展示、交流网络文化产业新进展、新成就，提高网上公共文化服务水平，引领网络文化产业良性运行。网络文化产业是个复杂的系统，产业链条长，涉及领域多，不同产业间的关联度高，文化企业如何抓住网络快速发展这一契机，有效将网络与文化产业相结合，创新经营、提升层次，也是发展河南省文化产业的关键所在。只有政府引导扶持、企业积极参与，才能真正实现"让中原文化进网络、促网络产业上台阶"这一目标。

3. 建设网络文化队伍

要想加强网络文化建设，首先要加强建设网络文化队伍。作为网络文化最为直接的建设者，网络文化队伍为网络文化发展提供了必要的人才支撑。网络文化队伍既包括网络文化的建设人才，也包括网络文化的管理人才。面对新兴的网络文化产业，人才短缺是一个严重的制约因素。人才稀缺指的不仅是数量上的不足，同时还有人才构成上的缺陷。不仅高端人才非常稀缺，就是中低端从业人员也明显不足。只有着力培养网络文化创意、技术、管理、营销等方面的专业人才，优化人才成长的机制体制，从政策、环境、资金等多个方面为网络文化产业人才的创业发展提供良好条件，才能更好地吸引高端网络文化人员的加入。此外，要加大培养地方优秀网络人才，努力提高网络文化从业人员的文化修养，吸引优秀的文化人才进入网络文化队伍中，摆脱"网络人办文化"的传统路子，推动"文化人办网络"的新型人员构成。此外网络文化队伍应尽快成立相关组织，制定行约行规，维护行业整体利益，实现行业自律。

4. 努力提高网络公共文化产品和服务供给能力

网络公共服务设施建设是传播网络文化的桥梁，是保障人民群众参与网络文化建设、享用网络文化消费的新型社会基础设施。为群众提供高质量的公共网络文化服务，是我们加强网络文化建设的根本任务。现阶段网络对经济、政治、文化和社会的影响日益广泛深刻，网络已成为文化生产、传播和消费的重要途径和空间。只有加强网络文化产品的创作生产，提供更多更好的网络文化产品和服务，引导广大作家、艺术家等文化工作者以高度的政治责任感积极参与到网络健康文化产品的创作中来，创作出更多体现时代精神、讴歌真善美、群众喜闻乐见的网络文化作品，才能真正提升网络文化产品的质量及社会影响力。要积极整合文化领域现有的网络文化资源，发挥公共文化机构、图书馆、博物馆、文化馆以及文化信息共享工程的作用，加速推进公共文化服务领域的网络化，促进文化信息资源共享工程、数字图书馆、数字博物馆不断扩大覆盖面，不断丰富内容。积极推动中原优秀传统文化和当代文化精品的数字化、网络化传播，提升中原文化的影响力；加快网络公共文化信息服务点建设，构建覆盖城乡的网络服务体系；

实施一批重点网络文化工程，加快中原网络文化发展。要大力加强网络文化产品的创作生产，要把博大精深的中原优秀文化作为网络文化的重要源泉，努力形成一批具有中原气派、体现时代精神、品位高雅的网络文化品牌，以推动网络文化发挥滋润心灵、陶冶情操和愉悦身心的作用。

5. 坚持发展与管理并重，促进河南省网络文化健康发展

坚持用社会主义先进文化构筑具有中原特色的网络文化体系，用社会主义核心价值体系引领网上多样性的思想意识，是我们当前加强网络文化建设面临的重要任务。要积极做好网上先进文化传播体系建设，营造健康向上的网上主流舆论。要积极利用新技术，开发新业务，提高运行质量，打造具有影响力的网上文化传播平台，用正面声音占领网络阵地，用正确舆论引导广大网民，形成昂扬向上、团结奋进的网上主旋律。要以营造文明健康的网络环境为条件，以满足人民群众精神文化需求为目的，坚持建设与管理并举，使用与发展并重，引导与封堵结合，高雅与通俗兼顾。要积极弘扬先进文化，大力鼓励优秀文化，努力促进有益文化，坚决抵制腐朽文化。要将网络建设发展与网络宣传、网络文化建设统一起来，积极推进文明办网、文明上网，推动河南省网络建设和网络文化和谐健康发展。

除大力发展和积极引导之外，还需要加大监管力度，整治互联网低俗之风，确保网络文化健康发展。坚持遵循互联网规律与适应河南省情相统一，坚持产业发展和网络安全相统一，以大力推进网络诚信建设为抓手，切实做好网站、电话实名制等基础管理工作，开展净化网络文化环境、整治互联网低俗之风、打击手机淫秽色情等网络专项治理整顿工作，进一步规范网络文化传播秩序，不断净化网络文化环境。充分发挥省互联网协会行业组织的作用，强化行业自律，引导和督促各类企业自觉遵守有关法律法规，恪守职业道德，更好地肩负起宣传科学理论、传播先进文化、塑造美好心灵、弘扬社会正气的责任。进一步营造和谐健康的网络运营发展环境，推动公平、有序、有效的市场竞争。

$\mathbb{B}.18$
河南哲学社会科学发展报告

孔令环 *

摘 要: 近年来,在河南省委、省政府的大力支持下,全省哲学社会科学事业呈现出蒸蒸日上的繁荣景象:科研机构日益增多,科研队伍不断壮大,学术交流活动积极活跃,涌现出一批有学术分量的科研成果,初步形成了具有地方特色的、门类齐全的社会科学学科体系,在全国学术界有着一定的地位和影响。但是在发展中,资金投入不足等问题依然存在,需要在"十二五"期间进一步加大支持力度,推动哲学社会科学事业大发展,为中原崛起、河南振兴提供理论支撑。

关键词: 河南 哲学社会科学 发展

哲学社会科学担负着"认识世界、传承文明、创新理论、咨政育人、服务社会"的重要使命,哲学社会科学的研究能力和成果,是综合国力的重要组成部分,在推进社会主义现代化建设和实现中华民族伟大复兴的历史进程中发挥着不可替代的作用。近年来,在中共中央《关于进一步繁荣发展哲学社会科学的意见》、《中共河南省委关于进一步繁荣发展哲学社会科学的实施意见》精神的指引下,河南省哲学社会科学界呈现出队伍整齐、人才辈出、成果丰硕的良好发展态势。

一 发展现状

河南是中华民族和华夏文明的重要发祥地,历史文化底蕴深厚,近年来,在省委、省政府的大力支持下,哲学社会科学事业呈现出蒸蒸日上的繁荣景象:科

---

* 孔令环(1974~),女,河南卫辉人,河南省社会科学院文学研究所助理研究员。

研机构日益增多,科研队伍不断壮大,学术交流活动积极活跃,涌现出一批有学术分量的科研成果,初步形成了具有地方特色的、门类齐全的社会科学学科体系,在全国学术界有着一定的地位和影响。

(一) 科研机构众多,重点学科、重点基地建设卓有成效

目前,河南省哲学社会科学研究主要集中在高校系统、社科研究系统、地方党政研究部门、党校系统和各类学术团体中,研究范围涵盖了国家哲学社会科学规划办公室划分的哲学社会科学全部学科。

(1) 在高校系统,有国家级重点人文社科学科 2 个,河南省重点人文社科学科一级学科 22 个,二级学科 45 个,在国内影响较大的有马克思主义经济学、考古学、殷商史、秦汉史、宋史、简牍学、中国古代文学、中国现当代文学等。河南省人文社会科学重点研究基地建设卓有成效:有 1 个国家级人文社会科学重点研究基地,1 个国家体育总局体育社科重点研究基地,1 个省部共建教育部人文社会科学重点研究基地。河南省普通高等学校人文社会科学重点研究基地建设从 2003 年起开始启动,第一批 13 个,第二批 15 个,2009 年,又增加了河南财经学院河南经济伦理研究中心、郑州轻工业学院社会发展研究中心、信阳师范学院淮河文明研究中心、河南科技学院职业技术教育与经济社会发展研究中心和河南政法管理干部学院诉讼法研究中心等 5 个重点研究基地。其中邓小平理论和"三个代表"重要思想研究、公民素质教育研究、中原文化研究、甲骨学与殷商文化研究、区域经济与特色经济研究等闻名全国。博士点、硕士点及博士后流动站的设立是衡量高校教学科研综合实力的一个重要指标。哲学社会科学类的博士点有 20 多个,博士生导师 100 余人,河南大学、郑州大学、河南农业大学、中国人民解放军外国语学院等均设置有哲学社会科学专业的博士点。哲学社会科学研究的博士后流动站也从无到有,逐渐增多,河南大学的中国语言文学、外国语言文学、历史学、应用经济学、教育学、理论经济学,郑州大学的历史学,河南农业大学的农业经济管理,中国人民解放军外国语学院的外国语言文学等均设有博士后流动站,为社科研究事业培养了一大批高层次人才。

河南大学和郑州大学在机构与学科建设上成绩尤为显著。河南大学人文社会科学类的省部级以上科研机构有 9 个,"黄河文明与可持续发展研究中心"为国家级人文社会科学重点研究基地,"体育改革与发展中心"为国家体育总局体育

社会科学重点研究基地，"河南省区域经济研究中心"为河南省重点社会科学研究基地等；有河南省高等学校人文重点学科开放研究中心8个，河南省高校人文社会科学重点研究基地6个，校级重点研究机构26个，一般研究机构40余个；有社会科学类博士点10个。

郑州大学有人文社会科学类院系43个，"郑州大学中国公民教育研究中心"为省部共建教育部人文社会科学重点研究基地；有省人文社会科学重点研究基地2个，省高校人文社会科学重点研究基地9个；社会科学类博士点中一级专业博士点1个，二级专业博士点9个。

（2）在科研院所系统，有河南省社会科学院、河南省古建筑研究所、河南省财政科学研究所、河南省教育科学研究所、河南省艺术研究所、河南省文物考古研究所、河南省企业管理研究所、河南省行政管理科学研究所、河南省体育科学研究所等专业研究机构。以河南省社会科学院实力最为雄厚。

河南省社会科学院是唯一一家省级哲学社会科学综合性研究机构，近年来，实施"科研强院、人才兴院、开门办院、和谐建院"的方针，形成以基础理论研究为支撑，以应用对策研究为重点的办院特色，有10个研究所，5个综合研究中心，其中河南省中原文化研究中心为省社会科学重点研究基地，有3个重点学科。2006年8月，全省首家市地级社会科学院郑州市社会科学院成立，设有3个研究所，为社会科学院系统又增添了新生力量。

（3）在河南省党校系统中，河南省委党校为省级党校，18个省辖市均设有市级党校。其中河南省委党校、河南省直属机关委员会党校、郑州市委党校等院校哲学社会科学研究工作较为突出，以河南省委党校综合实力最强。有哲学教研部、经济学教研部、科学社会主义教研部、党的建设教研部等教研机构，研究强项有邓小平理论和"三个代表"重要思想研究、科学社会主义研究等。

这些科研机构各有特色，优势互补。高校系统基础理论研究和教学并重，社会科学院系统以应用与对策研究和中原文化研究见长，党校系统着重研究党建理论、科学社会主义、邓小平理论等，地方党政部门研究系统主要作对策与应用研究，共同构建起以省会郑州市为中心，以郑、汴、洛等周边城市为主体的河南哲学社会科学研究网络。

（二）社会科学研究人才辈出，形成一支生命力旺盛的科研大军

据不完全统计，全省社会科学人才队伍中具有博士学位的有1000人，具有硕

士学位的6000人，高级技术职称科研人才8000人，其中，正高职称1500人，国家社会科学基金项目评审专家5人，享受国务院特殊津贴专家600人，省优秀专家200人，省部级重点学科带头人110人，省跨世纪学科带头人培养对象150人。

在高校系统中，科研人员数量最多，高层次人才所占比例也最大。据《河南年鉴（2010）》统计，2009年，全省高校人文社会科学活动人员为23341人，其中，教授1427人，副教授5076人，讲师9004人，助教6288人；具有博士学位的1027人，硕士学位的6153人；46～50岁的1663人，占7.1%，41～45岁的4463人，占19.1%，36～40岁的3960人，占16.9%，31～35岁的4106人，占17.5%，30岁以下的6961人，占29.8%。以河南大学、郑州大学为龙头，以河南财经政法大学（原河南财经学院）、河南师范大学、信阳师范学院及其他师范类院校为主体，形成了一支庞大的社会科学人才队伍。

在科研系统中，河南省社会科学院科研人员共有113人，拥有一批在省内外学术界享有盛名、学术造诣较高的专家学者和在学术理论方面崭露头角的中青年科研骨干。

（三）社会科学学术团体众多，学术交流活动频繁

（1）自河南省社会科学界联合会（简称社科联）于1964年成立后，积极开展各地市社科联及省级学会的筹建与发展工作，至今，已有省级学会126家，其中人文类学会83家，经济类43家，省辖市社会科学联合会18家，省直属学会8家。各地市也发展有各级研究学会。各级学会在社科联的领导下，发挥团体协作精神，进行集体科研攻关，在各自的研究领域竞显身手，并在普及宣传社会科学知识方面作出了突出贡献。其中，学术活动比较活跃的学会有：省经济学会、省哲学学会、省地方史志协会、省延安精神研究会、省党建学会、省金融学会、省博物馆学会、省图书馆学会、黄河文化研究会、省中原姓氏历史文化研究会、省生态经济学会等。

（2）2009～2010年，河南省哲学社会科学研究领域学术交流活动频繁，主要形式有：主（承）办学术研讨会、参加学术研讨会、派遣访问学者、邀请国外学者讲学、科研单位互访等。这些活动增进了社会科学界的联系和了解，拓宽了研究者的理论视野，起到推进学术进步和创新的作用。据《河南年鉴（2010）》统计，2009年，全省高校共承办各种学术会议和学术交流活动168次，其中，国际学术会议19次，国内学术会议168次，与港、澳、台地区进行学术交流1次，参加人员

计3585人次，提交论文2732篇，受聘外出讲学560人次，聘请省外专家讲学1104人次，派出进修学习、考察2141人次，接受进修学习、考察1812人次，合作研究770人次。由河南省科研机构主办或承办、在河南省境内召开的学术会议中，影响较大的有"国际金融危机与中部经济增长高层论坛"、"区域文化与区域发展高层论坛"、"全国地方社科院院长高层论坛暨中南地区社科院院长联席会议"、"第八届河洛文化国际研讨会"、"丁声树先生百年诞辰纪念暨第五届官话方言国际学术研讨会"、"首届国际老子道学文化高层论坛"、"世界客家播迁路大型文化交流活动暨颛顼帝喾与中华姓氏文化高层论坛"、"范仲淹忧乐思想与廉政文化学术研讨会"、"全国首届子贡文化高峰论坛"、"曾祥芹学术思想国际研讨会"、"2010洛阳老子文化国际论坛"、"全国特色农业发展研讨会"、"科学发展与区域转型学术研讨会"、"第二届中原（固始）根亲文化节暨2010年固始与闽台渊源关系研讨会"等。

（四）社会科学期刊数量多，品质优，为学术成果的展示提供了良好的平台

河南省社会科学类期刊共132种，其中学术理论类62种，占社会科学类期刊的46.9%；高校学报社会科学综合类57种，占学术理论类期刊的82.2%。半数以上的高等院校出版有社科期刊，已基本形成了一个门类较为齐全的社科期刊出版体系，为社科研究者搭建了展示学术成果、进行学术交流的平台。学术期刊大多有一支文化素质高、编辑业务精的编辑队伍，期刊质量上乘。2008年河南省第六届社科类一级期刊评比中，共评出72种期刊，其中学术理论类有37种，占一半以上。河南省社会科学院主办的《中州学刊》、河南省社会科学界联合会主办的《河南社会科学》、郑州大学主办的《郑州大学学报》（哲社版）、河南大学主办的《河南大学学报》（哲社版）、河南师范大学主办的《河南师范大学学报》（哲社版）等均为全国中文核心期刊、中国人文社会科学核心期刊、CSSCI来源期刊、中国期刊方阵双效期刊、河南省社会科学二十佳期刊，在全国期刊界享有很高的荣誉。此外，《信阳师范学院学报》、《销售与市场》、《史学月刊》、《寻根》、《领导科学》、《学术论坛》、《企业活力》、《党的生活》等期刊也各有特色，有较高的影响力。

二　科研成果丰硕

在广大社科研究人员的共同努力下，河南省哲学社会科学科研成果在数量上

与质量上均呈逐年攀高之势。据《河南年鉴（2010）》统计，2009 年，河南省高校共承担国家社科基金项目 112 项，教育部人文社科研究项目 112 项，中央其他部门社科专门项目 99 项，高校古籍整理研究项目 48 项，企、事业单位委托项目 210 项，本省社科项目 4886 项，其他项目 501 项；全省高校共出版著作 1046 部；其中，专著 374 部，教材 629 部，工具书、参考书 43 部；另有古籍整理 7 部、译著 27 部；发表学术论文 14007 篇，其中，国内学术刊物 13644 篇，国外学术刊物 276 篇；共有 108 项成果获得省部级以上奖励。

（一）论文数量多，核心期刊论文比重大

在学术成果中，以学术论文的数量的多少与质量的高低最能快捷准确地反映社科研究发展状况。据《中国学术期刊网络出版总库》统计，2009～2010 年 11 月 1 日，河南省共发表哲学社会科学类论文 30181 篇，核心期刊 6320 篇。其中以河南大学、郑州大学发表总量最多，且核心期刊发表数量最大。河南财经政法大学（原河南财经学院）、河南师范大学、信阳师范学院及其他师范学院也有不少成果。

其中主要高校和科研单位发表论文情况如表 1 所示。

表 1　2009 年、2010 年度河南省部分高校及科研单位
发表哲学社会科学类论文情况统计表

单位：篇

单　　位	2009 年		2010 年		总　计	
	总篇数	核心论文篇数	总篇数	核心论文篇数	总篇数	核心论文篇数
郑州大学	2429	574	1772	469	4201	1043
河南大学	2552	790	1713	466	4265	1256
河南师范大学	1315	461	898	334	2213	795
河南财经政法大学	824	301	420	148	1244	449
河南理工大学	568	132	446	124	1014	256
河南科技大学	608	152	328	82	936	234
河南农业大学	423	123	310	86	733	209
信阳师范学院	686	131	392	94	1078	225
洛阳师范学院	502	158	359	128	861	286
安阳师范学院	548	126	390	112	938	238
南阳师范学院	571	121	363	84	934	205
周口师范学院	436	78	284	58	720	136
商丘师范学院	596	108	564	98	1160	206
河南省社会科学院	228	84	151	49	379	133
河南省委党校	238	57	153	40	391	97

注：以上是笔者以高校及科研单位为检索词所查询到的结果，2010 年统计至 11 月 1 日。

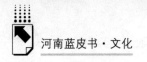

（二）涌现出一批有学术分量的论著

河南省高校的哲学社会科学基础学科师资力量相当雄厚，2009～2010年，在文、史、哲、经、法等各学科研究领域都有突破性贡献。

在文学研究领域，古代文学研究论著有葛景春的《李杜之变与唐代文化转型》、卫绍生的《六言诗体研究》、解国旺的《唐诗精华经典汇评》、陈鹏、赵淑芳的《六朝骈文研究》、韩宏韬的《〈毛诗正义〉研究》等；现当代文学研究论著有孙先科的《说话人及其话语》、张先飞的《"人"的发现——"五四"文学现代人道主义思潮源流》、张兵娟的《电视剧叙事：传播与性别》等；外国文学研究论著有刘小波的《外国文学史（欧美部分）》、韩小聪等人的《消费主义文化下的美国小说研究》等。

在历史学研究领域，中国古代史研究论著有姬汝茂等人的《中国传统文化思想研究》、袁祖亮等人的《中国灾害通史》（秦汉卷、魏晋南北朝卷、元代卷、明代卷、清代卷）、李晓英的《个体论：先秦儒道对"德""道"的诠释》、原瑞琴的《〈大明会典〉研究》、汪维真的《明代乡试解额制度研究》、宋战利的《魏文帝曹丕传论》、王记录的《清代史馆与清代政治》等，考古学研究论著有王景荃的《河南佛教石刻造像》、魏兴涛等的《三门峡南交口》等，中国现代史研究论著有王全营、赵保佑的《河南抗日战争史》、张宝明的《启蒙与革命——五四"激进派"的两难》等。

在政治学与哲学研究领域，有李太淼的《中国特色社会主义制度论》和《中国特色社会主义》，高委等人的《中国特色反腐倡廉道路探索》，孙宏典等人的《马克思主义理论与党的执政能力建设研究》，范广军等人的《中国共产党社会公正思想研究》，王少安等人的《大爱精神与社会主义和谐文化建设》，冯留建的《公民意识新论》，林宪斋、闫德民主编的《河南政治发展与进步》，闫德民的《河南政治发展与进步》等。

经济学研究领域的论著最为丰厚，涉及经济学研究的各个方面，且有很多跨专业跨学科的理论成果，比较重要的有：杨承训等人的《中国特色社会主义经济学》，李太淼的《中国特色社会主义经济制度论》，郭宏的《全球市场、国内政治与东盟区域经济一体化》，王淑英的《产业集群演化与区域经济发展研究——"合作伙伴关系"的视角》，赵予新的《国家粮食安全成本研究》，李铜山的《食用农产品安全研究》，孟白的《中国乡镇机构改革研究》，张要杰的《中国村庄治理的转型与变迁》，薛选登、朱选功的《河南农产品市场竞争力理论与实践》，李朝民的《利率市场化及市场利率风险控制研究》，于金富等人的《生产方式：经典理论与当代现实》，徐君等人的《资源型城市转型研究》，吴海峰的《生态城市带建设与区域协调发展——以南水北调中线工程为例》，许青云的《人力资源与区域经济发展战略研究》，李新安等人的《区域发展路径的经济系统分析——中部崛起实现机理研究》等。

在法学研究领域，有张义华、罗晓静的《物权法学》、李英的《冲突与选择——中国死刑问题研究》、田凯的《行政公诉论》、张睿的《民事诉讼调解制度研究》、丁同民的《新农村法治建设研究》和《法治城市建设研究》、沈开举主编的《城市房屋拆迁法律规制研究》等。

在教育学研究领域，有管爱华的《职业院校学生职业素养研究》、马福运的《江泽民思想政治教育理论研究》、谢广山的《中国古代职业技术教育研究》、李宝峰等人的《教师专业发展导论》、刘明等人的《新时期高校教师素质论》、林德全的《教育叙事价值研究》等。

此外，社会科学综合类研究有任守春等人的《河南省社会科学著述志（1986～2000）》等。社会伦理学研究论著有寇东亮的《发展伦理学与科学发展观的伦理意蕴》，王旭丽的《未成年人健全人格塑造》，杨菊华、宋月萍等人的《生育政策与出生性别比》等。语言学研究论著有刘荣琴的《滑县方言述略》、暴希明的《汉字文化论稿》、赵国栋等人的《语言哲学背景下命题与模态的语言学研究》、陈庆汉等人的《广告语言创作概论》、牛保义的《认知·语用·功能——英汉宏观对比研究》等。新闻与传播学研究论著有张举玺的《中俄新闻文体比较研究》、侯岩的《童媒品牌》等。管理学研究论著有魏成龙等人的《现代管理中国化——以焦煤集团的管理实践为例》、王颜芳的《管理动机：结构、效应及其机制》、丁文喜的《突发事件应对与公共危机管理》等。艺术学研究论著有张宽武的《中国画理论探微》、刘剑利等人的《南阳玉雕艺术欣赏》、王敏等人的《中国古典音乐审美》等。

值得一提的是，近年来围绕如何创建中原经济区、实现中原崛起及其他河南重大问题，推出了一批深层次的研究论著，如李庚香的《文化强省与中原崛起战略》，赵保佑主编的《河南开放型经济》，刘道兴、吴海峰主编的《转型与升级——郑洛工业走廊发展研究》，喻新安、王建国、完世伟等人的《中国新城区建设研究——郑州新区建设的实践与探索》，赵保佑主编的《高速公路可持续发展战略——以河南为例》，吴海峰编著的《生态城市带建设与区域协调发展》等。

河南省社会科学院近年来出版的论著颇为可观。"蓝皮书"系列堪称河南省社会科学院的拳头产品，是以河南省社会科学院为主力、会同河南省有关专家学者及实际工作部门的领导联合完成的研究成果。2009年与2010年出版的"河南蓝皮书"系列有社会蓝皮书、经济蓝皮书、城市蓝皮书、文化蓝皮书四种，力图在对河南省社会、经济、城市、文化现状研究分析的基础上，找出制约其进一步发展的瓶颈，并提出对策和建议。此外还有张锐主编的"中部蓝皮书"《中国中部地区发展报告（2010）：国际金融危机背景下的中部经济增长》，对以河南为中心的中部地区经济发展形势进行了深度分析。

2009年9月，河南省社会科学院推出张锐、林宪斋主编的《崛起的中原丛书》（共六册），分别是：喻新安主编的《中原崛起的实践与探索》，王建国、完世伟、赵苏阳主编的《河南城乡区域协调发展研究》，喻新安、龚绍东主编的《工农业协调发展的河南模式》，苏林、毛兵主编的《河南社会发展与变迁》，张锐、卫绍生、毛兵主编的《河南文化发展与繁荣》，林宪斋、阎德民主编的《河南政治发展与进步》。丛书集中反映了60年来河南经济、政治、社会、文化发展取得的巨大成绩，探讨了中原崛起的有关理论与实际问题。

（三）国家、省级课题中标与结项情况喜人

国家社科基金项目和省社科基金项目的申报和立项情况，是衡量一个地方社会科学发展程度、科研实力和科研组织能力的重要标志，河南省各科研单位对此都高度重视，两级课题在立项与结项上都有不错表现。

（1）国家课题立项情况。2009年，河南省共获国家社会科学基金项目立项资助课题54项，加上年初获准立项的一项特别委托项目，两项重点项目，共获立项课题57项，获资助经费542万元，为10年来最好成绩。2010年，河南省中标国家社科基金项目77项，较2009年增幅39%，立项课题覆盖了哲学社会科学20个学科。其中青年项目中标28项，占立项总数的36%，获资助经费889万元，中标项目数、资助经费额均创历史最高水平。

（2）国家课题结项情况。2009～2010年10月，国家课题共结项59项，其中被定为优秀等级的9项，良好等级的39项，合格等级的11项。优秀等级的有朱金瑞的《当代中国企业伦理模式研究》、赵士红的《利益结构变化对党群关系的影响及对策研究》、崔应贤的《汉语动词重叠的历史考察》、杨海军的《中国古代广告史研究》等。

（3）省级课题立项情况。2009年，全省社科规划项目共立项200项，其中河南大学、河南师范大学各18项，为获项数量最多的单位。在2010年度全省社科规划项目评审工作中，全省共申报5889项，立项220项，全省平均立项率为3.735%。

（4）省级课题结项情况。据河南社科规划网上资料显示，2009年1月～11月共结项117项。2010年度第一季度共结项10项。

（四）成果获奖的数量逐渐提高

河南省社科类奖项中，层次最高的是省委宣传部主持的河南省社科优秀成果奖和省人民政府设立的河南省发展研究奖，这两项奖的奖励成果数量都呈逐年递增之势，从中可见哲学社会科学发展的可喜势头。河南省社科优秀成果奖，2007年度共评出荣誉奖3项，等级奖124项，其中一等奖10项，二等奖64项，三等奖50项；2008年度共评出荣誉奖1项，等级奖133项，其中一等奖10项，二等奖73项，三等奖50项；2009年度共评出161项成果，其中荣誉奖4项，一等奖10项，二等奖87项，三等奖60项。河南省发展研究奖，2008年度共评出63项研究成果，一等奖4项，二等奖20项，三等奖39项；2010年度共评出94项研究成果，一等奖5项，二等奖30项，三等奖59项。

三 存在的主要问题

（一）资金投入不足

国家财政和省财政对哲学社会科学的投入不足是制约河南哲学社会科学事业长足发展的一个重要因素，造成高层次人才大量流失、科研人员积极性不高、科研攻坚无法深入、科研成果质量滑坡等问题，已成为进一步繁荣发展河南社会科学事业的痼疾。从国家财政投入看，对于自然科学和哲学社会科学的资金支持有明显差别。国家自然科学基金资助经费从 1986 年的 8011 万元增加到 83 亿元，而国家哲学社会科学基金 1986 年设立时为 1000 万元，2010 年增加到 59954 万元，相差高达 77 亿元。从河南省财政投入上看也存在明显的重此轻彼现象。据《河南年鉴（2010）》统计，2009 年河南高校自然科学活动经费投入总额为 109019.1 万元，共承担科技项目 7394 项，投入经费 99463 万元；社会科学经费为 7565.78 万元，共承担社科项目 6882 项，投入经费 2961.76 万元。从投入总额到科研项目经费都有很大差距。再如 2008 年启动的五年高校科技创新人才计划支持的 260 项科研成果中，自然科学占 200 项，人文社会科学占 60 项，支持强度也不同：自然科学领域单项资助经费分两个档次，第一档为每人 20 万元，第二档为每人 10 万元；人文社会科学领域单项资助经费为 5 万元。在第七批河南省重点学科中，人文社科类一级学科仅占 25%，二级学科仅占 26.5%。在支持强度上明显向自然科学领域倾斜，不利于激励哲学社会科学领域的创新。从社科经费分配上看，重应用性研究，轻基础理论研究，不利于激励科研人员深入研究重大理论问题，不利于基础理论研究的发展。

（二）哲学社会科学研究管理体制和运行机制不够完善

哲学社会科学研究管理体制和运行机制存在以下主要弊端：缺少一个全省统一的有权威性的管理机构来负责组织管理全省哲学社会科学研究工作。目前，社科联主要负责所属各学会及下属社科联的组织和协调，河南省哲学社会科学规划办公室主要管理课题和基金，教育厅则只局限于管理高校系统的哲学社会科学工作，没有一个机构负全责。哲学社会科学领域缺乏横向的沟通和联系，低层次重复研究现象严重存在，不利于科研水平的大幅度提高，无法形成"大科研"的战略格局；很多学术单位资源与权力过于集中，致使管理高层与科研教学人员之间产生利益冲突，限制了学术发展，并易于滋生学术腐败和人才流失现象；忽视社科研究的内在规律，运用数量管理手段进行年度考核和职称评定，重数量、轻质量，重形式、轻内容，重目前利益、轻长远学科建设，难以准确估价科研人员的真实科研能力和价值，结果导致科研人员为应付考核和评职称而粗制滥造，造成恶劣的学术氛围，形成浮躁的学术心态，不利于哲学社会科学的发展。

（三）机构与人才队伍建设存在资源过于集中、人才流失、青黄不接、学风不正等问题

目前，在科研机构建设上资源集中现象比较突出，从科研人员、重点学科、省级课题等方面看，过度集中于郑州大学、河南大学；从资金分配、政策支持方面看，过度集中于郑州大学，形成资源垄断现象，不利于各地市高校以及社会上其他科研机构的进一步发展。一些科研机构和学会组织长期处于疲软状态，其主要原因是缺乏活动经费。

在人才队伍建设中，目前最严重的问题是人才流失和青黄不接。老一辈专家、学者已经走向老龄化阶段，具有高级职称的中坚科研人员因各种原因每年都在大量流失（河南大学人才流失现象尤为突出），青年一代还不足以担当起研究哲学社会科学重大问题的重担，为河南省哲学社会科学的长足发展埋下了隐患。学风不正的问题也日益严重，为了应付考核和早日评上职称，部分科研人员在论文写作及发表上投机作假，写作时不惜东拼西凑、抄袭甚而请人代笔；发表时一文多发、托关系、掏高价，进而造成发论文要交版面费（特别是核心期刊，版面费逐年攀高）成为学术期刊行业的潜规则，这种现象循环往复，积重难返。

（四）科研成果创新性不足

科研成果从整体上看缺乏理论创新，主要表现为：自我重复现象严重。论文一文多发或稍加改动重新发表的现象时有发生，"注水论文"、"注水论著"屡见不鲜，显示出创造力的衰竭和学术惰性。这种现象甚至出现在一些知名专家、学者身上；研究深度不够，深入浅出者少，"浅"入"深"出者多，最常见的是在遣词造句上下工夫，将本来很简单的意思故意用晦涩难懂的语言表达出来，无任何创新之处；对调研工作缺乏足够的重视，轻数据，经不起推敲；学术争鸣日少，趋同现象严重。

（五）服务保障措施不到位

河南省哲学社会科学服务保障措施主要有两个弊端：科研信息渠道不畅，缺乏一个迅速获取河南省哲学社会科学领域各种相关资料的平台；科研成果推介与应用渠道不畅，很难在实践中加以应用、完善、提高，更谈不上普及和推广。

四　对策与建议

（一）加大哲学社会科学资金投入

加大对科研工作的经费投入总额，增加对哲学社会科学研究经费投入额度，缩小其与自然科学研究经费的差距，并使之随省财政收入的增长而相应增长。在资金分配中注意地区之间、高校之间、高校与其他科研机构之间、学科之间的平衡问题，对于经济相对落后地区的社科研究机构、无法产生经济效益的基础理论学科等应采取重点扶持政策，在资金投入上给予特殊照顾。加大社科奖项的奖励力度，尤其是对于在某一学科领域有突破性贡献的科研人员应设专项基金予以奖励。设立青年科研人员成长基金，用于培养有良好科研素质和发展潜力的青年科研人员，促使他们尽快成长，以改变目前科研队伍青黄不接的现状。设立哲学社会科学论著出版基金，解决优秀成果出版难的问题，以鼓励学者潜心学术研究。设立学术活动基金，用于资助哲学社会科学领域省级以上重点学科的重要学术交流活动，以及优秀科研人员的进修、培训和其他学术交流活动。

（二）深化管理体制和运行机制改革

建立全省统一的有权威性的社科研究组织管理机构，并成立地、市、县各级相应管理机构，负责组织、规划和协调。具体开展以下各项工作：了解河南省哲学社会科学研究现状，对全省哲学社会科学的发展制定整体规划；拟定社科资金重点项目和年度项目课题指南，并检查计划实施情况；及时通报全省哲学社会科学研究动态，避免重复劳动，提高科研层次；加强各单位、部门、组织间的联系，组织协调科研单位合作进行科研攻坚；筹措并管理社科发展资金；负责社科人才工程的组建。深化管理体制改革，建立完善的管理制度，打破一小部分人对学术资源、科研项目与科研成果的垄断，平衡社会科学各学科之间的人力、财力、物力等资源的分配。充分考虑基础学科与应用学科的差别，在考核与评审工作中区别对待。给正在从事重要攻关课题研究的科研人员以足够的资金、时间上的支持，给青年科研人员以足够的知识积累的时间。

（三）采取各种措施培养人才、留住人才、吸引人才

在政策上向哲学社会科学研究薄弱的地区、机构、学科有所倾斜，吸引人才特别是高层人才进入，以带动全省哲学社会科学的均衡发展。建立培养人才、留住人才、吸引人才的人事管理机制，充分肯定并广泛宣传社科类研究人员的价值，造成全社会尊重、关心社科研究的良好文化氛围。严格科研成果考核制度，严查期刊界"版面费"的不正之风，净化学术环境；遏制学术腐败和抄袭等学风不正现象。

（四）在管理上下工夫，倡导科研人员积极创新

加强对创新性成果的奖励力度，鼓励科研人员学术创新。组织多层次的学术交流活动和调研活动，拓展科研工作者的学术视野，特别鼓励针对重大理论问题开展"百家争鸣"活动，鼓励学术界基于平等基础上的批评与反批评，推动理论创新。根据学科及具体科研人员的特点，提供时间、资金上的支持，鼓励多出厚积薄发式的优秀成果。提高科研人员的学术道德水准和学术自律的自觉性，形成端正的学术风气。

（五）搞好科研服务工作

建设河南省哲学社会科学网，建立河南省哲学社会科学领域的机构、研究基地、人才队伍、学术团体、学术交流活动、社科奖项、科研成果等相关资料的数据库，既可以展示河南省哲学社会科学研究的最新动态，向社会广泛宣传河南省哲学社会科学的重要意义，提高其知名度和受关注程度，又可以实现学术资料的交流与共享。对于可以在实践中得到验证与进一步提高的研究成果，各级领导部门应充分重视，安排专门机构负责牵线搭桥，使这些成果尽快进入实践阶段，让科研人员有机会在跟踪考察中对自己的成果进一步修订完善，促进科研的发展。

B.19

河南文学发展现状分析与前景展望

靳瑞霞*

摘 要： 2009 年初至 2010 年下半年，河南文学创作数量、质量均稳中有升。据不完全统计，一年多来共出版长篇小说、小说集、散文集、诗歌集、杂文集、儿童文学、报告文学、文学评论等著作二百多部。专业作家与业余作家一起为河南文坛的繁荣发展贡献着自己的力量。总体来说，河南文学呈现出稳步前进的创作态势。

关键词： 河南　文学　展望

一　文学发展概貌

（一）稳步前进的文学创作

2009 年初至 2010 年下半年，河南文学创作数量、质量均稳中有升。据不完全统计，一年多来共出版长篇小说、小说集、散文集、诗歌集、杂文集、儿童文学、报告文学、文学评论等著作二百多部。专业作家与业余作家一起为河南文坛的繁荣发展贡献着自己的力量。总体来说，河南文学呈现出稳步前进的创作态势。

1. 小说创作芝麻开花节节高

小说创作从来是河南文学的优势所在，长篇小说创作势头很劲。一年多时间里，数十部长篇小说发表出版，长篇小说作品研讨会频繁召开。老作家老当益壮，引领着河南文学向前飞奔。继 2009 年原作协主席、著名作家张宇推出新作

---

* 靳瑞霞（1979～），女，河南封丘人，河南省社会科学院文学研究所助理研究员。

《足球门》引起热烈反响之后，老作家田中禾于 2010 年新春重磅推出两部长篇小说《十七岁》和《父亲和她们》，在国家级文学刊物《中国作家》第 2 期和《十月》第 2 期同时刊出。另有孟宪明的小说《大国医》于同名电视剧播出后由作家出版社于今年 5 月出版；繁体字版已经由台湾一出版公司出版；李洱的小说集《光和影》由华东师大出版社于 2009 年 8 月出版；墨白的长篇小说《裸奔的年代》于 2009 年 1 月由花城出版社出版；乔叶的小说集《最慢的是活着》于 2009 年 10 月由万卷出版社出版；焦述的长篇小说《市长女婿》、李明性的长篇力作《家谱》、陈峻峰的先秦历史题材长篇小说《我在两千年前混来混去——春秋纪事》、焦作作家杨晶的长篇小说《拿钱说事》、南阳作家郝树声的长篇小说《商埠雄魂》、李天岑的长篇小说《人道》、李东红的长篇小说《反贪在行动》等相继出版，这些作品相继召开了作品研讨会，得到文学评论界好评。

在中短篇小说方面，墨白发表的中篇小说《别人的房间》和《尖叫的碎片》，《别人的房间》被《中华文学选刊》2009 年第 4 期转载。青年女作家乔叶比较多产，在《人民文学》、《北京文学》等刊物发表《失语症》、《叶小灵病史》、《我信》等中篇小说，并被多家刊物选载、评论。傅爱毛的中篇小说《五月蒲艾香》、《在劫难逃》、《三月三》发表后被多家刊物转载。孙方友发表中篇小说两部，其中发表在《天津文学》第 5 期的《把梳子卖给和尚的几种理由》被《中篇小说月报》第 7 期转载。

小小说作为一种文体是真正在河南繁荣发展并成熟起来的。因文体原因，小小说作家文集出版数量受限颇大，有的作家的多年作品才能结集出版，单篇发表则数量巨大。一年多来小小说集主要出版有：孙方友《小镇人物肆打手》于 2009 年由河南文艺出版社出版，司玉笙主编的《精美小小说读本/一世珍藏书系》及其作品《中国算盘·中国小小说名家档案》于 2009 年和 2010 年由光明日报出版社出版；《中国小小说名家档案》百部小小说名家出版工程中有河南作家小说集数十部，包括孙方友的《冷面杀手》、杨晓敏的《冬季》、墨白的《神秘电话》、秦德龙的《正步走》、刘建超的《高叫你的名字》、吴万夫的《捡回的忧伤》、秦俑的《被风吹走的夏天》、非鱼的《半个瓜皮爬上来》、范子平的《欧文的试验》、胡炎的《秋天的走向》、非花非雾的《指尖花开》、金光的《旋转世界》、红酒的《花戏楼》、庄学的《左为上，右为上》等由光明日报出版社出版；杨晓敏、郭昕、寇云峰选编的《2009 中国年度小小说》由漓江出版社出版；等等。

2. 诗歌创作老中青三代争咏

河南诗坛老中青三代创作队伍非常齐整，共出诗集数十部，同时以网络为平台，以诗歌刊物为阵地，河南具体发表的诗歌作品难以计数。诗歌集有第四届鲁迅文学奖诗歌奖得主马新朝的诗集《低处的光》，于 2009 年年底由上海文艺出版社出版，并于 2010 年召开了作品研讨会。《21 世纪中原诗人丛书》一套 10 本于 2009 年 3 月由河南文艺出版社出版，其中有王怀让、高旭旺、高金光、艺辛、吴元成、李霞、萍子、杨炳麟、李政刚等的作品。文坛名家耿占春、森子主编的《阵地诗丛》由河南文艺出版社出版，这套书囊括了河南 10 位诗人的 10 部诗集，包括邓万鹏的《时光插图》、冯新伟的《混凝土或雪》、高春林的《夜的狐步舞》、海因的《在身体里流浪》、简单的《小麻雀之歌》、蓝蓝的《从这里，到这里》、罗羽的《音乐手册》、森子的《平顶山》、田桑的《藏身于木箱的火》、张永伟的《在树枝上睡觉》。耿相新、杨吉哲主编的《河南诗歌2009》由大象出版社出版。吴元成诗集《行走》2009 年由河南文艺出版社出版。青年作家张晓亮诗集《十月的行走》由海南出版社出版。

3. 散文创作百花开放满国家

一年多来河南文坛散文集出版数十部，散文单篇作品发表不计其数。王剑冰的散文集《普者黑的灵魂》于 2009 年由河南人民出版社出版；马新朝的散文集《大地无语》于 2009 年由河南文艺出版社出版；胡亚才的散文集《另一种存在》于 2010 年出版；散文名家叶景贤的散文集《我的小木屋》由长江文艺出版社出版；乔叶的散文集《黑布白雪上的花朵》由安徽少年儿童出版社于 2009 年 3 月出版；继散文集《细节》由中国文史出版社出版之后，作家廖华歌的散文新著《消失或重生》又由作家出版社出版；信阳作家胡昌国的首部散文集《心归何处》于 2010 年出版并由省文联召开了研讨会；青年专业作家冯杰的第一部散文集《丈量黑夜的方式》于 2010 年 7 月由台湾九歌出版社出版；商丘青年作家的宋璨的散文集《梦想家园》于 2010 年由中国文联出版社出版；洛阳市 90 后少年作家张枢翰的散文集《蓦然风起》由白山出版社出版并召开了作品研讨会；倪传启、杨敏、倪宁的散文合集的《点燃激情》近日由当代中国出版社出版；等等。

4. 文学评论百家争鸣竞风采

一年多来出版的文学评论集有：孙广举、何弘主编的《走在重振雄风的路上——改革开放 30 年的河南文艺》，由河南文艺出版社出版，广受好评；何弘的《我看》评论集于 2009 年由河南文艺出版社出版，其在《小说评论》、《文艺争鸣》、《文艺报》、《中华读书报》、《莽原》等全国核心中文期刊上发表有《网络化时代的小说观念》、《淅川八记》等大量文学评论作品；杨晓敏的《小小说是平民艺术》、秦俑编选的《一个人的文化理想》等评论集，于 2009 年 5 月同时在河南文艺出版社出版。

5. 其他文类小荷初露需扶持

在影视剧创作及改编方面，郑彦英、何弘任总撰稿的 8 集电视文献纪录片《大跨越》在河南卫视黄金时段播出，并多次在其他频道重播；孟宪明任编剧的电视连续剧《大国医》在央视黄金时段播出，反响热烈，好评如潮，其创作的儿童剧《花儿与歌声》也将由河南影视集团等单位拍摄；墨白编剧的电影《天河之恋》由长春电影制片厂 2009 年 6 月在新乡拍摄。在报告文学方面，报告文学大家邢军纪的长篇报告文学《风雅大郑州》于 2010 年初由解放军出版社出版；罗盘的报告文学集《生命的呼啸》于 2010 年 4 月由河南大学出版社出版。在儿童文学方面，王钢的"好看"系列丛书《好一个馊主意》《不交作业之七十二般变化》《我要我的心情》《本人独自在家》《上当了别找我》于 2009 年 7 月由四川少儿出版社出版。在散文诗方面，王幅明主编的《河，是时间的故乡——河南散文诗选》、冯向东的散文诗集《灵魂独语》由河南文艺出版社出版。

（二）风光无限的文学事件

1. 各类年会、创作研讨会蓬勃展开

第一，2009 年河南作协以新中国成立 60 周年为重点，策划实施了"中国作家看河南"大型新农村采风活动。特别是以社会主义新农村建设为主题的"中国作家看河南"文学交流采风活动，是近年来外省作家走进河南规格最高、规模最大的一次活动。采风活动历时六天。作家们先后前往登封、洛阳、安阳、新乡等地采访采风，少林寺、龙门石窟、白马寺、殷墟所承载的古老文化积淀，还有平乐镇妯娌村、平乐村、牡丹画村、古固镇村、韩庄乡曹庄村展示出来的社会主义新农村建设的伟大进程，给作家们留下了深刻的印象，让作家们感受了一个全方位、多角度、立体的河南。

第二，自 2009～2010 年河南文坛非常活跃，各类文学会议频频召开。河南

文学界联合中国作协针对河南各类体裁著作召开研讨会几十次，仅长篇小说就召开十余次研讨会，对河南作家作品既进行了及时评论，同时也是一种有力推介。河南各类体裁的专门学会也都组织了相关活动。其中河南诗歌学会非常活跃，一年多来召开各类诗会、座谈会、研讨会等数十次。具体有：2009年4月18日由河南省洛阳市文联、市图书馆和《牡丹》文学杂志社主办的第二届中原青年诗会暨洛阳牡丹诗会在洛阳市举行；2009年7月11日至12日，由河南省作家协会、河南省文学院、河南省诗歌学会主办的河南省第14届黄河诗会暨荆紫关笔会在丹江之滨举行；南丁、王绶青、行者等和省内50余位诗人与会；2010年3月至8月，由中国作家协会、中共河南省委宣传部、中共平顶山市委、平顶山市人民政府主办的"三苏杯"全国诗歌大赛在平顶山市举行；2010年9月4日，由中国作协《诗刊》社主办、安阳市文联和市作协协办的"全国诗歌创作研讨会"在安阳市举行。2010年10月15～17日，河南省第十五届黄河诗会在风景秀丽的三门峡市举行，南丁、王绶青、马新朝、高金光等60多位诗人与会；2010年10月23日马新朝诗集《低处的光》作品研讨会召开；自2009年起，大诗人贺敬之、诗魔洛夫、朦胧诗鼻祖之一严力、豫籍台湾诗人痖弦等相继来到河南，与河南诗人一起举行了多次座谈会。

第三，2009年5月23～24日由郑州市政府主办，中国作协创研部、文艺报社、中国作家网、河南省作协、郑州市文联加盟支持，《小小说选刊》杂志社、《百花园》杂志社、《小小说出版》杂志社、郑州小小说学会、小小说作家网承办的"中国郑州·第三届金麻雀小小说研讨会"在郑州举行。中国作协名誉副主席、中宣部原副部长、中国作协原党组书记翟泰丰，中国作协副主席、中国现代文学馆馆长、著名作家陈建功，吴泰昌、南丁、田中禾、孙荪、胡平、李佩甫、郑彦英、何向阳、周大新等来自省内外文艺界、出版界、新闻界的专家学者，以及来自全国各地的小小说作家、编辑、评论家近300人参加了这次盛会。2010年5月15～17日由河南省作协、信阳市作协、《百花园》杂志社主办的"庆祝小小说纳入鲁奖暨商城汤泉池全国小小说笔会20周年纪念会"在信阳商城县召开。

第四，2009年10月19～23日，第八届全国文学院院长联席会议在河南举行，中国作协党组副书记张健及来自全国省级以上20多个文学院的院长（负责人）参加了会议。参会者大都是全国知名作家或评论家，在全国文学界具有相当的影响力和话语权。

第五，2010 年 9 月 20 日，"南丁八十寿辰暨创作生涯六十年恳谈会"由河南省文联、省作协和省文学院联合主办，在省文联举行。南丁先生在河南文学界辛勤耕耘长达六十年，功绩卓著，以其突出的文学创作成就和德艺双馨的人生追求，对河南文学乃至全国文学的发展作出了突出贡献，是中原文坛的一面大旗，被中国作协授予"从事文学创作 60 年"荣誉证书和证章，被省作协授予河南文学奖"终生成就奖"等。省内作家齐聚一堂，共贺南丁先生 60 年文学生涯取得的成就。

2. 多位作家各类体裁荣获大奖

一年多来本省多位作家获得了各种奖项数十项，主要有：郑彦英的《风行水上》获第五届鲁迅文学奖散文杂文奖；乔叶的中篇《最慢的是活着》在继获得第 12 届庄重文文学奖、第 3 届北京文学奖、首届郁达夫文学奖提名奖之后，摘得第五届鲁迅文学奖中篇小说奖第一名；孟宪明《大国医》获中宣部"五个一工程"奖；侯钰鑫任编剧的电影《大地》获华表奖提名；冯杰获台湾第 32 届"中国时报文学奖"散文奖（为大陆唯一获奖作家）；傅爱毛的《天堂门》获《小说月报》第 13 届百花奖，根据其小说《嫁死》改编的电影《米香》获台湾电影最佳编剧金马奖；蓝蓝获得第四届《诗歌与人》诗人奖；孙方友的《陈州笔记》、乔叶的《锈锄头》、墨白的《裸奔的年代》、焦述的《市长手记》等小说，郑彦英的散文集《在河之南》、何弘的《我看》、王剑冰的《散文时代》等评论集获得河南省第五届文学艺术优秀成果奖；本省老作家周同宾作品《陶》获"2009 年度华文最佳散文"奖；作家孙牧青的《三亚别恋》获冰心散文单篇优秀奖，同时获单篇奖的还有河南省作家阿慧的《羊来羊去》、李志亮的《西部随想》；胡钺的长篇青春小说《七月轮舞》出版，并获得首届 99 杯"新小说家"大赛新锐奖；安阳作家邓叶君的传记文学《马氏春秋——中原第一家》荣获第五届中国大众文学百花奖最佳奖（纪实文学类）。

另外，中国作协于 2009 年年底向全国从事文学创作 60 年的中国作家协会会员颁发了荣誉证章和证书，表彰他们为中国文学事业所作的贡献，河南有何南丁、庞嘉季、栾星、郑克西 4 位从事文学创作 60 年的老作家获此殊荣。在 2010 年度中国作家协会重点作品扶持项目中，河南省作家戴来的小说《深处》与焦述的《大法官》获得立项扶持，作家王剑冰的《走进那个岁月》与冯杰的《中

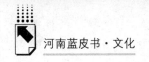

《原册页》在散文杂文项目中获得立项扶持。

3. 多位作家触网，多部作品触电

2009 年 4 月 9 日，新浪网读书频道再次携手河南省委宣传部、河南省作协、河南省文学院在郑州文学院举办"文学豫军签约新浪"仪式，郑彦英、杨东明、孙方友、墨白、焦述、乔叶等 33 位河南籍作家集体签约新浪，近 60 部作品将通过网络连载、出版和影视推荐等多种方式与 3 亿新浪网友见面。此前，新浪网读书频道曾携手河南省作家协会、河南省文学院与 11 位作家签约，作品点击数过亿次。两次签约标志着文学豫军在全国率先实现了集体性的网络化生存。河南省青年作家李瑞青的两部长篇小说《猎城》、《别动我的心》签约新浪并独家授权，正式在新浪网上连载。

乔叶长篇小说《结婚互助组》和中篇小说《拥抱至死》被改编为影视作品。傅爱毛小说《嫁死》被改编为电影《米香》，入围意大利蒙特利尔国际电影节提名，并于 2009 年 9 月 27 日在第四届巴黎中国电影节上在著名的法国高蒙电影院举行首映，于 2010 年 8 月在国内上映。在京河南女作家张晓芸跻身编剧，由她改编石钟山的短篇小说，由著名影星罗海琼、于和伟主演的 26 集电视连续剧《幸福在路上》已经与全国观众见面。胡钺长篇青春小说《七月轮舞》被纳入人民文学出版社与中国移动数字出版合作的首批书目，书中部分章节将被制作成手机电子书，向广大手机阅读用户推荐。开封汴味小说作者王少华与盛大文学有限公司签约，购买电视剧《蝴蝶》剧本的电子版版权。

二　文学发展现状分析

（一）创作题材有所拓宽，内容更加丰富

从创作题材看，河南的长篇小说创作中乡土题材和历史题材创作依然突出，如田中禾的《父亲和她们》、李明性的《家谱》、陈峻峰的《我在两千年前混来混去——春秋纪事》、郝树声的《商埠雄魂》等；同时在其他题材方面河南文坛又有很大突破，涉及足坛（张宇的《足球门》)、中医（孟宪明的《大国医》)、官场（焦述的《市长女婿》、李东红的《反贪在行动》等）、青春（田中禾的《十七岁》、李暮的《青春断代史》、胡钺的《七月轮舞》）等等。这些作品在河

南文学对不同的题材的挖掘上作出了贡献,拓宽和丰富了河南长篇小说的表现内容。同时他们又都没有放弃作品对人性的追问,对历史的反思,对人生的思考与探索,对成长的凝视与探询等。中短篇小说以相对短小的篇幅,深入生活实际,抓取更多生活横断面,表现人、表现社会。这方面作家如墨白、李洱、乔叶、邵丽、戴来、南飞雁等均有包括以乡村人物、城市生活、知识分子内心活动等为内容的中短篇小说问世。小小说、诗歌、散文等更多以点状进入,题材更为丰富多彩,可以表现的内容大至国家大事、民族情怀,小到一点思绪、一点见闻均可入题。

(二) 创作体裁有强有弱有起伏

从作品体裁来看,长篇小说因其文本的宏阔,涵纳性强,表现与反映能力相对较强,不仅是专业作家的挚爱,同时也获得具有一定人生阅历、酷爱思索的业余作家的青睐。因此,河南文坛一直不缺长篇小说作家,不缺大家大作。而中短篇小说因其篇幅所限,相对来说,属于要求深度的文学体裁,要在有限的篇幅内,表现一定的具有相当深度的人文社会内容,对作者的写作功力与写作技巧要求甚高。另外,中短篇小说的直接面世平台是文学期刊,而不是出版社,首先要通过文学刊物编辑这一关,才有可能结集出版。从某种程度来说,这对业余写作者是一点障碍。因此,中短篇小说在创作数量上有衰微现象,但质量上,河南文坛中短篇小说作家都是高质量的小说家,尤其是青年女作家乔叶,不仅多产,一年发表中短篇小说及散文等数十部,而且质量都属上乘,转载率、获奖率非常高,2010 年以其作品《最慢的是活着》问鼎第五届鲁迅文学奖中篇小说奖,且排名第一。近几年河南青年作家屡屡问鼎全国重要奖项,可以说是河南文学界对青年作家的重视结出了硕果。

与中短篇小说相比,小小说、诗歌、散文和散文诗却以其文字短小精悍的长处,使能抽出有限的业余时间写作的业余作家获得写作便利。小小说要求一定的结构艺术,要具有高度的表现技巧,这方面河南因是小小说发展繁荣的重镇,既有很多小小说的第一代作家,如孙方友等,又有新生代作家,如非鱼等,组成整齐的小小说队伍,而且河南有本土的小小说刊物,为小小说的昌盛提供了非常便利的条件。小小说被纳入国家级大奖鲁迅文学奖评奖范围,与河南文学界对小小说的大力提倡和推行有着不可分割的联系。如今,小小说已经成为郑州甚至河南

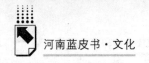

的一个亮丽的文化名片，对河南产生的文化带动力不可小觑。

河南诗歌界从苏金伞、王怀让到如今的马新朝，可以说不缺大家，诗歌队伍也比较整齐，老、中、青群贤毕至。河南诗歌发展近年来一个突出特点是充分利用了网络对诗歌的推动作用。河南各地市仅网络诗歌论坛就有数十个，如大河诗歌（郑州）、诗先锋（安阳）、大河风（平顶山）、短歌行（南阳）、汉诗公社（洛阳）、大河上下（焦作）、中原诗歌（许昌）、国风诗歌（济源）等等。网络诗歌论坛为诗人们的作品发表、创作交流、批评借鉴等提供了非常大的便利，对诗歌的普及和繁荣发展起了很大的推动作用。这为其他文学体裁的发展提供了借鉴。

河南文学界现有的评论家不算多，但都在盛年，或刚刚步入成熟期，如孙荪、刘思谦、何向阳、耿占春、韩宇宏、何弘、刘海燕、李少咏等。河南的文学评论者眼界开阔，理论基础扎实，与创作界有紧密而合适的联系，发展前景良好。

散文及散文诗，也因其体裁上的短小精悍，灵活自由，在河南文坛大面积铺开，作者既有专业大家，如周同宾、王剑冰等，又散见于各行各业，为其繁荣发展提供了厚实的群众基础。各个学会都呈现出蓬勃发展的态势。但同时，这几类体裁都有"易学难工"的特点，尤其是散文，所以，河南文坛在这方面大家佳作还是不够多，显得与文化大省不相称。

继报告文学学会于2003年成立后，儿童文学学会、散文诗学会等于近几年相继成立。河南文学在这几类体裁方面相对较弱，许多相关文学建设亟待操作；影视剧创作在全国来说也有待加强。

（三）以活动宣传带动文学，以文学彰显文化精神

以前有人说，文学是寂寞的事业，从创作的角度来讲是这样的。但在文化建设蓬勃发展的今天，在文化产业逐渐走向国家支柱性产业的新世纪，作为文化之一分子，文学事业同样需要宣传与推广。2009年以来，河南文学积极参与到全国文化、文学事件中去，与媒体积极沟通合作，重视网络平台建设，构筑对外交流通道，以达到以文学彰显文化，积极为文化产业打基础，尽力发挥文化产业孵化器的功能，做到文学事业与文化产业并重，为本省的文化建设贡献了力量。

第一，河南省积极承办高级别的文学活动，对河南新文化形象的输出起到了

很好的作用。比如，河南作协策划实施的"中国作家看河南"大型新农村采风活动，特别是以社会主义新农村建设为主题的"中国作家看河南"文学交流采风活动，是近年来外省作家走进河南规格最高、规模最大的一次活动。只有在全国作家甚至世界作家中推介中原文化、宣传河南，一个古老中原、青春河南的形象才能更快更好地展现在全国甚至世界人民的视阈中。文学无疑是一个很重要的媒介。河南文学的厚重积淀，为河南在文化上的输出提供了一个很好的窗口。

同样，2009年10月在第八届全国文学院院长联席会议上，河南文学也受到了中国作协领导及与会者的高度评价，对扩大河南文学在全国的地位，进一步提升河南形象发挥了积极作用。

第二，河南还积极举办高级别的文学节和文学赛事，既发展了河南的文学事业，又向全国展示了河南的新世纪新形象。如2009年5月在郑州召开的第三届金麻雀小小说节就引来了中国作协名誉副主席、中宣部原副部长、中国作协原党组书记翟泰丰，中国作协副主席、中国现代文学馆馆长、著名作家陈建功，吴泰昌、南丁、田中禾、孙荪、胡平、李佩甫、郑彦英、何向阳、周大新等来自省内外文艺界、出版界、新闻界的专家学者，以及来自全国各地的小小说作家、编辑、评论家近300人参加。本届小小说节主要由百名作家广场签名赠书、开幕式暨颁奖晚会、《中国当代小小说大系》首发式暨"小小说现状与发展趋势"高端论坛、郑州东区采风、观看《禅宗少林·音乐大典》等主题活动组成。节会论坛提出，要以小小说品牌为战略核心，整合相关文学期刊、文艺出版资源，进行科学合理的市场定位，坚持"事业与产业兼重"的发展思路，组建以精短文学品种为主，以高品位大众文化为特色，集编辑出版、深度精品加工、网络扩张、多渠道发行、广告策划、社会函授为一体的小型高效的文学期刊、出版（集团）联合体，推动中原文化建设大发展。短短两天时间，小小说节让世界再次见证了郑州小小说的精彩和繁荣，见证了郑州乃至河南的文学事业文化事业繁荣发展，对河南的文化形象进行了有效提升。

又如2010年3~8月于平顶山市举行的"三苏杯"全国诗歌大赛，新旧体诗"同台竞技"，从不同角度展示了中华民族在新的历史时期的精神风貌，体现了我国诗歌发展的现阶段水平，在传承"三苏文化"、普及诗歌艺术、繁荣诗歌创作的同时，对宣传平顶山、提升平顶山文化软实力、扩大平顶山甚至河南的知名度将产生重要的推动作用。

第三，文学事业要贯注"恒持"精神。在文学发展方面，河南文坛还有一个现象值得注意，即老作家的文学生命力不因生理年龄的退休而消泯，反而焕发了蓬勃的创作活力。早先有张一弓在前，在经历了20世纪80年代的辉煌之后，他有10多年的时间在创作上趋于沉寂，但在退休之后，他的创作活力重新爆发，创作了长篇小说《远去的驿站》以及长篇纪实文学《阅读姨父》；如今有张斌、田中禾在后，张斌在退休后创作的长篇小说《一岁等于一生》、《小艳史》等，田中禾则最新推出长篇《十七岁》与《父亲和她们》；再如老一辈的作家南丁等，都还在笔耕不辍，为河南文学甚至中国文学奉献着一己之力。2009年年底，何南丁、庞嘉季、栾星、郑克西4位从事文学创作60年的河南老作家获得中国作协颁发的"从事文学创作60年"荣誉证书和证章，这是对老作家对文学事业"恒持"精神的表彰。

三 文学发展前景展望

河南文学自古以来就是中国文学非常重要的一部分，新时期以来，文学豫军力量不断发展壮大，并积极与时俱进。怎样使河南文学与时代精神息息相关，既能体现时代中的最强音，也能反映出当今社会所存在的问题，河南文学界还需要进一步深入学习体会党的十七届五中全会精神，体会卢展工书记关于文化的阐释，依照文学创作规律，制定相应的发展规划，为中原文化的繁荣发展，为中原经济区建设和河南振兴，添砖加瓦，贡献力量。

（一）充分领会党的十七届五中全会精神，加强文学在文化建设中的作用

2010年10月15～18日，中国共产党第十七届中央委员会第五次全体会议在北京举行。在会议审议通过的《中共中央关于制定国民经济和社会发展第十二个五年规划的建议》中，对文化事业和文化产业都有明确阐释，要求"推进文化创新。适应群众文化需求新变化新要求，弘扬主旋律，提倡多样化，使精神文化产品和社会文化生活更加丰富多彩"，要求"立足当代中国实践，传承优秀民族文化，借鉴世界文明成果，反映人民主体地位和现实生活，提高文化产品质量，创作生产更多思想深刻、艺术精湛、群众喜闻乐见的文化精品"。

根据《建议》精神，需要采取切实措施，进一步促进河南文学的发展。

一是要坚持贴近实际，深入现实生活。只有贴近社会现实，才有可能了解群众真正的文化需求，从而在作品中反映人民心声，满足最广大群众的文化消费需求。也只有深入生活现实，才能触摸到社会各阶层的精神生活面貌，才能勾画出当下社会的精神走向，进而创作出打动人心、引起共鸣的文学作品。要注意现实的多样性，并通过文学作品的多元性加以表现。文学豫军之所以能在全国文坛具有较高的地位，就是因为河南几代作家虽然作品的表现形式千差万别，但关注现实是他们一以贯之的共同特点和良好传统。作家邵丽与乔叶之所以能先后以中短篇小说获得第四届、第五届等鲁迅文学奖，一个重要原因就在于她们对当下的社会现实有深入的理解，对人的心灵有最深刻细致的触摸与体察。

二是要持续推进艺术创新。就具体文学创作而言，河南青年作家在写作技巧、叙事能力等方面应该说丝毫不逊色于前辈作家，在知识积累方面甚至超过老一辈作家，但作品之所以达不到相应的艺术成就与社会效果，其中一个重要的原因在于作家本人不能从个人狭小的生活圈子中跳出来，一味地沉浸在个人的现实生活中，缺乏对周围现实生活的深刻理解，缺乏对国家、对民族、对历史的开阔识见与深度把握。文学创作是一项创造性的劳动，没有创新就没有生命。多年来，河南作家的创作一向以内容的厚重取胜，而在艺术表现形式的创新等方面存在着一定的欠缺。虽然一些青年作家进行了探索，但对于大多数青年作家来说，这方面的问题仍然相当突出。在这方面作出努力的是河南诗人马新朝，他的长诗《幻河》以新颖而恰切的艺术形式，抓住了黄河这一中华母亲河所具有的历史的、人文的、民族命运的以及个人情感的多元特点加以表现，当之无愧地获得了第三届鲁迅文学奖。郑彦英的散文集《风行水上》能获得第五届鲁迅文学奖同样也离不开艺术上的探索与创新。要想让河南文学在全国文坛有更大的影响，就必须进一步贴近现实生活，以不断创新的艺术形式反映时代和现实，才能创作出思想深刻、艺术精湛、群众喜闻乐见的文学精品，才能使河南文学真正繁荣起来。

（二）深刻体会卢展工讲话精神，重视文学与中原文化的紧密联系

2010年7月22日，省委书记卢展工在省文联调研时指出，做好文化工作，必须提高认识。认识到文化是根、文化是魂、文化是力、文化是效。文化发展具

有特殊的规律，大胆探索规律、准确把握规律，使各项文化工作更加符合客观规律；要把遵循规律作为开展文化创新的出发点，激发创新创造活力，使文化创新创造更加符合时代要求，更好地发挥文化在科学发展实践中、在人类文明进程中、在人类素质提升中的重要地位和作用。

河南文学的繁荣发展离不开中原文化的滋养，河南文学的繁荣也必将成为中原文化的一个重要的组成部分。

第一，河南作家要对中原文化有清晰的认识，将中原文化的具体内容纳入胸中，倾注于笔端。中原文化的特点之一是具有根源性，中华文化的源头在中原。诸如近年来兴起的姓氏寻根等根文化，就是中原文化的一个组成部分，根文化为全球华人找到了一个精神之根。当代河南作家和中原文化之间有着千丝万缕的联系。这可以从他们的创作实例中得到验证。不管是从河南走出来的当代文学名家如周大新、阎连科、刘庆邦、刘震云等，还是仍在河南勤奋创作的李佩甫、田中禾、张宇、李洱等，他们在创作时或借鉴中原曲艺文化，或体现中原民间道德，或展现中原农民顽强的生命力的同时，还对中原民俗文化、中原诙谐文化等有所借鉴与表现，不仅丰富了小说内容，而且提高了文学的品位、认知价值和义化审美价值，也体现了他们对中原特色传统文化的继承性发展。

第二，河南作家要领会中原文化精神的当代内涵，结合当代社会实际，结合日新月异的经济文化建设，抓住现代社会飞速变迁中人与事所传递出的文化脉络，在作品中加以表现。中原文化是具有包容性的，具有海纳百川、地承万物的气魄；是贴近民众的、立足社会现实的，不是自我封闭的。河南作家的创作同样要具有这种属性，取百家之长，通过各种走出去、走下去的方式，增加自己作品的包容度，创作出带有自己独特标志的高质量的文学作品，交给大众。民族的，也是世界的。河南这块特殊的政治地理环境所孕育出来的中原文化，是河南作家宝贵的精神财富与写作资源。

第三，要积极推进文学发展，以合适的文学内容为载体，发展文化产业，加入到中原经济区的建设中去。这方面做出典范的是郑州的《小小说选刊》与《百花园》杂志。小小说从一种不为人所重视的微型文体，到被纳入国家级大奖鲁迅文学奖，不仅是为河南培育了一大批小小说名家，不仅是带响了两本杂志，更重要的是，连续几届全国性的小小说节的举办，提升了郑州乃至河南的文化影响力，宣传了河南的文化形象。同时，还要重视提高河南文学队伍对影视剧以及大型广告创作的参与度，加大影视剧制作与编辑的复合型文学人才建设。文学是一切讲故事艺术的起点，作家对相关艺术产业有着先天的参与创作优势，能对影视剧制作等有文学性要求的文化产业类型提供核心创意，又能对其艺术外壳加以文学性润色。通过这些渠道，一方面扩大河南文学的影响，同时对河南的文化建设能有更深度的参与创建。

（三）加强对外宣传和文化交流，创新河南文学"走出去"模式

河南文学主要门类作家队伍都比较整齐，老带新，传帮带，使河南的文学事业得以薪火相传。小说界作家现有张一弓、南丁、田中禾、张宇、李佩甫、郑彦英、杨东明、张斌、刘学林、李洱、墨白、行者、韩向阳、陈铁军、戴来、邵丽、乔叶等；小小说界作家有邢可、刘建超、赵文辉、安庆、奚同发、吴万夫、珠晶、丁新生等；诗歌界作家有王绶青、申爱萍、陈有才、王幅明、刘育贤、孔令更、冷慰怀、马新朝、高旭旺、冯杰、蓝蓝、高金光、邓万鹏、刘高贵等；散文界作家有周同宾、南丁、孙荪、卞卡、廖华歌、王剑冰、杨稼生、刘先琴、王钢、乔叶、胡亚才、鹿子等；文学评论界作家有孙荪、刘思谦、杜田材、曹增渝、王增范、韩宇宏、梅惠兰、耿占春、张俊山、李传申、阎豫昌、王剑冰、任访秋、刘增杰、关爱和、解志熙、王广西、沈卫威、何向阳、孙先科、何弘、刘海燕等，对各类文学文体进行及时有效的评论。然而与浩大的文学队伍并不相称的是，河南作家作品在国内的名气不算很大，"文学豫军"的牌子不够响亮，"中原突破"仍要继续采取措施，进一步加强文学冲击力。河南文学仍需要加强对外宣传和文化交流，创新河南文学"走出去"模式，增强文学豫军的文化品牌影响力。

第一，要使作家走出去。今后，除了继续组织本省作家到各处采风，并适时安排作家挂职基层深入生活外，要鼓励作家参与省外乃至国外的文学活动、文学节庆，与国内甚至世界文学同行交流，阅览民俗风情，开阔写作视野。如评论家何弘于 2009 年 7 月份参加了中国作协在北戴河举办的长篇小说艺术问题和文学发展态势研讨会、中国文联成立 60 周年纪念活动等；诗人蓝蓝应邀参加第 16 届瑞典哥特兰国际诗歌节、斯德哥尔摩"巴格达咖啡国际诗歌节"；作家乔叶随中国作协代表团到台湾和四川地震灾区访问，于 2010 年随中国作协"走进红色岁月采风团"赴贵州采风，随即在黔西南旱区创作诗歌一组（四首）和散文两篇；

等等。要鼓励作家参与各类文化建设，打通创作壁垒，如乔叶作为上海世博会《海宝历险记》的创作龙头，参与了世博文化建设。鼓励作家身兼多职，在不同领域的工作经历，能使作家以不同的角度反思自身的创作盲区与弱势，从而提升自身创作能力。

第二，要努力采取各种方式，使河南的作品走出去。使作品主动走出去并产生影响，目前的主要方式是召开作品研讨会，借评论家之口步入大众视野，这其实最终是借助了纸质媒体，包括报纸与文学期刊，这种传统方式要继续推行；使作品走出去，还要学会借助各种"新媒体"，比如改编为影视剧，通过银幕与荧屏走进观众心中；再如借助早已普及的网络平台，和文学网站签约，通过网络走进越来越多的网民的视野；河南作家2008年与2009年连续两次网络试水，实际上就是一种推出作品的新方式。还可以借助手机网络平台，进行作品的传播。另外，要注意打造与作家作品的相关文化副产品，这同样可以起到对作品的宣传与推介作用。

第三，要发挥河南文学相关集体的力量，使河南作家作品走出去。要发挥河南文学界各类文学学会的力量，推动各类文学体裁大发展、走出去。河南现共有诗歌学会、散文学会、杂文学会、报告文学学会、儿童文学学会、散文诗学会以及文艺评论家协会等省级文学学会、协会七个。要积极发挥这些学会、协会的作用，组织举办相关活动，对河南作家作品进行推介。要利用河南各地市作家群优势，与各地市政府联合，举办文学赛事、文学交流、作品研讨会等活动，将各地市作家群以文学小群落的方式推出去。现河南南阳作家群已经成为文学豫军中的一个牌子，周口青年作家群也正在得到全国文坛的关注，其他地市要借鉴这些经验，将各地的文学优势推介出去。

当然这一切的前提是保证文学作品本身的高质量。只有精品佳作，才具备被优先宣传与推介的资格，也才能为广大读者所容易接受。总之，相信在党中央繁荣发展文化事业和文化产业的大好政策的指引下，在河南省委、省政府的正确领导和大力支持下，在文学界的辛勤努力下，河南文学一定会沿着一条具有自身文化特色的创作之路，与时俱进，伴随时代的精神脉搏，反映广大人民群众的心声，为河南的文化事业贡献出自己的力量。

区域·案例篇

B.20

豫中四市文化产业发展比较研究

区域文化发展研究课题组*

　　摘　要： 郑州、许昌、漯河、平顶山四市是河南文化产业发展的中坚力量，在全省的文化产业发展中发挥着强有力的核心作用。2009 年四市文化产业增加值总计为 250.95 亿元，占全省文化产业增加值的 40.26%。但从对经济发展的贡献上看，文化产业增加值占 GDP 的比重还较低。传统文化产业所占比重较大，且存在创新动力不足，形式、内容老套，经营传播模式落后等问题，要进一步加大对文化产业资金投入的力度，优化财政在文化领域的投入结构和投入方式，充分发挥财政资金的引导和带动作用，支持有市场发展前景的重大文化产业项目的建设，支持关键技术的开发，支持文化产业链的形成。

　　关键词： 豫中四市　文化产业　比较研究

---

　　* 课题组负责人：卫绍生；课题组成员：席格、靳瑞霞、李娟、郭海荣；执笔：郭海荣。

从 20 世纪 90 年代中期开始，文化产业就被一些中心城市列入发展战略和规划之中。胡锦涛总书记在党的十七大报告中提出"文化软实力"问题，将提升文化软实力提高到国家战略高度。河南省委、省政府积极推进河南由文化资源大省向文化强省的跨越，各地市也认识到文化产业发展的重要性，先后提出了"文化强市"战略。位于河南中部的郑州、许昌、漯河、平顶山四市都努力依托本地特色文化、注重发挥资源优势、强力推进文化建设，取得不俗的成绩。

一 豫中四市文化产业发展概貌

豫中四市位于黄河以南、中原之中。如果从区域划分来看，豫中地区主要包括郑州、许昌、漯河、平顶山四市，总面积 22941.2 平方公里，约占全省国土面积的 13.7%；人口 2260 万人，约占全省总人口的 19.9%。豫中四市是河南文化产业发展的中坚力量，在全省的文化产业发展中发挥着强有力的核心作用。郑州市是河南省省会，地处中华腹地，九州通衢，北临黄河，西依嵩山，拥有得天独厚的自然资源、深厚的历史资源，是河南省政治、经济、教育、科研、文化中心。在 2009 年河南省 18 个地级市文化产业增加值排序中，作为河南省会的郑州市居第 1 位，高达 138.8 亿元；在郑州市文化产业快速发展的影响与带动下，豫中其他 3 个城市的文化产业也快速发展，许昌居第 3 位，达 72.09 亿元，漯河居第 9 位，达 23.61 亿元，平顶山居第 13 位，达 16.45 亿元。豫中四市 2009 年文化产业增加值总计为 250.95 亿元，全省的文化产业增加值合计为 623.31 亿元，豫中四市占全省文化产业增加值的 40.26%。与 2008 年豫中四市文化产业增加值总计的 234.64 亿元相比，共增加了 16.31 亿元。其中平顶山市、许昌市和漯河市的文化产业增加值实际增速分别为 18.6%、19.3% 和 18.6%，增长速度皆远远超出各市同期 GDP 的增长速度，也超过了河南省 15.13% 的文化产业增加值平均增速。总结河南省实施文化强省战略以来豫中四市文化产业发展的成就，主要可以概括为以下几个方面：一是增长速度和总量连上新台阶，对地方经济增长的贡献日益显著；二是传统优势文化产业继续稳步增长，新兴文化产业发展势头良好；三是深入挖掘文化内涵，打造出一批知名文化品牌；四是引导文化产业集中发展，文化产业园区和文化产业示范基地建设成绩不俗；五是初步形成文化产业促进体系，为文化产业发展提供强力支撑。

1. 增长速度和总量连上新台阶，对地方经济增长的贡献日益显著

河南各地市根据各自的文化资源状况，实施文化强市战略，积极繁荣文化事业，大力发展文化产业，其中豫中四市的文化产业呈领先增长的态势。2009 年，郑州市文化及其相关产业的增加值达到 138.8 亿元，拉动 GDP 增长 4.2 个百分点。文化产业增加值比上年增长近 12%，与当年 GDP 增长率基本持平，文化产业总量及增长额均居全省第 1 位。许昌市文化产业增加值达 72.09，比上年增长近 19.3%，高出当年 GDP 增长率 10.8 个百分点，文化产业总量及增长比在全省分别排名第 3 位和第 4 位。漯河市文化产业增加值达 23.61 亿元，比上年增长近 18.6%，高出当年 GDP 增长率 6.7 个百分点，文化产业总量及增长比在全省分别排名第 9 位和第 6 位。在豫中四市中，平顶山文化产业发展相对较慢，但发展势头较好。2009 年平顶山市文化产业增加值达 16.45 亿元，比上年增长近 18.6%，高出当年 GDP 增长率 6.5 个百分点，文化产业总量及增长比在全省分别排名第 13 位和第 6 位。这四个城市文化产业的增长速度和总量连上新台阶，对地方经济增长的贡献日益显著。伴随着文化产业增加值的迅速发展、文化产业规模扩大、领域拓宽和业态创新，豫中四市的企业单位数和从业人员数均日益增加，显示出强劲的发展后劲。

2. 传统优势文化产业继续稳步增长，新兴文化产业发展势头良好

随着文化产业规模的逐步扩大和经济效益的逐步提高，豫中四市的文化产业结构得到不断优化，文化产业已经形成了以外围层为主体、核心层和相关层为新兴增长点的产业结构体系。以郑州为例，郑州以新闻出版、广播影视、文化艺术为主体的传统意义上的文化产业核心层 2009 年实现增加值 59.8 亿元，比上年增长 19.8%，占全市文化产业增加值的 43.1%，共有从业人员 5.4 万人，占全市文化产业从业人员的 31.1%；以网络、旅游、休闲娱乐、经纪代理、广告会展等新兴文化服务业为主体的文化产业外围层实现增加值 19.5 亿元，实际增长 15.2%，占全市文化产业增加值的 14.0%，共有从业人员 3.4 万人，占全市文化产业从业人员的 19.7%；以文化用品、设备及相关文化产品生产和销售为主体的文化产业相关层实现增加值 59.5 亿元，实际增长 3.7%，占全市文化产业增加值的 42.9%，共有从业人员 8.5 万人，占全市文化产业从业人员的 49.2%。核心层、外围层、相关层实现的增加值之比为 43.1∶14.0∶42.9，从业人员之比为 31.1∶19.7∶49.2。截至 2009 年年底，郑州市从事文化产业的人员有 17.2 万人，比2008年同期增加了2.8万人，增长了19.8%，占全省文化产业从业人员的16.5%。再如许昌，2009年许昌文化产业核心层、外围层、相关层的增加值分别是4.25亿元、3.97亿元、62.44亿元，占全市文化产业增加值的比重分别为6.0%、5.6%、88.4%，与2008年度同比增长分别是26.69%、10.18%、19.48%；文化产业从业人员分别为1.57万人、8127人、8.3万人，占全市文化产业从业人员的比重分别为14.70%、7.6%、77.71%；全市文化产业创造增加值70.66亿元，同比增长13.11%。从整体上来看，豫中四市发展势头良好，且发展后劲较足。

依托高新技术和设计人才聚集的优势，创意设计、动漫及网络游戏等与数字网络技术相融合的新兴行业发展迅猛，成为豫中四市文化产业中极具增长潜力的新亮点。郑州市充分运用高新科技创新文化生产和传播方式，培育新的文化业态。推动创意动漫、数字影视、数字出版、数字广播、网络服务、网络书店、电子娱乐等新兴文化产业加快发展。启动建设中国郑州信息创意产业园，园区以信息技术、动漫设计、服务外包、软件开发、文化创意等为主导产业，规划建设面积1.8平方公里，总投资120亿元，建成后可接纳300家国内外企业，创造5万个高端就业岗位，年产值将突破300亿元。目前已完成投资1.5亿元，1.5万平方米的办公及展示区和近10万平方米的企业总部大厦正在建设，10家动漫影视公司已经入驻。国家动漫产业发展基地（河南基地）项目已于2010年3月开工，过渡起步区落实了3000平方米的动漫研发办公场地，已有近20家动漫企业入驻。2009年基地内动漫创意企业实现销售收入2亿元，完成动画片4000分钟。截至2013年，郑州市动漫产业基地力争发展成为产业链完整、国际知名的三维动画服务外包基地。同时，"开放体验式动漫基地"也将成为河南文化创意产业与旅游业相结合的新亮点。

3. 深入挖掘文化内涵，打造出一批知名文化品牌

豫中四市依托文化资源，深入挖掘城市文化内涵，通过对地方文化的挖掘、提炼、包装，打造出一批在国内外都具有一定影响力的文化品牌。郑州市依托资源、面向市场，成功推出一系列文化精品。大型原创舞剧《风中少林》、《云水洛神》与嵩山实景演出《禅宗少林·音乐大典》带动了全市演艺业的升级；大型科幻少儿电视连续剧《快乐星球》填补了我国大型科幻少儿电视剧的空白，已生产4部共206集；设计出"小樱桃"动漫系列，动画片已在中央电视台播出并走出国门，动漫图书出口国外，品牌影响力不断提高；围绕"古都游"、"黄河游"、"寻根游"、"功夫游"等旅游产品，强力实施一批旅游精品改造工程；先后完成中华炎黄二帝巨型雕塑、黄帝故里改造、嵩山历史建筑群修缮、商城遗址公园建设、康百万庄园保护与开发等，全市3A级景区达到18家。许昌市重点推出以休闲观光、生态旅游、三国文化为主题的"许昌生态文化游"，将曹丞相府、春秋楼、灞陵桥等精品历史文化景区与鄢陵国家花木博览园、名优花木科技园区、花都温泉度假区、花木盆景园等精品自然景区相结合，着力打造"北方花都"、"三国名城"。禹州推出钧瓷文化旅游试验区，努力发展壮大钧瓷产业，打造钧瓷文化品牌，自2004年以来，每年一度的钧瓷文化节向世人展示了钧瓷文化的魅力和风采。漯河市拥有许慎文化、贾湖文化、三国文化、小商桥文化等众多闻名遐迩的人文景观，以此为依托，形成了产业旅游项目，采取发展红色旅游、工业旅游和历史文化旅游相结合的方式，利用南街村、双汇集团等知名品牌，积极发展出红色旅游和工业旅游。平顶山以尧文化、宝丰民间曲艺文化、香山观音文化、牛郎织女文化、汝瓷文化、衙署文化、三苏文化、寻根文化等为依托，打造系列旅游文化项目，在国内外获得较大影响。以马街书会、魔术、民间庙会等为代表的民俗文化源远流长，经久不衰，在全市形成了12个以魔术、曲艺、杂技、知青文化等为主要文化活动的文化专业村，特别是以宝丰县周营村为核心的魔术专业村带动周边乡镇形成了千余个表演团体，从业人员达五万余人，演出遍布全国，年收入达5亿以上，有力地推动了当地文化产业的发展。

4. 引导文化产业集中发展，文化产业园区和文化产业示范基地建设成绩不俗

豫中四市为推动文化产业发展，通过资源整合与重点项目建设，引导文化产业集中发展，培育出了一批优质的文化产业园区和示范基地。作为河南文化、政治、经济中心的郑州，在文化产业园区怀文化产业示范基地建设中充分发挥领头羊的作用，先后启动建设了嵩山文化产业园区、中国郑州信息创意产业园、国家动漫产业发展基地（河南基地）、金水文化创意园、郑州沿黄河文化产业带，同时还有正在规划建设中的中华文化园、郑州华强科技文化园、大河宠物文化公园等多个文化园区。许昌先后建设了禹州市（神垕）钧瓷文化产业园区、生态文化园产业集聚区、顺店刺绣产业集聚区、发制品产业集聚区和机制纸文化产业集聚区等，各个产业园区有序发展，共同促进许昌市的文化产业建设。平顶山的大香山风景名胜区、汝州和宝丰汝瓷文化园、宝丰魔术文化产品生产基地、舞钢冶铁文化园、郏县钧瓷工业园以及曲艺、小品创作生产基地和金镶玉生产基地在国内均享有较高知名度。漯河市有源汇区沙澧产业集聚区、开源"绿色生态"休闲旅游文化产业园区和许慎文化园等多个文化园区,依托文化资源,深入挖掘沙澧文化、许慎文化,为漯河市的特色文化园区建设增添亮色。在这些各具特色的文化园区内,郑州嵩山文化产业园区和禹州市(神垕)钧瓷文化产业园区在2010年被评为"河南省文化产业示范园区",极大地促进了当地的文化产业建设与发展。

5. 初步形成文化产业促进体系,为文化产业发展提供强力支撑

豫中四市紧紧把握"文化强省"与"中部崛起"的大好时机,充分认识发展文化产业的重要性、必要性与紧迫性,抢抓文化产业的发展与提升,促进文化事业与文化产业、产业内部各门类、文化产业与相关产业实现联动式发展,不断深化文化体制改革,创新运行机制,增强发展的动力与活力,把改革创新作为文化产业发展的持续动力和核心竞争力,努力实现文化产业从资源优势向产业优势转变。郑州市为扶持文化产业加快发展,把制定配套政策作为一个重要的工作环节,研究制定了《郑州市"十一五"文化发展规划》,先后出台了《关于加快发展文化产业的意见》、《关于深化文化体制改革,加快文化产业发展的实施意见》、《关于扶持动漫产业发展的若干意见》等多项政策,已形成了财政、税收、国有文化资产管理、资产处置、土地处置、人员分流和社会保障、收入分配、工商管理等方面的配套政策体系。比如,在财政上,设立了农村文化建设专项资金、宣传文化发展专项资金、文化产业发展专项资金、动漫产业发展专项资金、文化体制改革专项资金等5个专项资金,其中宣传文化发展专项资金每年2000万元,文化产业发展专项资金每年3000万元,动漫产业发展专项资金5000万元,对文化产业的发展提供了强有力的政策与资金支持。漯河市、许昌市、平顶山市也各自精心制定了当地文化产业发展规划纲要,对当地文化发展提供政策支持,还针对重点文化项目出台具体措施,力求突出文化产业重点,带动文化产业全局,如漯河市出台了《许慎文化景区规划》、《小商桥旅游景区开发规划》等专项规划。加大政策扶持、财政投入,多措并举,对舞阳农民画、许慎文化景区、小商桥旅游区等重点文化项目进行专题规划、重点投入、加大宣传,提升品牌,并借助这些重点项目提升区域内其他文化产业的知名度,努力加快产业化发展,促进区域文化产业建设。

二 豫中四市文化产业发展存在的问题与不足

1. 文化产业发展不足，文化资源转化不够充分

近年来，河南文化产业发展呈现出快速发展态势，规模迅速扩大。2009 年全省文化产业增加值为 623.31 亿元，成为河南又一新的经济增长点。作为河南文化产业发展的中心，豫中四市的文化产业发展也增长较快。但是与文化产业发展的先进省份、先进地区相比，从增长速度上看，豫中四市文化产业发展增速虽高于全国平均水平，但从对经济发展的贡献上看，文化产业增加值占 GDP 的比重还较低。目前，广东、上海、陕西、云南、厦门、深圳等省市文化产业增加值占 GDP 的比重均在 6% 左右，北京已超过 10%，同为中西部地区的长沙、武汉、西安等市的文化产业增加值占 GDP 的比重均在 5% 以上，而郑州却只占 4.1%，许昌、漯河、平顶山则更低。作为河南文化发展的领头羊，郑州市文化产业调整升级效果明显，但是豫中其他三市文化产业的结构却相对不甚合理，传统文化产业所占比重较大，新兴文化产业发展较慢。以平顶山为例，作为河南省经济发展较好的地市之一，2009 年 GDP 达 1140 亿元，居河南省第 5 位，但文化产业的发展却偏慢偏少，增加值为 16.45 亿元，全省排名第 13 位，只占 GDP 的 1.4%，与 2009 年度全省 3.2% 的平均值相差甚远，与其他兄弟地市相比差距明显。许昌、漯河的文化产业虽然增长速度较快，在全省排名较为靠前，但是文化产业总量不足。豫中四市传统文化资源非常丰富、底蕴深厚，如郑州的嵩山文化、黄帝文化、黄河文化、商都文化、少林文化，许昌的远古文化、夏禹文化、葛天氏文化、三国（曹魏）文化，钧瓷文化，漯河的许慎文化、舞阳县农民画，平顶山的汝瓷文化、曲艺文化、三苏文化等，有着发展文化产业的厚重基础。但是，比起丰富的文化资源，豫中四市的文化产业转化仍然存在着文化创意不足、文化资源转化不够充分的问题。

2. 产业形态不够完善、文化开发模式有待提升

从豫中四市的文化产业发展来看，传统文化产业所占比重较大，且存在创新动力不足、形式与内容老套、经营传播模式落后等问题，将传统文化资源转化为核心层的影视、动漫、舞台艺术等方面力度不够。与河南其他地区相比，豫中地区的文化产业发展相对较好，但是与全国发达地区相比，文化产业的科技含量较

低，使用传统技术的文化产业占比大，而应用数字、网络等现代信息技术的新兴文化产业大多尚处于起步阶段，文化创意、动漫、数字立体电影、数字出版等新兴文化业态实力还相对较弱，网络文化、移动多媒体广播电视、移动文化信息服务、数字娱乐产品等业务发展较慢。而且新兴文化产业规模普遍偏小，产业规模化和集约化程度不高。豫中四市中，除郑州数字网络文化产业发展有一定规模外，其他三市的新兴文化产业发展皆不尽如人意。

3. 高层次人才不足，文化产业发展遭遇瓶颈

文化产业最核心的生产要素就是高素质文化创意人才，人才是夺取文化产业发展制高点的决定性因素。虽然作为中原文化发展中心，豫中四市的文化人才比河南其他地区要多，素质也相对较高，但是与全国文化产业发展较好的地区相比，仍然存在文化产业领军人物稀缺、复合型高层次人才匮乏、市场储备人才缺乏、从业人员素质不高等诸多问题。以平顶山为例，2008 年年末，根据经济普查资料测算，在文化产业法人单位中具有研究生及以上文化程度的人员仅有 74 人，占文化产业法人单位从业人员的 0.34%，高中及以下学历的有 15696 人，占文化产业法人单位从业人员的 71.9%。从业人员文化素质不高，影响文化产业单位的创新能力和竞争力，文化服务只限于一些科技含量低、附加值低的行业，水平和档次受到限制。文化产品的生产以来样加工和照搬照套的方式居多，经营利润并不大，在提供文化和休闲娱乐服务方面，原创性不够。除文化创意人才外，文化经营人才的数量、质量的短缺也同样严重影响着文化产业发展的规模和质量。在文化产业发展势头迅猛的背景下，懂文化、善管理、会经营的复合型高素质经营管理人才显得尤为重要。

三 对策建议

1. 加大政府投入和金融支持，增强产业发展后劲

要根据形势和文化发展需要，进一步研究制定扶持文化事业、发展文化产业的政策，逐步形成有利于文化大发展大繁荣的政策体系。要加大对文化产业资金投入的力度，优化财政在文化领域的投入结构和投入方式，充分发挥财政资金的引导和带动作用，支持有市场发展前景的重大文化产业项目的建设，支持关键技术的开发，支持文化产业链的形成。各地市每年尽可能在预算内安排一定数量的资金，建立市级文化产业发展的专项资金。采取贷款贴息、项目补助、奖励等方式支持文化产业发展。拓宽投资渠道。调整国有资本对文化产业的投资范围，推动国有资本投资机制的转变，构建一批以国有资本为主体的文化投融资运营主体。鼓励非公有资本以直接投资、间接投资、项目融资、兼并收购、租赁等形式进入一般竞争性文化行业，以及对中小型国有文化企业进行嫁接改造。整合金融资源，畅通各种融资渠道。积极运用银行贷款、融资租赁、项目融资等多种方式，支持文化产业的重大项目建设。充分利用资本市场的投融资平台和结构调整功能为大型文化企业上市融资提供保障。探索建立文化产业创新风险投资机制。降低创业投资行业的进入门槛，在主营业务方面扩大范围，吸引更多民营企业参与到风险投资领域。在重点文化产业园区建设孵化器，吸引各类风险资本，为科技含量较高、成长潜力较大、市场竞争力较强的中小企业提供综合服务。

2. 搭建技术平台，完善产业形态

做大文化服务业，需要依托科技的力量；提升文化制造业，需要采用现代科技来改造。豫中四市文化产业的发展需要搭建技术平台，加强科技支撑，推动文化产业升级。加快建立以企业为主体、市场为导向、产学研相结合的文化科技创新体系。要实施文化科技创新计划，设立文化科技创新专项，重点支持、集中突破一批制约地方文化产业发展的关键技术与核心技术，通过科技计划对文化产业中的技术研发进行直接干预，促进关键技术实现跨越式突破。创新运行模式，加快文化科技成果向现实产品转化。重点扶持发展创新能力强、辐射范围广的行业技术。分行业研究开发版权资源，为创意设计、动漫游戏、数字视听、新媒体、现代印刷、文化旅游、演艺娱乐、高端工艺美术等重点行业的发展提供创新、保护、管理和运用服务。要大力推进文化产品形式创新，立足自我、博采众长，满足不同层次消费者的需求。要鼓励和支持豫中四市的文化企业开发拥有自主知识产权、市场占有率高的原创性精神文化产品，打造具有核心竞争力的知名文化品牌。充分发挥科技对文化产业发展的支撑作用，运用数字、网络等高新技术促进文化创意、动漫、数字立体电影、数字出版等新兴文化业态发展。提高信息化水平，制定和完善网络标准，推动信息技术创新和应用，促进网络互联互通和资源共享，推进宽带通信网、数字电视网、下一代互联网三网融合。发展纸质有声读物、电子书、手机报和网络出版物等新兴新闻出版业态，发展高新技术印刷。加强核心技术研发，运用高新技术改造提升传统演艺、娱乐、电影等的设施和技艺。

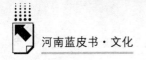

3. 加强人才培养与引进，建立合理的产业人才结构

产业发展，人才是最重要的基础资源。"良禽择木而栖"，豫中四市要想更好更快地发展文化产业，就需要采用多种方式集聚文化产业人才，建立合理的产业人才结构。要根据未来的发展需要，对地方文化产业人才需求的数量、层次、结构等逐项进行专题研究，在此基础上建立文化产业专门人才数据库，重点解决文化产业发展中人才的结构性短缺和层次失衡的问题，减少构建人才发展平台的盲目性。要充分发挥高等院校、科研院所和各类教育机构的作用，加强对文学艺术、新闻出版、广播影视、言语化产业研究、动漫游戏、资本运营等文化产业各类专业人才的培养。要注重引进高层次人才。培养文化产业人才，着力加强领军人物和各类专门人才的培养。建立健全业务培训和继续教育机制，培养懂文化、善创意、会经营的高端复合型人才和各类操作型、技能型、实用型人才。通过各种方式，大力引进高层次、高技能、通晓熟悉现代管理的高级文化产业人才。进一步完善文化产业人才、智力和项目相结合的柔性引进机制，在文化产业各个领域引进一批在国内外有一定影响、善经营、懂管理的核心人才，在资金和政策方面给予一定扶持，争取引进人才、留住人才。要充分利用现有文化产业人才，积极培养人才。对现有文化产业人才，应该不拘一格、不限年龄进行利用。出台政策，鼓励文化产业单位培养具有发展潜力的文化产业人才，可以通过在工作中培养、送出去培养等多种方式培养人才。鼓励人才进入文化产业工作。通过设立创业基金、提供特殊人才服务等方式鼓励人才投身文化产业，为他们提供一个展现创意才华的平台。加强对非物质文化遗产继承人、各类艺术专业工作者的保护和鼓励。

豫东三市文化产业发展比较研究

区域文化发展研究课题组*

摘　要：近年来豫东三市在发展文化旅游产业、培育文化品牌、实施文化产业项目战略、文化产业园区与示范基地建设等方面均取得一定成就。但由于文化资源差异、文化消费水平偏低等原因，三市文化产业开发模式有待多元化、产业结构有待优化、发展基础有待加强、产业主体有待培育。要实现文化产业成为支柱性产业的目标，三市可以采取文化资源整合开发、发展新型文化业态、实施文化项目和文化品牌战略等措施。

关键词：豫东三市　文化产业　比较研究

一　豫东三市文化产业发展概况

豫东三市位于郑州市以东，属于黄淮大平原，与山东省菏泽市、济宁市，江苏省徐州市，安徽省淮北市、宿州市、阜阳市相邻；总面积29107平方公里，约占全省国土面积的17.5%；人口2409万人，约占全省总人口的24.2%。豫东三市在文化上有着共同的文化属性，属于中原文化中的宋陈文化圈，儒道文化相互碰撞交融，并与相邻省份城市在文化上具有相通之处，如汉文化。豫东三市的文化产业发展，因开封市距离郑州市较近，受郑汴一体化和开封市、郑州市、洛阳市"三点一线"黄金旅游线路的影响，开封市的文化产业发展程度与水平明显高于商丘市、周口市，如2009年开封市的文化产业增加值占GDP比重为5.61%，而商丘市、周口市的则分别为1.24%和1.65%。并且，2009年开封文化产业增速达到19.5%，在全省18个省辖市中排名第1位，文化产业增加值43.68亿元，居全省第4位（见表1）。

---

* 课题组负责人：卫绍生；课题组成员：席格、靳瑞霞、李娟、郭海荣；执笔：席格。

表1 2008 年、2009 年开封、商丘、周口三市文化产业主要指标

城　市	2008 年			2009 年		
	增加值（亿元）	增加值占 GDP 比重(%)	文化产业从业人员（人）	增加值（亿元）	增加值占 GDP 比重(%)	文化产业从业人员（人）
开封市	36.55	5.30	69474	43.68	5.61	78271
商丘市	14.96	1.61	36061	11.83	1.24	41435
周口市	17.03	1.73	38845	19.22	1.65	40156

但整体上来看，自河南省实施文化强省战略以来，豫东三市的文化产业发展还是取得了可喜的成就，尤其是在发展文化旅游、打造文化品牌、实施文化产业项目和文化产业园区及示范基地建设等方面均取得了重大发展。

（一）文化旅游发展势头强劲

豫东三市充分利用文化资源，推动文化与旅游的结合，以旅游产业带动文化产业的发展，使文化旅游成为推动三市文化产业发展的主要模式。开封在 2009 年共接待海内外游客 3095.2 万人次，比 2008 年增长 22.4%；实现旅游总收入 108.1 亿元，增长 29.6%，占 GDP 比重为 13.9%。商丘 2009 年全年共接待国内外游客 781.63 万人次，比 2008 年增长 15.2%；实现旅游收入 12.99 亿元，增长 14.6%。周口的旅游经济同样成为拉动经济发展的一个杠杆，淮阳、鹿邑、郸城等地的文化旅游业都发展势头良好，以淮阳为例，2008 年太昊陵庙会期间，客流量达 1200 万人次，全县实现旅游综合收入 23.6 亿元。

（二）打造出一批富有影响力的文化品牌

豫东三市依托文化资源，打造出一批在国内外都具有一定影响力的文化品牌，开封主要有开封菊花花会、清明上河园、《大宋·东京梦华》实景演出等；商丘主要有国际华商文化节、商丘古城文化旅游区、永城芒砀山汉梁文化旅游区等；周口主要有淮阳中华姓氏文化节、鹿邑老子庙会等。这些文化品牌不仅有力拉动了当地的文化旅游产业、寻根文化开发及相关产业的发展，而且为当地招商引资搭建了桥梁。如 2010 年第 10 届中国菊花展览会暨中国开封第 28 届菊花花会，为开封吸引投资 241.06 亿元，签约合同项目 76 个，其中外

资项目 3 个，总投资 5410 万美元；商丘国际华商节，为商丘吸引投资 230 亿元，签约 75 个项目。

（三）文化产业项目战略成果显著

豫东三市都十分重视文化产业项目的带动作用，积极进行文化宣传和文化开发招商，吸引文化产业投资，并取得了显著成效。如在 2010 年 5 月第六届中国（深圳）国际文化产业博览交易会上，开封与河南哲商投资开发股份有限公司签订了开封中原明珠旅游文化产业园区项目，项目投资约 20 亿元；周口则成功签约文化产业项目 9 个，如淮阳县中华万姓同根园项目、西华女娲城景区综合开发项目等，项目资金为 7.02 亿元，占全省签约项目数量的近 1/4，投资总额的 19.6%；商丘的招商项目河南省华盛坤彩印包装有限公司、永城市影视娱乐城多功能演播厅和广电培训中心，分别和深圳百艺环境艺术设计有限公司、深圳金之彩彩印有限公司成功签约 4.2 亿元和 1.2 亿元的文化产业项目合作协议。另外，豫东三市还分别投资建设了一批文化产业项目，如开封的宋都开封、夜游开封项目等；商丘的永城汉梁文化博物馆、商丘古城南湖游乐场、应天书院；周口的淮阳县伏羲文化旅游产业集聚区建设项目、鹿邑县老子文化园明道宫景区项目。这些项目均有效拉动了三市文化产业的发展。

（四）文化产业园区和文化产业示范基地建设取得一定成就

豫东三市为推动文化产业发展，通过文化产业项目建设和文化资源开发，培育出了一批文化产业园区和示范基地。文化产业基地如开封清明上河园、中原民族乐器有限公司等；商丘王公庄画虎村、商丘古城旅游发展有限公司、商丘开元演艺（集团）有限公司、永城市芒砀山文物旅游区等；周口河南伏羲文化发展有限公司、淮阳太昊陵和项城市汝阳刘笔业有限公司等。2010 年 9 月，开封宋都古城文化产业园区还被命名为河南省"文化产业示范园区"。文化产业园区和示范基地，是文化产业发展的重要依托，充分发挥其示范效应和带动作用，将会有力推动文化资源的整合与开发，提高文化产业的规模化、集约化水平，提高当地文化产业的整体实力和核心竞争力，最终达到提升文化产业产值在当地经济 GDP 中的比重，推动经济增长方式的转变。

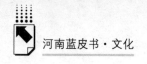

二　豫东三市文化产业发展的问题

豫东三市文化产业的发展，尽管在所面临的人文环境和自然条件等方面具有相同之处，所主要采用的文化产业发展模式等也有相同之处，但发展水平、占GDP比重、增长速度等的差异，充分显示出三市在所拥有的文化资源质与量、面临的发展机遇、文化消费水平等方面有着显著差异。

（一）文化资源基础有差异，开发模式有待多元化

文化资源丰富而厚重，是中原经济区建设的显著文化优势。具体到豫东三市而言，与相邻周边省份城市相比依然具有显著的文化资源优势，无论是物质文化遗产，还是非物质文化遗产。但就三市之间相互比较而言，还是存在着较大差异的。在物质文化遗产数量方面，开封与商丘在物质文化遗产方面具有显著优势，都属于国家级历史文化名城，开封有4个国家级文物保护单位和45个省级文物保护单位，商丘有7个国家级文物保护单位和44个省级文物保护单位，而周口的省级以上文物保护单位数量相对较少，只有6个国家级文物保护单位和9个省级文物保护单位。在物质文化遗产分布上，商丘和周口的相对较为分散，且相互之间关联性不强，因交通关系难以形成连带式规模开发；而开封有较高知名度和影响力的物质文化遗产主要集中在市内，且相互之间具有同质性，主要集中在宋代文化方面，为开封进行宋都文化项目开发提供了基础。在旅游区方面，商丘和周口都只有2个4A级旅游区，开封则有8个4A级旅游区（见表2）。

表2　豫东三市文化资源统计

城　市	文物保护单位		历史文化名城（国家级）	旅　游　区	
	国家级	省　级		5A	4A
开封市	4	45	是		8
商丘市	7	44	是		2
周口市	6	9			2

豫东三市非物质文化遗产资源丰富，以国家级非物质文化遗产为例，开封有7项：朱仙镇木版年画、开封盘鼓、大相国寺梵乐、兰考麒麟舞、开封市二夹

弦、汴绣、汴京灯笼张；商丘有 2 项：四平调、木兰传说；周口有 6 项：越调、太康道情戏、太昊伏羲祭典、项城官会响锣、心意六合拳、沈丘槐店文狮子舞蹈。另外，三市在名人文化、寻根文化、饮食文化等方面拥有在国内外具有较高知名度的资源，如老子文化、庄子文化、豫菜等。

但就文化资源的开发而言，均以文化旅游为主要模式，文化旅游产业是三市文化产业的重头戏。虽然开封依托清明上河园开发了《大宋·东京梦华》，但仍然属于旅游产业之内，只是借助旅游演艺提升了开封的文化旅游产业。至于将所拥有的物质文化遗产和非物质文化遗产转化为核心层的影视、动漫、舞台艺术等方面，三市都还有很大的发展空间。

（二）文化产业结构不断优化，但整体结构仍不合理，并且产业总量规模小

随着文化产业规模的逐步扩大和经济效益的逐步提高，文化产业结构得到优化。以 2009 年开封文化产业的发展为例，核心层、外围层、相关层的增加值之比为 15.9∶33.2∶50.9，与 2008 年三层增加值之比 17.5∶26.9∶55.5 相比较，2009 年核心层、外围层比重之和达到 49.1%，比 2008 年提高 4.7%。再如周口，2009 年核心层实现增加值 4.04 亿元，增长 38.51%，占全市文化产业增加值的 21%；外围层实现增加值 1.72 亿元，增长 26.6%，占全市文化产业增加值的 9%；相关层实现增加值 13.45 亿元，增长 5.56%，占全市文化产业增加值的 70%。文化产业结构在发展中得到优化调整，但从整体上来看，外围层仍占据比重的大部分，核心层的比重仍然偏低。而豫东三市的文化产业总量，从所占 GDP 的比重来看仍然偏小。三市在 2009 年的 GDP 分别为：开封 778.72 亿元，商丘 995.55 亿元，周口 1065.37 亿元；文化产业所占比重分别为：开封 5.61%，商丘 1.24%，周口 1.65%。虽然开封的所占比重较高，但距离文化产业成为支柱性产业的产值占 GDP 比重要达到 8% 的要求，还有相当的差距。而文化产业结构不合理，规模偏小的根本原因就在于以广播影视、动漫、文化娱乐为主体的文化服务业发展相对滞后，尤其是文化创意产业的发展严重滞后。

（三）文化消费滞后，文化有效需求不足，文化产业发展基础薄弱

文化产业的发达与否，直接与当地城镇居民的文化消费有关，文化消费

支出在豫东三市城镇居民支出中的比例不高，直接限制了当地文化产业的发展。豫东三市在 2009 年的人均 GDP 分别为：开封 16571 元，商丘 12779 元，周口 10649 元。开封、商丘人均 GDP 均超过 1700 美元，周口则达到 1600 美元。从经济发展的角度来看，豫东三市的文化产业和旅游业崛起的条件已经成熟，具备了提高文化消费比重的经济实力。但从三市 2009 年城镇居民家庭消费支出看，开封 10050.26 元，商丘 8034.66 元，周口 8879.34 元，而教育文化娱乐服务消费分别占消费支出的比重分别为：开封 10%，商丘 10%，周口 9%，文化消费比重偏低。这既与居民的文化消费观念、消费习惯有关，更与农村文化消费支付能力有关。低水平的文化消费必然严重制约豫东三市文化市场的培育，因为主动文化消费意识的薄弱，难以促使潜在的精神文化需求向文化生产力转化；文化消费水平和消费层次偏低，难以为新兴文化产业的兴起提供消费群体基础；文化消费需求不高，自然导致文化产品及相关服务和要素难以得到有效的市场开发，文化资源利用率偏低，文化市场体系难以完善。

（四）文化产业主体规模小，文化产品竞争力不足

豫东三市文化产业整体组织集约化程度不高，产业主体规模偏小。骨干文化企业或文化产业集团是推动文化资源开发、改变文化产业结构、延伸文化产业链条、提升文化产品竞争力的主要依托。豫东三市在近几年的发展中，通过引进非公有制经济资本、经营性文化事业单位转企改制等方式，培育出一批知名的文化企业，如开封清明上河园有限公司、商丘演艺集团、周口汝阳刘笔业开发有限公司等。但由于河南文化产业整体起步比较晚，加上文化领域条块分割、市场壁垒等原因，豫东三市的文化企业"软、小、散"的问题非常突出，表现为自主创新能力不高、核心竞争力不强、知识产权作用发挥不充分、缺少精品力作等，因此，难以形成大型的文化创意产业集团或骨干企业，难以在文化产业市场形成强势竞争优势。

由于缺乏知名创意性文化产业企业，因而豫东三市的文化产品竞争力主要依赖于已有文化资源的知名度和影响力，如开封汴绣、官瓷、朱仙镇木版年画等，商丘古城归德府旅游区、永城芒砀山汉梁文化旅游区等，周口淮阳泥泥狗、淮阳布老虎、西华胡辣汤等。这些文化产品虽然具有相当的竞争

力，但就对文化产业发展的贡献而言，由于产业化程度不高，难以形成规模效应。

三　加快豫东三市文化产业发展的建议

自 2011 年开始，国家"十二五"规划将付诸实施，同时中原经济区建设也将迈出坚实的步伐。对于豫东三市而言，要实现党中央在"十二五"规划建议中所提出的"推动文化产业成为国民经济支柱性产业"的要求，必须在中原经济区建设中充分发挥出已有的资源优势，推动河南经济增长方式转变，为中原经济区建设提供应有的文化支撑。

（一）整合文化资源，加快文化资源的产业化

豫东三市位于黄淮平原，从文化地理的角度来看，同具有平原文化的特征，这为文化资源的整合提供了相通的文化属性基础。而就三市所具体拥有的资源来看，可整合性且具有市场开发潜力的文化资源有很多。以道家文化为例，周口鹿邑老子故里与商丘民权庄子故里的开发，鹿邑以"老子故里、道家之源、道教祖庭、李姓之根"四大文化品牌进行老子文化资源发掘，除每年农历 2 月 15 日举办老子诞辰公祭大典外，还举办了"2009 中国鹿邑李姓之根高层论坛暨世界李氏宗亲第十三届恳亲大会"、"悟道体道·共建和谐——老子文化与养生国际论坛"等；而民权是"中国庄子文化之乡"，举办有"国际庄子文化节"以及庄姓寻根等活动。老子、庄子作为先秦道家的主要人物，所开创的道家思想对中国文化产生了深远影响，在国际上享有较高知名度，如果以先秦道家文化为线索进行创新性整合开发，将会直接提升二者的产业化水平。再如商丘宋文化与开封宋文化同样具有资源整合可行性。商丘古城，在宋代称为应天府，后来被称为南京，作为开封汴梁的陪都，后改称归德府，明代所建归德府城墙，至今保存完好。而位于古城南门外的应天书院，则属于宋代"四大书院"之一。并且，商丘与开封之间由陇海铁路贯穿，交通便利。以旅游开发为例，商丘可以宋文化开发为契机，将商丘纳入开封、郑州、洛阳的黄金旅游路线，构成"四点一线"。而这种文化资源的整合开发，必须依托于河南文化资源管理体制的改革和当地政府相关部门的积极合作，才能最终促成文化资源的跨地域、跨行业的整合。

（二）提升文化旅游产业，发展文化创意产业等新型文化业态

文化旅游产业是豫东三市文化产业发展的重头戏。如果能够在区位相近、交通基础设施完善等现实物质条件下和文化资源具有共通之处、产业化开发空间大等的基础上，将三市的旅游资源融为一体，必然会提升旅游产业的水平。同时，文化旅游产业重在以文化为旅游提供精神内涵，因此必须充分发挥文化在观光旅游中的作用，通过实景演出、专业演出、民俗表演等方式，拉动文化旅游产业的升级。要进一步优化三市的文化产业结构，必须大力发展文化创意产业，发展动漫、游戏等新型文化业态，提高文化产品的核心竞争力。文化创意产业，既要求以现代科技对文化产品进行重新包装，又要求以现代艺术形式对文化资源进行重新转化，以现代理念对非物质文化资源进行熔铸式创新。开封依托《清明上河图》进行大型历史主题公园建设和实景演出项目开发，对此已经进行了积极有益的探索。利用文化创意，将三市所拥有的文化资源转化为文化产品的核心内容，是三市文化产业发展的必由之路。以道家文化资源为例，老庄的道家哲学思想频繁被西方影视巨制所利用，如《黑客帝国》、《功夫熊猫》等，那么周口、商丘如果能以现代的方式对道家文化资源进行开发，如对《庄子》中"蜗牛角上战争"等进行动漫开发，可以想见，必然会改变文化产业增加值无法大幅度提升的困境。

（三）实施文化项目带动战略和文化品牌战略

实施重大文化产业项目是有效拉动文化产业升级的重要方式，尤其是属于文化产业核心层的项目，通过文化产品链条的拉长，将会对相关层、外围层产生拉动，从而带动整个文化产业的发展。如通过旅游演艺来开发文化旅游"夜经济"，不仅旅游演艺节目可以直接推动文化产业发展，而且可相应地拉动住宿、餐饮、交通等行业的增长。张艺谋所打造的"印象"系列实景演出、郑州的《禅宗少林·音乐大典》等，均发挥出这一效应。同时，文化项目战略的成功实施，会相应地培育出新的文化品牌，通过文化品牌的吸引力来拉动产业升级。而文化品牌除了借助文化项目战略外，还可以依托知名文化资源的开发来培育。目前开封、商丘和周口在这方面均取得了显著成就，但整体上就三市所拥有的文化品牌与所拥有的著名文化资源相比较，与省内、国内同类文化品牌的影响力相比

较，还不能形成巨大的品牌带动效应。如实景演艺节目《大宋·东京梦华》与《印象·刘三姐》、《印象·丽江》等相比，还有很大的提升空间。提升已有文化品牌的影响力，将会使三市的文化竞争力得到进一步的提高。尤其是 2010 年，河南省开展了"文化产业项目年"活动，三市应对已经选出的进行重点扶持的文化企业、文化产业项目搞好发展环境服务，如政策环境、金融环境、宣介环境等，实施项目带动战略。

（四）培育骨干文化企业，发展大型企业文化集团

文化企业是文化市场的主体和支撑，培育壮大文化企业是发展和提升文化产业的根本所在。要具体落实这一措施，主要做好以下几个方面工作。（1）深化文化体制改革，加快经营性文化事业单位的转企改制，在市场竞争中获得活力，在市场竞争中求生存发展。商丘演艺集团在这方面已经作出了积极有益的探索，这些经验可以为开封、周口所采用，甚至可以进行跨地区合作。如三市的豫剧院团，可以进行跨市合作，集中优秀人才打造精品力作，尤其是在豫东调方面作出新的探索，发掘豫剧资源的市场价值空间，同时也对这一国家级非物质遗产进行市场化保护。（2）构建多元化的文化产业投融资机制，鼓励非公有制资本、外资进入文化产业领域，促使民营文化企业做大做强。文化产业投资不足，是豫东三市文化产业发展提升的一个重要制约因素。因此，要支持文化产业的发展，必须进行文化产业投融资机制改革：政府搭桥，促使文化企业与银行合作，推行文化企业贷款贴息；组建文化信贷担保公司，对市场发展潜力大的文化企业，提供担保贷款；鼓励大型投资机构介入文化产业；建立文化资源资本评估机制，为文化企业融资提供保障。如《大宋·东京梦华》要上市融资，除去自身要采用盈利模式之外，还必须进行相应的体制机制改革。（3）推动文化企业的自主创新。利用三市当地的教育资源等培育文化创新人才，同时为对外招聘文化创新人才提供政策支持；鼓励文化企业的科技创新，提升文化产品的科技含量；鼓励企业产品创新，打造精品力作。（4）对文化产业项目进行统筹规划，防止同类、同质项目的开发，打造起点高、规模大和有发展潜力的文化产业示范基地、园区。

B . 22
豫西四市文化产业发展比较研究

区域文化发展研究课题组*

摘　要："十一五"期间，位于河南西部的洛阳、三门峡、济源、焦作四市，注重发挥各自的文化资源优势，采取得力措施，强力推进文化产业发展，取得了很好的效果，在区域文化产业发展中展示了良好的发展态势。"十二五"期间，四市应进一步立足本地资源，积极寻找适合自身发展的产业化路径，加大资源整合力度，加强文化产业人才队伍建设，推动文化产业发展跃上新台阶。

关键词：豫西四市　文化产业　比较研究

在党的十七大"推动文化大发展大繁荣"精神指引下，河南省委、省政府积极推进河南由文化资源大省向文化强省的跨越。在此背景下，河南各地市根据各自的文化资源状况，实施文化强市战略，积极繁荣文化事业，大力发展文化产业，各项文化建设在"十一五"期间都取得了显著成就。位于河南西部的洛阳、三门峡、济源、焦作四市，注重发挥各自的文化资源优势，采取得力措施，强力推进文化产业发展，取得了很好的效果，在区域文化产业发展中展示了良好的发展态势。

一　豫西四市文化产业发展概貌

豫西四市北依太行山，西邻陕西潼关，南接伏牛山脉，中有黄河自陕西潼关进入河南，横贯四市，可称山有山色，水有水致，人文历史资源非常丰厚，是河

---

* 课题组负责人：卫绍生；课题组成员：席格、靳瑞霞、李娟、郭海荣；执笔：靳瑞霞。

南极具发展潜力的一块宝贵资源。四市总面积 31698 平方公里，约占全省国土面积的 19%。人口近 1300 万人，约占全省总人口的 13%。豫西四市是河南文化产业发展重地，在全省的文化产业发展中具有举足轻重的地位。2009 年洛阳市文化产业增加值达 34.12 亿元；焦作达 29.52 亿元；三门峡市为 8.73 亿元；济源市是一个仅有 68 万多人口、总面积仅 1931 平方公里的省辖市，文化产业增加值为 1.99 亿元。豫西四市 2009 年文化产业增加值总计为 74.36 亿元，占全省文化产业增加值的 11.8%。与 2008 年的 65.78 亿元相比，增长了 8.58 亿元。其中洛阳市和焦作市分别实际增长 17.2% 和 17.7%，三门峡市的实际增长则达到 19.3%，其增长速度远远超出各市同期 GDP 的增长速度，也超过了河南省文化产业增加值 15.13% 的平均增速。

河南省实施文化强省战略以来，豫西四市文化产业发展迈出了坚实的步伐，显示出良好的发展态势，其成就主要可以概括为以下几个方面：一是文化产业总量增加，发展增速加快；二是文化产业资源优势得到整合，重点项目凸显亮点；三是实施项目带动，文化产业呈现规模化发展；四是培育出一批在全国乃至世界知名的文化品牌。

（一）文化产业总量增加，发展增速加快

进入 21 世纪以来，豫西四市文化产业得到较快发展，增加值总量不断提高，发展增速持续加快。焦作市 2009 年文化产业实现增加值 29.52 亿元，同比增长 17.7%，增速高出同期 GDP 增速 6.4 个百分点，占 GDP 比重 2.6%；文化产业从业人员全年人均增加值为 8 万元，远高于全社会从业人员人均生产总值 5.1 万元的平均水平。洛阳市 2009 年全市实现文化产业增加值 34.12 亿元，同比增长 17.2%，增速高出同期 GDP 增速 4.2 个百分点，占 GDP 的比重为 1.64%，同比提高 4.5%。三门峡市 2009 年实现文化产业增加值 8.73 亿元，同比增长 19.27%，增速高出同期 GDP 增速 7.07 个百分点，占 GDP 的比重为 1.23%。济源市的文化产业发展速度也在加快。文化产业已经成长为豫西四市第三产业中发展较快、最富有活力的行业和新的经济增长点。

（二）文化产业资源优势得到整合，重点项目凸显亮点

豫西四市以重点文化产业项目为龙头，抢抓政策机遇，整合优势资源，相继

凸显产业亮点。洛阳市，利用洛阳大遗址保护工程被列为国家大遗址保护重大项目的良机，加快实施偃师商城城墙、汉魏故城阊阖门和隋唐洛阳城宫城核心区、定鼎门遗址等重要遗址的恢复展示工程。整合开发了瀍河民族街区游、民俗文化游、孔子入周问礼碑、老子故居、赵匡胤故宅等历史文化资源，全力打造特色旅游景点。另外，结合新中国成立 60 周年，组织拍摄《凤凰岭》、《铁蛋儿》和《宋庄宋庄》等电影，其中《凤凰岭》荣获"第十三届电影华表奖优秀数字电影提名奖"，并被国家广电总局推选为庆祝新中国成立 60 周年 24 部重点献礼片之一；《铁蛋儿》被推荐为第 10 届国际儿童电影节入围影片。电影《愤怒的钢琴》获省五个一工程奖，并被国家广电总局推荐到戛纳电影节参赛。三门峡市则对文化资源进行了系列化整合，大力促进文化旅游业、民间工（技）艺品业、新闻出版业、文化中介服务业等八大体系的发展。其中文化中介服务业成为该市文化产业的一个重要特色，特别是广告代理、出版中介起步较早，发展迅猛。据不完全统计，全市农村在外从事报刊发行、广告代理等文化中介服务的人员近万人，每年带回的收入达 2.2 亿元。焦作嘉应观——我国唯一集宫、庙、衙署三体合一的记述治黄河史的庙观，也是河南省保存最好、规模最宏大的清代建筑群，在2007 年经过跨区域资源整合，与郑州黄河风景名胜区联手，集中黄河文化游最精华的自然、人文、旅游资源后，打造为"万里黄河第一景"，其影响力日渐扩大，2010 年被国家旅游局命名为国家 AAAA 级旅游景区，成为焦作又一亮丽城市名片。济源市文化产业资源开发取得显著进展。

（三）实施项目带动，文化产业呈现规模化发展

文化产业分为核心层、外围层和相关层。以特色项目带动文化产业各层规模化发展，省时省力，又能突出项目影响力，可达到事半功倍的效果。豫西四市都注意到了文化产业的规模化发展效应。洛阳市精心打造产业园区，促进文化产业规模化发展。洛阳现拥有孟津县平乐牡丹画文化产业园区、烟云涧青铜文化产业园区、孟津县南石山唐三彩文化产业园区、小破孩创意产业园、洛玻信息文化创意产业园区、老城区历史文化产业园区等重点文化产业园区，形成了具有鲜明洛阳地域特色的文化产业集群。其中，孟津县平乐农民牡丹画产业粗具规模，李长春同志亲临视察并予以肯定，中宣部、中国文联、中国美协等领导、专家也对农民牡丹画产业发展进行了考察，并向农民传授绘画技巧，人民日报、中央电视台

等众多主流媒体作过专题宣传报道，叫响了"中国牡丹画第一村"的品牌。据统计，2010年1~5月平乐农民牡丹画实现销售收入550余万元，比去年同期增长30%，农民牡丹画家队伍也增加到700人。焦作着重以太极"根文化"为依托，推进相关产业的规模化发展。焦作国际太极拳文化交流中心已经立项，规划用地近1000亩，将建成太极文化特色鲜明的主题公园式太极文化中心。陈家沟景区建筑面积近5000平方米的温县中国太极博物馆已建成开馆。近期，河北唐山聚鑫公司已与温县正式签订了总投资11.5亿元的陈家沟中华太极养生旅游基地暨太极拳文化交流中心项目，将这里建设成为太极文化休闲度假基地和太极拳培训基地。全市在工商部门注册的各类太极拳文化企业有13家，产业实体逐渐兴起。三门峡市则以"一坝（三门峡大坝）、一关（函谷关古文化景区）、一泉（陕县温泉休闲度假区）、一山（伏牛山生态旅游区）和两馆（虢国博物馆、仰韶文化馆）"为中心，在增强旅游的看点、提高文化的卖点上下工夫，近年来共引进资金30亿元，开发建设（扩建）了17个景区（点）。当前，黄河游、虢国博物馆、函谷关古文化景区、黄河丹峡风景区等已经成为国内外知名的精品旅游线路和品牌景点，推动了该市文化旅游业的发展壮大。济源市也在实施项目带动推进文化产业发展中进行了有效的探索。

（四）培育出一批知名文化品牌

豫西四市根据自身资源优势，培育出了各具特色的文化品牌。目前较为著名的文化品牌主要有洛阳的龙门石窟、"牡丹花会"等。在举办第二十八届洛阳牡丹花会期间，洛阳市共接待中外游客超过1622万人次，旅游总收入超过80亿元。孟津县平乐村"平乐农民牡丹画"也在全国叫响，成为知名品牌。栾川、嵩县、洛宁等地的自然风景旅游区也形成了知名旅游品牌。焦作则成功打造"太极故里"、"山水焦作"两个世界级品牌，创造了令业界瞩目的"焦作现象"。其中云台山景区集国家5A级旅游区、国家重点风景名胜区、国家文明风景旅游区、国家森林公园、国家地质公园、国家水利风景区、国家猕猴保护区7个国字号于一身，入选首批中国国家自然遗产预备名录。早在2007年8月，云台山就与美国大峡谷结为姐妹公园。还先后参加了第二届、第六届深圳文博会和第三届厦门文博会、"中原文化港澳行"、"中原文化澳洲行"、"中原文化宝岛行"等活动，极大提高了该文化品牌的世界知名度。2009年，云台山所在的修武县旅游业实现门票收入 2.5 亿元、旅游综合收入 10.12 亿元，分别增长 8.7% 和 13%，拉动第三产业增长 4.8 个百分点。2010 年"五一"小长假期间，云台山景区共接待游客 16.62 万人次，实现门票收入 1588.15 万元，分别较去年同期增长了 2.8% 和 3.5%。云台山品牌的影响力进一步提升，"云台山"商标被国家工商总局认定为"中国驰名商标"。同时，焦作四大怀药品牌也在全国叫响。三门峡市则形成了仰韶彩陶坊、仰韶彩陶、豫西剪纸、仰韶澄泥砚等知名文化品牌。2010 年 9 月，仰韶文化面世 89 年来第一次走出国门。由河南省文物局、三门峡人民政府、瑞典禾天欧洲集团、渑池县仰韶文化博物馆和渑池县仰韶村彩陶坊联合举办的首届中国仰韶彩陶文化展在瑞典马尔默市开幕，受到当地人民的热烈追捧。济源市也在积极探索利用本地文化资源打造知名文化品牌之路。

二　豫西四市文化产业发展比较分析

豫西四市同处于太行山以南，黄河依次穿过，自然资源条件虽大同小异，但各市拥有的人文历史资源却各具特色。在文化产业发展上，四市根据各自拥有的文化资源，采取了不同的发展模式，体现出不同特点，在突出地域文化特色的发展中取得了可喜成果。但同时也存在一些问题，影响和制约了各市文化产业的进一步发展壮大。

（一）洛阳

洛阳在豫西四市文化产业发展中较为均衡，基本属于全面发展型。一方面，这得益于其独特的地理位置和深厚的文化积淀所形成的资源优势。洛阳有丰富的文化遗产、历史古迹，如龙门石窟、白马寺、关林，夏、商、周、汉魏、隋唐五大古都城遗址；有名甲天下的自然遗产、风景名胜，其中国家级自然保护区 2 个，国家级森林公园 7 个，世界级地质公园 1 个，国家级地质公园 1 个，名胜风景区 4 个，水利风景区 6 个等；还有悠久灿烂的民间艺术（品）、民间节会，如牡丹花会、河洛文化节、伏牛山滑雪节、牡丹画、唐三彩、青铜器、梅花玉、麦秆画等。另一方面，洛阳文化产业的全面发展也与该市的良好的文化发展环境有很大关系。"十一五"期间，洛阳积极采取各种措施，加大资金投入，培养并引进专业人才，推进文化体制改革，扩大居民文化消费市场需求，将诸种资源优势努力转化为文化产业，并将之做大做强。洛阳文化产业发展在河南省 18 个地级市中一直位居前列，2009 年洛阳文化产业增加值已经达到 34.12 亿元，在河南 18 个地级市中排名第 5 位。总的来说，洛阳经济发展与文化产业的发展已经形成了良性互动，达到了融合共生。但同时，与其所具有的资源优势相比，洛阳的文化产业发展还远远不够充分，与其"十三朝古都"等名号还不相匹配。2009 年全国部分文化产业发达省份，文化产业增加值占 GDP 比重甚至占到 6% ~ 7%，已几近成为国民经济支柱型产业，而洛阳仅占 1.64%，与之相比，还有不小的差距。要推动文化产业成为洛阳的支柱型产业，各方面仍有待进一步向纵深化发展。

（二）焦作

在豫西四市中，焦作的文化产业发展路径比较有典型意义，可以简单归结为从"一枝独秀"到"三足鼎立"，再到多点开花，多元发展。一枝独秀的一枝指修武县的云台山。焦作文化产业崭露头角，是以 20 世纪末以来以云台山风景区为首的焦作山水旅游业在全国闻名为标志的。焦作市抓住了这一旅游立市的转变契机，积极调整产业结构，梳理本土特色文化资源，找准了温县陈家沟的太极文化，以及本土特产四大怀药，进行产业开发。如今云台山、太极拳和四大怀药这三大产业基本成为三足鼎立于焦作的特色文化产业，形成了全国知名的文化产业品牌。目前，焦作在文化产业开发的道路上呈现出越走越宽的趋势，开始发掘历史名人文化产业、黄河水利文化产业、煤矿文化产业、竹林文化产业等具有焦作地域特色的文化资源，文化产业随之初步形成多点开花、多元发展的良好态势。2010 年，我国唯一集宫、庙、衙署三体合一的记述治黄河史的庙观——焦作武陟嘉应观，被国家旅游局命名为国家 AAAA 级旅游景区，成为焦作又一亮丽人文名片。2009 年，焦作市实现文化产业增加值 29.52 亿元，比上年增长 17.7%，增速高出同期 GDP 增速 6.4 个百分点。文化产业实现增加值占 GDP 的比重为 2.6%。文化产业从业人员全年人均增加值为 8 万元，远高于全社会从业人员人均生产总值 5.1 万元的平均水平。文化产业已经成长为焦作第三产业中新的经济增长点。先集中于一种特色鲜明、潜力深厚的本土资源，倾力开发，继而从点到线、从线到面逐步扩大开发规模，这是焦作文化产业闯出的一条非常独特的发展道路。对文化产业起步晚的城市很有借鉴意义。

但同时焦作的文化产业发展目前也存在着很大的局限。因焦作以特色山水起家，其文化产业属性相对比较薄弱，文化附加值生长点比较单一，主要依靠旅游门票获得经济收入，带动力不够强。因此，从全局来看，焦作的文化产业发展局面不是多样性的繁荣，而是一家独大型，这样的发展模式会影响发展速度，全市文化产业的全面开发需要一个较长的过程。从焦作的文化产业增加值排序来看，2009年，全市文化产业增加值总量居全省18个地市的第7位，与2008年一致，没有提升。增速仅居全省第12位；占GDP的比重为2.6%，居全省第8位，低于全省3.2%的平均水平。这说明全市文化产业发展处于吃老本状态，没有新增长点的突破和大的进展。文化产业增加值占经济总量的比重偏低，从业人员增长缓慢，文化产业结构不合理，缺乏现代化的新型龙头文化企业，这些问题制约其文化产业进一步快速做大做强。

（三）三门峡

三门峡市为豫西重镇，地理位置独特，处于豫、晋、陕三省交界处，东与千年帝都洛阳市为邻，南依伏牛山与南阳市相接，西望古都长安，北隔黄河与三晋呼应，是历史上三省交界的经济、文化中心。目前人口约224万人，2009年国民生产总值为702.75亿元，在豫西四市中排第3位，与洛阳差距较大，略次于焦作。其2009年的文化产业增加值仅8.73亿元，远远落后于洛阳的34.12亿元和焦作的29.52亿元。但从文化产业产值增速上看，三门峡市文化产业发展增速达19.3%，其增长速度远远超过了河南省15.13%的平均增速，也远远超出其他大部分市的文化产业的同期增长速度，仅次于开封、南阳和濮阳，增速在全省排名第4位，呈现出后来居上的迅猛势头。

三门峡文化产业之所以发展迅速，一是其具有的厚重的历史文化、独特的自然景观，为文化产业的发展提供了良好的基础；二是华夏的古老文明、三省交界的文化互融使当地人民思维比较灵活，眼界相对开阔；三是市政府抓住了文化产业发展的三个关键点。第一，采取了多项得力措施，对相关产业资金进行全程关注。诸如制定优惠政策，吸引民营资本；积极争取产业相关扶持资金，并监督跟踪，充分发挥项目资金作用等。第二，注意文化资源整合，促进文化产业发展形成系列，文化产业形成了"依托一个项目库，抓好三大区块、促进八大体系"的发展态势。第三，实施项目带动，推动文化产业规模化发展。龙头行业、产业园区、拳头产品、知名品牌齐头并进。文化产业发展规划思路清晰，层次分明，辅之以丰富的各种文化资源、灵动的人力资源，三门峡文化产业发展的后劲十足，前景无限。

（四）济源

在豫西四市中，济源文化产业发展较为缓慢，各方面都没有取得突破性进展。第一，产业总量小、比重低。2009 年初步测算，济源市文化产业创造的增加值仅占 GDP 的 0.64%。2009 年全国文化产业增加值占 GDP 的比重为 2.5%，河南省为 3.2%；周边地市开封为 5.6%，焦作 2.4%，洛阳 1.64%，三门峡为 1.23%。即便与周边地市相比，济源差距也很大。第二，文化产业的"核心层"并没有形成，"外围层"、"相关层"也缺乏拳头产品和重点企业支撑。第三，文化消费水平总体偏低。2009 年，济源市城镇居民人均消费支出 8830 元，其中城镇居民文化娱乐消费支出 309 元，占总消费支出的 3.5%，滞后于其他方面的消费支出。济源"文化立市"目标的实现还需要一段很长的路要走。

三　豫西四市文化产业发展建议

"十一五"已经过去，怎样在"十二五"新的五年中持续发扬自身优势，弥补自身弱点，推进各市文化产业的大发展大繁荣？2010 年 10 月 15～18 日中国共产党第十七届中央委员会第五次全体会议通过的《关于制定国民经济和社会发展第十二个五年规划的建议》明确提出，要"在政府引导下发挥市场机制积极作用，培育骨干文化企业和战略投资者，鼓励和引导非公有制经济进入，发展新型文化业态，增强多元化供给能力，满足多样化社会需求，繁荣社会主义文化市场，推动文化产业成为国民经济支柱性产业"。推动文化产业成为"国民经济支柱性产业"，豫西四市需要在以下几个方面做出努力。

（一）立足本土资源，积极寻找适合自身发展的产业化路径

河南是文化大省，各市文化资源都比较丰富，目前，文化产业强市与弱市之间很大的区别就在于，前者找到了合适的产业化方式，后者没有找到。比如，洛阳的牡丹，以一种富有文化意义的花卉，继老品牌一年一度的"牡丹花会"带

动经济全面发展之后，又相继开发出牡丹书画、牡丹动漫等相关文化产品，以花卉牡丹为载体的文化产业得到多层次的深度开掘，成功创造了丰厚的文化经济附加值。焦作、三门峡及济源同样拥有丰富的历史文化资源。比如济源，济源历史悠久，境内文物遗存较多，有全国重点文物保护单位3处，省级重点文物保护单位12处，市级重点文物保护单位71处，其中，古代木结构建筑名列全省前列，著名古建专家罗哲文先生赞誉济源为"中原地区古代建筑的系列博物馆"；还有列入省级非物质文化遗产名录的神话传说《愚公移山》、《女娲补天》，以及黄帝祭天文化、荆浩山水画文化、卢仝茶文化、孙思邈药文化等地方名人文化资源。博物馆的名声需要大力推介，而神话传说则需要找到物质载体和艺术载体，王屋山作为物质载体要大力推出，艺术载体则包括各类文艺创作，如文学作品，影视动漫制作等，还可以衍生出寓意相关精神的工艺品，打造文化产业品牌和产业链条。

（二）开拓思路，放开政策，加大资源整合力度

1. 各市内的相关资源需要进行整合

这方面做得好的如焦作的山水游，即以云台山为龙头，联合青龙峡、青天河等景区，做出了"焦作山水"的名片。济源之所以发展缓慢，其市内资源缺乏整合是一个很大因素。

2. 根据地域关联进行自然资源组合开发

豫西四市同被黄河穿过，都在作打造黄河水利文化的努力，诸如三门峡有黄河丹峡风景区及始于1992年的黄河旅游节；洛阳有依托小浪底所建的小浪底西霞院景区，焦作有记述治黄河史的庙观武陟嘉应观，济源有黄河三峡景区等。可以四市联合，合作开发黄河水文化与历史文化资源。

3. 根据文化属性进行跨地域相关资源组合开发

可以根据文化属性进行跨地域相关资源组合开发，比如老子文化。老子在洛阳担任过史官，并最终隐居洛阳北邙翠云峰（古函谷关，今新安县）修炼、传授《道德经》，今有栾川老君山景点。目前洛阳市致力于打造洛阳老子及道教文化旅游园区。三门峡市灵宝函谷关是老子著《道德经》的地方。洛阳市和三门峡市同在豫西，在老子道学文化遗产保护、整理研究以及中原老子导学历史文化旅游资源的开发和利用上，两市可以联合做大老子文化产业，还可以联合其他地

市，如郑州巩义还有桥沟老君庙、老庙山，周口鹿邑有老子故里，共同打造中国道教游的精品线路。2010年年初开通的郑西高铁，使三门峡与郑州之间旅程时间缩短至一个小时以内，与洛阳之间的旅程时间缩短到半个小时以内，为三门峡、洛阳和郑州三地的合作开发打通了交通便道。

（三）加强文化产业人才队伍建设

文化产业的发展，关键在人才。文化产业发展的过程，既是文化体制改革的过程，更是文化产业人才发挥作用的过程。只有切实加强人才队伍建设，培养造就一大批具有较高文化素养和创新能力的文化产业专门人才和复合型人才，才能为文化产业的跨越式发展提供智力支撑和人才保障。

1. 确立以市场为基础配置和转化文化产业人才资源的新思路

推动人才资源通过市场配置和转化，调整人才资源结构，加强人才能力建设，加快人才资源向人才资本转变。

2. 要做好人才资源状况的摸底和人才需求的预测工作，以培养适用人才为主，努力改善人才环境，积极引进急需的人才

人才作为一种社会资源，也具有追求投资产出效益的特征。在当今的发达国家，人力资源投资占社会总投资的比重已经超过50%，而在中国，人力资源投资占社会总投资的比重约为10%，远远低于发达国家。要提高文化产业的竞争力，必须加大对人力资源的投资，加大引进、培训和激励人才的力度，充分发挥人才的作用。

3. 采取多种形式，广开引才引智渠道

要吸引大批高学历、高能力、低年龄的高新技术人才。通过市场招聘、科研项目引才引智，积极吸引省外成果到省内来实现转化，在引进科技成果的同时引进人才，提高人才引进的经济和社会效益。还可以通过引资引才，将引进外资与引进技术、引进人才结合起来。

4. 健全人才培养体系，加大人才培养力度

政府和企业要投入更多的资金，建立与完善有效的人才培训教育机制，创造良好的再学习环境，使在职职工的培训制度化、经常化。加大后备人才培养工作力度，发挥高等院校培养文化经营人才的重要作用。通过各种方法的综合运用，培养一批既懂文化又善经营的复合型人才和相关专业人才，这是发展文化产业的

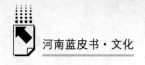

根本。

5. 优化人才管理制度，完善分配激励机制，建立文化产业人才库

建立开放式管理体制，变人才单位部门所有为社会化人才资源；建立科学的人才考核体系和评价标准。建立灵活多样的市场化收入分配方式，实行适合文化实体特点的薪酬制度、奖励制度。按照市场经济要求，允许管理、技术等生产要素参与分配，让贡献得到应有回报，让人才价值得到应有体现。

豫南三市文化产业发展比较研究

区域文化发展研究课题组*

摘 要： 豫南三市经过近几年的发展，文化产业的增加值都有了不同程度增加，文化产业的发展呈现出几方面的特点：一是政策扶持与金融资本双管齐下；二是重大项目与知名品牌优势明显；三是产业园区与文化旅游发展势头迅猛；四是工艺美术产业特色鲜明。但是，在文化产业发展过程中，仍然存在文化资源的转化不够有效、产业形态的发展不够完善、市场经营机制不够灵活、文化产业的竞争力不够强大等问题。建议豫南三市在发展文化产业中，要打破地域壁垒，整合历史文化资源、优化发展环境、构建现代市场体系、拓展文化旅游内涵、提升文化旅游品牌、推动文化与科技融合、完善文化科技创新机制、搭建产业平台、加强人才培养，以取得新的进展与突破。

关键词： 豫南 文化产业 市场体系

一 豫南三市文化产业发展现状

文化产业作为国民经济发展的"绿色引擎"，在促进河南经济发展中发挥了重要作用，已经成为推动河南由经济大省向经济强省跨越的助推器。近年来，河南文化产业每年连续保持15%以上的增长速度，文化产业增加值已经由2005年的339.64亿元增加到2009年的623.31亿元，基本呈现出比较稳定的发展态势。河南所辖的18个地市，由于在市场意识、资源转化、投融资机制、管理模式等方面都存在不同程度的差异，文化产业的发展速度与规模并不十分均衡。如果从

---

* 课题组负责人：卫绍生；课题组成员：席格、靳瑞霞、李娟、郭海荣；执笔：李娟。

地域划分来看，豫南地区主要包括了驻马店、信阳和南阳。其中，位于中南部的驻马店，地处淮河上游的丘陵平原地区，素有"豫州之腹地，天下之最中"之称；信阳素有"北国江南，江南北国"之美誉，它与安徽为邻，南于湖北接壤，左扼两淮，右控江汉，承东启西，有"三省通衢"之称，是南北经济与文化的交通要道；南阳是"中国玉雕之乡"，与湖北、陕西毗邻，地处伏牛山南麓，是河南、湖北、四川与陕西的交通要道。因此，资源优势与区位优势成为豫南地区发展文化产业的基础性条件，而正在构建的中原经济区，涵盖了与豫南地区相邻的陕东南、皖西北、鄂北等周边地区，豫南地区与这些周边区域在文化上的关联与认同成为维系中原经济区重要的内在精神力量。豫南三市总面积 65150 平方公里，约占全省国土面积的 40.2%。人口 2756 多万，约占全省总人口的 27.6%。在 2009 年河南省 18 个地级市文化产业增加值排序中，南阳市居第 2 位，达108.17 亿元；信阳居第 12 位，为 14.65 亿元；驻马店市居第 6 位，为 26.70 亿元。豫南三市 2009 年文化产业增加值总计为 149.52 亿元，全省的文化产业增加值合计为 623.31 亿元，豫南三市文化产业增加值占全省文化产业增加值的比重为 23.99%。与 2008 年豫南三市文化产业增加值总计的 130.40 亿元相比，增加了 19.12 亿元。其中南阳市、信阳市和驻马店市的实际增长分别为 19.8%、19.1% 和 17.8%，增长速度皆远远超出各市同期 GDP 的增长速度，也超过了河南省 15.13% 的平均增速。总结河南省实施文化强省战略以来豫南三市文化产业发展的特点，主要可以概括为以下几个方面：一是政策扶持与金融资本投入双管齐下；二是重大项目与知名品牌优势明显；三是产业园区与文化旅游发展势头迅猛；四是工艺美术产业特色鲜明。

（一）政策扶持与金融资本投入双管齐下

"十一五"期间，河南省积极探索文化强省的建设方略，充分发挥文化资源优势和影响力，实施重大文化产业项目带动战略，加快经济发展方式转变，助推中原崛起。豫南三市都从战略高度充分认识到发展文化产业的重要性和紧迫性，抢抓河南发展文化产业的大好机遇，精心谋划，强力推进，努力把各自的文化资源优势转变为产业优势，实现文化产业的跨越式发展，更好地满足全省人民日益增长的文化消费需求。豫南三市的党政领导把发展本地的文化产业列上重要议事日程，制定产业发展规划，确定发展重点，并将其纳入经济和社会发展总体规划和年度计划。在政策扶持与资金投入上，双管齐下，主要是通过创新投融资体制、拓宽投融资渠道，在政府投资的基础上，大力支持民间资本以股份制、合伙制及个体私营等多种形式参与兴办文化产业，逐步形成多渠道、多元化的文化产业投入机制。2009 年，驻马店市委、市政府出台了《关于进一步深化文化体制改革加快文化事业文化产业发展的意见》，截至 2009 年年底，驻马店遂平县政府就先后完成引资 1.8 亿元来打造嵖岈山文化旅游品牌，已洽谈投资项目 12 个，涉及投资总额高达 22 亿元。仅 2007 年嵖岈山风景区西游文化园开发项目总投资额就达 6255 万元。南阳市在专门成立文化产业发展和文化体制改革工作领导小组办公室之后，设立 1000 万元的市级文化产业发展专项基金，把文化产业发展工作列入全市经济工作目标管理，并成功地通过"中国·南阳玉雕节暨首届宝玉石博览会"、"中国·南阳张仲景医药文化节"、"中国·南阳伏牛山世界地质公园揭碑暨首届西峡伏牛山恐龙文化旅游节"等节会，面向全世界进行招商引资。由于南阳近几年对本土文化产业的强势宣传和推介，在 2010 年第六届中国（深圳）国际文化产业博览会上，成功吸引了投资 7.2 亿元的国际玉城二期项目。南阳市还投资 8900 万元建设西峡恐龙园二期建设项目；投资 6.8 亿元打造天下玉源项目。信阳市吸引投资 1500 万元建成了豫花园茶文化中心，并引来香港彩宏集团先期投资 5000 万元建设金牛山动漫产业园区；2010 年又与山东泰安志高实业集团合作，建设鸡公山·志高文化科技动漫产业园，协议明确，项目分三期投资，其中一期投资 60 亿元，主题公园投资不少于 30 亿元，当年投资不少于 10 亿元。总体来看，豫南板块的文化产业投资渠道打破了单一化的模式，原来区域内绝大多数文化企业属于国有文化企业，其中一部分属于事业单位企业化运作，社会各界参与投资很少，缺乏必要的投资指导，投资方向的随意性较大，在投资项目确定之前缺乏全面的研究和论证，在运作过程中又缺乏必要的监督与保证机制，往往造成重复投资和无效投资。而从近几年来看，豫南地区在发展文化产业，在加大政府投入和扶持力度的同时，进一步放宽了市场的准入政策，支持和引导非公有制资本进入文化产业领域，建立起多元化的文化产业投融资机制，从单纯的政府投入转变为政府、企业、社会多方面的投入，为文化产业的发展增添了不少新的活力。

（二）重大项目与知名品牌优势明显

依托资源优势，策划一批市场前景好、投资回报高的重大文化产业项目，是促进文化产业的发展的重要途径。豫南三市在发展文化产业的过程中，都选择了以文化企业为主体，加大政策扶持力度，充分调动社会各方面的力量，加快建设一批具有重大示范效应和产业拉动作用的重大文化产业项目。驻马店充分发挥文化资源优势，整合资源，开发利用，扶植培育出了一批知名文化企业，这些企业通过发挥其"名牌效应"，进一步带动了全市文化产业的发展。如驻马店市的西平县棠溪剑业公司年生产总值达 3000 万元，安排就业 200 余人；汝南县一笑堂工艺品有限公司年产值可达 2500 万元，现有员工 300 余人；上蔡县杨集村白云毛笔厂从业人员 1200 多人，年产值达 1 亿多元，创利税 1000 多万元；遂平县打造以温泉为核心的休闲度假旅游项目，融生态观光、温泉旅游、健身休闲等项目于一体；深圳市文泰投资管理有限公司投资 1.3 亿元，将在驻马店市兴建 IMA × 3D 电影文化休闲广场。信阳市在 2008 年年初提出让"根亲文化"扬名固始的发展理念，充分挖掘固始的历史文化资源，放大"根亲文化"优势，打造"唐人故里·闽台祖地"文化品牌。2009 年"'唐人故里·闽台祖地'首届中国固始根亲文化节"在固始隆重举行，来自美国、马来西亚、新加坡、南非等 13 个国家以及中国港澳台地区和北京、上海、福建等 15 个省市的官员、专家学者、宗亲代表、商界精英、文艺名流、记者共 800 多人参加，初步确定了固始的"根亲文化"品牌。在这届根亲文化节期间，除姓氏宗亲外，吸引了 100 多名客商来固始考察研究投资项目，签约 30 余个项目，投资额达 13.6 亿元。2010 年，信阳市决定将"固始根亲文化节"提升为"中原根亲文化节"，明确了"根亲文化"建设的方向和思路，用"根亲文化"建设引领固始经济社会发展大局，深挖"根亲文化"精髓，擦亮"唐人故里·闽台祖地"品牌，把"根亲文化"建设与城市建设、招商引资、农村试验区、商贸旅游、和谐固始建设有机结合起来，坚持不懈地实施"让根亲文化扬名固始"的重点工程，努力把固始建成具有"根亲"特色的区域性中心城市。南阳市镇平县确立了"以玉雕产业发展为基础，以项目建设为支撑，以提升产业文化内涵为保证，全力打造国家级文化产业示范区"的工作思路，打造"中华玉都"品牌，在改革试验规划区规划布局了 70 个重点项目，总投资 120 亿元，涉及基础设施建设、文化服务体系建设、产业协调整合项目、玉文化主题旅游项目、品牌体系建设等 5 大类。2009 年镇平县完成生产总值 159.5 亿元，同比增长 11%，其中文化产业年创增加值达到 40.0 亿元，占全县 GDP 的 25.08%，文化产业的发展已成为县域经济强有力的支撑。

（三）产业园区与文化旅游发展势头迅猛

文化产业园区是文化产业资源和要素最集中的地方，悠久灿烂的历史文化和特色鲜明的地域文化为豫南地区当地的文化产业园区建设提供了丰富的物质资源。产业园区的建设将市场化和产业化的机制引入到文化资源的传承与开掘中，这些机制极大地提高了文化资源的整合程度，提高了资源利用率，实现了资源的高效配置，从而促成独具特色的文化资源在产业化过程中不断迸发出新的生命力。例如，仅驻马店市的嵖岈山集聚区已洽谈投资项目 12 个，计划投资总额 22 亿元，2009 年年底已落户企业 6 个，完成投资 1.8 亿元。确山县竹沟镇在"全国红色旅游经典景区"的基础上，进一步打造集革命旧址观瞻、文物保护、革命传统教育、爱国主义教育、自然风光旅游、休闲娱乐于一体的红色旅游集聚区。汝南县南海禅寺佛教文化旅游园区每年接待游客达 40 万人次；上蔡县蔡明园文化园区占地 960 亩，是集旅游、娱乐、休闲、健身、餐饮、服务为一体的重要场所；汝南县梁祝文化园区建设已通过评审。

文化旅游产业是当今全球最具生命力和市场前景的新兴产业，是集吃、住、行、游、购、娱于一体，产业链长、辐射面广、带动性强的朝阳产业。豫南地区文化底蕴厚重、历史遗存富集、自然山水秀丽，发展文化旅游产业大有潜力可挖，大有文章可做。南阳市有以伏牛山、丹江水库、淮河源、恐龙蛋化石群等为重点的山水地质景观，以武侯祠、医圣祠、南阳府衙、内乡县衙、山陕会馆、花洲书院等国家与省重点文物保护单位为主的历史人文景观，风景优美，风光独特，历史悠久，文化厚重。目前，南阳市已建成 6 大景区 100 多处景点，其中 4A 级景区 6 家，3A 级 12 家，2A 级 5 家，门票年收入超过 300 万元的风景名胜区有西峡灌河漂流景区、西峡龙潭沟风景区、南阳武侯祠、桐柏淮源风景区等十余个，旅游从业人员多达 4 万余人。2009 年全市共接待游客 1351.6 万人次，实现旅游综合收入 69.3 亿元，与上年同比分别增长 25.1% 和 23.5%。南阳市于 2010 年 4 月正式成立卧龙岗文化旅游产业集聚区指挥部，未来 5 年，在南阳市城区以卧龙岗为中心的 10 平方公里范围内，卧龙古镇、汉代文化苑、影视基地等一批人文景观将开门迎客。信阳的固始县对西九华山景区进行详尽规划，积极开发杨山煤矿工人武装起义、大荒坡农民暴动、刘邓大军渡淮旧址等红色资源，着力打造大别山红色旅游主要景区；此外，还重点规划了震雷山风景名胜区、淮滨县淮河文化开发区等重点项目。2010 年 10 月中国港中旅集团公司控股的香港中旅国际投资有限公司与信阳市政府控股的河南鸡公山文化旅游集团有限公司共同组建了港中旅（信阳）鸡公山文化旅游发展有限公司，计划将鸡公山打造成为"中国国际山地旅游休闲度假目的地"，这一以鸡公山优质的旅游资源和悠久历史文化资源与世界级旅游企业进行的合作成为全省文化旅游产业开发的一次大手笔。

（四）工艺美术产业特色鲜明

传统工艺美术是特有的东方艺术瑰宝，是各地珍贵的历史文化遗产。然而，许多工艺美术产品却带有很强的地域性，消费群体有限，市场空间狭窄。将工艺美术发展成为产业并延伸其产业链，打破市场局限，拓展销售渠道，与地方旅游相结合，以特色化的工艺品和参与性的工艺品制作体验吸引游客，既能丰富旅游项目内容，又能扩展工艺品自身的市场空间。南阳市现有民营工艺美术品制造单位 1.39 万个，从业人员 10.85 万人，年营业收入 23.76 亿元。其中雕塑工艺品制造、天然植物纤维编织工艺品制造、地毯挂毯制造、珠宝首饰及相关物品制造、宝玉石及陶瓷黏土开采等产业年营业收入均超亿元。全市现有工艺美术品销售单位 3 万余个，从业人员 6.6 万人，年销售收入 6.16 亿元，其中珠宝首饰零售收入 1.83 亿元，工艺美术品及收藏品零售收入达 4.15 亿元。驻马店西平县在挖掘古代冶铁铸剑的历史文化资源及天中文化资源的基础上，研制开发出的系列宝剑产品，产品远销世界各地，先后荣获 60 多项国际、国内大奖，并被作为礼品赠送国内外友人。汝南县将当地具有特色的民间工艺麦秆画嫁接在景德镇的陶瓷上，生产出来的陶瓷麦秆画工艺瓶产品深受日本、韩国、东南亚、欧洲等国家客户的青睐。上蔡县将传统的民间工艺拼花与皮毛皮革加工结合起来，将中国文化、楚文化、戏曲脸谱等融入到皮毛加工中，生产出的地毯、方毯、工艺挂毯等产品，远销美国、日本、澳大利亚等国，实现年产值 5000 多万元，该公司连续三年被评为"出口创汇先进单位"。杨集村白云毛笔厂生产的"白云翁"毛笔，在上海、北京、济南、兰州、西安等全国各地销售网点达 30 家。西平县杨庄乡仪封村的大铜器、仪封戏剧、仪封民间舞蹈和仪封农民画等文化产业项目年收入已超过 300 万元。汝南县罗店乡麦草工艺画，年产工艺画 15000 幅，创利润 290 万元。确山县的打铁花还被授予了"中华第一铁花"的称号。

二 豫南三市文化产业发展存在的问题与不足

从豫南地区文化产业增加值、同比增长速度、占本地 GDP 的比重等数据来分析：南阳市 2009 年全市文化产业增加值达到 108.17 亿元，同比增长 19.80%，占全市 GDP 的 6.30%（南阳市 2009 年生产总值为 1714.49 亿元）。其中，镇平县作为玉文化改革发展试验区，2009 年文化产业年增加值达到 40.00 亿元，占全县 GDP 的 25.08%，文化产业发展已成为该县经济强有力的支撑。驻马店市 2009 年全市文化产业增加值 26.70 亿元，同比增长 17.80%，占全市 GDP 的 2.96%（驻马店市 2009 年生产总值为 900.52 亿元）。信阳市 2009 年全市文化产业增加值 14.65 亿元，同比增长 19.10%，占全市 GDP 的 1.58%（信阳市 2009 年生产总值为 929.00 亿元）。从以上数据中可以看出，在豫南三市中，南阳市的文化产业增加值最高，同比增长的速度最快，占全市 GDP 的比重也最高；驻马店市的文化产业增加值居第 2 位，占全市 GDP 的比重也居第 2 位，但是文化产业的同比增长速度则低于信阳市，居第 3 位。2009 年河南省的文化产业增加值占 GDP 的 3.20%，豫南地区南阳市、驻马店市、信阳市分别占 6.30%、2.96%、1.58%，表明整个豫南三市文化产业增加值占 GDP 的比重还很不均衡，发展基础好的南阳市高于全省的比重，在全省中处于领先位置，仅镇平县的文化产业增加值就高于其他两市的文化产业增加值，文化产业改革发展试验区的优势凸显。2009 年豫南地区的文化产业同比增长速度均高于全省的平均增速，显示出较好的发展势头，随着一批重大文化产业项目的建设，一些富有地方特色的文化品牌也具备了一定的知名度和美誉度，文化产业的整体发展显示出勃勃生机。然而，但从整体上看，仍处于探索、起步、培育阶段，与发展较快的省市相比，差距仍然较大，还存在一定的问题与不足。

（一）文化资源的转化不够有效

豫南三市文化资源内涵丰富，底蕴深厚，特色鲜明，如南阳的玉文化、汉文化，驻马店的车舆文化、重阳文化，信阳的茶文化、根文化等，有着发展文化产业得天独厚的条件。但是，目前豫南三市普遍存在文化资源转化力度不够的问题，亟须明确思路、认真规划、找准定位、提炼主题、整合相关资源，打造个性化的区域文化商业模式，化资源优势为资本优势。

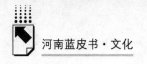
（二）产业形态的发展不够完善

从目前豫南三市的文化产业发展来看，传统文化产业占据了大部分比重，在发展文化产业核心层的同时，要注意开发外围层与相关层，特别是新媒体数字产业。豫南板块文化产业的发展有必要关注文化产业新态势，积极创造条件引进或对接文化产权交易新模式，形成一种全媒体、跨地域经营的新格局。

（三）市场经营机制不够灵活

豫南三市在发掘文化资源、打造文化品牌的同时，要注重研究文化产品的商品特性，探索文化产业发展的规律和路径，研究市场、细分市场、把握市场，构建灵活的市场经营机制。目前，豫南三市还普遍缺乏对文化市场的研究；缺乏对建立市场化运行机制的探索；缺乏引入民营资本、引入竞争机制、形成责权利相匹配的管理制度；缺乏文化产业发展的制高点等，因而还无法形成文化产业发展的高平台。

（四）文化产业的竞争力不够强大

豫南三市经过近几年的发展，培育打造出了一部分富有区域特色的文化品牌，扶植了一批文化企业，但是与目前国内文化市场相比，豫南的强势文化品牌还比较少，具有较强竞争力的文化企业还不是很多。需要在发展中不断优化产业结构，实施品牌战略，发展一批特色文化产业和优势文化产业，促进豫南地区的文化产业参与国内乃至国际文化市场的竞争，并不断提高自身的文化产品和文化服务的技术含量，全面提升文化产业的核心竞争力。

三　对策与建议

（一）打破地域壁垒，整合历史文化资源

中原经济区以河南为主体，涵盖了在经济文化发展方面具有紧密联系的地理区域，在中原经济区建设的大背景下，文化产业的发展也要依托中原经济区的建设而展开。

南阳市位于豫、鄂、陕交界处，背依伏牛、桐柏二山，其间又有淮河源头与汉水的多条支流纵横交织，南阳是先秦文化和楚文化的交汇之地，是汉唐文化的代表地之一，是明清文化的承继地，武候祠、医圣祠、张衡纪念馆和张衡墓、汉画馆等丰富的历史文化资源成为一道亮丽而独具特色的风景线。"豫南明珠"信阳市地处江淮之间，是"立中原而通八方，居腹地而达九州"的交通枢纽城市，历史上受荆楚文化、吴越文化、中原文化的多重影响而形成传统文化多样性的特征，在文物方面尤为突出，呈现出多姿多彩的人文景观。驻马店市古为天中之地，人文荟萃，山水秀丽，是盘古文化、重阳文化、梁祝文化的发源地和全国东西部合作示范区，发展文化产业有着得天独厚的条件。要加强豫南三市与周边襄樊市、十堰市、随州市、孝感市、武汉市、阜阳市等城市的合作与交流，有必要依托一定的组织形式或者活动载体，对豫南及其周边地域的文化资源进行调查、分析，继而在文艺精品创作、文化产业项目、文化市场开发、文化人才交流及信息共享等方面展开全方位实质性合作，从而实现文化产业的优势互补、互利共赢，以建设中原经济区为契机，在文化跨区域合作交流方面取得新的突破。

（二）优化发展环境，构建现代市场体系

豫南三市要加强文化产业方面的调研，在研究、比较省内外文化产业发展规律和趋势的基础上，依据经济社会发展规划和战略对文化产业的要求，认真制定适合本地文化产业发展规划和战略，将文化产业化的推进与文化产业布局、产业带建设、文化品牌带动战略等一起规划。要细化和落实中央、省已经出台的促进文化产业发展的政策，为文化产业发展提供保障，有必要建立文化产业政策体系，编制豫南地区文化产业投资指导。对于已经粗具规模的文化企业和具有一定知名度的文化品牌要积极保护、持续开发、有效利用、促进开放、鼓励竞争，加强与周边地区、全国的文化交流。例如，南阳市要在充分挖掘南阳文化内涵的基础上，对汉文化、名人文化、玉文化、南阳作家群、张仲景中医文化等资源进行整合，加强策划包装，加大对外宣传，推出一批标志南阳文化特色的文化品牌。要推进豫南三市的现代文化市场体系建设，进一步打破行政性垄断和地区封锁，健全统一开放的文化市场，促进文化产品和各类文化生产要素自由流动与充分竞争。要建立健全门类齐全的文化产品市场和文化要素市场，促进文化市场一体化。中原经济区的建设将会给河南的文化市场带来更大的发展潜力，文化旅游、

演艺、会展等文化产品的市场前景十分广阔，豫南三市要共同研究一批选题，制定文化市场建设的优惠政策，制定相应的文化资源占有使用政策、财政税收金融政策、投资融资鼓励政策等，通过协作将各自的文化特色形成产品，整体推向市场。

（三）拓展文化旅游内涵，提升文化旅游品牌

据资料显示，仅 2008 年我国旅游总收入就达到 1.16 万亿元，旅游业从业人员超过 1000 万人，旅游拉动内需、促进就业的作用日益显现。即使是在 2009 年上半年全球旅游需求总体下滑的情况下，我国国内和出境旅游市场仍然保持了平稳增长的态势，国内旅游更是达到了 11.7% 的增速。旅游是文化资源的传承载体，能够将资源优势转化为经济优势；文化则是旅游宣传的重要载体，能够将旅游产品宣传推广出去，并可对旅游产品发挥提升品位和竞争力的核心作用。豫南三市共同的特点是都具有丰富的文化旅游资源，信阳市就确定把南湾湖、鸡公山、灵山合力打造成全国著名、世界知名的精品景区，要以旅游项目开发为抓手，针对中心城区浉河景观带建设项目、南湾湖风景区环南湾湖国际自行车赛道项目、鸡公山风景区文化旅游综合开发项目、新县将军山文化旅游项目、商城世界桂花博览园旅游项目、固始根亲文化旅游项目、平桥震雷山红色迪斯尼旅游项目、淮滨淮河文化博览园项目、潢川黄国故城文化旅游综合开发项目、光山智慧文化博览园建设项目等，通过丰富和拓展文化内涵，不断满足游客更高层次的精神需求，提升旅游产业素质，并借助旅游市场助推文化产业化发展，以旅游的独特宣传方式更好地传播信阳的地域文化。南阳市要积极培育商务会展、养身休闲、红色文化、观光农业等复合型旅游产品，以实施"一山一水一卧龙"等重大项目为契机，建设卧龙岗文化旅游产业集聚区、独山景区、南阳国际会展中心、南阳大剧院等重点工程，缔造南阳的文化地标与核心景观。南阳要积极扶持旅游企业战略重组，加强区域旅游合作，重点建设大伏牛山自然生态特色文化旅游产业带、"淅川—内乡—社旗—方城"历史人文文化旅游产业带、"南阳—唐河—桐柏"综合文化旅游产业带、南水北调艺术人文文化产业带等特色文化旅游项目，全力打造国内、国际旅游品牌，把南阳建设成具有一定国际知名度的文化旅游目的地。驻马店市要重点以北部山岳生态旅游区、西部湖光山色休闲度假区、南部红色教育军事体验旅游区、东部天中文化感悟区四大旅游产业板块为依

托，全面发掘、培育文化旅游品牌，并逐步引导形成泌阳盘古圣地文化园区、汝南梁祝文化园区、上蔡重阳文化园区、西平嫘祖文化园区、西平冶铁铸剑文化园区、平舆车舆文化园区、新蔡搜神记文化园区等七大文化产业园区，提升园区文化内涵，培育"深度旅游"品牌。

（四）推动文化与科技融合，完善文化科技创新机制

豫南三市是文化资源比较丰富的区域，要大力推进文化产品内容创新，切实把历史文化资源开发、利用、整合好，使之体现现代风格和审美情趣，占领市场，赢得消费群体。例如，在文化工艺产业方面，驻马店西平县棠溪剑业有限公司，挖掘利用当地古代冶铁铸剑的历史文化资源及天中文化资源，研制开发了系列宝剑产品，该公司研发了千年龙剑，在创意、工艺上进行了突破，把剑、龙、民族精神融为一体，成为棠溪剑文化完美的代表作，该剑被鉴定为"中华第一剑"，并被国家博物馆作为珍品永久收藏，靠技术与材料的不断提高推动工艺思维的发展。要积极推动文化与现代高新科技融合，建立和完善文化科技创新机制，要大力推进文化产品形式创新，立足自我、博采众长，既要注重继承民族文化的优秀传统，又要注重汲取世界各民族的长处，满足不同层次消费者的需求。要积极采用高新技术、高科技手段改造提升传统文化产业，运用电子出版、网络传输、数字影视技术和现代生产方式，改造传统的文化创作、生产和传播模式，并不断推进文化产业升级，发展数字广播、数字电视、数字电影、数字出版、数字传输、动漫和网络游戏等新兴产业形态，延伸文化产业链，拓展新型文化产品和服务，提升文化产业整体技术水平和竞争实力。要鼓励和支持豫南三市的文化企业开发拥有自主知识产权、市场占有率高的原创性精神文化产品，打造具有核心竞争力的知名文化品牌，吸引资本，从而占领市场。

（五）搭建产业平台，加强人才培养

豫南三市要大力发展各类综合及专业文化节会，重点支持"南阳玉雕节"、"张仲景医药科技文化节"、"诸葛亮文化旅游节"等具有广泛影响力的文化节会，使文化节会成为豫南文化产业的重要平台。三市有必要建立文化产业项目推介中心，作为政府联结企业的桥梁和纽带，收集、发布文化产业信息，组织各类企业参与文化产业项目交易。同时，要精心策划宣传推介活动，充分借助电视媒

体、平面媒体、网络媒体等宣传阵地，通过上下媒体联动、多种载体互动，充分展示豫南三市文化产业发展的典型经验和良好态势，进一步提升豫南的文化影响力，切实形成宣传推介的持续效力。另外，同其他地市一样，豫南三市也面临缺乏文化产业类人才的困难，要多渠道培养文化人才，完善在职人员培训机制，积极引导本地高等院校加快建设文化产业重点专业和学科，逐步完善有关课程，有针对性地培养所需专业人才。要引导当地的高等院校设立文化产业职业培训机构和教学科研实习基地，搭建起的一个集人才培养、实践培训、创新研究三位一体的人才培训平台。要加强委托和定向培养，深化行业培训，开展国内外的学术交流，通过重大项目和团队培养人才，建立人才培养基地，构筑文化产业人才创业平台。同时，要深化分配制度改革，完善人才激励机制，探索建立以知识产权、无形资产、技术要素等参与分配的新路径，营造有利于人才脱颖而出的良好氛围。

B.24
豫北四市文化产业发展比较研究

区域文化发展研究课题组*

摘 要："十一五"期间，位于河南北部的安阳、濮阳、鹤壁和新乡四市，注重发挥各自的文化资源优势，采取得力措施，强力推进文化产业发展，取得了很好的效果，在区域文化发展中展示出勃勃生机。一是文化产业显示出较好的发展势头；二是推出了一批重大文化产业项目；三是文化产业增加值占 GDP 的比重逐步提高；四是培育出了具有地方特色的文化品牌；五是文化竞争力显著增强。展望"十二五"，豫北四市在文化产业发展方面，应进一步坚持特色化发展之路，在差异化发展中找准定位，加快转变文化发展方式，变小、散、全式的发展为高、精、尖式的发展，以此在文化产业发展中寻求突破，实现集约化、跨越式发展。

关键词：豫北四市 文化产业 比较研究

在党的十七大"推动文化大发展大繁荣"精神指引下，河南省委、省政府积极推进河南由文化资源大省向文化强省的跨越。在此背景下，河南各地市根据各自的文化资源状况，实施文化强市战略，积极繁荣文化事业，大力发展文化产业，各项文化建设在"十一五"期间都取得了显著成就。位于河南北部的安阳、濮阳、鹤壁和新乡四市，注重发挥各自的文化资源优势，采取得力措施，强力推进文化产业发展，取得了很好的效果，在区域文化发展中展示出勃勃生机。

一 豫北四市文化产业发展概貌

豫北四市位于黄河以北、太行山以东，属于华北平原；北与河北省邯郸市接

---

* 课题组负责人：卫绍生；课题组成员：席格、靳瑞霞、李娟、郭海荣；执笔：卫绍生。

壤,东与山东聊城、菏泽相邻,曾经是 1949 年华北人民政府通令成立的原平原省的主体区;总面积 22027 平方公里,约占全省国土面积的 13.6%;人口 1600多万人,约占全省总人口的 16%。豫北四市是河南文化产业的重镇,在全省的文化产业发展中具有举足轻重的地位。在 2009 年河南省 18 个地级市文化产业增加值排序中,新乡市居第 6 位,达 30.05 亿元;安阳居第 10 位,达 17.84 亿元;濮阳居第 12 位,达 16.61 亿元;鹤壁市是一个仅有 146 万多人、总面积 2182 平方公里的地级市,文化产业增加值为 5.35 亿元,在全省排第 17 位。豫北四市2009 年文化产业增加值总计为 69.86 亿元,占全省文化产业增加值的 11.2%,与 2008 年的 64.98 亿元相比,增加了 4.88 亿元。其中安阳市和鹤壁市的实际增长分别为 17.2% 和 17.8%,新乡市和濮阳市的实际增长分别为 19.1% 和19.7%,增长速度皆远远超出各市同期 GDP 的增长速度,也超过了河南省15.13% 的平均增速。

总结河南省实施文化强省战略以来豫北四市文化产业发展的成就,主要可以概括为以下几个方面。一是文化产业显示出较好的发展势头;二是推出了一批重大文化产业项目;三是文化产业增加值占 GDP 的比重逐步提高;四是培育出了具有地方特色的文化品牌;五是文化竞争力显著增强。

(1)文化产业显示出较好的发展势头。豫北四市文化产业呈现出全面发展的态势,不论核心层、外围层还是相关层,都有了长足的发展。譬如新乡市,2009年广播电视电影服务业全年实现增加值 10775 万元,同比增长 71.6%;网络文化服务业全年实现增加值 427 万元,比上年增长 67.1%,二者都呈现出超常规增长的态势。安阳市的河南凯瑞数码公司,2009 年实现销售收入 36354 万元,出口创汇 4761万美元,已成为目前国内最具竞争力的可录类光盘生产企业。鹤壁市的百运佳印务有限公司(大豆油墨生产)已发展成为国内唯一具有自主知识产权的环保节能大豆油墨生产基地,年产值 2000 万元,利税 500 万元;天章纸业公司是国内办公及商业信息记录纸品的重要生产厂家之一,年销售收入超亿元。

(2)推出了一批重大文化产业项目。豫北四市发展文化产业注重项目带动,先后上马了一批具有区域带动力的文化产业项目。除前述河南凯瑞数码公司、百运佳印务有限公司、天章纸业公司等具有规模效应的文化产业项目外,濮阳市历时三年、总投资 5500 余万元精心打造的大型国际精品剧目《水秀》,于 2009 年成功推出,已累计演出 70 余场,接待观众 8 万余人次,获得了良好的经济效益和社会效益。新乡市重点打造印刷包装业基地：新引进的现代包装有限公司总投资 30 亿元的 bopp 生产线项目，一期投资 5 亿元；雯德翔川油墨有限公司生产油墨供应《人民日报》、《光明日报》等中央级媒体，年产值 2 亿元；瑞丰化工的无碳复写显色剂专利技术填补了国内空白，产品占据国内市场半壁江山；新亚集团机制纸年销售额达 39 亿元。

（3）文化产业增加值占 GDP 的比重逐步提高。安阳市 2008 年文化产业增加值为 15.82 亿元，占全市 GDP 的比重为 1.53%；2009 年文化产业增加值为 17.84 亿元，占全市 GDP 的比重为 1.61%，提高了 0.08 个百分点。濮阳市 2008 年文化产业实现增加值为 14.50 亿元，占全市 GDP 的比重为 2.21%；2009 年文化产业增加值为 16.61 亿元，占全市 GDP 的比重为 2.47%，较上年提高了 0.26 个百分点。鹤壁市 2008 年文化产业增加值 4.70 亿元，占全市 GDP 的比重为 1.38%；2009 年文化产业增加值为 5.35 亿元，占全市 GDP 的比重为 1.42%，提高了 0.04 个百分点。新乡市 2008 年的文化产业增加值为 29.94 亿元，占全市 GDP 的比重为 3.15%；2009 年文化产业增加值为 34.05 亿元，占全市 GDP 的比重为 3.21%，提高 0.06 个百分点。

（4）培育出一批具有地方特色的文化品牌。豫北四市都比较注重文化品牌的培育，目前较为著名的文化品牌主要有安阳殷墟、中国文字博物馆、濮阳市以杂技演艺为主的《水秀》和《神龙部落》、新乡市的电视剧《大国医》、鹤壁市的百运佳印务、天章纸业等，都在其所在领域或行业有较大影响。如投资 5.375 亿元的安阳中国文字博物馆，虽然属于公益性文化设施建设，但它与安阳殷墟、袁林、天宁寺、马氏庄园等相互呼应与映衬，有力地助推了安阳文化旅游业的发展。

（5）文化竞争力明显增强。经过近年来的快速发展，豫北四市的文化实力显著增强，文化竞争力和影响力逐步提升。如濮阳杂技，年演出场次 6419 场，观众人数近 1200 万人次。濮阳豪艺杂技（集团）有限公司已形成了美国奥兰多迪斯尼、日本大阪环球影城、德国国家马戏大棚、杭州宋城集团、中原绿色庄园等 6 个固定演出场地。濮阳华晨杂技集团有限公司被国家商务部等四部委命名为"2009~2010 年度国家重点文化出口企业"称号，成为河南省唯一一家国家重点和全国优秀的出口文化企业。杂技艺术的深度开发，极大地提升了濮阳中国杂技之乡的知名度和影响力。

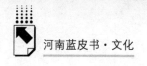

二 豫北四市文化产业发展比较分析

豫北四市同处于黄河以北、太行山以东的华北大平原上，面临的发展文化产业的自然条件和人文环境大体相同，但是在文化产业发展的路径选择上，四市却是根据各自拥有的文化资源，作出了不同的选择，在差异化发展中走出了一条特色产业之路。

安阳市：文化旅游走在前列。安阳是八大古都之一，文化底蕴非常深厚。安阳殷墟是世界文化遗产之一，中国文字博物馆在全国独一无二，此外还有袁林、马氏庄园、林县红旗渠、羑里城等景观。在发展文化产业的路径选择上，安阳注重文化与旅游相结合，重点发展文化旅游业，相继推出了一批既能够满足广大人民群众多样化的文化需求，又能够适应市场发展需要的文化产业项目，如小屯·殷墟国家大遗址公园规划建设、内黄二帝陵和三杨庄遗址公园建设、马氏庄园扩建工程项目等。同时，注重发挥为安阳所独有的殷商文化优势，深度开发殷商文化艺术等民间工艺品，形成独特的产业发展优势。在文化与科技的结合上，安阳凯瑞数码公司已经在可录光盘研发制作方面形成了优势。

濮阳市：杂技之乡谱新篇。濮阳市充分发挥杂技艺术之乡的优势，集中人力、财力、物力打造杂技精品，把杂技文化产业做大做强，培育出濮阳豪艺杂技（集团）有限公司和华晨杂技集团有限公司等有实力、有影响的文化企业，成功推出了《水秀》、《神龙部落》等杂技演艺剧目，已经初步形成品牌效应。

新乡市：着重打造"三个基地"。新乡市着力打造文化旅游业基地、印刷包装业基地和工艺品制作业基地。其中印刷包装业基地已经形成整体效应，新机彩印设备制造、成林纸业、瑞丰化工无碳复写显色剂、新亚复印纸生产、怡达印务等一批文化产业项目，从印刷设备的制造和销售、文化用纸制造、无碳复写显色剂的研发、设计包装到图书文化产品销售等环节，形成了一条完整的印刷包装产业链，产业优势初步显现。

鹤壁市：注重非物质文化遗产的开发利用。历史文化积淀厚重，非物质文化遗产丰富，为文化产业发展提供了资源优势。鹤壁注重发挥资源优势，依托浚县民间社火和浚县泥咕咕等国家级非物质文化遗产，大力发展庙会产业和工艺美术产业。每年全市举办乡村庙会达300余场次计千余天次。每年的庙会商品交易额达 5 亿元。其中，浚县正月古庙会为华北四大庙会之一，在国内外享有极高声誉，规模大，会期长，每年吸引周边 5 省 80 多个市县的游客达 300 多万人次，商品交易额达 2 亿元。

但是，应该看到，华北四市在依托各自优势、走差异化发展文化产业之路的同时，还存在着一些不容忽视的问题。主要表现为：文化产业结构不尽合理；具有带动力和影响力的大型文化企业、大项目还比较少；科技创新能力还不够强；文化产业增加值存在两个偏低现象。

（1）文化产业结构不尽合理。从四市文化产业增加值的构成来看，相关层（文化用品、设备及相关产品的生产与销售）占到了 80% 以上，而属于核心层和外围层的内容产业和创意产业，则皆处于比较弱的状况。尤其是文化创意产业，四市都投入了大量的人力、物力和财力，试图在文化创意产业方面有更大的发展。从其结果来看，应该说收到了一定的效果和效益，但是，就新兴文化业态的培育与扶持，以及其市场运行而言，与预期效果还是有很大的距离，投入大、产出小，甚至花钱赚吆喝的情况，都不同程度地存在着。

（2）具有带动力和影响力的大型文化企业、大项目还不多。豫北四市在发展文化产业方面，比较重视培育大型文化企业，通过大型文化产业项目带动相关产业发展。如安阳凯瑞数码公司实际投资已达 9 亿元，濮阳市精心打造的大型杂技精品剧目《水秀》投资 5500 多万元，新乡市新引进的现代包装有限公司总投资 30 亿元的 bopp 生产线项目，一期投资就高达 5 亿元。但总的来说，年产值（或销售收入）超亿元的大型文化企业还不多，真正具有带动力和影响力的大型文化企业、大项目还比较少。与此相联系，许多文化企业和文化产品尚未形成品牌效应。

（3）科技创新能力还不够强。从四市文化产业结构来看，传统工艺品制造、文体用品制造、印刷包装等行业占了相当大的比重，而诸如文化科技、工艺设计、影视制作、动漫网游、艺术品制作、信息技术等科技含量高、文化附加值高、市场效益高的产品却比较少。究其原因，则是文化产业领域高端文化人才的极端匮乏，不论企业还是整个产业，都缺乏自主创新能力。

（4）文化产业增加值存在着"两个偏低"现象。文化产业增加值是衡量一个地区文化产业发展水平的主要指标。考察豫北四市文化产业增加值，可以发现存在着核心层占文化产业增加值的比重偏低和文化产业增加值占 GDP 的比重偏低的现象,即以豫北四市文化产业发展较快的新乡而论,2009年全市文化产业增加值达34.05亿元,在全省排第6位,而核心层实现增加值仅有3.55亿元,占全市文化产业增加值的比重为10.4%;外围层实现增加值3.18亿元,占全市文化产业增加值的比重为9.3%。两者合计尚不及20%。而文化产业相关层则主要以文化用纸生产为主,实现增加值27.32亿元,占全市文化产业增加值的比重达80.2%。三者结构比例为10.4:9.3:80.2,核心层和外围层的比重明显偏低,相关层所占比重明显偏高。文化产业增加值占全市GDP的比重为3.21%,与2009年全省文化产业增加值所占河南省GDP的比重大体相同。但是若在全省范围内进行比较,其文化产业增加值占GDP的比重不仅远低于排名前4位的郑州、南阳、许昌和开封,而且低于排名第9位的漯河市。至于安阳、濮阳和鹤壁三市,类似问题更为明显,文化产业增加值所占全市GDP的比重更低,2009年,安阳市文化产业增加值占全市GDP的比重是1.61%,鹤壁是1.42%,濮阳是2.47%,远远低于全省的3.20%。

豫北四市文化产业的发展有思路、有特色、有成就。纵向比较,其所取得的成就非常可喜。但是,如果放在全省文化产业发展的坐标中进行横向考察,就会发现其文化产业总量依然很小。2008年,四市文化产业增加值总量为64.98亿元,2009年为69.85亿元,还不及南阳或许昌一个市的文化产业增加值,甚至还不到郑州市文化产业增加值的一半。仅就豫北四市来看,也呈现出发展不平衡状态。比如安阳和新乡,基本情况大体相同,而且人口总数和文化产业从业人数都很接近,但安阳的文化产业增加值仅是新乡的一半多一点。因此,豫北四市有必要针对存在的问题,采取有力措施,切实推动文化产业大发展。

三 对豫北四市发展文化产业的几点建议

党的十七届五中全会通过的《中共中央关于制定国民经济和社会发展第十二个五年规划的建议》明确提出,要推动文化大发展大繁荣,推动文化产业成为国民经济支柱性产业。根据党的十七届五中全会精神,按照省委、省政府构建中原经济区的统一部署,建议豫北四市在文化产业发展方面,坚持特色化发展之路,在差异化发展中找准定位,加快转变文化发展方式,变小、散、全式的发展为高、精、尖式的发展，以此在文化产业发展中寻求突破，实现集约化、跨越式发展。

（1）坚持特色发展，走差异化发展之路。豫北四市文化资源现状及优势文化资源虽然有所不同，但发展文化产业的基础条件没有太大的差异，所处的发展环境基本相同。为避免重复发展和同业竞争，应坚持走差异化发展之路，发挥各自的特色和优势，在各自拥有的优势上做大文章。安阳应走文化与旅游相结合的发展道路，充分发挥文化资源和旅游资源丰富且易于实现文化与旅游结合的优势，大力发展文化旅游业；新乡市应坚持着力打造"三个基地"，尤其是要充分发挥在印刷包装业方面已经形成的优势，把新乡打造成全省乃至全国的印刷包装业基地；濮阳要精心打造"濮阳杂技"这一文化名牌，尽快形成杂技演出、培训、教育及杂技演出用品生产的产业链条；鹤壁拥有丰富的非物质文化遗产，应在保护其所具有的原生态的前提下，予以合理开发、深度开发。尤其是浚县民间社火和浚县古庙会，应探索在固定会期之外、利用春秋两季农闲时间对社火表演和庙会予以延展的可能性与可行性，通过社火表演和庙会促进文化产品的生产与交易，进而带动文化消费和其他生活用品的消费。

（2）强化科技创新，大力发展文化创意产业。发达国家和国内文化产业发展较好的省市，发展文化产业的成功经验之一，就是强化科技创新，加大文化产品的科技含量，增加文化产品的科技附加值，通过具有独特创意的产品来吸引消费者，进而引导文化消费。经验证明，科技创新是推动文化产业大发展的强大动力，文化创意是推动文化产业大发展的重要着力点。文化产业要获得大发展，就必须强化科技创新，大力发展文化创意产业。但是，从豫北四市文化产业增加值的构成来看，文化创意产业所占的比重还很小，有些新兴文化业态还处于空白状态。科技创新和文化创意，成为豫北四市文化产业发展的"短板"。因此，有必要结合各自的发展实际，加大科技创新力度，积极培育新兴文化业态，通过创新和创意推动文化产业大发展。

（3）培育市场主体，推出有带动力和影响力的大型文化企业、大项目。文化产业的发展，关键还是要依靠企业和项目，有一批大型文化企业，有若干具有现实基础和发展前景的大项目，发展文化产业就有了依托和保障。目前，豫北四市的文化企业数量虽然不算少，但有带动力和影响力的大型文化企业、大项目却还不多，尤其是产值（或营业额）超亿元的大型文化企业还不多，市场占有率较高且又具有良好发展前景的大项目也不多。因此，有必要采取切实可行的措施，借助财政、金融、信贷、税收等手段，着力培育大型文化企业，努力推出一批有发展前景的大项目。与此同时，还必须注重文化品牌的培育，以质量上乘的产品打造文化品牌，用具有市场影响力的品牌带动文化产品的生产，努力形成文化产品与文化品牌相互促进、共创辉煌的新局面。

豫北四市的文化产业已经有了很好的发展基础，各市在发展文化产业的实践中初步探索出了一些具有地方特色的发展文化产业的方法和路径，取得了可喜的成绩。相信在党的十七届五中全会精神指引下，切实按照"推动文化大发展大繁荣"的要求，坚持走特色发展之路，以科技创新为先导，以文化创意为重点，以文化企业为主体，以重大项目为引领，全力推进，豫北四市一定能够在推动文化产业大发展大繁荣的历史进程中取得新的更大的成就。

福建地域文化开发的经验与启示

河南省社会科学院课题组*

摘　要：福建地处祖国的东南，故称"八闽"。福建文化既有鲜明的地域特征，有保留着鲜明的中原文化基因。在文化建设方面，福建注重发挥区域优势，围绕"山"、"水"、"侨"做文章，积极构建海峡两岸文化产业中心，文化软实力迅速提升。福建在地域文化开发方面的成功经验，对河南的文化建设具有一定的启示意义。

关键词：福建　地域文化　经验　启示

2009 年 11 月，河南省社会科学院党委书记林宪斋率队到福建省就海西经济区建设、福建地域文化开发等问题进行了为期一周的实地考察。课题组先后到福州、泉州、厦门等地进行考察，通过与福建省社会科学院、厦门市社会科学院召开座谈会，参观相关的文化产业基地、博物馆等地域文化开发项目，对当前福建地域文化开发的基本情况有一个大致的了解。福建在地域文化开发方面的一些做法，对建设中原经济区背景下的河南文化建设有一定的启示意义。

一　福建地域文化开发的基本情况

福建地处中国东南一隅，三面依山，东临大海，与台湾隔海相望。其地域文化既有鲜明的地域特征，又保留着中原文化的遗传基因，是中华文化大家庭的一个重要组成部分。因福建简称"闽"，我们通常也称福建文化为闽文化。闽文化既是地域文化，又是中国大陆、台湾、港澳以及散落世界各地闽人共有的文化。

---

*　执笔：张新斌、卫绍生、高秀昌。

从内容上看，闽文化包括闽南的侨台文化、海西文化和海洋文化，闽西的客家文化和中央苏区文化，闽北的闽越文化和理学文化，闽东的畲族文化，闽中的三山文化和船政文化，以及莆田的妈祖文化和莆仙文化，等等。

闽文化的形成是闽越文化的遗风、中原文化的传入、宗教文化的传播、海外文化的冲击以及周边文化的渗透等诸多因素合力作用的结果。可以说，闽文化是以中原文化为主体，兼容土著文化和外来文化，在福建地域上融合、发育和发展起来的，具有多元而深厚的文化特色。从历史传承来看，闽文化的形成大体经历了四个阶段：一是秦汉以前的闽越文化阶段。这个时期汉文化在福建的影响并不大，与闽越土著文化保持着相当独立的状态，地域特色鲜明且自成体系。二是汉至唐末、五代时期。这个时期闽越文化开始了与外来汉文化漫长的交流融合过程。三是宋、元、明、清时期闽学文化成为主流的阶段。这个时期以宋儒理学为核心的中原文化逐渐在福建占据统治地位，而闽越土著文化因素成为文化"底层"并被"隐形化"和"边缘化"。四是近代中西文化交融阶段。这个时期福建成为中西文化交流的重要基地和桥梁。

由于福建文化的形成不是一个单一体，而是一个复合体，因此，它具有文化的多源性（如原土著文化、中原汉文化、海外文化、邻域文化等）、多元性、包容性、边缘性和开放性等特征。这种以包容、开放与融合为特色的文化精神对于福建经济、政治、文化、社会诸方面的发展起着巨大的推动作用，从而在一定程度上也决定着福建经济、政治、文化、社会的历史进程。福建文化精神实际上已经成为福建人的生产方式、生活方式、交往方式、思维方式、情感方式和审美方式的内核。福建人既强悍、充满朝气与活力，富于冒险性、开创性，有敢为天下先精神，又低调、淳朴、内敛、宽容，善于兼容，充分体现了福建文化的精神特质。福建与台湾一水相隔，闽南话是台湾的主要方言，闽南文化、客家文化、妈祖文化、歌仔戏、南音等都深深扎根于台湾民众的精神生活中，成为联系两岸同胞感情的重要纽带。长期以来，福建依托闽台"五缘"优势和丰厚的文化资源，积极推动闽台文化的双向交流与互动，取得了一系列重要的成果。

二　福建提升文化软实力的经验

根据《国务院关于支持福建省加快建设海峡西岸经济区的若干意见》的要

求，福建省充分发挥与台湾独特的"五缘"优势，加强文化基础设施建设和文化产业发展，积极构建两岸文化产业合作中心，努力打造水、山、侨等特色文化，文化软实力迅速提升，文化影响力日益增强。结合短暂的实地考察和切身感受，我们认为，福建省在提升文化软实力方面有以下三大亮色。

1. 亮色之一：突出一个"水"字

福建与台湾隔海相望，一衣带水；地缘相近，血缘相亲，文缘相承，商缘相连，法缘相循；渊源深厚，联系广泛。尤其是近年来，海峡两岸经济联系日益紧密，文化交流日益频繁，呈现出"往来高端化，活动品牌化，机制常态化"的特点。福建省敏锐地抓住这一历史机遇，通过加强闽台文化的交流与合作，提升区域文化软实力，增强福建文化影响力。其成功经验，主要表现在四个方面。一是积极搭建平台，促进闽台文化交流。利用闽台文化同根同源的优势，进行闽台妈祖文化、海商文化、道教文化、客家文化、茶叶文化等的交流与合作；二是发挥非政府组织作用，促进闽台文化交流。在闽台文化交流中，海峡文化研究会、海峡文化研究中心、福建省闽台文化交流中心等非政府组织，发挥了桥梁和纽带作用。三是发挥"海峡论坛"的作用，强化文化影响力。"海峡论坛"是继"两会平台"和"国共平台"之后两岸交流的第三大平台，为两岸文化交流与合作建立了新的理念和框架。通过"海峡论坛"，海西效应进一步扩大，两岸文化合作进一步加强。四是加强基础设施建设，展示闽台文化的深厚渊源。福建省在泉州建立了国家级博物馆——中国闽台缘博物馆，从地缘、血缘、文缘、商缘、法缘等5个方面，展示闽台文化的深厚渊源，强化中华文化的认同感，促进闽台文化深度交流和融合，提升文化软实力和影响力。

2. 亮色之二：彰显一个"山"字

福建省是一个多山地、丘陵的省份，山地、丘陵占陆地面积的80%，其中武夷山、鼓浪屿、清源山、青云山、冠豸山等，皆是著名风景旅游区。尤其是武夷山，奇秀甲东南，是世界自然与文化双重遗产。以福建土楼为代表的世界文化遗产以及众多的非物质文化遗产，为福建文化增添了浓重的亮色。闽南文化、客家文化、红土地文化、畲族文化、船政文化、海洋文化等特色文化，也都凸显福建文化的特点。当地政府注重发挥地方文化资源优势，打造代表福建形象的文化品牌，变资源优势为品牌优势，以品牌优势提升旅游产业的文化内涵，做大做强文化旅游业。如今，武夷山、鼓浪屿、福建土楼等已经成为福建文化旅游产业的亮丽品牌,在为福建省的文化旅游业带来巨大经济效益的同时,也极大地改善了福建省的文化形象,提升了福建省的文化软实力。

3. 亮色之三:用活一个"侨"字

福建是著名的侨乡,有华侨一千多万人。尤其是厦门、泉州、福州、漳州等地,从这里漂洋过海走出去的福建人,足迹遍布东南亚、欧美等国家和地区。他们在海外艰苦奋斗,经商创业,形成了闻名于世的"闽商"现象。虽然侨居异国他乡,但他们仍然心系祖国,关心家乡,关注着福建的建设与发展。福建以文化为纽带,最大限度地发挥"侨乡"的优势,采取有效措施,提升文化软实力。如著名侨乡泉州,有一个始建于20世纪50年代的华侨新村,是全国首个高档别墅小区,建筑以独栋花园式别墅为主。这里的业主多是华侨,长年侨居国外,房屋空置。当地政府按照"保留、整修、新建"的原则,对华侨新村进行整体规划,建成了华侨新村休闲创意产业园,形成了一个集休闲、娱乐、旅游、展示、交易等多功能于一体的时尚创意产业园区。如今,华侨新村文化创意产业园已经成为泉州城市形象的亮丽名片。

三 福建经验对开发中原文化资源的启示

河南历史悠久,文化厚重,是文化资源大省。中共河南省第八次党代会提出了河南要实现由文化资源大省向文化强省跨越的战略目标,为河南的文化强省建设指明了方向,从政策层面夯实了文化强省建设的坚实基础。文化是河南的优势,要将这种优势转变为实力,转化为产业,进而形成实现"两大跨越"的强大精神支撑,成为推动河南经济社会又好又快发展的重要力量,就应该学习和借鉴福建省开发区域文化的经验,在中原文化资源的开发中在"提炼"、"培育"、"运作"与"深化"上下大力气,做大文章。

1. 河南文化资源要重在"提炼"

河南是戏剧大省,书法大省,民间文化大省,地下文物与馆藏文物在全国排名第一,地上文物在全国排名第二,那么这些"大",或者"第一"说明了什么?有什么意义?河南要对自己的文化进行提炼,形成准确的定位与鲜明的主题,然后才能确立文化强省建设的目标。笔者认为,河南文化的本质是朝圣与寻根。

"中华文化圣地"是河南文化的准确定位。近年来,我们在对河南文化的本质进行研究时,提出了"圣"文化的概念,即,河南为中华文化圣地,洛阳为中华文化圣城,嵩山为中华文化圣山,河洛为中华文化圣河,河南堂为中华文化圣堂,姜太公、张衡、张仲景、杜甫、朱载堉等为中华文化圣人,等等。所有这些形成了河南的"圣文化"系列。只有经过对中原文化的认真研究与提炼,突显一个"圣"字,围绕"朝圣"做文章,才能在中国的崛起过程中,彰显河南文化的本色,形成对海外有较大影响力的中华文化软实力的重要载体,进而由区域文化发展战略提升为国家文化发展战略。河南得天独厚的区位与历史优势,为中原崛起提供了一条独特的路径,也为河南在提升国家文化软实力中担当重任提供了坚实的基础。

"根在中原"是河南文化的鲜明主题。河南的根文化主要分为中华民族之根与中华文化之根两个部分。围绕根文化,海内外炎黄子孙可以到新郑黄帝故里寻根拜祖;中华各个姓氏人们,可以到羲皇故都与终葬地淮阳寻根祭祖;100 大姓中起源于河南的 78 个姓氏的后裔,可以到各自的祖地祭祖;海内外的客家人可以到偃师、巩义寻根;海内外的中华佛教徒,可以到汉传佛教第一个官办寺院白马寺寻根;华商可以到商丘寻根,全球的武术爱好者可以到少林寺、陈家沟去寻根,等等。寻根是河南的大资源,是河南与海内外联系的纽带,是河南文化的大品牌。因此,要将"根在中原"作为河南文化的鲜明主题。

梳理与提炼河南文化,"缩影"、"朝圣"、"家园"与"福地"无疑是最值得关注的四个关键词。这些关键词既是中原文化固有的特质,也是对中原文化进行深度开发的方向所在。

2. 河南文化产业要重在"培育"

河南文化产业发展的总体格局,有"一带二翼"说,但从全省 18 个地市的发展来看,最终要形成"米"字形格局。河南文化与旅游产业在发展过程中,要立足以往的"三点一线"与"一带四区"的基础,在河南文化资源最密集、档次最高、基础条件最好、区位交通最便捷、品牌最响的地区优先发展,以便与国际接轨。笔者认为,要将郑、汴、洛,以及新乡、焦作、济源、鹤壁和安阳诸地区,作为优化培育的对象,将这些地区培育成具有国际影响力的文化—旅游核心隆起带,并以此带动全省文化—旅游产业的发展。

在文化—旅游核心隆起带中,一是要进一步完善交通设施,形成便捷的交通优势；二是要进行优势互补的文化产业分工，使全省 18 个地市依托自身优势，形成以特色文化与自然景观为产品的旅游线路组合以及文化产业园区的客观布局；三是要开发其中最具代表性的文化旅游产品，推动"黄河游，游黄河"，将黄河旅游项目及相关产品的开发作为龙头产品进行培育。

3. 河南文化产业要重在"运作"

河南文化产业在运作上要下大工夫，尤其是在节会、品牌与产品的运作方面，还有较大的提升空间。

在节会运作方面，要提升与完善原有节会庆典，开发与打造新的节会亮点，形成有河南特色的中原文化节会群落。黄帝故里拜祖大典，自 2006 年提升规格后，在海内外已产生较大影响，关键是每年要有重点，要有亮点，邀请的嘉宾要有影响性，参与的海内外华人要有代表性，庆典的内容上要有新颖性，项目的设计上要强化市场性，拜祖的程序与氛围要更具庄严性。中华姓氏文化节（周口）、国际华商文化节（商丘）、中华二帝祭祖节（内黄）、中国固始根亲文化节、中国河洛文化节（洛阳）等，要在现有基础上有所提升，有所突破，还要与相关产业的发展实现对接。少林与太极，也要在现有节会的基础上，形成观赏性更强、影响力更大的大型赛会。要利用河南道教与佛教以及《周易》根文化的优势，邀请海外知名企业家与华人领袖参与并联手举办佛道文化节会（法会），邀请全球的高僧大师云集中原，以彰显中华文化的魅力。

在文化品牌与产品运作方面，要大手笔创作既具有广泛影响力又能反映河南风貌、体现河南人气质、彰显河南精神的大型影视作品，力争制作一两部影视精品，在央视黄金时段播出，以此制造轰动效应，推出具有代表性的景点或开发一批产品。筹拍中的电视剧《客家人》，反映了中原人南迁的艰难历程，如从与河南的结合点上讲，可以改称为《河洛郎》。也可以将马氏庄园的历史渊源创编成大型影视作品。河南的历史文化资源十分丰厚，要进行认真的梳理，形成河南文化开发的项目库，为持续不断地发展文化产业和打造河南文化知名品牌奠定扎实的基础。

4. 河南文化产业要重在"深化"

河南大力推进文化体制改革，积极发展文化产业，已取得了较为显著的成绩。但就整体而言，文化产业要获得更大的发展，要成为国民经济支柱性产业，还必须在深化上做文章。

文化产业要深化，主要是指文化产业的发展必须与河南的文化优势相结合，即做实传统产业，突出优势产业，瞄准新兴产业。河南的出版传媒业、影视演艺业和休闲娱乐业，都是河南的传统文化产业。河南日报报业集团、河南出版集团、河南影视集团、河南广电集团，虽然已经具有规模优势，但迄今为止仍未形成品牌优势，自主创新能力不强，与其他省区相比还有较大的提升空间。休闲娱乐的河南模式仍没有形成，引导消费的集约性效果较差。因此，这些传统产业面临的最大任务是做实做强。突出优势产业，就是要让文化旅游业、节庆会展业、文博发展业、艺术品交易业、武术体育业等，成为河南文化产业的新亮点。要依托河南的文化、文物优势，做大文化旅游业，使其成为河南文化产业中的支柱产业。依托河南的区位交通以及展馆优势，发展会展业，使郑州成为在中西部有影响的、在中国数得着的"会展之都"。依托文物优势，盘活国有文物藏品资源，形成在国际上有竞争力的文物外展、文物复仿制品外销、文物仿古建筑外拓等产业，使文博馆藏不仅有保护，更有发展。依托河南文物大省的优势，形成工艺美术品的交易产业，将开封打造成收藏之都与交易之都。河南的文化优势，决定了这些产业应该成为河南文化产业发展的首选，也是河南文化产业上台阶的关键所在。瞄准新兴产业，重点在动漫创意产业上做文章。新兴产业在我国发展历程短，科技含量高，有较大的发展空间，河南如果抓住机会，就有可能与国内同类产业并驾齐驱。动漫产品《独脚乐园》和《小樱桃》在国内已有较高的知名度，新近创作的《司马光砸缸》、《木兰从军》等动漫，市场前景可期。新兴文化产业与中原文化有机结合，从河南的文化富矿中汲取营养，同样也是河南文化产业深化的关键所在。

　　体制改革要深化，该放的一定要放，该养的一定要养，该扶持的一定要扶持。经营性文化单位及艺术院团的改革，一方面是要理顺管理体制，创新运营机制，使体制机制更具活力；另一方面是要政策扶持到位，围绕新上项目（精品节目）进行专项资金扶持。要加强人才培训和人才集聚，形成河南的文化人才优势，形成河南的艺术培养阵地，形成艺术院团品牌，借助人才和品牌优势把具有中原特色的文化产品推向市场，推向海内外，以期产生更大的影响力和带动力。

B.26

文化生态保护试验区在中原
经济区建设中的重要作用

——以登封少林武术和温县太极拳为例

闵 虹*

摘　要： 河南是非物质文化遗产大省，非物质文化遗产的保护工作任重
而道远，面临的困难和问题也很多。建议根据河南非物质文化遗产的分布情
况和区域文化的关联性，建立文化生态保护试验区。登封少林武术和温县太
极拳同处于嵩山文化圈之内，应根据它们在中国功夫文化中的独特地位，建
立以登封少林武术和温县太极拳为主体的文化生态保护试验区，既可以较好
地保护非物质文化遗产，又可以促进中原经济区建设。

关键词： 非物质文化遗产　文化生态保护　试验区

国家《"十一五"时期文化发展规划纲要》明确提出："十一五"期间，我
国将建 10 个国家级民族民间文化生态保护区，对非物质文化遗产内容丰富、较
为集中的区域，实施整体性保护。建立区域性文化生态保护实验区，标志着中国
文化遗产保护进入了一个活态的、整体性保护的新阶段。2007 年 6 月 9 日，中
国第一个国家级文化生态保护区——闽南文化生态保护实验区诞生。福建省对文
化生态保护区建设从理念建构、实践操作方面做了开拓性工作，对全国的文化遗
产保护和文化建设产生了深远影响。河南是中华民族与中华文明的发祥地，在保
护与传承中华文化生态方面负有义不容辞的责任。在中原经济区建设实践中，河
南应学习福建的经验，做好文化生态保护试验区建设工作，为中原崛起、河南振

---

* 闵虹（1958～），女，河南郑州人，河南教育学院河南非物质文化遗产研究中心教授。

兴提供文化支撑。

2010 年 1 月"两会"期间，民革河南省委在省政协一号提案《关于设立中原文化生态保护实验区的建议》中提出：探索建立一批具有特色文化生态保护实验点，论证申报国家级和省级中原文化生态保护实验区项目，保护相关地的文化遗产以及与文化遗产相关的自然环境、文化生态环境。2010 年下半年，省文化厅组织有关专家，就民革河南省委提案提出的中原功夫文化生态、中原民俗生态保护等问题进行了调研考察和学术研讨论证，建立了协调有效的工作机制，设立了日常工作机构，启动了国家级文化生态保护实验区申报工作；并将于"十二五"期间，组织评审和命名 10 ~ 20 个省级文化生态保护实验区，推动文化生态保护实验区内非物质文化遗产的整体性保护和传承发展，维护文化生态系统的平衡和完整。

为此，我们认为应建立以登封少林武术（功夫）和温县太极拳为主体的中原功夫文化生态保护试验区。它不仅符合联合国《保护非物质文化遗产公约》所说的"这种非物质文化遗产世代相传，在各社区和群体适应周围环境以及与自然和历史的互动中，被不断地再创造，为这些社区和群体提供认同感和持续感，从而增强对文化多样性和人类创造力的尊重"，有其必要性和可行性，而且可以与构建华夏历史文化传承核心区相呼应，为中原经济区建设提供文化支撑。

一　建立中原功夫文化生态保护区的有利条件

河南是中国功夫文化的发源地，是享誉海内外的功夫文化大省，目前拥有少林、太极、心意、苌家等数十种在全国具有较大影响的传统功夫文化。其中享誉天下的少林功夫产生于嵩山少林寺，太极拳起源于河南温县，它们不仅在河南境内广为流传，而且通过不同方式和途径向海内外传播，为国人和世人所接受，成为中国功夫文化的代表。

登封少林功夫和温县太极拳处于嵩山文化圈范围之内，位于正在谋划中的中原经济区的核心区域。登封和温县有着千年历史文化积淀、鲜明中原文化特征和嵩山文化圈个性，有着与武术（功夫）共生的厚重的民间历史文化，在衣食住行、婚丧嫁娶、节日生活、礼仪往来等活动中，都明显带有中原地区民俗崇拜、民间信仰特点，既有中华民族传统文化的个性，又有所谓嵩山"文化圈"的独特性。丰富独特的自然遗产、物质文化遗产和非物质文化遗产共同构成了嵩山文化圈独特的文化生态环境。这个区域空间又和河洛文化诸多元素共生共存，与中华文明的发展息息相关，在这一文化生存区域建立文化生态保护实验区有着重要的范本意义。因此，设立以登封少林功夫和温县太极拳为主体的中华功夫文化生态保护区，不仅具有得天独厚的地缘优势和文化优势，而且将会从文化建设方面为中原经济区建设提供有力支撑。

以登封少林功夫和温县太极拳为代表的功夫文化既具有鲜明的区域文化特征，又具有广泛的代表性。以登封为例，其地名本身就具有名城文化的代表性。其所在的嵩山地区儒、释、道三教文化并存，还有着书院文化、武术文化、医药文化、天文文化、地质文化、庙会文化、皇室文化、节庆文化、婚丧嫁娶文化以及各种民间风俗、礼仪、文艺表现形式和众多的历史传奇、神话传说、民间故事系列等。特别是禅宗祖庭千年古刹少林寺和名扬天下的少林功夫，作为中国文化最为突出的代表之一，蜚声世界，成为传播中华优秀文化的重要载体。

少林功夫源于嵩山地区古老的民间好武习俗和传统，在特定佛教文化环境和历史演变中形成。它以少林寺武僧演练的武术为表现形式，以充分体现禅宗智慧的传统佛教文化体系为精神内核。拳禅合一是少林寺武功的基本特征，也是少林寺武功的哲学基础。所以少林功夫和其他派别不同，讲究的是"禅武合一"。除武法外，传承至今的少林医法、建筑、书画、雕刻等文化艺术，都是禅的应用化和实用化，为嵩山文化圈所独有。

太极拳是内家拳中最富于智慧的拳种，是我国武术的精华。以嵩山文化圈观照之，有学者谓其是少林武术的分支。真正使太极拳臻于完善、至于化境、传承至今、发扬光大并享誉海内外的是明清时期发源于河南省温县陈家沟的陈式太极拳，陈家沟也因此被称为"太极圣地"和"太极拳之乡"。

少林武功和太极拳作为一种武术文化现象、一种文化形态在中国已家喻户晓、妇孺皆知，已成为中华文化的宝贵遗产，有着增进民族认同的文化功能，而且，已经发展成为全球华人寻求和强化民族认同感的有效途径。同时，以二者为代表的中国功夫作为中华传统文化最通俗的表现形式之一，丰富了全球各族人民了解和认识中华优秀传统文化的途径，为增进彼此理解，保持文化多样性，维护和平共处的国际环境发挥了积极作用。

以登封少林功夫和温县太极拳为代表的功夫文化具有广泛的知名度。登封县、温县被国家体育总局武术运动管理中心、中国武术协会命名为全国武术之乡。登封少林功夫和温县太极拳已经进入国家级非物质文化遗产代表名录。2010年，少林寺少林功夫和温县太极拳分别作为备选项目，由文化部统一上报联合国教科文组织申请人类非物质文化遗产代表名录。2010年8月1日，登封"天地之中"历史建筑群在第34届世界遗产大会上，作为我国今年唯一申报世界文化遗产项目被成功列入《世界遗产名录》。

随着电影《少林寺》、电视剧《少林寺传奇》、《太极宗师》、大型实景演出《禅宗少林·音乐大典》、舞剧《风中少林》等文艺作品的走红，许多仰慕中国功夫的国内外人士对少林禅武文化和温县太极拳更加心向往之。2006年4月俄罗斯时任总统普京造访少林寺，再次在全球范围掀起了中国"少林功夫热"的效应。2008年北京奥运会的武术表演，更使以少林功夫和太极拳为代表的中原功夫享誉世界。

除了非物质文化遗产方面有一个或多个重要非物质文化遗产类别符合国家文化生态保护区的标准外，嵩山地区自然遗产和大量的物质文化遗产与其形成依托和映衬的关系，具备了设立国家或省级文化生态保护区的标准要求。所有这些，都为设立中国功夫文化生态保护区提供了重要依据。

二 中原功夫文化生态保护区的当代价值

中原功夫文化在中国武术发展的历程中始终占有特殊的地位，有着丰富的传统武术资源和深厚的群众基础，其丰富性和独特性是我国其他省份所无法比拟的。其所形成的强大影响力，虽然与强势宣传推介有很大关系，但其所具有的深厚历史积淀和民间不曾间断的传承努力更值得引起重视。

中华功夫的活态传承具有传统变异转型的先进性、生态共生性或自我更生的自觉性、与现代对接的圆融和谐性、生产性保护方式或产业化的便捷性。中原功夫文化与现代化的对接，已在登封和温县实现了转型。它们植根于当地人们的物质文化生活之中，以及当代生产生活方式、语言环境、社会组织、意识形态、价值观念以及自然环境等构成相互作用的相对完整的生态系统中，具有动态性、开放性、整体性等特点，并在当地经济社会发展和人们的精神文化生活中发挥作用。

非物质遗产保护与合理利用最关键的环节在于其整体性活态传承与发展。为了让少林功夫整体性地以活态存在，少林寺和地方政府、民间都在探索"以开发促保护"的路子。如登封在保证"生源不减、馆校整合"前提下，对全市原有近86所武术馆校整合成现在的21所武术馆校，实现了武术馆校由粗放型向集约型转变，并组建了塔沟、鹅坡、小龙三大武术集团，在校学员5万余名，成为中国、亚洲乃至世界最大的武术训练基地。目前，全球100多个国家和地区设立了少林武术馆校、协会等分支机构，成为世界最大的武术人才培训、输出基地，少林功夫有洋弟子300多万人。少林武术表演团常年巡回海内外演出，年参加国内外武术表演达1500场次左右，媒体观众覆盖全球近20亿人次，同时带动了少林宝剑、少林禅茶、少林素饼等一批代表嵩山文化特色的文化产品开发，每年直接经济收入超亿元。当然，这是地方政府最希望看到的非物质文化遗产的文化及相关文化（创意）产业带来的经济效应。

太极拳适合各种环境，无论在城镇还是在乡村，不受场地的限制，都可以演练，其动作缓柔，套路简练规范，具有强身健体、妇孺皆宜的特殊效果。其以强身健体、修身养性为传习主旨，已推广到世界五大洲，成为多国民众生活的重要组成部分。据不完全统计，温县现有正式的太极功夫学校2所，在校学生千余人，家庭武馆不计其数，来自世界各地的太极拳爱好者在此学习、训练。国外有150个国家开展了太极拳运动，世界上练习太极拳的人口有2亿人左右，体现了太极拳所具有的"全球性"、"普世性"价值。

一种文化的兴起与衰亡有其历史的原因，但更重要的是看这种文化是否能真正满足广大民众的需要，是否能真正与民众的生活习俗相融合，是否具有时代认可的价值。而这种文化是否能够发展延续下去，主要则看它是否能够与外面的世界相互交流与学习，在相互学习中取长补短、兼容并蓄。只有不断地满足人民群众的精神文化需求并且能够在自身发展中坚持取长补短、兼容并蓄，这种文化形态才能永葆活力，才能不断发展壮大。登封少林功夫和温县太极拳为代表的中原功夫文化就具有这样的意义和价值。

三　中原功夫文化生态保护区面临的生态环境问题

设立中原功夫文化生态保护区，面临着一些生态环境方面的问题。概括起来说，主要有以下三点。

其一，在全球化背景中，功夫文化作为最具中国特色的文化表现形态，国内外对其传承与保护路径的认识尚欠深入，或不完整，或有偏差。

少林功夫是我国最早的世界申遗项目之一，得到了中国艺术研究院等多方专家学者的高度评价和大力支持。但其申遗之路命运多舛，原因复杂。不能因为少林功夫、太极拳的世界申遗之路遇到挫折而影响、遮蔽其在国内建立国家级功夫文化生态保护区的重要性和示范性。

少林寺或者说释永信"觉悟"最早，第一个吃了螃蟹，招致举世非议。备受非议语境中的商业少林受益者，不仅有寺庙、住持、僧人，其实还有地方政府等。有关方面都在把少林寺或少林功夫品牌作为一个最具开发价值的大蛋糕，在没有现实范本可依的开发中，没有处理好保护与发展的关系，而这恰好影响了国内外对"功夫"文化保护路径的客观认同。这同时也表明，中原功夫文化应该在国家层面受到制度规范和保护的紧迫性和必要性。

其二，由于在理论和实践两个层面上对传统武术和功夫文化的界定及认同存在差异，使得功夫文化的整体性传承不平衡。

国家和省级非物质文化遗产名录，武术功夫都列在传统体育与竞技类。目前，人们往往简单地从武术强身健体的角度理解功夫，忽略了其背后丰富的、特有的中国传统文化内涵。同时，由于出于商业性目的而过于追求武术的竞技功能，因而偏离了功夫文化的传统"武德"即精神实质，也助推了对传统武术和功夫文化认同、界定的偏差。

目前国家非物质文化遗产保护工作专家委员会共计 68 人。除主任、副主任 6 人，委员组成分为 9 个方面：民间文学及语言 7 人，音乐 6 人，舞蹈 6 人，戏剧 7 人，曲艺 5 人，美术 6 人，手工技艺 9 人，传统医药 3 人，民俗 13 人。68 人中无一人是专门从事传统体育包括武术门类工作的专家或专门进行传统体育和武术文化研究领域的学者。这是否从一个侧面说明目前传统武术和与之相关的功夫文化所面临的"认同"问题？

河南作为武术文化大省，在省级非物质文化遗产保护工作专家委员会现有的 54 人中，专门从事武术专业及功夫文化研究的专家学者有 4 人。显示出省政府层面对这一国之瑰宝保护与传承工作的充分重视。

其三，在整体性保护前提下，少林功夫和太极拳的传承者和共享者在保护、传承、发展中的自由选择意志如何体现，也是重要问题，既不能让"自由选择意志"过度放大，也不能让保护性开发成为空话。

由于商品化浪潮冲击和地方政绩的强力需求，"自由选择意志"很难不被过度放大。刘魁立先生说得好："保护非物质文化遗产的整体性原则不仅是就空间向度而言，也表现在时间向度上。""传统是发展的、流动的，它有自己运行的客观规律，文化遗产作为传统的一个方面，同样是存在于发展过程中的，不可能一成不变。"我们不能只注意文化遗产的历史形态，以为文化遗产的"过去式"就是最合理的存在，忽视甚至歧视文化遗产的现时状态和将来发展，割裂了它的发展和流变，人为地将还在生活着的文化遗产"化石化"。非物质文化遗产是流动的、发展的，它不可能脱离生产者和享用者而独立存在。它是存在于特定群体生活之中的活的内容，是发展着的传统行为方式，它无法被强制地凝固保存。因此，有必要重申联合国教科文组织《保护非物质文化遗产公约》有关的说明："对非物质文化的保护，不应将之封闭在某个特定的历史时空中。要尊重非物质文化的传承者和共享者在文化保护、文化传承、文化发展中的自由选择意志。"

但是，现实生活中，却存在着想把"精神家园"打造成"GDP家园"、发展成"金钱乐园"的现象。许多人抛开保护，以"合理利用"作为过度开发的"合法依据"。中原功夫文化的生态环境在全球功夫热和由传统向现代的转型当中同样面临这样的问题。

如何通过文化产业的开发，进一步保护好文化遗产，是一个重要课题。文化资源要开发，文化产业要发展，但前提是要保护好这些文化遗产被过度开发。非物质文化遗产保护工作的主导者是各级政府，因此，如何杜绝和减少影响非物质文化遗产可持续发展的政府行为，促进政府把保护放在十分重要的位置认真加以对待，同时，改变目前河南本土文化资源十分松散、各自为政、缺乏整合的局面，使其得到有效的整体性保护，已经成为官方、学界和民间刻不容缓的共同课题。

由于对文化遗产"生产性保护方式"以及文化产业和文化创意产业的不同理解而由此产生认识偏差，因而未能客观、科学、公正地评价少林功夫实际上是以少林武术为代表的中国功夫的深厚文化底蕴和文化价值。

保护非物质文化遗产，国家有明确规定：保护为主、抢救第一、合理利用、传承发展。在现实生活中，"保护"与"开发"的矛盾冲突一直是个难题。生产性项目如何得到有效的、科学的生产性保护？传统技艺如何与现代科技的结合？这是非物质文化遗产项目生产性保护的一个难点，也是学界争论的焦点。刘锡诚先生的《"非遗"产业化：一个备受争议的问题》一文对此有详细论述。但传统体育项目如何与现代经济社会对接亦是难点。当下商业少林（少林寺和释永信现象）给其造成的负面印象、负面影响已经遮蔽了其积极意义的方面。

2010 年 8 月 23 日首次提请十一届全国人大常委会第十六次会议审议的《非物质文化遗产法》（草案）明确指出，国家鼓励和支持在有效保护非物质文化遗产代表性项目的基础上，充分发挥非物质文化遗产资源的特殊优势，合理利用非物质文化遗产代表性项目开发具有地方、民族特色和市场潜力的文化产品和文化服务，发展文化产业。法律草案中提到的"合理利用"需要特别关注。如何正确处理保护与利用的关系？《非物质文化遗产法》（草案）进一步明确指出，县级以上地方人民政府应当结合本地实际情况，采取积极措施，对合理利用非物质文化遗产代表性项目发展文化产业的企业等经营单位予以扶持，创造公平、公正的市场环境。合理利用非物质文化遗产代表性项目发展文化产业的经营单位，依法享受国家规定的税收优惠。在分组审议《非物质文化遗产法》草案时，一些常委表示，要防止地方利用非物质文化遗产代表性项目发展文化产业出现过热的趋势，这样不利于对"非遗"的保护。

因此，对嵩山文化圈活态传承主体类别的功夫文化的生存与发展之路，应该在嵩山文化生态保护区的建设过程中得到国家层面和省内学界、官方和民间舆论的客观、公正的评价和科学、专业的指导与规划。

四 设立中原功夫文化生态保护区的重要意义

设立中原功夫文化生态保护区，对于中原文化的传承与发展，对中原经济区及华夏文化保护传承核心区建设，对推动河南文化繁荣发展，都具有重要意义。

1. 作为中华根文化发源地，河南尚未进入国家已经申报保护实验区成功行列

将中原特色文化遗产如少林功夫、太极拳置于一个受制度保护的活态保护和传承地域，将有利于中原优秀传统文化的传承、发展和传播。而来自国家制度层面的保护，将使这一文化生态系统的健康发展获得重要的支持和保障。

2. 中原文化赖以生存的生态环境，自古至今其空间都是开放性的

无论就其政治位置——逐鹿中原、定鼎中原，地域位置——天地之中，还是就其文化位置——华夏文化保护传承核心区而论，开放包容无疑是中原文化最大的特色。中原功夫文化生态保护区的设立，将为探索优秀的中国传统文化与现代文明成功对接的现实路径，提供中原传统文化在开放的全球化环境中转型和更生的范本，从而在理论和实践上形成和完善具有中国特色、河南特色的非物质文化遗产保护、文化生态区的制度建设和理论体系。

3. 河南历史悠久，文化资源丰富，但亟待整合、凝练和提升

冯骥才先生曾言，中国的非物质文化遗产一半在河南。但其标志性的名片究竟是什么，目前缺乏整合、凝练和提升。这也是保护区至今尚未上升到国家层面的重要原因。而中原功夫文化生态保护区的设立，将推动文化资源的整合与提升，加强非物质文化遗产的保护性开发，进而促进区域经济、社会、文化建设。

安徽省倡导："打好黄山牌，做好徽文章，唱响黄梅戏，舞红花鼓灯。"简单凝练、形象通俗的话语，既凸显了徽派文化战略的主体特色，又使得文化强省建设的思路、理念口耳相传，深入人心。河南可以借鉴外省文化建设的成功经验，整合提炼中原豫派文化的主体特色，发挥好"文化名片"的龙头效应，改变目前河南文化资源十分松散、各自为政、缺乏整合、传播不力的局面，使其得到有效的整体性保护。具有世界文化名片效应的中原功夫文化生态保护区的设立，将产生广泛的示范效应，促进河南省非物质文化遗产保护事业的发展，使之得到专家学者更多的关注、社会更多的认可、政府更多的支持，进而对中原经济区建设产生积极而重要的影响。

B.27
郑州市戏曲茶座生存现状调查与分析

范红娟*

摘　要：本文在问卷调查的基础上，对郑州市戏曲茶座的经营现状和面临困境进行了调查和分析。并指出：在政府扶持下进行产业化经营是戏曲茶座走出困境的有效途径，同时戏曲茶座还需采取品牌推广、扩大消费群体和人才引进等产业化手段。

关键词：戏曲茶座　生存现状　文化产业　对策

郑州市是戏曲大省河南省省会，既是交通便利的人烟辐辏之地，又是省内外各类戏曲交流汇集之所。自1993年郑州市出现戏曲茶座这一新兴的复合型娱乐形式之后，戏曲演出不再局限于剧场，茶座经营也掺入了演艺形态。这一特殊业态既是新型的戏曲生态，也是郑州市文化产业发展中的一个新的现象。戏曲茶座的经营状态到底如何？它对郑州市文化产业发展到底有何作用？对此，笔者进行了问卷调查。

笔者对郑州市区戏曲茶座的经营情况共发出调查问卷152份，回收82份。问卷内容分3个部分，分别针对茶座经营者、演员和观众提出问题共43个。根据回收的调查问卷，笔者对郑州市的茶座经营情况有了初步的了解。

一　新一代戏曲茶座的诞生和发展

郑州市戏曲茶座的历史最早可追溯到20世纪40年代，在老坟岗（今二七区

---

* 范红娟（1972～），女，河南郑州人，郑州师范学院教务处副处长、副教授、中国传媒大学艺术学在站博士后。

解放路、太康路之间）的空地上遍布着几十家剧院茶社，吸引了众多民间艺人在此献艺，也培养了崔兰田等豫剧大师。后来随着戏曲的式微，这些茶座也逐渐销声匿迹。改革开放后，深厚的文化积淀和活跃的文化活力又催生了新一代戏曲茶座的诞生。

1993 年，在省会郑州，出现了一家戏曲茶座——"天龙戏曲茶座"，它的创建者既不从事文化管理工作，也非戏曲专业人士或梨园世家，而是 3 个热心戏曲的普通观众：马国林、赵培训和李伟。

据这三位创建者说，戏曲茶座的缘起在于一次偶然的机会。1993 年春，远道而来的朋友回郑州探亲访友，提出要看一看、听一听河南地方戏，大家都是戏曲爱好者，就驱车去看戏，遗憾的是访遍了郑州的许多剧院，没有一家演出戏曲的。很多剧场都改弦易辙成了舞厅或商店。他们想，河南是戏曲大省，来河南看不到河南优秀的地方戏曲，这实在与繁荣文化事业、促进戏曲发展不相适应；可以花上几千元请朋友吃山珍海味，可无法掏钱满足朋友的精神需求；剧团都在干什么？为什么不演戏？北京有个老舍茶馆，专门演京戏，何不也在郑州办个戏曲茶馆，让喜爱听戏的人们有个听戏的地方，有一个让戏曲更贴近人们和人们生活的渠道，更主要的是让热爱戏曲的人们有一个能看、能听、能欣赏的平台。就这样一个激情火花最后成为擂响中原省会郑州第一声戏曲茶座的铿锵锣鼓。

第一个茶座甫一露面，便得到了戏曲工作者的赞扬和戏迷的追捧，戏曲茶座这方平台不但给英雄无用武之地的年轻戏曲工作者一个发挥、施展、锻炼的舞台，而且也得到老一代艺术家的支持、捧场和许多业内人士的赞赏，特别是一些热爱戏曲的观众，得知有这么一个供他们"解馋"的场所，纷纷远道慕名而来。虽然如此，茶座开办得并非一帆风顺，经营得并未如鱼得水。一来宣传不够，茶座上座率还不够理想，有些观众一时还不习惯茶座的观赏习惯；二来饮茶点戏只是取戏曲的一曲片段，欣赏不到戏曲艺术内在的连续性和文化背景，加之各色各样传播媒体对市场的覆盖和冲击，使得这一新兴的文化现象无幕而落、鸣金收旗。

1994 年，茶座又一次开业。这一次，他们逐渐探讨出一套演员与观众的连接和交流的共振点，市场中不断调节，逐步地探索，不断地完善，并取得了成功。这就是一度声誉鹊起的"江海戏曲茶座"。"江海"的成功造成了示范效应和带动效应，一时间，戏曲茶座如雨后春笋般在郑州的大街小巷竞相出现、成长壮大，鼎盛时达到 50 余家，金水区、二七区、中原区各处星罗棋布，还波及开封、洛阳等河南其他城市。

二　郑州市戏曲茶座的经营方式

戏曲茶座经营在不低于 300 平方米大小的场地展开，内设精致而简易的小舞台，台下放几十张传统造型的八仙桌和圆桌，每张桌旁四把椅子。桌上放茶水、瓜子、水果、冰糖。舞台前侧竖立一块有"今日演员"字样的醒目招牌，牌上挂有今日演员的名单。观众一进茶楼，便可知即日有哪些演员到场。

每天下午 5 点茶楼开始运营，工作者可提前先用电话预约观众，讯问观众爱听哪位演员的戏或唱段，然后预约演员。观众点戏费，交到收银台，演员离开茶座之前，到收银台提取每段戏的分红报酬。

茶座节目分 3 个板块：演员风采展示，观众黄金点戏，观众自娱自乐。3 个板块随观众意愿调节。晚会开始后，有主持人首先逐一介绍到场演员。演员首先要每人唱上一个到两个拿手唱段，以展示自己演唱水平和表演风格，以便让台下观众了解你的功底并在获取认同的前提下点节目。这就是风采展示。所有到场演员一一展示之后，会迅速撩起听众听戏的激情和热望。观众的点戏单纷纷呈交工作人员手中，这就进入了黄金点戏时段。工作人员按点戏单先后次序点报演员出场，演员在报过节目后就上台演唱，演员演唱之前节目主持人要详细报出是几号台哪位先生和女士点的戏曲唱段，出了多少点戏资金，同时还可以根据点者的要求再加一些代表心愿的祝词。这些通过主持人的清楚播报，点戏的观众就会获取一种满足感和自豪感。为了回报听众，拉近与观众的距离，演员上台还会再一次用打动人心的词汇感谢点自己戏的听众，然后才根据点者的要求开板唱戏。

黄金点戏段是茶座晚会最精彩最高潮的时刻，只要有观众点戏，演员就得一直唱下去，不受时间的限制和约束。有时许多观众是为友人过生日和为老人贺岁而点戏，戏单就会很多，戏段量也就很大，进行到凌晨和午夜以后是经常的事。

黄金点戏段之后，是自娱自乐时段。这时，茶座已进入尾声。主持人上台问询：有哪位先生愿上台来一展自己歌喉？没尽兴的观众就会到台上演唱，不论演唱得好还是不好，在场的工作人员都会给予热情的喝彩和掌声，直到观众散去茶座演出才告结束。

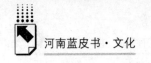
茶座的收费标准大概是：清唱一段100元，彩扮200元。但要是国家一级演员则需预约，每段300～500元，彩扮当然价格更高。点戏收入演员与茶楼6/4分成，除去场地、服务和其他费用，茶座每天收入4000元以上才会有盈利。

三　戏曲茶座的功能分析

（一）娱乐功能

观众到茶座欣赏戏曲表演，主要的消费诉求在娱乐消遣，算是都市休闲文化的一部分。这从演员的情况可以看出来。茶座演员分3个档次，高档次的演员都是省会各大剧团的名家大腕，他们大多每晚能唱到3～5段戏，也有观众点多少就演唱多少的。能达到这个档次的演员，首先必须得具备吸引观众的条件。大部分点击率高的都是年轻漂亮、演唱水平高，并有很强的舞台魅力的演员。这类演员靠的是精湛的演技或美好的扮相来吸引观众，给观众带来高质量的艺术享受。

其次是中档演员，中档演员大多来自于省会剧团的二流演员或地市演员，或早已转行但有一定的演唱水平的演员。中档演员每晚大致能唱到一段到两段戏，经济收入在百元左右。再就是低档演员。这些演员大多来自县级剧团或农村业余剧团，为生计所迫到茶座演唱。但由于他们形象一般，演唱水平又不高，经常会唱不到戏，所以他们就要想法取悦老板，出现演员到台下观众席上"拉戏单"等比较庸俗的行动。

除了欣赏演员的演出外，观众也能在茶座一展歌喉，自娱自乐，总之只要"痛快"、"美"，就能够获得满足。

（二）传播功能

茶座的传播功能在广度和深度两方面起着独特的作用。在广度上，茶座集聚众多的戏曲爱好者在此活动，尽管每个茶座人数不一，但他们来自四面八方，能够使戏曲传播到城市的每个地方，并且使身边的人接触到戏曲、了解戏曲，并在交流中提高鉴赏能力。在深度上，茶座观众在戏曲方面很少有完全的"白丁"，他们对戏曲的理解程度要高于一般的戏曲接受群体，而茶座的存在又为这一群体提供了集聚、交流、欣赏的平台。

（三）审美功能

茶座观众大多了解戏曲，并且掌握着戏曲特殊的审美方式。他们在茶座消费的同时，作为演员有创造美的快感，作为接受者也有接受美的愉悦，二者形成了良心的审美互动。

（四）交际功能

这一点从观众的情况最能看出端倪。观众年龄以中青年为主，50 岁以上者仅占 30%，20～50 岁者反而占了 70%。这和我们平日的印象有些差距，一般人认为戏曲的主要观众是中老年群体。笔者以为，茶座观众应该是戏曲观众中一个比较特殊的群体，来茶座听戏需要产生费用，为中老年观众设置了一定的门槛。而中青年观众来茶座除了出于对戏曲艺术的爱好外，交际应酬、积累人脉也是一个重要动机，因此，茶座不仅是一个艺术欣赏场地，更是一个交流应酬、人际往来的场所。职业和地域上的调查结果也为之提供了佐证：从职业上看，商人占了65%；从地域上看，则是本埠（56%）和外埠（44%）观众基本上平分秋色。因此，茶座戏曲与剧院戏曲以及金水河边自发形成的戏曲群体相比，在艺术欣赏和戏曲传播之外，有其独有的交际功能。

四 戏曲茶座经营困境

2005 年前后，戏曲茶座的火暴美景不再，茶座经营逐渐走了下坡路，数量从鼎盛时的 50 余家降至 10 余家。通过对茶座经营者的深入调查，笔者认为茶座陷入困境的原因主要有三方面。

（一）经济压力

这一结论的得出主要来自于对茶座经营者的调查。茶座经营者年龄多在30～50 岁之间，因为经营茶座需要一定的资金投入，他们在经营茶座之前大多已经有一些财富积累。他们大多是戏曲爱好者，在演员和观众方面已经积累了不少的资源，再加上对戏曲艺术的热爱，因此投入到茶座经营中来，很少单纯为了盈利而经营的。但在经营中他们却感到举步维艰，压力主要来自于经营空间的狭窄和

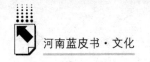

较重的税收。茶座经营的成本有三：场地租金、运转费用和税收。其中税收压力最大，因为戏曲茶座是按照娱乐场所收税，等同 KTV 和桑拿，并未像动漫等其他文化产业项目那样享受补贴或减免税的优惠。因此只能以个体户的名义经营，不敢扩大规模，丰富经营方式。目前还在勉力维持者多是出于对戏曲艺术的热爱。有些则还经营其他生意，仅把茶座作为积累人脉的平台。

（二）市场萎缩

茶座的主要客源有二：一是真正热爱戏曲，到茶座来欣赏艺术的人；二是把茶座当做交际场所，到茶座来应酬交际的人。从戏曲的整个大环境来看，戏曲艺术还处在低谷，观众群体日渐减少；同时，茶座作为交际场所并不具有唯一性，KTV、影剧院等娱乐场所也会分流茶座观众。而茶座本身由于上述经济压力造成发展空间极其有限，且经营方式和表演模式一成不变，缺乏创新，当观众产生欣赏疲劳的时候自然会把注意力转到其他娱乐方式上去。

（三）政府支持缺席

我国第一部文化产业专项规划《文化产业振兴规划》自 2009 年通过后，标志着文化产业成为继钢铁、汽车、纺织等十大产业后，又一个上升为国家层面的战略性产业。郑州市也随之跟进，投入大量资金发展本地文化产业。未来三年将投资 130 亿元发展文化产业，在资金、工商税收、人才、市场拓展等方面对某些重点项目予以支持。但在政府重点发展的各类文化产业项目中，戏曲特别是和市场有效结合的产业化戏曲却成为被遗忘的角落。戏曲茶座的发展亟待政府的政策支持和资金投入。

五　戏曲茶座的经营对策

（一）条件

郑州商贸发达，是鲁、冀、鄂、皖、苏等中部地区的重要交通枢纽，中原文化的辐射传播对全国的戏曲产生了重大影响，特别是豫剧、曲剧、越调等一直受到人们广泛的喜爱，在全国占有非常重要的地位。比如京剧表演艺术家梅兰芳演出的京剧《穆桂英挂帅》就是从同名豫剧《穆桂英挂帅》中移植过去的,还有豫剧《红娘》、《花木兰》,曲剧的《卷席筒》、《风雪配》,越调《收姜维》等都是人们喜闻乐见、广为称颂的名剧。再就是河南人对戏曲从血液里产生的难以割舍的喜爱之情,都是戏曲茶座生存和发展的良好土壤。因此只要尝试把市场经济规律引入到茶座的经营中来,在市场中不断调节,逐步探索,不断完善,形成良好的运营模式,戏曲茶座就一定能在郑州发展文化产业的大潮中掀起浪花。

(二)借鉴

从经营业态上看,戏曲茶座具有复合性经营的特点,属于文化餐饮的范畴。这样的文化业态,在省内外都不乏成功的范例,总体来说分为两类。

一是和物质形态的文化遗存结合,走高端发展的路线。如北京皇家粮仓的厅堂版《牡丹亭》。皇家粮仓是明清两代皇家囤积粮食的仓库,至今已有600年的历史,近年来,由于政府开始加大对古建筑的保护利用,这里已经成为具有鲜明文化特征的旅游景点和商业服务区。北京普罗之声文化传播有限公司总经理王翔则把这里改造成了一个公共使用的多功能空间,如举办会议、展览、发布会、庆功宴会等场所,充分发挥了粮仓特殊的文化价值。为了增加粮仓的文化品位,王翔把昆曲的经典著作《牡丹亭》搬入皇家粮仓。当年昆曲是在江南的私家园林里以家班形式发展起来的,皇家粮仓的《牡丹亭》也是类似家班的演出式。以回归传统、家班的演出形式展现昆曲,具有原真特色。

文化与经济的相互交融,戏曲产业的成功嫁接,使厅堂版《牡丹亭》得以在600年的古仓文物遗址中,复归昆曲表演的初始状态,以120分钟和500平方米的简洁时空,构筑起情景交融、虚实相生的极致景观。王翔还专门请来了北京人民艺术剧院的著名导演、擅长先锋戏剧的林兆华导演和浙江昆剧团团长汪世瑜,共同导演这部厅堂版《牡丹亭》,以保证戏曲既适应现代观众的欣赏口味,又不改变其传统文化的内核。

厅堂版《牡丹亭》的创意非常成功,形成了强大的品牌影响力,吸引了不少名流和知名企业家来这里欣赏昆曲。现在,厅堂版《牡丹亭》在京城已到了一票难求的程度,虽然价位不低,每张票从580元到1980元不等,但人们仍争相抢购,因其每周只演两场,每场只有60位贵宾观看,因此,火暴程度可以想象。眼下时尚圈里,已经流行将是否看过厅堂版《牡丹亭》作为一种品位、格调的谈资标准，外国驻华使馆的文化参赞们，更是将它作为了解中国博大精深文化的一个窗口。2008 年，北京奥运会组委会还花 500 万元巨资订购了部分演出，将其作为奥运的文化大餐奉献给各国官员和运动员，同时也为"人文奥运"注入了实在而丰富的内涵。

皇家粮仓的厅堂版《牡丹亭》给茶座经营的启示在于：文化产品需要稳定的落脚点，选准目标消费群体，实施有针对性的营销策略和运营机制。

二是以通俗的表演和相对低廉的价格为卖点，走群众化和民俗化的路线。如长沙火暴非常的各类歌厅。长沙以红太阳演艺中心为代表的几大歌厅的特色经营，在政府主管部门和媒体的高度重视和大力扶持之下，不仅形成一个充满活力的文化产业门类，而且名扬全国各地，成为湖南省发展文化产业的名牌。长沙歌厅规模较大，座位从几百到上千不等，节目"杂"而多样，走平民化路线，因此受到市民的普遍追捧。逢五一节、情人节、母亲节等节日甚至出现一票难求情况。歌厅经营的火暴带动了整个演艺产业的兴旺，2009 年年底长沙共有文化娱乐场所 6990 家，每天出入其中的观众达 160 万余人次，其中不少是慕名而来的游客。对此，政府采取了融监督和服务于一体，进而提升娱乐业文化格调的管理模式，定期举办业主培训班，宣传文艺政策和文化市场法规，扶持歌厅健康发展的创作规律。同时，政府还发挥网络广、信息快的优势，为歌厅介绍优质节目、引进高素质演员等。

长沙演艺产业发展的启示在于：走规模经营的道路，并由政府在整体规划、政策倾斜、资金投入等方面提供支持。

（三）对策

借鉴外埠相近业态的经营经验，笔者认为：茶座经营走出困境的根本解决途径在于：在政府扶持下走产业化经营的道路。

一是政府应把戏曲茶座纳入地方文化产业发展的整体规划中来，将之作为郑州市发展文化产业的内容之一。在工商税收、产业发展、资助资金等方面予以支持，并利用政府资源为之提供多样化服务，帮助其多态经营、复合发展。

二是戏曲茶座应走品牌化经营的路线，通过与电视台联姻、借名演员造势、举办各类竞赛活动、演出活动和其他公益活动的方式进行品牌推广。选址可在古城墙、酒吧街、二七商圈等富有文化气息、交通便利的地点，突出文化品位，营造整体审美环境。

三是强化戏曲茶座的传播功能和交际功能，扩大戏曲茶座消费群体。同时和旅行社结合，将戏曲茶座融入都市夜间文化旅游的范畴。可采用政府采购的方式，将茶座戏曲采风作为政府接待的内容，扩大茶座戏曲的影响力。

四是引进培养既了解戏曲文化，又懂经营、善营销的复合型人才，对茶座的营销策略和运营机制进行整体策划，保证戏曲茶座健康快速发展。

B.28
周口市的"周末一元剧场"

中共河南省委宣传部政策法规研究室

摘　要： 周口市作为农业大市，经济基础差、底子薄，文化事业投入和人均文化事业费偏低，群众文化生活单一贫乏。依靠社会力量，依托周口丰富的文化资源，周口市通过社会化运，开办"周末一元剧场"，让人民群众只需花一元钱，每周末就能在剧院欣赏到高质量的文艺演出，破解了群众看戏难的难题。开创了政府协调、部门主导、社会参与、市场运作的公益文化发展成功模式，对于中西部欠发达地区发展公益性文化事业具有示范意义。

关键词： 周口市　公益文化　一元剧场

一　引言

一元钱能享受到丰盛的"文化大餐"。从 2008 年 4 月起，地处传统农区的河南省周口市在公共财力不足的情况下，依托当地文化资源，采用市场运作机制，创造性地推出"周末一元剧场"公益文化活动，破解群众看戏贵、看戏难的问题，走出了一条政府协调、部门主导、社会参与的公益文化发展新路子，对各地特别是中西部欠发达地区探索构建公共文化服务体系、保障人民基本文化权益的发展道路具有重要意义。那么，"周末一元剧场"是如何启动发展的？又有哪些成功经验呢？

二　困局：守着富矿的"穷日子"

周口市位于河南省东南部，总人口 1100 万人，总面积 1 万多平方公里。周口历史悠久，是人文始祖太昊伏羲氏定都圣地，是道教鼻祖老子的故里，也是中华龙文化、姓氏文化、道家文化、农耕文化的重要发祥地。文化资源丰富，戏曲土壤肥沃，拥有豫剧、越调、道情三大剧种，专业戏曲艺术表演团体 11 个，业余表演团体 30 多个，从业人员 2000 多人；杂技优势突出，共有民营杂技演出团体 110 多个，其中 3 个位列全国十大民营杂技团体，从业人员 5 万多人，被中国杂技家协会认定为全国"杂技之乡"；民间文艺种类繁多，仅表演类的演艺品种就有舞龙灯、狮子舞、高跷、竹马、旱船、肘歌、担经挑、抬花轿、布袋偶、大头偶、拉犟驴、鸡毛人、打铁舞、花棍舞等，民间文艺表演团体 80 多个，从业人员 6000 多人。

周口市是全国重要的粮、棉、油、肉、烟生产基地，小麦总产量占全国的 1/25，占河南省的 1/6，素有"中原粮仓"之美誉，是典型的农业大市。近年来，尽管当地党委、政府在推进粮食稳步增产的同时，不断加快工业发展步伐，但由于经济基础差、底子薄，财政收支仍相对困难。2007 年，全市城镇居民人均可支配收入 8800 元，农民人均纯收入 3122 元，财政一般预算收入 19.6 亿元，远低于全国平均水平；人均文化事业费不足 3 元，更低于全国人均 10.23 元的标准。文化投入不足，文化基础设施建设滞后，造成群众文化生活内容相对单一，质量和水平亟待提高，让广大人民群众经常走进剧院观看演出的现实条件还不具备。即使偶尔有免费的文艺演出活动，也往往是为重大节日、重大活动举办，一年就那么几次，根本不"解渴"。平时有"名角"、"大腕"参与的商业文艺演出，昂贵的票价是老百姓难以逾越的一道门槛，普通群众只能望而兴叹。一边是历史文化底蕴丰富深厚，一边是群众文化生活单一贫乏，对此，有专家戏言为"守着富矿过穷日子"。

三 思路：打造一个低价位高享受的文化品牌

对于周口这个经济欠发达、财政收入较低的农业大市来说，如何深入贯彻落实中央决策部署，在文化资源丰富而公共财政支持不足的条件下，大力发展公益性文化事业，积极构建公共文化服务体系，解决群众看戏难、进剧院贵的问题，引起了全市上下的深入思考。围绕这一问题，周口市委宣传部组织力量深入基层、深入群众、深入生活进行调研，采取走访、座谈等不同形式，认真听取社会各界的意见和建议，积极寻找解决问题的突破口。2007 年 11 月 20 日，周口市委宣传部组织召开了有市直文化部门负责人、文艺工作者、新闻媒体和群众代表参加的座谈会，就进一步丰富群众文化生活问题征求大家的意见和建议。座谈会上，大家发言积极，氛围热烈。部分文艺工作者针对群众文化生活贫乏的现状，首先摆出一系列困难：一是没有演出经费；二是现有演员队伍散乱；三是老百姓进不起剧院；四是难以长久坚持。在摆出四大困难后，与会者深入讨论，全面分析，列举了更多有利条件。第一，周口丰富的文化资源，具有开展文化活动的"先天优势"；第二，专业文艺创作、演职员队伍和民间文艺演出队伍庞大，为开展文化活动提供了人才支持；第三，国家鼓励社会力量参与文化建设的优惠政策，为社会化运作提供了现实条件；第四，群众文化消费日益旺盛，为文化发展带来广阔的市场前景；第五，党委、政府的坚强领导是解决困难的有力保障。在讨论和分析中，大家初步形成了共识、廓清了思路。首先，由宣传文化部门牵头，打造一个公益文化活动平台，定期在剧场演出。其次，坚持文化事业的公益性，实行低票价，让老百姓进得起剧院，共享文化发展成果。再次，不花财政一分钱，依靠社会力量，走社会化运作之路。

2008年年初，根据国家和当地文化建设的有关会议精神，周口市委常委、宣传部长梅宝菊提出了"积极扩大全市公共文化服务体系的覆盖面，使人民群众不断享受到更多的文化权益"的工作要求。按照这一要求，全市宣传文化战线开动脑筋，集思广益，对2007年调研形成的思路进一步加以完善。经过反复研究论证，周口市委宣传部决定由市文化局组织，以周口丰富的文化资源为依托，以社会化运作为手段，以解决群众看戏难、进剧院贵的难题为切入点，开办"周末一元剧场"，让人民群众只需花一元钱，每周末就能在优雅的剧院欣赏到高质量的文艺演出。消息一传开，便得到了广大群众的热烈欢迎。署名"倦翁"的网民在当地门户网站"龙都论坛"发帖："启动'周末一元剧场'的人真是太有才了！我准备把这个天大的好消息告诉我所有的好朋友！让他们也来分享如此优惠的文化大餐！"

四 行动：四环联动摸索一条新路子

万事开头难。"周末一元剧场"的可行性方案确定后，最重要的就是加快行动，把方案落到实处。在当地党委、政府的领导下，周口市委宣传部、市文化局坚持"二为"方向和"双百"方针，把人民群众的满意度作为衡量节目的最高标准，以不断推进内容与形式创新、增强文艺节目的吸引力和感染力为努力方向，组织有关单位和专家学者从四个环节进行了筹划实施。

（1）摸"家底"、探"口味"，确定表演形式。首先，在全市范围内开展文化演出资源普查，对全市各级各类表演团体、节目形式、演艺人员、编创人员状况等进行全面调查，登记造册，建立文化活动节目库、群众文艺表演人才库、编创人才库，输入微机，系统管理。只要打开电脑，艺术团体的特点、活动规律、节目特色、编创演人才优势等文化"家底"一目了然，为活动安排和人员调用打下了坚实基础。其次，组织调查队，分组分批深入农村、社区、企业、工地，与群众面对面接触，了解群众喜好，探寻百姓"口味"，把预设的演出形式、演出内容、节目策划讲给他们听，征求意见，搜集建议。根据群众的"口味"要求，确定演出的主要内容和形式。

（2）筛"大料"、定"本子"，策划演出节目。"周末一元剧场"立足当地丰富的文化资源，以戏曲、歌舞、曲艺、武术、杂技、民间艺术、绝活绝技表演为"大料"，同时深入挖掘当地"非物质文化遗产"项目，整理包装，推陈出新，不断探索文化资源与文化消费相结合的路子。节目突出《周口风情》、《演绎经典》、《名家风采》三大版式，既要"阳春白雪"，又要"下里巴人"，做到雅俗共赏、老少皆宜。《周口风情》以周口民俗、民风、民艺为主，周口人创作，周口人演出，贴近百姓，贴近生活，拉近剧场与群众的距离。《演绎经典》主要演唱脍炙人口的时代经典曲目，融合行业、军营、校园文化，激扬舞台，吸引更多年轻观众走进剧场，接受熏陶。《名家风采》展示周口及省内艺术家风采，推出专场演出或经典节目，在丰富人民群众精神文化生活的同时，提升群众文艺欣赏水平和鉴别能力，增强当地文化的影响力和辐射力。

（3）拉"艺人"、签"名家"，组建固定队伍。为组建一支长年演出的优秀队伍，"周末一元剧场"坚持"两条腿"走路。一是面向社会广泛招募文化志愿者。制定出台了《关于招募文化志愿者开展文化服务工作的意见》，对文化志愿者的条件和服务提出总体要求，赋予权利和义务。意见出台后，当地许多文艺单位和个人踊跃报名参加，一些退休老艺人也纷纷积极响应……最让人感动的是，已退休多年的越调毛派传人高雪棠老人，听说"周末一元剧场"招募文化志愿者，主动要求参与，还不顾年迈体弱，专程到许昌市请她的老师——河南戏剧八大名旦之一、越调毛派大师毛爱莲加入文化志愿者队伍。二是实行签约制。制定了《参与公益演出服务约定书》，规定了签约单位和个人应享受的文化优惠政策和荣誉待遇，同时明确了签约单位和个人应尽的责任和义务。先后与河南省越调剧团、周口师范学院、周口市豫剧团等70多家单位以及国家一级编剧韩枫、中国戏剧梅花奖获得者申小梅等120多名文艺工作者签订约定书。党的十七大代表、国家一级演员党玉倩因事未能参加签约仪式，特意打电话请人代签，表示接受约定要求，履行演出义务。

（4）搭"平台"、筹"本钱"，坚持社会运作。"周末一元剧场"一场演出需支出的基本费用1万多元，而门票全部售出只能收入1000多元，如何在财政不投入的情况下，保证活动顺利进行，是一个非常现实又棘手的问题，也是许多公益活动中途"夭折"的通病。为筹集"本钱"，主办单位坚持"政府协调、部门主导、社会参与、确保质量"的运行原则，不花财政一分钱，面向市场找出路。一是文化和税务等有关部门联合出台了《关于鼓励社会力量支持文化事业发展有关事宜的通知》，为向社会筹措资金提供了政策保障，有效地拓展了投融资渠道。二是积极寻求和争取社会力量的广泛支持，采取冠名、联办、专场等形式，让参与活动的企事业单位借助"周末一元剧场"展示形象。中国移动周口分公司听说开办的是公益文化活动，立即决定出资20万元签订一年的冠名权。三是在售票方式上采取定点售票和流动售票相结合的办法，除剧院窗口售票外，还积极与商场、超市联合开展购物奖票活动，有效拓展了售票空间。

经过主承办单位的精心筹备和社会各界的大力支持，2008年4月11日晚，"周末一元剧场"首场演出在周口人民会堂正式拉开帷幕。能容纳1300多人的剧院座无虚席，参与整场演出的文化志愿者多达100余名，节目个个精彩，现场掌声如潮。坐在前排的戏迷张大爷激动地说："这些名家，以前只在电视里看到，今天在这儿见了真人，看了表演，还同他们握握手，我做梦都没想到。"楼上的观众王大妈说："去年过生日，儿子在戏楼给我点戏，一小会儿就花了两百多块钱，可今天只花一块钱，就见到这么多'名角'，这个节目好啊，办到咱老百姓心窝里喽！"第二场、第三场……场场节目精彩，场场观众爆满。"周末一元剧场"彻底点燃了当地群众久违的文化激情，往往还没到周末，本周门票就被抢购一空。2008年7月4日晚，天空飘着细雨，但观众的热情丝毫没受影响，整个剧院依然爆满。节目开演好久了，剧院门前台阶上，几位等待退票的老人坐在马扎上，仍迟迟不肯离去。剧院负责人被他们的痴迷所感动，把他们请进剧院。"小马扎搬进大剧场"，一时成为周口的新闻。

五 变化：文化春风让周口气象更新

截至 2009 年 12 月底，"周末一元剧场"已连续成功演出 90 场，演出节目 3600 多个，内容涉及戏曲、小品、相声、歌舞、杂技、民间艺术等 10 多个种类，参加演员 3000 多人次，汇集当地和河南省部分知名文艺家 120 多人，受益群众 10 万多人。如今，漫步周口街头，要问一元钱能买到什么？路人肯定会兴奋地告诉你："一元钱能到人民会堂看演出"。每周星期五，人们只需花上一元钱，就能走进有空调、有座位的剧院，欣赏一场高品位高质量、精彩纷呈的文艺演出节目。"周末一元剧场"成为当地居民休闲的新去处，每个周末已经成为广大群众的新期盼，群众生活悄然发生了不少新变化。家住市区八一路的市民刘先生说："对门邻居小王以前周末不是出去喝酒，就是在外打牌，小两口经常斗架，自从有了'周末一元剧场'，他们每场都去看，整个楼道也安生啦！"

"5·12"四川汶川特大地震发生后，"周末一元剧场"临时"改调"。经过 3 天的紧张准备和排练，推出一场气势宏大的《情系灾区》赈灾义演，几十位文艺工作者连夜创作的诗朗诵《牵挂》打动了每一位观众，演出现场收到社会各界捐款 130 多万元，这是目前所知地震发生后全国第一场大规模赈灾义演，弘扬了一方有难、八方支援的中华民族传统美德，表达了 1100 万当地人民心系灾区、支援灾区的拳拳之情。在纪念改革开放 30 周年和庆祝新中国成立 60 周年活动中，"周末一元剧场"分别围绕主题，举办了多项专场文艺演出活动，丰富了广大人民群众的精神文化生活，营造了浓厚的节庆文化氛围。

"周末一元剧场"开办以来，一部部文艺精品从这里走出中原、走向全国，一批批文艺新人从这里展露"尖尖角"、登上大舞台。在 2008 年河南省第十一届戏剧大赛中，周口市从"周末一元剧场"精品节目库中选送的《都市长虹》、《云锦人家》双双荣获大赛最高奖——文华奖，《都市长虹》在新中国成立 60 周年前夕又作为河南代表剧目之一进京汇报演出。在 2009 年河南省第十届音乐舞蹈大赛和第十届小戏、小品（曲艺）大赛的金奖作品中，民间舞蹈《担经挑》、唢呐演奏《黄土情》、小品《卖玫瑰花的老人》、小戏《洞房》等 11 部作品均是

"周末一元剧场"的常演剧目。2009年以来,"周末一元剧场"演员穆瑞、李明、赵艳琳等8位文化志愿者相继登上河南电视台《梨园春》舞台,其中青年演员穆瑞还走进中央电视台《星光大道》栏目,表演技能赢得了现场专家和观众的一致喝彩。"周末一元剧场"带动文化事业繁荣发展的局面引起业内人士的高度关注,被河南文化界称为"周口文化现象"。

进入2009年,周口市在总结"周末一元剧场"成功经验的基础上,坚持节目质量不降低、演出时间不缩短,探索开展"进社区、进学校、进农村"活动,把原来只适合剧院演出的高雅文艺节目搬上露天舞台,走进基层,走进百姓,让更多的群众就近享受免费"文化大餐"。9月19日下午,当"周末一元剧场"在现代城小区演出时,下起了小雨,住在小区的居民纷纷回家拿来雨伞继续观看,而离家较远的市民和在附近施工的建筑工人们冒雨观看。导演和演员被观众的热情感动了,原定"遇雨停演"的方案临时改变,演员们冒雨继续露天演出,每一名演员的表演激情没有受到丝毫影响。演出结束时,一位老人拉着导演的手说:"没想到在家门口就能看大戏,更没想到能下着雨演出,你们可真是为老百姓办了件大好事呀!"各县市区纷纷效仿"周末一元剧场"的做法,竞相开展公益性文化活动。项城市、扶沟县积极探索县级文化部门举办"周末一元剧场"的新模式。商水县本着"乡土文化进城来,城里文化下乡去"的原则,举办的"快乐周末"群众文化活动,突出城乡互动,实现文化共享。鹿邑县举办了以"弘扬老子文化、构建和谐社会"为主题的周末广场文化活动。

借助"周末一元剧场"的平台,第一家出资赞助、冠名承办的中国移动周口分公司知名度、美誉度不断提高,经营业务量节节攀升,成为名副其实的赢家之一。公司负责人感慨地说:"赞助公益文化活动,本身就是对企业形象的一次大提升,可以实现经济效益和社会效益双丰收,花这点钱,值!"目前,中国农业银行周口分行、一峰超市、万顺达百货等一些热衷于公益文化事业的当地企事业单位,纷纷选择"周末一元剧场"展示形象、宣传产品,"周末一元剧场"成为社会各界争抢的"绩优股"和"香饽饽"。

六 反响:社会各界赞誉有加,好评如潮

台上精彩纷呈,台下好评如潮。"没想到政府能为我们老百姓办'一元剧

场',没想到'一元剧场'节目质量这么高,没想到'一元剧场'能坚持下来……"在主办方收到的一封群众的来信中,一位普通市民道出了自己的心声。周口师范学院的一位学生观看了"周末一元剧场"演出后,有感而作:"穿越历史的时空/站在这感恩的土地上/有许多愿望涌动在心里/让一元文化舞台把三川风景染绿/让公益文化事业把爱心凝聚/让老人孩子都有精神的依靠/让工作的人们都有舞台展示才艺/让贫困、愚昧离我们渐渐远去/让心灵都洒满灿烂的晨曦。"诗作不仅表现了大学生的喜悦心情,更体现了人民群众对"周末一元剧场"美好期望。

"周末一元剧场"不仅在周口当地家喻户晓,而且在河南省内外也产生了很大反响,成为一个群众"喜闻乐看"、远近闻名的公益文化品牌。河南省委书记徐光春在 2009 年 9 月全省文化体制改革会上明确指出:"周口市把人民会堂腾出来,开办'周末一元剧场',深受当地群众欢迎,各地都要积极探索,走出一条文化惠民的新路子。"周口市委书记毛超峰连用四个"好"字给予"周末一元剧场"充分肯定:"这个活动好!立意好,创意好,要创造条件坚持下去,办得更好。"河南电视台《梨园春》栏目制片人、总导演蒋愈红评价说:"'周末一元剧场'不但丰富了群众文化生活,还为文艺工作者提供了展示舞台。"中宣部《舆情摘报》、中央人民广播电台、《经济日报》、《中国文化报》、人民网、文化部网、《河南日报》、河南电视台、河南人民广播电台等媒体从不同角度介绍了"周末一元剧场"的发展及成效。河北、山东等省 10 多个地市前来学习经验、借鉴做法。

七 启示与思考

文化资源多、经济欠发达的河南省周口市,依托资源优势,采用市场机制,创办"周末一元剧场"公益文化活动,有效解决了群众看戏贵、看戏难的难题,探索出一条公益文化社会化发展的新路子,对各地特别是中西部欠发达地区构建公共文化服务体系、保障人民基本文化权益提供了有益启示。

一是要因地制宜,注重实效。发展公益性文化事业、满足群众文化需求、保障群众文化权益,是新时期党和政府执政为民的本质要求。解决文化民生问题是党委、政府的责任,也是宣传文化部门的任务。地处中原腹地的周口市未因经济的欠发达而忽视文化建设，在当地党委、政府的领导下，宣传文化部门立足于丰富的文化资源，积极探索多元化发展之路，从类似于"周末一元剧场"这样的"小事"做起，就近就便为群众提供文化服务，让群众享受得了、消费得起，丰富了生活，愉悦了身心。实践证明，解决文化民生问题不能仅靠公共财政，要结合实际，积极探索，因地制宜，就能破解难题，"小事"做好也可取得实效。

二是要立足资源，突出特色。一个民族有一个民族的文化，一定区域有一定区域的特色。文化资源是文化发展的根基，也是文化产品开发的"富矿"。周口市在创办"周末一元剧场"的过程中，充分利用当地的文化资源和文化人才，并通过挖掘整理、整合创新，使古的新起来，静的动起来，使传统文化焕发出新的生机和活力，促进了文化的传承和交流，提高了广大群众参与度，增强了当地文化的影响力和辐射力。实践证明，发展公益性文化事业、提供文化产品和服务，要立足资源特色，挖掘群众耳熟能详的"草根"文化，展示当地专业大赛的获奖精品，做到雅俗共赏、喜闻乐见。

三是要多方参与，互利共赢。发展公益性文化事业、构建公共文化体系，需要政府的扶持，更需要社会各界的广泛参与。经济欠发达地区政府可支配的文化建设资源有限，调动各方参与对于形成文化建设持久动力和强大合力意义更加重大。周口市通过与企事业单位合作、联姻，与文艺团体、艺术院校、专业人才签约以及招募志愿者，建立起了专业与业余、老人与新人相结合的演出队伍。"周末一元剧场"开演一年多来，当地群众文化生活得到了丰富，文艺工作者拥有了展示平台，宣传文化部门的公信力明显提升，联姻企业和商家的知名度、美誉度进一步提高。实践证明，只有调动各方力量，形成互利多赢的运作机制，才能充分调动各方面参与文化建设的积极性、主动性，促进文化事业的发展繁荣，实现社会效益和经济效益的双丰收。

固本强元 打造全国一流品牌

——河南奥斯卡电影院线有限责任公司改革发展纪实

中共河南省委宣传部政策法规研究室

摘　要：河南奥斯卡电影院线有限公司从 2000 年开始，从岗位设置、用人制度、财务管理、收入分配、经营模式等方面入手，实施了一系列改革举措，使一个濒临倒闭的亏损企业焕发出勃勃生机。然后独创了"同商家联手，按比例分账"的影城建设运营模式，实现了院线的快速扩张。在扩张过程中，公司重视品牌的培育，实现了品牌标示与装修风格的完美统一。形成植根中原、承东启西、接南连北的"东西南北中"格局的全国性电影放映网络。被中宣部、文化部、新闻出版总署、广电总局联合授予"全国文化体制改革先进企业"光荣称号。

关键词：河南奥斯卡　体制机制改革　扩张战略　品牌意识

一　引言

从一个危机四伏、困难重重的亏损企业到实力雄厚的企业集团，从当初四处上门找项目到今天项目纷纷找上门，从只有一座供电影观摩的小影厅到拥有数十家影城、数百块银幕，从年收入 400 万元到目前半年收入过亿元……河南奥斯卡电影院线在短短几年内经历了由死到生、由弱到强的曲折发展历程，跨出了实实在在的三大步，成功完成了一次命运的大逆转，在全国电影市场打响了"河南奥斯卡"品牌，壮大了河南电影产业的实力。

二　第一步：深入推行体制机制改革，
摆脱生存困境，突破发展禁区

河南奥斯卡院线公司的前身是河南省电影公司，在计划经济时期，承担着全省电影发行放映业务的管理职能。进入 20 世纪 90 年代中期，电影公司从过去的行业领导部门变成了独立经营的法人实体，由于政策环境发生变化，内部机制运行不畅，缺乏自己的放映阵地，公司发行规模急剧萎缩，市场占有率大幅度缩减。1998 年公司人均亏损 3.86 万元，1999 年人均亏损 3.17 万元，每发生 1 元业务收入就亏损 0.28 元。面对生死存亡的困境，上级主管部门和公司领导班子一致认为，只有下大决心，动大手术，彻底打破"大锅饭"、"铁交椅"，才能帮助企业走出困境，"起死回生"。从 2000 年开始，公司从岗位设置、用人制度、财务管理、收入分配、经营模式等各个方面入手，实施了一系列改革举措，把一潭死水变成了一潭活水，使公司重新焕发出勃勃生机。

在岗位设置上，把原来的劳动人事、文秘、宣传、党团、工会、财务、审计等 10 个非生产经营部门，合并为事务部、财务部 2 个部门，行政人员由原来的 60 名压缩为 20 名。同时，按照资产经营明确、业务项目相对独立、责权利紧密挂钩的原则，将原有的业务科室变成模拟法人，使其成为自主经营、自负盈亏、相对独立的经营实体。在用人制度上，推行"干部能上能下、职工能进能出、收入能高能低、机构能设能撤"的四能机制。打破干部与工人、正式工与临时工界限，变"按身份管理"为"按岗位管理"，统一实行竞争上岗和全员聘用制。部门经理实行竞争上岗，择优聘用；部门与职工实行双向选择，职工按特长选择岗位，部门按需要选择职工，用其所长，人尽其用。同时，面向社会公开招聘，积极引进符合公司业务发展需要的、高素质的经营管理人员和专业技术人员，提高公司管理人员的综合素质和经营管理水平。在财务管理上，建立集中的财务管理体系，实行统一办公、统一领导、统一考核、统一结算、统一监督审计，将收入、成本、费用、毛利、利润等各项指标进行分解，落实到部、组、人，按照"收入控制成本，毛利控制费用，纯利核发工资，超利进行奖励"的原则，按经营业绩对责任人进行考核奖励，努力压缩经营成本，提高经营绩效。在收入分配上，按照岗位工资和绩效工资相结合的分配办法，实行按岗位定资、按贡献奖励，拉开经营管理岗位与一般岗位、技术岗位与熟练岗位、工作骨干与一般工作人员之间的工资差距，充分调动职工的工作积极性。在经营模式上，主动与市场接轨，组建成立"河南奥斯卡电影院线有限责任公司"，把主要业务由电影发行向以电影放映为主转移，先后采取参股经营、升级改造、独资建设等方式，成功启动奥斯卡电影大世界、奥斯卡影都、奥斯卡人民会堂影城、奥斯卡青少年宫影城，成功地度过了生存危机，完成了原始积累，为以后的快速发展打下了坚实的基础。

　　大刀阔斧的改革举措，给长期以来习惯于吃"大锅饭"、"等、靠、要"的公司员工带来了巨大的思想冲击和震动。有的对改革冷嘲热讽，有的保持观望，有的悲观畏难，甚至有的采取极端行为抵制改革。实行绩效工资后，一位员工因为工作业绩不佳，当月工资只拿到了 6.7 元，喝点闷酒，跑到公司领导家里大闹。此事发生后，公司领导意识到，要推动改革深入持久发展，只有把职工思想教育放在重要位置，贯穿改革全过程，才能增强员工的主人翁责任感，营造民主管理氛围，起到凝聚人心、推动改革的作用。于是，公司提出"以共同的事业凝聚人，以深厚的感情温暖人，以科学的机制激励人，以奋斗的成果鼓舞人"的改革指导思想，引导员工充分认识企业提高效益、加快发展必须付出的改革成本，深入分析当前利益与长远利益、个人利益与集体利益、局部利益与整体利益的关系，帮助员工化解悲观情绪、埋怨情绪和对立情绪，使员工切实感受到了市场竞争的残酷和改革发展的迫切，在思想观念上发生了由坐等"发工资"到努力"挣工资"、被动的"要我干"到主动的"我要干"的转变，积极投身改革，工作效率得到了明显提高。那位闹事的员工的思想也发生了彻底的转变，成为了一名优秀的技术骨干。

三　第二步：全面实施市场扩张战略，
面向全国市场，实现跨越发展

　　体制改革使公司实现了从计划经济到市场经济的转轨，从濒临倒闭的境地走上了快速发展之路。面对日益激烈的市场竞争，公司认识到，只有开拓思路、抢抓机遇，不断加大影城建设的力度，把电影放映这块阵地做大做强，才能抢占市场制高点、扩大市场占有率，达到站稳脚跟、巩固地位、谋求更好更快的发展的目的。

　　单独建设影院需要大量资金，对于刚刚从生死边缘挣扎起来，只解决了"温饱"问题的奥斯卡院线来说，实在有心无力。这时，新一轮的商业竞争在郑州全面展开，随着多家商业企业进驻郑州市场，公司将目光锁定在了这些客流丰富、人气旺盛的商业巨头身上。经过周密的市场调查、前景分析，确定了"同

商家联手，按比例分账"的影城建设运营模式，改变过去独立建设影城的做法，同大型商场联合开发建设五星级影城，由商家提供经营场地，并按公司提出的建设标准完成全部土建、空调、消防、电梯等基础设施建设，公司只负责影城内部二次装修和设备安装，建成后由影方独立自主经营。影城总投资的比例为商家占80%～85%，公司占15%～20%，而在收入分账上商家仅拿走8%～12%的电影票房。通过文化企业与商业企业的合作，商家提升了文化品位，完善了综合功能，并利用奥斯卡品牌集聚了更加旺盛的人气和客流量，而奥斯卡电影院线则大大节约了影院建设成本，提高了投资回报率，达到了借鸡下蛋、滚动发展的目的。这样的发展模式，不仅大大增强了奥斯卡院线的竞争实力，也激活了郑州的电影市场，吸引了保利、横店、奥纳等电影巨头进军郑州市场。为了进一步提高竞争实力，公司对郑州电影市场作了进一步的挖掘和巩固。2007年1月，位于二七商圈的河南奥斯卡大上海国际影城建成开业；2007年11月，郑州奥斯卡新建文国际影城顺利开业；2010年6月，郑州西区首家五星级影城——奥斯卡升龙国际影城开业，使郑州市影城的地域分布更加合理。这些影城的建成运营使奥斯卡电影院线公司牢固掌握了郑州电影市场的主动权。同时，公司还逐步将业务延伸到省内经济环境好、消费水平高的二线、三线城市。2006～2010年，公司先后在洛阳、焦作、周口、许昌、南阳建成5座影城。到2010年年底，还有8家奥斯卡影城、50块银幕即将推向市场，进一步推动了全省电影产业的全面发展和整体提升。

省内市场的不断巩固，促使公司目光投向更加广阔的天地。结合国家西进工程和鼓励电影跨省经营的精神，公司及时推出"东驱西进"电影市场拓展计划，把西安作为同郑州并重的拓展要点，以郑州、西安作为基点，辐射四周，全面发展，力争使影城覆盖全国各大中心城市。在西安市考察时，他们得知骡马市商业步行街正在拆迁建设，将提供25万平方米的商业经营面积，于是，迅速对骡马市商业步行街的位置、周边环境、发展前景等进行全面调研，并径直找到步行街的投资商，表明同对方合作的诚意，并详细分析合作经营影城的可行性和广阔发展前景。得知电影公司是远道而来的外省公司，而且已经就影城项目做出了科学详细的可行性方案，投资商十分吃惊，他们说："我们刚刚进入拆迁阶段，近在咫尺的当地电影公司没有任何反应，你们却能从那么远的地方赶过来。就凭你们对商机的这份把握、对事业的这种执著，我们坐下来谈！"经过努力，双方签署了建设奥斯卡五星国际影城的合作意向。这一消息引起了当地媒体的关注，经过媒体的宣传报道，河南奥斯卡在西安打响了品牌，提高了知名度，最终吸引了西安上市公司世纪金花公司主动上门寻求合作。2005 年 10 月，西安奥斯卡金花影城正式开业，这是西安市首家五星级影城，也是河南省电影公司首家跨省经营的影城，为今后公司跨区域、跨行业经营积累了经验、奠定了基础。2007 年 7 月，西安奥斯卡五星国际影城也正式开业，2009 年票房即突破 1500 万元。2010 年 7 月，西安奥斯卡赛高国际影城开业，并在极短的时间内取得了不俗的票房成绩，进一步奠定了奥斯卡院线在西安的主导地位。

在外省初战告捷，使公司上下更加精神振奋、信心百倍。公司随即在多家省会和大中城市积极寻找商机、落子布点。不少开发商被公司诚恳的合作态度、执著的敬业精神、高效的工作效率深深地打动，把奥斯卡电影公司作为首选的合作伙伴，使公司的市场拓展取得了理想的效果。2008 年 7 月，海口奥斯卡豪苑国际影城正式开业；9 月，新疆首家五星级影城——乌鲁木齐奥斯卡友好国际影城正式开业；2009 年 12 月，太原奥斯卡国际影城开业，填补了当地五星级影城的空白；2010 年，除已开业的西安奥斯卡赛高国际影城外，北京奥斯卡国际影城、咸阳奥斯卡国际影城、宝鸡奥斯卡国际影城目前也已完成土建结构部分的施工，即将面世开业。

2010 年，公司开业影城将达到 20 家、银幕近百块。明后两年，还将在石家庄、长沙、济南、沈阳、宁波、徐州、连云港、镇江等地有多座奥斯卡五星级影城建成开业，奥斯卡电影院线公司的票房收入将有望达到 5 亿元，并形成植根中原、承东启西、接南连北的"东西南北中"格局的全国性电影放映网络。

四 第三步：牢固树立品牌经营意识，扩大市场影响，增强主导能力

品牌是企业赖以生存的根本，在同等竞争力的前提下，树立品牌意识，扩大品牌的社会影响范围，可以有效提高品牌的知名度、忠诚度和企业的附加利润。对电影院线来说，品牌就是差异性的标志，在电影节目、技术水平、竞争实力都相差不多的情况下，要从同质化的市场中脱颖而出，必须推广具有自身特色的品牌战略，以品牌的强势谋求市场的发展。一个得到市场和合作伙伴认可与信任的

品牌电影院线，会拥有更高的市场占有率和更稳定的管理队伍，从而在市场中拥有更多的话语权和主导能力。

奥斯卡电影院线公司以西安影城的装修为起点，对公司所有影院包括院线成员单位统一品牌标识、强化品牌管理。在品牌设计和推广上，公司的定位是，要让人们像看到黄色的大 M 就知道是麦当劳一样，无论在哪座城市，只要看到公司的标识和色彩风格，就知道是"河南奥斯卡"，让人们强烈地感受到"河南奥斯卡"品牌的亲和力和感染力。为了达到"看色彩，知企业，看标识，知品牌"的目的，公司对品牌标识的设计和新建影城的设计实行公开招标。为了避免落入窠臼，设计之初，公司就带领设计人员走遍全国的外资新建影城进行考察，并大量收集了国际高档影城的设计资料，使设计人员摆脱了传统的思维定式，在设计中融入了更多的电影元素和文化韵味。通过业内专家的反复审议和论证，设计人员对装修方案进行了数十次的修改和完善，用了三年多的时间，最终形成了"河南奥斯卡"的独特风格和特色，实现了品牌意识与装修风格的完美统一。

为了使经营管理具备鲜明的"河南奥斯卡"风格，公司组织选派各方面条件都十分优秀的员工到外资影城代职学习。通过学习，彻底清洗了头脑中国企的根深蒂固的陋习和陈腐的管理理念，吸纳外资影城先进的管理经验，掌握和运用国外先进的管理理念。学习结束后作为开业经理进入新建影城，全面负责影城员工的招聘、培训、各项规章制度的制定以及运营过程中各环节的管理和衔接，度身打造自己的管理模式和规章制度。在此基础上，以成功复制成功，培养出一批综合素质好、管理水平高、业务技能强的优秀职业经理人队伍。凭借独特的经营理念、环环相扣的管理制度及科学规范的操作程序，奥斯卡影城在电影市场经营中独树一帜。

在公司的大力推行下，品牌战略的施行贯穿于院线业务的始终，渗透到每一个经营环节：在市场开发上，公司对全部影城实行统一品牌、统一经营、统一排片、统一管理。在影城建设上，公司追求设计风格的统一，装修及设施、设备达到国际水准、国内一流。在经营运作上，公司全面推行奥斯卡电影公司的独特管理模式，以品质为核心，以品牌为保证，积极探求并满足观众的深层次需求，达到了吸引观众、引领消费的目的。随着在全国电影市场影响力的进一步扩大，奥斯卡院线品牌已经成为省内外大型地产商首肯的知名品牌和全国电影市场的一匹黑马。

随着奥斯卡院线品牌知名度在全国范围内的扩大，公司积极推广托管经营，对开发商投资的星级影城输入品牌、输入管理，以品牌、无形资产及管理为纽带，形成紧密联合体和市场经营中的利益共同体。在不增加或少增加投入的情况下，获得资本和规模的快速膨胀。目前，在全国范围内同公司签署托管经营协议的自主投资星级影城已达十余家。目前奥斯卡院线拥有影城 33 家、银幕 159 块，覆盖河南、山西、陕西、河北、海南、新疆 6 个省区，占据了郑州、西安电影市场票房份额的 85%、50%，由成立之初的全国院线排名第 29 位上升为全国十佳院线之一。2010 年，院线在票房收入、观众人次连续 5 年以 60% 以上幅度递增的基础上，半年即突破亿元大关，票房收入和观众人次数分别超过了 100% 和80%，均创历史最高水平。初步形成了"东西南北中"全国性放映网络格局，

奥斯卡院线独特的运作模式和发展速度引起了国家广电总局高度重视，广电总局对奥斯卡院线的发展思路及成功的经验予以高度的评价，并把奥斯卡院线定为广电总局重点扶持的院线。院线先后被命名为全国文化产业示范基地、河南省重点文化产业项目、河南省文化产业亮点、河南省文化产业发展先进企业。在2009 年的全国文化体制改革经验交流会上，奥斯卡院线被中宣部、文化部、新闻出版总署、广电总局联合授予"全国文化体制改革先进企业"光荣称号，成为全国唯一一家获此殊荣的电影院线。

五　启示与思考

从 20 世纪 90 年代末期入不敷出、危机四伏，到今天前景广阔、生机勃勃；从以实行"四能机制"、打破"大锅饭"为主要标志的体制改革，到全面推行市场扩张战略、构建"东西南北中"全国性放映网络格局，奥斯卡电影院线在短短几年的时间里成功地走出了一条创造品牌、打响品牌、输出品牌的良性发展之路。究其原因，主要得益于以下几点：

一是得益于中央和省委、省政府对文化建设的高度重视。进入 21 世纪，特别是党的十六大以来，党和国家对文化建设高度重视，采取一系列重大举措，作出一系列重要部署，为繁荣文化建设、发展文化产业提供了有力的坚强领导和政治保证。河南省委、省政府按照中央要求，结合河南省实际，提出了"建设文化强省"的战略部署，相继出台了一系列配套政策，为奥斯卡院线的发展创造

了宽松、有利的政策环境，提供了难得的发展契机。

二是得益于文化体制改革的深入推进。改革是解放和发展文化生产力的根本途径。从以实行"四能机制"、打破"大锅饭"为主要标志的体制改革，到全面推行以构建"东西南北中"全国性放映网络为终极目标的市场扩张战略，奥斯卡院线通过改革，不断激发内在活力，提升竞争实力，最终走向成功。

三是得益于对市场机遇的准确把握。随着经济社会的发展进步，人民群众的精神文化需求日趋旺盛，这为电影产业的高速发展提供了广阔的空间。奥斯卡院线正是抓住了这一市场需求，果断向电影放映领域挺进，通过构建院线体系、健全现代管理制度，逐步发展壮大，走出中原、走向全国，使企业步入了持续健康发展的轨道。在市场拓展中，他们采取"与商家联手、按比例分账"方式、运用"风险共担、利益均沾"的市场法则，积极引入职业经理人制度、品牌管理制度、企业文化制度等一整套先进的管理模式，切实实行一整套内部管理和企业文化制度，科学把握"数量"与"质量"的辩证关系，不片面地追求数量上的增长，而是始终把影城质量、档次和发展潜力放在第一位，稳扎稳打，分步实施，呈现出率先崛起、跨越发展的良好势头，体现了其全面深入实践科学发展观的力度和成效。奥斯卡院线的发展历史充分说明，只有始终不渝地坚持科学发展观，才能持续做大做强，实现新的崛起。

四是得益于对人才因素的高度重视。人才是企业尤其是文化企业发展的关键。奥斯卡院线通过人才引进、业务培训、竞争上岗等有效手段，建立了一支高素质的充满生机和活力的经营管理人才队伍，并形成尊重人才、珍惜人才、放手使用人才的科学机制，使人才的活力和创造力得以充分释放，对企业的发展起到了积极的推动作用。

附　录

B.30

河南文化发展大事记

（2009 年 12 月～2010 年 10 月）

李玲玲*

2009 年

12 月

12 月 1 日　全省文化市场综合执法改革工作会议在洛阳召开。省委宣传部部长、副省长孔玉芳，洛阳市委书记连维良出席会议，省文化强省建设和文化体制改革工作领导小组成员单位主要负责人以及各省辖市有关领导和河南省 8 个文化改革发展试验区主要负责人参加了此次会议。

12 月 5 日　"世界客家播迁路"大型文化交流活动重要组成部分——中原

---

* 李玲玲（1979～），女，河南济源人，河南省社会科学院历史与考古研究所助理研究员。

圣土汇集暨颛顼帝喾陵圣土采集仪式在内黄颛顼帝喾陵广场举行。省人大常委会主任徐光春出席仪式并讲话，省人大常委会副主任李柏拴，省政协副主席靳绥东等领导，世界客家播迁路组委会主任、印尼大同党主席吴能彬及河南省客属联谊会代表，海外客属领袖，中原圣土采集地代表近千人参加了活动仪式。"世界客家播迁路"是落实世界客属第22届恳亲大会通过的"采集全球客家圣土、打造客家文化标志——《世界客家播迁图》"倡议而组织发起的全球性客家文化交流活动。活动以河南客家祖根地为起点，沿中原客家先民走向全世界的迁徙之路，探寻河南与客家人的血脉关系以及中原文化与客家文化的渊源。

12月14~21日 "中原文化宝岛行"活动在台湾举办。此次活动是应中国国民党中央委员会邀请，经中共中央批准，由中共河南省委主办，省委宣传部、省委外宣办、省台办等单位承办的，旨在展示中原文化风采，加强豫台两地合作交流。省人大常委会主任徐光春率团，省委宣传部部长、副省长孔玉芳，省委常委、秘书长曹维新和各省辖市、省直有关单位主要负责同志及相关人员共660多人参加，分为河南参访团和文化、经贸、旅游、教育等分团，同时还组织了2200名游客赴台旅游，并参加部分活动。在整个活动期间，双方就豫台两地在经济、文化、旅游、教育等领域的合作取得了共识，签署了合作协议和意向。此次"中原文化宝岛行"活动是近年来河南与台湾之间规模最大、规格最高的一次交流合作盛事。

12月22日 河南电视传媒发展有限公司在郑州揭牌成立，成为河南电视台继精品博览频道、商务信息频道之后，又一个实施制播分离的试点。制播分离，是指电视播出机构将部分节目委托给独立制片人或独立的制片公司来制作。河南电视台在年底前将完成电视剧制作机构的剥离转制，是河南省2009年度文化体制改革和文化产业发展的重点任务。

12月30日 河南文化艺术音像出版公司、河南省演出有限公司、河南传奇故事文化传媒有限公司、河南中州影剧院有限公司正式挂牌成立。省直四家文化单位一次性转企改制成功，不但为全省文化单位转企改制起到示范带头作用，也将对深化全省文化体制改革、探索新时期经营性文化事业单位的发展之路发挥积极作用。

2010 年

1 月

1 月 18 日 云台山被国家工商总局认定为中国驰名商标。旅游行业申报中国驰名商标的评定尤为严格，不仅考虑经济效益，更注重旅游企业商标的文化价值、旅游资源的特色元素及广泛的社会知名度和认可度等。云台山商标被认定为中国驰名商标将对增强其市场竞争力、树立良好形象、增加经济效益等发挥巨大作用，也将为云台山旅游品牌保护、利用奠定坚实的基础。

2 月

2 月 25 日 河南省"百村万户"旅游富民工程启动仪式在巩义市竹林镇竹园村举行。省委宣传部部长、副省长孔玉芳出席并讲话。启动仪式由省长助理卢大伟主持。"百村万户"旅游富民工程即：在全省范围内扶持 100 个特色旅游村和 10000 户农家乐开展乡村旅游，为农村提供 5 万～10 万个就业岗位。全省共有 128 个旅游特色村镇将打造成为观光旅游、度假休闲的乡村旅游产品基地。这标志着河南乡村旅游进入了一个崭新的提升阶段。

3 月

3 月 15 日 河南省文化强省建设座谈会召开，河南省省委宣传部副部长、河南省文化强省建设和文化体制改革工作领导小组办公室主任李宏伟参加会议并讲话。会议精神表明今年河南省将充分发挥文化资源优势和影响力，实施重大文化产业项目带动战略，开展文化产业项目年活动，加快经济发展方式转变，助推中原崛起、河南振兴。根据省委宣传部、省文化强省建设办公室会同省发改委、省商务厅联合下发的《关于开展文化产业项目年活动的实施方案》，今年全省将重点抓好文化产业"910111 工程"：以传媒出版、文化旅游、演艺娱乐、艺术品与工艺美术、文化创意、文化会展、影视制作、武术体育、动漫游戏等九大产业为重点，培育壮大十大文化企业集团，抓好一批重大项目，建设一批文化产业园区和产业集聚区，打造一批知名文化品牌。

3 月 17 日 庚寅年公祭人文始祖太昊伏羲氏大典在淮阳举行。淮阳太昊伏羲祭典是国家级非物质文化遗产保护项目。此次大典由河南省文化厅、周口市人民政府主办，周口市文化局、淮阳县人民政府承办。

3 月 24 日 全省文化市场工作会议暨文化市场综合执法改革现场会议在洛阳市召开，安排部署全省今年的文化工作，号召各地学习洛阳先进经验，推进文化体制改革各项工作。全省文化市场综合执法改革将进一步"提速"，到 2010 年年底，河南省所有省辖市及所辖县（市、区）必须全面完成文化市场综合执法改革任务。省文化厅副巡视员王天虹、省广电局副局长宋凤仙、省新闻出版局副局长王新会等出席了会议。

4 月

4 月 10 日 2010 年度"中原大讲堂·省图书馆讲堂"正式开讲。"中原大讲堂·省图书馆讲堂"是面向省会公众的常年公益性讲座，也是河南省"社科知识普及年"的一项重要活动内容。自 2008 年创办以来，已经举办各类免费讲座近 20 场。讲堂邀请名家名师，就公众关心的热点话题进行讲解，内容涵盖社会、文化、法律、哲学、历史等诸多领域。

4 月 10 日 河南省第 28 届洛阳牡丹花会开幕式暨《千姿牡丹》《花开五洲》邮票发行仪式在洛阳新区体育场中心广场举行。与此同时，洛阳牡丹花会上海分会场暨"法华牡丹节"开幕式在上海市长宁区隆重举行。全国政协副主席陈宗兴，省委书记、省人大常委会主任卢展工，省政协主席王全书及相关省市领导，以及来自日本、韩国、法国、西班牙、俄罗斯等国家和地区的国际友好城市代表团及国内外重要客商等出席了开幕式。第 28 届洛阳牡丹花会由河南省政府主办，开幕式以"花开五洲、情系洛阳"为主题，是继 2009 年世界邮展之后，邮票文化与牡丹文化的再度携手。

4 月 12 日 "文化河南·壮美中原"河南旅游产品说明会在杭州举行。河南、浙江旅游界有关部门、重点旅游景区、旅行社的负责人和新闻媒体代表共 200 多人参加了说明会。省委宣传部部长、副省长孔玉芳出席说明会并致辞。

4 月 13 日 大公报中原新闻中心在郑州成立，标志着"百年大公"的新闻触角更深更广地延伸到辽阔的中原大地。省委书记、省人大常委会主任卢展工，香港大公报董事长兼社长姜在忠共同为中心授牌。大公报中原新闻网同时成立。

4 月 13 日　旅菲华侨、知名企业家、慈善家黄如论先生捐建中原文化艺术学院签字仪式暨学院筹建揭牌仪式在郑州索菲特国际饭店举行。世纪金源集团董事局主席黄如论先生，省委宣传部部长、副省长孔玉芳出席并致辞。副省长徐济超出席签约揭牌仪式。

4 月 16 日　农历庚寅年三月初三上午，庚寅年黄帝故里拜祖大典在新郑举行。全国政协副主席张榕明、十届全国人大常委会副委员长许嘉璐、十届全国政协副主席李蒙出席大典。中国侨联主席林军、全国台联会长梁国扬等领导和部分省市领导、中国国民党副主席林丰正和夫人黄雪、中国国民党荣誉主席吴伯雄的代表、中华国际观光协会理事长刘宗明、台湾黄埔同学会百名退役老将军、澳门特别行政区政府经济财政司司长谭伯源、金利来集团有限公司董事局主席曾宪梓等及来自美国、英国、法国、德国、俄罗斯、印度尼西亚、新加坡、马来西亚、韩国、日本、泰国以及中国香港、澳门、台湾等 37 个国家和地区的 63 个各类华人华侨商会、社团组织和 6 个姓氏宗亲会、同乡会的嘉宾参加了此次大典。本次拜祖大典由政协河南省委员会、中华炎黄文化研究会、中华全国归国华侨联合会和中华全国台湾同胞联谊会主办，郑州市人民政府、郑州市政协和新郑市人民政府承办。大典主题为"同根同祖同源，和平和睦和谐"。

4 月 28 日　"中国茶都——信阳第十八届国际茶文化节暨 2010 中国绿茶大会"在信阳百花会展中心开幕。全国政协副主席罗富和、十届全国人大常委会副委员长盛华仁、河南省副省长刘满仓、国际茶委会主席迈克尔·巴斯顿、国际旅游营销协会主席阿尔非雷德·杰斐逊等领导和嘉宾以及美国、韩国、阿根廷等 35 个国家的茶学界专家学者、部分国际组织官员、驻华使节共同参加了开幕式。从本届开始，信阳茶文化节将正式更名为"中国茶都——信阳国际茶文化节"。更名后，信阳茶文化节将更加国际化。本届国际茶文化节由中华全国供销合作总社和河南省人民政府主办，中国国际茶文化研究会、中国茶叶流通协会、信阳市委、信阳市政府等承办。

5 月

5 月 15 日　河南省在深圳会展中心举行了河南省文化产业招商引资项目推介暨签约仪式，参加签约的 38 个文化产业项目投资总额逾 137 亿元人民币，是前五届深圳文博会河南省签约项目投资总额的 5.28 倍，成为第六届中国（深圳）国际文化产业博览交易会签约投资额最多的省份。这一结果证明了河南省文化产业正在驶入发展快车道。

5月24日 第九届"网上看河南"采风活动在郑州大河锦江饭店举行启动仪式。本次采风活动的主题是"转变发展方式，促进中原崛起"。共邀请到北京、河北、山西等11个省市区网络宣传管理部门负责同志、人民网、新华网、中国网等50多家中央以及各省重点新闻网站、知名商业网站采编人员共计100余人参加。采风团成员将在省直单位和郑州市集中采访，然后分南北两组分别采访报道。南线将采访洛阳、信阳、驻马店、周口4市，北线将采访开封、新乡、焦作、济源、鹤壁5市。本次活动一直持续到5月30日。

5月25日 第九届中国艺术节在广州闭幕，河南省文艺工作者收获了众多奖项：越调新编历史剧《老子》捧回"文华大奖"，豫剧《村官李天成》获"文华优秀剧目奖"；6个群文节目和5个群文项目摘得"群星奖"，省剧协主席、省豫剧二团团长李树建荣获首次设立的"文华表演奖"，曹尔瑞等3人获全国"群文之星"荣誉称号。这是河南省参加中国艺术节以来取得的最好成绩。由文化部主办的中国艺术节是我国规模最大、水平最高的艺术盛会，每3年举办一次。

5月27日 《东西南北风——中华文化之旅》大型宣传报道活动在郑州启动，该活动由中华文化发展促进会、中央人民广播电台、中国华艺广播公司主办，中新社、海峡之声广播电台、华夏经纬网、你好台湾网和华广网等单位联合协办。以深化两岸同胞情谊、推动两岸和平发展为宗旨，以五千年中华文明的发展历史为主线，通过寻访祖国大陆各地域有代表性的传统文化、文化现象以及这些文化在海峡两岸的传承影响，展示优秀中华文化，诠释两岸不可分割的历史、文化渊源。中宣部新闻局、国务院台湾事务办公室新闻局、河南省委宣传部以及中华文化发展促进会等部门有关领导出席了启动仪式。

6月

6月11日 由国家旅游局、河南省政府共同主办的"2010中国（郑州）世界旅游城市市长论坛"在郑州国际会展中心举行。全国政协副主席李金华宣布论坛开幕。国家旅游局局长邵琪伟、省长郭庚茂、郑州市委书记王文超、联合国世界旅游组织秘书长特别代表桑德拉·卡吾奥、世界旅游业理事会总裁鲍姆加藤、亚太旅游协会副首席执行官约翰·张科德出席论坛开幕式。省委宣传部部长、副省长孔玉芳主持开幕式。出席开幕式的还有省领导张程锋、张亚忠等，以及部分国家驻华使节、世界及亚太地区旅游组织官员、国内外旅游城市市长、国内各省（区、市）旅游局长及境内外旅行商等。开幕式结束后，与会的世界旅游组织官员、旅游城市市长等围绕论坛主题"旅游·城市生活更美好"发表了精彩演讲。

6 月 13 日 第三届"薪火相传——中国文化遗产保护年度杰出人物"评选结果揭晓，光山县文物旅游局局长彭国运入选，成为河南省今年唯一获此殊荣的人。中国文化遗产保护年度杰出人物评选活动由中国文物保护基金会主办，中国文物报社、中国博物馆学会、中国文物学会、中国考古学会、中国收藏家协会等单位协办，每年举办一次。

6 月 16 日 鸡公山·志高文化科技动漫产业园在信阳鸡公山开工。省委宣传部部长、副省长孔玉芳，志高集团董事局主席江东廷，信阳市及省直有关部门负责人出席开工仪式。

7 月

7 月 5 日 "华夏文明之源——河南文物珍宝展"在日本东京国立博物馆隆重开幕。该展览荟萃了全省 181 件（组）文物精品，是迄今为止河南在国际上举办的规模最大的文物展览。该展览是由省文物局与日本东京、九州、奈良三大国立博物馆以及读卖新闻东京本社、大广株式会社等 5 家单位历经三年筹备，合作举办的。

7 月 18 日 中粮集团与河南中华豫剧文化促进会在北京签署合作协议。全国政协领导和省有关领导出席签约仪式并为河南中华豫剧文化促进会揭牌。协议签署后，中粮集团将向河南中华豫剧文化促进会首笔捐赠 1000 万元用于支持河南戏曲艺术事业的传承和发展。

7 月 19 日（莫斯科当地时间） 河南省旅游推介会在莫斯科举行，省委宣传部部长、副省长孔玉芳出席活动并致辞。中国驻俄罗斯大使馆文化参赞迟润林、俄旅游署长代表法明出席活动并致辞。来自俄旅游界、新闻界 80 余名代表出席推介会。俄罗斯是中国入境游第三大客源市场。2009 年以来，来河南省旅游的俄罗斯客人已居河南省客源国第七位，目前呈上升趋势。因此，河南省精心策划并组织了此次俄罗斯旅游推介活动。

7月26日（德国当地时间） 河南省旅游推介会再次到德国在法兰克福市举行，中国驻法兰克福总领事温振顺，省委宣传部部长、副省长孔玉芳，法兰克福市代表万尔科出席活动并致辞。来自德国旅游界、工商界、新闻界的150余名代表出席了推介会。德国是河南省入境游的主要客源市场之一。2009年来河南省旅游的德国人已居河南省客源国第六位，目前仍呈上升趋势。因此，继去年在柏林举办河南旅游推介会之后，河南省政府决定今年在法兰克福举行旅游推介活动。

7月28日 宇通集团董事长汤玉祥、天瑞集团董事长李留法代表各自企业，向省文联，省豫剧一团、二团、三团，省曲剧团，省越调剧团，省歌舞演艺集团，省话剧院，省京剧院以及平顶山市豫剧团，曲剧团等捐赠6000万元人民币，用于河南文化文艺事业的发展。宇通集团同时捐赠了8辆宇通大客车。随着河南省由文化大省向文化强省跨越发展步伐的提速，河南文化事业更需要全社会的鼎力支持。宇通集团和天瑞集团的捐赠不仅为全省企业树立了榜样，也为全省文化发展开辟了一条重要的投入渠道。

7月底 为支持河南省文化体育与传媒事业发展，中央下拨河南省文化体育与传媒事业发展专项资金10764万元，专项用于县级及县级以上公益性文化、文物、体育、广播电视、新闻出版事业单位的基础设施维修改造、设备购置等，补助项目226个。这次获得中央财政专项资金扶持的项目，包括中州影剧院维修、省歌舞剧院《情系红楼》创作、豫剧一团《大别山的女儿》创作等，以及郑州市大河村遗址博物馆设备购置、叶县县衙博物馆维修保护、安阳县西门豹祠恢复修建等。

8月

8月1日 中国世界文化遗产提名项目——登封"天地之中"历史建筑群在联合国教科文组织世界遗产委员会第34届大会上通过审议，成功列入《世界遗产名录》，成为我国第39处世界遗产，也是河南省继龙门石窟、安阳殷墟之后的第3处世界遗产。登封"天地之中"历史建筑群，包括周公测影台和登封观星台、嵩岳寺塔、太室阙和中岳庙、少室阙、启母阙、嵩阳书院、会善寺、少林寺建筑群等8处11项优秀历史建筑。

8 月 20 日 省委召开常委会议，学习胡锦涛总书记在中央政治局第 22 次集体学习时就深化文化体制改革发表的重要讲话，传达学习全国文化体制改革工作会议精神，研究部署河南省深化文化体制改革、加快文化强省建设有关工作。省委书记卢展工主持会议并讲话。

8 月 22 日 云台山旅游发展有限公司与北京世贸天阶投资集团、连云港万联能源集团在北京签订了总投资 50 亿元的云台山大型综合旅游项目。这个项目落地云台山，意味着云台山将实现从"门票经济"向产业经济的转型，将对提升云台山的层次和品位、提升云台山的吸引力和竞争力产生重大影响。

8 月 24 日 省委宣传部部长、副省长孔玉芳带领省文化体制改革和发展调研组到洛阳市，就做好"十二五"期间文化体制改革和发展规划编制工作进行专题调研。

8 月 24 日 上海文广集团与信阳市政府在郑州签订战略合作协议，投资 20 亿元开发上海文广（鸡公山）影视基地、鸡公山万国文化小镇、信阳东方文化娱乐城等项目。这是继中国港中旅集团、山东志高集团之后，鸡公山文化旅游综合开发试验区迎来的又一重大投资项目。

8 月 27 日 为期两天的第六届中国河南国际投资贸易洽谈会文化产业发展高层论坛在大河锦江饭店举办。本次论坛由河南省政府主办，省文化强省建设和文化体制改革工作领导小组办公室承办。清华大学文化产业研究中心主任熊澄宇，河南日报报业集团党委书记、董事长、社长朱夏炎应邀在论坛上发表关于文化产业发展的演讲。郑州小樱桃卡通艺术有限公司、河南超凡影视制作有限公司、郑州金水文化创意园、河南省晋商联合集团等文化企业代表介绍了发展文化产业的经验。

8 月 28 日 河南省文化创意产业发展研讨会在郑州大河锦江饭店举办。与会专家认为，在当前的"后金融危机"时代，文化产业作为战略性、先导性新兴产业，是发展的新天地、竞争的新领域，正在成为经济转型中推进经济和社会发展的生力军。河南是文化资源大省，正在向文化强省迈进。近年来，河南在文化创意产业领域的探索和实践取得了一定的成就，此次以"文化创意"为主题的研讨会，是对河南创意产业一次很好的检阅。省委宣传部、省文改办、省创意产业协会、各省辖市有关负责人，以及相关文化创意产业企业负责人参加了研讨会。

8月29日 上海仁鼎投资有限公司、河南双汇集团、河南天明集团、河南宋河酒业等四家企业共同捐资2亿元，以支持河南省文化教育等社会事业发展。省领导李克、曹维新、刘怀廉、连维良、王菊梅、徐济超、梁静等出席了在郑州举行的捐赠仪式。这是继宇通集团、天瑞集团捐资6000万元之后，又一批民营企业响应省委号召，为推动河南省文化教育事业发展繁荣贡献一份力量。

9月

9月1日 省文化厅、省发改委联合在开封举行"河南省文化产业示范园区"命名大会，对入选的郑州嵩山文化产业园区、开封宋都古城文化产业园区等6个园区进行命名授牌。近几年，河南省文化产业发展取得显著成效，文化产业已经由起步、探索阶段进入快速发展的新时期。为加快推进河南省文化产业园区建设，提升河南省文化产业的影响力和竞争力，省文化厅、省发改委联合开展了河南省文化产业示范园区评选活动，通过初步筛选、专家调研、召开评审会等程序，评选出了郑州嵩山文化产业园区、开封宋都古城文化产业园区、镇平县石佛寺镇玉文化产业园区、龙门文化旅游园区、社旗县赊店商埠文化产业园区、禹州市（神垕）钧瓷文化产业园区等6个园区为"河南省文化产业示范园区"。

9月16日 "2010中国·安阳殷商文化旅游节"正式开幕，省人大常委会副主任储亚平宣布殷商文化旅游节开幕，省政协副主席靳绥东出席开幕式并致辞。此次殷商文化旅游节以"探文明起源，筑经济虹桥，融华夏文化，建和谐之都"为主题，除举办传统的民间艺术展演、旅游推介、经贸合作等活动外，还将举办"安阳杯"第四届黄河戏剧节、首届两岸汉字艺术节等文体活动。

9月20日 中共中央政治局委员、中央书记处书记、中宣部部长刘云山在河省洛阳主持召开"十二五"时期文化体制改革和发展规划纲要编制工作调研座谈会。中宣部副部长翟卫华、国家发改委副主任朱之鑫、财政部副部长张少春、文化部副部长王文章、国家广电总局副局长赵实、新闻出版总署副署长蒋建国，以及省委书记、省人大常委会主任卢展工，省委宣传部部长、副省长孔玉芳，省委常委、秘书长曹维新，洛阳市委书记毛万春等参加座谈会。座谈会上，河南、河北、浙江、江西、山东、广东、广西、云南、陕西、福建、内蒙古等省区党委宣传部部长先后发言。

9月26日 全省文化体制改革工作会议在安阳召开。会议传达了省委书记卢展工在 8 月 20 日省委常委会上关于全省文化体制改革的讲话精神，并部署了下一步全省文化体制改革工作。省委宣传部部长、副省长孔玉芳出席会议并讲话。各省辖市市委宣传部部长、分管副市长、文产办主任，省直有关部门、单位负责同志，相关文化单位负责同志参加了会议。

9 月 28 日 由国务院台湾事务办公室、河南省人民政府共同主办的"2010 河南台湾月暨郑州台湾产品节"在郑州开幕。省委副书记、省长郭庚茂，中共中央台湾工作办公室、国务院台湾事务办公室主任王毅，海峡两岸关系协会副会长王在希，国务院台湾事务办公室交流局局长李维一，中华全国台湾同胞联谊会副会长王松；中国国民党中央评议委员会主席团主席徐立德、新党主席郁慕明、中国国民党中央评议委员会主席团主席张昌邦；省领导王全书、叶冬松、刘怀廉、连维良、李柏拴、王训智，以及台湾工商企业界、妇女界有关人士，省直有关单位及郑州市政府负责人等出席了开幕式，副省长史济春主持开幕式。"2010 河南台湾月暨郑州台湾产品节"活动主要涵盖经贸洽谈、文化展示、旅游推介、农业合作、教育交流、两岸关系研讨、媒体互动等 7 个部分 16 项内容。

10 月

10 月 9 日 由省文化厅主办、省群众艺术馆承办的免费公益演出"品味中原——公益·周末小舞台"在河南艺术中心艺术馆正式启动。"公益·周末小舞台"以展演具有河南特色的戏曲、曲艺、皮影、杂技、民间音乐、民间舞蹈等优秀文艺节目为主，力争将"品味中原"公益专场展演打造成为展示河南优秀民族民间文化的一个重要平台。

10 月 11 日 第 6 届"驻华使节走进世界遗产"活动启动仪式在登封举行。来自埃塞俄比亚、伊朗、泰国、越南、缅甸、蒙古国、智利等 7 国驻华使节，国家文物局副局长董保华以及省文化厅、省文物局等有关部门负责人出席了启动仪式。"驻华使节走进世界遗产"活动由国家文物局主办，目的是宣传我国的文化遗产保护事业，进一步提升我国文化遗产的国际知名度，迄今已成功举办了 5 届。第 6 届"驻华使节走进世界遗产"活动由中国文物交流中心与省文物局共同主办，从 10 月 11~14 日 7 国驻华使节将考察"天地之中"历史建筑群、洛阳龙门石窟、安阳殷墟等三处世界文化遗产，并与有关部门进行座谈。

10 月 11 日 国家文物局公布了首批 12 个国家考古遗址公园名单，河南省安阳殷墟考古遗址公园和隋唐洛阳城考古遗址公园入选其中，成为首批"国"字号遗址公园。国家考古遗址公园评定工作由国家文物局组织开展。经过各地申请，通过初审、现场考察评分和专家会议评议，依据专家投票结果，圆明园考古遗址公园、周口店考古遗址公园、殷墟考古遗址公园、隋唐洛阳城考古遗址公园等12个项目成为第一批国家考古遗址公园。

10月13日 由国家投资1800万元建成的河南省最大的国家大遗址覆罩保护博物馆——三杨庄遗址博物馆开馆。三杨庄遗址是中国唯一一处保存完整的大型汉代农耕聚落遗址，其考古价值堪与意大利南部那不勒斯附近的"庞贝古城"媲美。

10月16日 "2010中国·商丘国际华商节"在商丘举行。全国政协副主席、农工党中央常务副主席陈宗兴，省政协主席王全书，全国侨联副主席、致公党中央副主席李卓彬，省委常委、统战部部长刘怀廉，省人大常委会副主任张程锋，省政协副主席、省工商联主席梁静出席了开幕式。本届华商节的主要活动有：商祖故里拜谒大典，"王亥杯·杰出华商贡献奖"颁奖文艺晚会，华商产业园开园及项目奠基仪式，以及中原经济区与加快商丘发展理论研讨会等。

10月18日 第十届中国菊花展览会暨开封第28届菊花花会在开封开幕。省政协主席王全书宣布开幕，省委宣传部部长、副省长孔玉芳致辞，省人大常委会副主任王菊梅，中国风景园林学会理事长陈晓丽、中国收藏家协会会长闫振堂等领导和嘉宾，来自美、澳、法、英、日等国外友好代表团以及国内外多家知名企业代表，开封市各界人民群众代表参加了开幕式。本届菊花盛会以"菊花盛世·和谐家园"为主题，汇聚全国菊花精品，共有63个城市参展，展示规模宏大，评比交流活动众多。

10月21日 "第八届中国郑州国际少林武术节"在省体育中心开幕。全国人大常委会副委员长周铁农宣布开幕，第八届中国郑州国际少林武术节组委会名誉主任、省长郭庚茂致辞，省委宣传部部长、副省长孔玉芳主持开幕式。省政协主席王全书，国家体育总局副局长、中国奥委会副主席冯建中，中国武术协会主席高小军，国际武术联合会副主席安东尼·吴，国际武术联合会秘书长王筱麟，省委副书记、省委组织部部长叶冬松等领导出席开幕。本届武术节以"以武会友、共同进步"为宗旨，共有来自56个国家和地区的1000多位武林人士参加，与往届相比，规模更大、项目更多、规格更高、国际性更强。本届武术节由国家体育总局、河南省人民政府主办，中国武术协会、河南省体育局、郑州市人民政府承办。

10 月 23 日 "2010 中国云台山国际旅游节"开幕式在焦作市体育场举行，全国政协副主席阿不来提·阿不都热西提宣布旅游节开幕。省长郭庚茂、国家旅游局原副局长程文栋分别致辞。全国人大财经工委主任石秀诗、全国政协外事委员会副主任韩方明、省政协主席王全书、副省长孔玉芳等领导出席了开幕式。此次旅游节由国家旅游局、河南省人民政府主办，河南省旅游局、焦作市人民政府承办。

10 月 26 日 "第二届中原（固始）根亲文化节"在固始县华夏根亲文化园广场开幕。第七、八届全国人大常委会副委员长王汉斌，十届全国政协副主席张怀西，港澳台侨委员会主任陈云林，中国侨联副主席乔卫，全国台联副会长史茂林，省领导王文超、邓永俭、陈义初，中国台湾侨联总会理事长简汉生，来自美国、南非、马来西亚、缅甸等 10 个国家和港澳台地区以及福建、浙江、北京等 15 个省市的学者、宗亲代表、商界精英、文化名流等参加了开幕式。此次文化节由中华全国归国华侨联合会、政协河南省委员会、中华全国台湾同胞联谊会主办，信阳市人民政府、河南省归国华侨联谊会、河南省台湾事务办公室和固始县人民政府共同承办。"第二届中原（固始）根亲文化节"为期 3 天，将举行第三届固始与闽台渊源关系研讨会、固始创业者论坛、招商引资项目发布会暨项目签约仪式、固闽台农业交流合作研讨会、信阳（固始）寻根旅游推介活动、海内外姓氏宗亲联谊活动、第十四届何氏宗亲恳亲大会等。

10 月 27 日 第二届许慎文化国际研讨会在漯河开幕。十届全国人大常委会副委员长许嘉璐，省政协主席王全书，教育部副部长、国家语言文字工作委员会主任李卫红，副省长孔玉芳，省人大常委会副主任刘新民出席了开幕式。开幕式结束后，与会领导还参加了许慎文化园开园仪式、"字圣殿"落成典礼和"许慎小学"揭牌仪式。来自国内外的 300 余名许学专家和许氏宗亲参加了研讨会。此次研讨会由国家语言文字工作委员会、中国文字学会、中国训诂学研究会、河南省人民政府主办，河南省语言文字工作委员会、河南省教育厅、河南省文字学会、中共漯河市委员会、漯河市人民政府承办。

10 月份 "2010 年世界日报发行量前 100 名排行榜"在巴黎发布。在这个由世界报业与新闻工作者协会推出的颇具国际影响力的排行榜上，河南日报报业集团旗下的《大河报》名列第 64 位。这是继 2003 年《大河报》首次名列全球日报发行百强后，连续第 8 年上榜。《大河报》也成为全国为数不多连续 8 年上榜的报纸，成为河南文化领域中一张亮眼的名片。

（以上资料均出自《河南日报》）

图书在版编目（CIP）数据

河南文化发展报告 .2011/张锐，谷建全主编. —北京：
社会科学文献出版社，2011.1
（河南蓝皮书）
ISBN 978 - 7 - 5097 - 2048 - 6

Ⅰ.①河…　Ⅱ.①张…②谷…　Ⅲ.①文化事业 - 研究
报告 - 河南省 - 2011　Ⅳ.①G127.61

中国版本图书馆 CIP 数据核字（2010）第 255812 号

河南蓝皮书

河南文化发展报告（2011）

主　　编/张　锐　谷建全
副 主 编/卫绍生　毛　兵　李立新

出 版 人/谢寿光
总 编 辑/邹东涛
出 版 者/社会科学文献出版社
地　　址/北京市西城区北三环中路甲 29 号院 3 号楼华龙大厦
邮政编码/100029
网　　址/http：//www. ssap. com. cn
网站支持/（010）59367077
责任部门/皮书出版中心（010）59367127
电子信箱/pishubu@ ssap. cn
项目经理/任文武
责任编辑/李长运
责任校对/刘宏桥
责任印制/蔡　静　董　然　米　扬
品牌推广/蔡继辉

总 经 销/社会科学文献出版社发行部
　　　　　（010）59367081　59367089
经　　销/各地书店
读者服务/读者服务中心（010）59367028
排　　版/北京中文天地文化艺术有限公司
印　　刷/北京季蜂印刷有限公司

开　　本/787mm×1092mm　1/16
印　　张/19.5　字数/333 千字
版　　次/2011 年 1 月第 1 版　印次/2011 年 1 月第 1 次印刷

书　　号/ISBN 978 - 7 - 5097 - 2048 - 6
定　　价/49.00 元

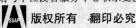

盘点年度资讯 预测时代前程

从"盘阅读"到全程在线阅读
皮书数据库完美升级

·产品更多样

从纸书到电子书，再到全程在线网络阅读，皮书系列产品更加多样化。2010年开始，皮书系列随书附赠产品将从原先的电子光盘改为更具价值的皮书数据库阅读卡。纸书的购买者凭借附赠的阅读卡将获得皮书数据库高价值的免费阅读服务。

·内容更丰富

皮书数据库以皮书系列为基础，整合国内外其他相关资讯构建而成，内容包括建社以来的700余部皮书、20000多篇文章，并且每年以120种皮书、4000篇文章的数量增加，可以为读者提供更加广泛的资讯服务。皮书数据库开创便捷的检索系统，可以实现精确查找与模糊匹配，为读者提供更加准确的资讯服务。

·流程更简便

登录皮书数据库网站www.i-ssdb.cn，注册、登录、充值后，即可实现下载阅读，购买本书赠送您100元充值卡。请按以下方法进行充值。

充值卡使用步骤：

第一步

· 刮开下面密码涂层
· 登录 www.i-ssdb.cn
点击"注册"进行用户注册

 社会科学文献出版社 皮书系列
SOCIAL SCIENCES ACADEMIC PRESS (CHINA)

卡号：52198225265961
密码：

（本卡为图书内容的一部分，不购书刮卡，视为盗书）

第二步

登录后点击"会员中心"进入会员中心。

SSDB
社科文献资源库
SOCIAL SCIENCE
DATABASE

第三步

· 点击"在线充值"的"充值卡充值"，
· 输入正确的"卡号"和"密码"，即可使用。

如果您还有疑问，可以点击网站的"使用帮助"或电话垂询010-59367071。